여성문학을 배우는 사람을 위하여

女性文学を学ぶ人のために

와타나베 스미코(渡邊澄子) 저

이상복·감영희·김순희·이남희·이평춘·최정원 역

　일본도 한국과 마찬가지로 역사상 주무대의 대부분은 남성에 의해 주도되었기에 여성은 다만 그 이면을 장식하는 존재로 인식되어 왔다. 이런 이유로 여성사나 여성문학 연구의 필요성은 늘 제기·강조되면서도 언제나 역사학의 일부나 문학의 일부로 간주되어온 것이 사실이다.

　이에 여성문학자들이 그 부당성에 의문을 가지고 인간으로서 호흡할 수 있는 새 지평을 개척하였다. 여성시점에서 생겨난 참신하고 발상적인 힘을 기본으로 하는 가치관의 전환을 의도·고민·고투하는 과정을 거쳐, 새로운 기운까지도 선명히 그려내고자 애쓴 것이 바로 여성문학이다.

　본 역서『여성문학을 배우는 사람을 위하여』는 그러한 점에서 성차에 대한 깊은 성찰과 이해, 그리고 이제껏 통찰이 불충분했던 남성 사회, 남성의 의식까지 들여다볼 수 있는 계기가 되어줄 것이다. 무엇보다 일본의 여성문학의 흐름과 그 사상들이 일목요연하게 잘 정리되어 있어 누구나 쉽게 접근할 수 있는 차원 높은 교재임을 확신한다. 일본문학을 넘어 여성문학에 대해 관심을 가지고 읽는다면 진정한 평등 사회를 열어갈 수 있는 안목이 생길 것이다.

원 저자이신 와타나베 스미코渡辺澄子 교수께서도 기술하셨듯이 본 번역서가 일본의 젊은이뿐만 아니라 많은 한국 젊은이들에게도 읽혀져, "여성문학을 배운다는 것이 남녀구별 없이 한 인간으로서 보다 풍부한 삶을 영위하는 길로 이어진다"는 사실을 알게 된다면 여성문학을 연구하는 연구자로서 이보다 더한 기쁨은 없을 것이다.

그동안 「한일여성문학회」는 많은 진전이 있었다. 『일본여성 단편소설선집』이 나왔고, 완성단계에 있는 『여성문학—근·현대』편도 곧 작업이 마무리될 것이다. 그에 앞서 본 역서가 출판되는 것은 일본의 '여성문학'을 이해하기에 충분한 길잡이가 되리라고 기대해 본다.

이에 다망하신 가운데 여러 가지 수고를 아끼지 않으시고 노심초사하시며 본 역서 발간을 위해 힘껏 애써주신 와타나베 스미코 교수님과 일본 여성문학의 길잡이 역할을 하고 계시는 서른여섯 분의 집필자 분들이 한국에서 일본 여성문학을 알릴 수 있도록 기꺼이 협조해 주신 데에 깊은 감사를 드리며 아울러 세계사상사 출판사에도 감사드리는 바이다.

그리고 제각기 바쁜 일정 속에서도 일본문학 연구자로서의 사명감을 가지고 힘써주신 한일여성문학회 회원들의 노고에 깊은 감사의 뜻을 전한다. 더불어 무엇보다 일본의 여성문학에 대해 큰 사명감을 가지시고 본서 출판을 위하여 많은 협조를 아끼지 않으신 어문학사 사장님과 편집자 여러분들께도 이 자리를 빌어서 심심한 감사의 뜻을 전하고자 한다.

2007년 4월 옮긴이 일동

■ 차례

V 텍스트를 읽는다

【 Ⅰ 여성문학을 배우는 것 】

여성문학을 배우는 것 — 서론을 대신하여

와타나베 스미코(渡邊澄子)

젠더 개념과 남녀평등의 문제

오늘날 '젠더'라는 일본어가 국가의 행정 전반에 보급되면서 1995년 제4회 '세계여성회의'(북경회의) 이후 널리 다양하게 쓰이게 되었다. 생각해 보면 '국제 여성 연합'은 세계적인 규모로 지난 10년 (1978~85년)간 남녀평등화를 위해 노력해 왔다. 일본에서도 오랜 역사를 지닌 여성운동이 새로운 움직임을 보이기 시작하자, 세계적 조류를 무시할 수 없게 된 정부는 많은 정책 진전을 통하여 남녀평등에서 남녀공생으로 나아가 남녀 공동 참여에까지 성별 질서에 의한 사회구조 개혁을 지향하기에 이르렀다.

'남녀 공동 참여 심의회 설치법(1997년 3월)'에 따르면, '남녀 공동 참여 사회'란 "남녀가 대등한 사회 구성원으로서 자신의 의사에 따라 사회의 모든 분야에 참여할 수 있는 기회를 확보하고, 나아가 균등한 정치적·경제적·사회적·문화적 이익을 추구함으로써 함께 책임을 지는 사회를 말한다"고 정의하고 있다. 이러한 정의는 남녀평등과 여성차별 철폐가 실현될 때 비로소 그 유효성도 발휘될 것이다. 그것이 실현되지 않고 있는 현재와 같은 남성권력 집중 사회에서는 남녀의 균등 참여란 실현되기 어렵다. 외형만을 제시하는 가시적인 '남녀 공동 참여 사회 기본법'은 실현을 위한 조건 정비 문제를 기묘하게 은폐시켜 왔다고 할 수 있다. 이 기본법이 실시된 지 이미 1년이 지난 지금의 현황(예를 들면, 국회 의석수를 차지하는 여성 중 행정직·관리직 여성의 비율, 전문직·기술직 여성 비율, 여성의 노동 소득 비율 등이 남성에 비해 현저하게 낮은 것은 능력 있는 여성의 수가 적기 때문만은 결코 아니다)이 그 실례를 잘 증명하고 있다.

그런데 90년대 후반에 들면서, 현상적으로 '젠더'를 주제로 한 출판물들이 급증하고 있다. 기본적으로 젠더란 문화 인류학적 개념으로 볼 때 성차별에 대한 구조 분석이나 해석에 유효한 중요 지표임에는 틀림없다. 그렇다고는 하나 너무 안이하게 쓰이고 있는 것은 아닐까. 젠더 이론을 이해한다고 해서 과연 모든 문제가 해결되는 것일까? 납득할 수 있는 명쾌한 해답을 얻을 수 있을 때 비로소 그 해결도 가능할 것이다. 남성중심 사회에서는 평등에 대한 기본적 인식이 있을 수 없으므로 당연히 불평등하고, 은폐된 여러 현상이 보일 리 없다.

페미니즘 비평과 성별(性別)

서두가 길어졌지만, 어쨌든 여성은 이상과 같은 현실 도래로 문학 연구의 장에도 큰 변화를 가져왔다. 그 좋은 예가 있다. 남성 연구자인 나카가와 세이비中川成美가 여성문학에 대해 논한 『대화—문학과 젠더·스터디즈』[1]와 이 책을 평론한 미즈타 노리코水田宗子의 「비평가의 성별과 페미니즘 비평」[2]이 그것이다.

미즈타水田는 "젠더라 불리는 그 역사·사회·문화적 성차는 단지

---

[1] 오자와서점, 1999년 2월.
[2] 『전시하의 문학戰時下の文学』 수록, 임팩트출판회, 2000년 2월.

병렬적 차이만이 아닌, 남성을 기준으로 하여 남성이 아닌 성을 열등한 성으로 평가하기 위한 차별화된 성차性差이다. 남성이 보편적 인간의 성이며, 그와는 다른 성을 배척하는 시스템이 젠더"라고 간결하게 정의하였다. 젠더의 언설과 문화 구조를 분석한 시점을 제외하고는 페미니즘 비평은 물론이고 현대사회나 문화, 사상의 분석과 비평이란 있을 수 없다는 사실에 대해 이미 구미歐美에서는 공통적 인식으로 받아들이고 있다. 그럼에도 불구하고 일본의 문학비평만은 여성 표현과 그 사상적 시점이 소외시 되어 왔다. 그때 나타난 나카가와中川의 연구는 '깊이 있는 양질의 페미니즘 실천'이라는 높은 평가를 받았다.

미즈타의 문장은 "젠더 구조란 차별하는 성에 의한 차별받는 성의 차별화 구조이기 때문에 남성이나 여성 모두가 그것을 회피하는 현대사회나 문화비평에는 관여할 수 없다. 성을 차별하고자 하는 자들은 오늘날 성을 둘러싼 상황을 무시하고 싶어 하기 때문이다"라고 결말짓고 있다.

페미니즘 비평은 여성만이 사용하는 수단이 아니다. 비평에서 페미니즘적 시선의 필연성을 인정하는 사람들이 성별과 관계없이 불가결한 요소로 인식하는 것은 '성차에 대한 상상력과 이해력, 통찰력'이다. 만약 미즈타가 '의식 있는 사람들'이 모인 자리에서 그러한 발언을 했더라면, 우레와 같은 박수를 받고 사람들 또한 그 의식에 동조했을 것이다. 하지만 현실은 어떠한가. '차별하는 성을 따르는' 자들에 의해 만들어지고 운용되는 제도는 여전히 건재하다. 정치뿐만 아니라 교육계, 학계, 문단, 출판, 언론 그 모두가 예외는 아니다.

하지만 우리의 생존기반인 사회는 여전히 남성중심 사회이기는 하나, 그래도 확실하게 변화가 일어나고 있다. 나카가와 한 사람에 그치지 않고, 근래에는 대학 등에서 남성교원이 여성문학을 적극적으로 연구하는 움직임이 일어나고 있다.

대학생 수강생 층에도 변화가 보인다. 본인의 경우를 들자면, 오류 년 전까지만 해도 여성문학을 강의하면 7할 정도는 여학생이 차지했는데, 그 후 해를 거듭할수록 남학생의 증가 경향이 두드러지고 있다. 올해는 교실이 넘쳐날 정도로 학생들이 모였는데, 그 중 6할 정도가 남학생이었다. 남학생에게 여성문학 강의를 듣는 이유를 물어보면, 시간표 배정 상 어쩔 수 없이 듣는 것이 아니라, 지금까지 여성작가의 작품은 거의 읽은 적이 없기 때문에 흥미가 있어 자발적으로 선택했다고 한다. 아마 그들을 포함한 많은 사람들의 일반적인 성향은 계속되어온 젠더적 질서에 지금도 지배를 받고 있는 것으로 생각되지만, 그래도 이와 같은 변화는 젠더의 틀을 더 이상 필요로 하지 않는 상황으로 나아가는 하나의 현상이라 볼 수 있을 것이다. 그렇게 되면, 여성문학을 배움으로써 근본적인 남녀의 불평등 구조가 척결될 수 있을 것이며, 그에 따른 남성 우월 제도적 사회의 부당성에 대해서도 깨닫게 될 것이다. 나아가 그 깨달음으로 인식의 변화를 가져왔을 때, 공존을 위한 새로운 논리 발견에 하나의 기폭제가 될 수 있지 않을까 한다.

남녀가 공존의 논리를 각각 이해하고 공유할 때, 비로소 인간으로서 평등하며 공존 가능하다는 논리가 성립되는 것이다. 낙관적인 생각일지 모르겠지만 기대하고 싶다.

젠더를 이용한 근대화 정책

메이지 정부는 일본의 근대화 정책에도 젠더를 이용했다. 일본 근대문학에서는 국학과 유교의 역할, '현모양처'를 여성의 아이덴티티로 여기는 국가 정책이 여성이 갖추어야 할 기본 소양으로 여겨져 왔다. '현모양처'의 근원은 천황제에 있다. 일본 헌법은 '신권神權천황제'의 황위 계승이 '황남자손皇男子孫'에 국한된다는 남녀 인권적 불평등 아래 놓여 있었다.

하지만 패전 후 일본 헌법이 '상징 천황제'로 변용되면서, 모든 국민은 법아래 평등하며 "인권·신조·성별·사회적 신분 또는 문벌에 따른 정치적·경제적 또는 사회적 차별을 받지 않는다"고 형식적으로는 바뀌었지만, 근간이 되는 '상징적' 천황가는 여전히 메이지 시대 그대로이다. 상상 밖이라는 비난을 감수하고 하는 말이지만,『겐지모노가타리源氏物語』의「추본推本」에 죽음을 예감한 하치노미야八宮가 남겨진 두 딸의 신상을 걱정하며 뒷일을 부탁하는 장면이 있다. 거기에 "모든 일에서 여자는 노리개 역할로 그 의무를 다한다고 볼 수 있습니다만, 그것으로 사람의 마음을 움직일 수는 없습니다. 그래서 여자는 죄가 크다는 것이겠지요. 부모로서 자식의 장래를 생각해 보면, 남자아이는 부모를 그리 괴로운 번뇌에 빠뜨리지 않지만, 여자아이는 어차피 여자이기에 부모 입장에선 어쨌든 가엾게 여겨질 뿐입니다"라고 쓰고 있다.

여성인 무라사키 시키부紫式部가 어떤 생각으로 이와 같은 말을 하면서까지 당시 여성에 대한 위상을 묘사하려고 했는지, 현대를 살아가는 본인은 잘 이해가 되지 않는다. 하지만 여성의 노리개 취급

(여자 개인의 의사나 노력으로는 피할 수도 거부할 수도 없는 운명이었다) 은 에도江戸 중기부터 메이지 초기에 걸쳐 여성교육의 근본이 되는 삼종칠거三從七去로 『여대학女大學』에도 면면히 이어져, 이후 '현모양처'로 계승되었다. 개인의 해방 없이는 근대란 있을 수 없다. 이것은 서구와 마찬가지로 일본에서도 기본적인 인식이었다. 후쿠자와 유키치福沢諭吉도 이 인식에는 뜻을 같이했다.

그럼에도 불구하고 당시로서는 신선한 여성론이었던 「일본 부인론」(1885년)도 남계 후계자로서의 '훌륭한 자손'을 생산하는 '아이 낳는 기계'로 여성을 평가했다. "무릇 남자가 하고자 하는 바를 여자가 금할 수 없다"며 학문에 있어서도 여자와 남자의 우열은 없다고 해도 결혼한 여자에게 학문은 불행의 씨앗이 된다고 하여 "여자는 배우지 않는 것이 좋다"(『여실어교女実語教』)는 것에 호응하고 있다. 이 논리적 모순이 성차별을 고정화시키고, 여성의 생활을 '집' 안에서의 생활로 한정시킴으로써, 시부모에게 봉사하는 '며느리 역할'에 전념토록 하고 있다. 남자아이를 낳아야 한다는 의무감에서 개인 생활을 박탈당한, '메이지 민법'에 대한 찬성자가 되었다고 할 수 있을 것이다.

남성 아이덴티티의 핵인 '부국강병'은 청일·러일 전쟁을 거쳐 15년 전쟁으로 이어지면서, '천황의 방패인 나'가 되는 것을 남자의 명예로 하는 젠더·이데올로기에 빠져들게 했다. 저명한 국문학자 히사마쓰 센이치久松潜一는 태평양 전쟁 돌입 직전 "일본을 지켜주는 신은 최고로 높고 귀하며, 그 신의 후예가 천황이 되어 나라를 다스리므로 일본에서 신과 천황과 국가는 일심동체적 관계이다. 따라서 경신敬神과 충군忠君, 애국愛國은 완전히 일치한다. 이것이 일본의 건

국정신이며 영구불멸의 국시國是이다"3)라고 기술하였다. 요사노 아키코与謝野晶子와 히라쓰카 라이초平塚明子도 이 같은 황국사관에 부합되는 발언을 했다. 이 두 사람에 국한되지 않고 미야모토 유리코宮本百合子 외 극히 소수를 제외한 대부분의 여성들이 천황제 국가 이데올로기를 기반으로 하는 젠더 국책에 휘말리면서, 전쟁 피해자였던 여성이 도리어 가해자가 되어가는 듯했다. 그것은 젠더의 정치적 이용을 자각하지 못했기 때문이며, 각성을 저지한 '현모양처'에 대한 실체의 척결과 분석이 불충분했기 때문이기도 할 것이다.

여성문학을 배우는 것

메이지 정부의 국가 근대화 정책에 젠더를 이용한 '부국강병', '현모양처'를 남녀의 아이덴티티로 하는 국민 만들기 계획에 이의를 제기한 여성들은 결코 적지 않다. 기시다 도시코岸田俊子의 「동포 자매에게 고함同胞姉妹に告ぐ」(1884~85년). 그 외 미야케 가호三宅花圃의 「덤불의 휘파람새藪の鶯」(1888년), 와카마쓰 시즈코若松賤子의 「신부의 베일(THE BRIDAL VEIL)」(1889년), 기무라 아케보노木村曙의 「부녀자의 거울婦女の鑑」(1889년), 시미즈 시킨清水紫琴의 「울며 사랑하는 자매에게 고함泣いて愛する姉妹に告ぐ」(1890년), 「알 없는 반지こわれ指環」(1891년) 등이 있다. 그들 중에는 남녀평등 의식을 각성하고 자유민권가를 주창하는 사람도 많았다. 그들의 각성에 따른 불평등 사회제도에 대한 지견知見은 입으로는 평등을 주창하면서 실생활에서는 여성차별자였던 남성 민권자들을 당당하게 비판하기도 했다. 이들

---

3) 『국학—그 성립과 국문학과의 관계』, 지문당, 1941년 3월.

여성의 언변에는 현대를 살아가는 우리들도 감동받을 수밖에 없는 많은 언설이 있다. 하지만 남성제도 사회에서 남성에 의해 만들어진 종래의 문학사에는 그러한 것들이 빠져 있다. 지면 사정상 두 가지 예로 간략하게 살펴보겠다.

조금 오래되었지만 일본 근대문학을 배움에 있어, 지금까지 유효성이 있다고 생각되는 일반적 연구서로『근대문학近代文學』전 10권[4]이 있다. 구성도 잘 되어 있고 본인이 이 책으로부터 받은 지식도 많다. 여명기에서 전후문학까지 총 212항목으로 구성되어 있는데 작가 및 작품명이 들어간 백 가지 항목 타이틀 중 여성관계는 이치요一葉와 아키코晶子의『헝클어진 머리みだれ髮』뿐이고, 그 외에 '신여성'이 있을 따름이다.

「여명기의 근대문학」,「메이지 문학전개」라는 표제를 가진 1, 2권에는 역사적 의의를 가진, 앞에 열거한 작품이 문장 속에 언급되어 있지도 않다. 항목『당대서생기질当世書生氣質의 의미』에는 이 작품의 여성판이 있어 역사적 가치가 있다. 또 소요逍遙 작품에 상대할 만한 작품인「덤불의 휘파람새」도 무시되어 있다. 메이지에서 다이쇼에 걸쳐 일대를 풍미한 훌륭하고 참신한 다무라 도시코田村俊子도 언급되어 있지 않으며, 전후 남성작가들보다 빠르게 눈부신 활약을 보인 미야모토 유리코·히라바야시 다이코平林たい子·하야시 후미코林芙美子, 그 뒤를 이은 사타 이네코佐多稲子·엔치 후미코円地文子 등도 간과되어 있다. 전쟁 하의 문학적 저항에 있어서의 유리코百合子들과 전쟁책임 문제에 피를 흘린 이네코稲子에 관해서도 무시되어 있다. 겨우 책 속 항목의 일부로「전쟁과 문학」,「민주주의 문학의 평가」[5]

---

4) 미요시 유키오(三好行雄), 다케모리 덴유(竹盛天雄), 유비각 총서, 1977~78년.

에 유리코, 「근대문학과 잡지」(고노 도시로紅野敏郎)에서 아미노 기쿠網野菊의 이름을 볼 수 있을 뿐이다. 또 212인 집필자 중 여성은 11명뿐이다.

또 한 가지 예로, 근대 일본문학을 개관하기에 적당한 근간본인 『근대 일본문학의 권유』6)에는 『뜬구름浮雲』에서 『들불野火』, 『햄릿 일기』까지 30인의 작가 작품이 취급되고 있지만, 여성작가는 이치요와 요사노 아키코 두 사람뿐이다. 그나마 요사노의 작품 『미로迷路』가 들어간 것은 장편주의長篇主義인 가가加賀가 편집자 중의 한 사람이었기 때문이다.

젠더 구조를 이해하기 쉬운 예로 들었지만, 남성에 의해 만들어진 이러한 것들은 거의 비슷하다.

여성문학자들은 여자가 남자보다 열등하다는 것은 '가르치는 것과 가르치지 않는 것과의 차, 또 세상 교류의 넓고 좁음'에 의한 것이지 본질적 차는 없다고 주장(1884년)한 기시다 도시코로 상징되는 것처럼 여성들은 낮은 지위로 고착화되는 부당한 처지에 대해 의문을 제기한다. 그리고 나아가 인간으로서 호흡할 수 있는 새로운 지평을 개척하고, 여성의 시점에서 생성된 신선한 발상을 네트워크적 힘으로 하여 가치관의 전환을 도모해 왔다. 고군분투하는 과정을 거쳐 이제 새로이 활기차게 살아가는 방법적 발상까지를 선명하게 그려내기 시작한 것이 여성문학이다. 되돌아보면 20세기는 여성과 여성작가들의 창작 활동에는 혹독한 시대였다. 차별 없는 공생적 사회

---

5) 공동 집필자는 이즈 도시히코(伊豆利彦).
6) 오오카 마코토(大岡信)·가가 오토히코(加賀乙彦)·스가노 아키마사(菅野昭正)·소네 히로요시(曾根博義)·도가와 신스케(十川信介) 편, 이와나미문고, 1999년.

현실 없이는 21세기의 밝은 전망이란 기대할 수 없다.

다시 말하면, '성차별에 대한 상상력과 이해력과 통찰력'을 배양하는 중요성이야말로 앞으로 살아가는데 가장 중요한 것이며, 여성문학은 그러한 이유로 성별을 불문하고 유효적절한 텍스트라 할 수 있을 것이다. 새로운 문학과 삶의 가능성에 대해 생각해 볼 때, 여성문학의 역할은 크다. 그러나 그 역할 따위의 딱딱한 말은 필요하지 않다. 재미있는 것이니까 꼭 한번 읽어보기 바란다.

【Ⅱ 연구를 위한 어프로치】

1. 페미니즘·젠더·섹슈얼리티

미즈타 노리코(水田崇子)

'여성문학'이라는 장르와 페미니즘 비평

'여성문학이란 것은 무엇인가'라는 질문을 한다면, '여성이 쓴 문학'이라는 답이 그 즉석에서 되돌아올 것이다. 그 대답으로 알 수 있는 것은, 종래 여성문학에 대한 연구뿐만이 아닌 문학비평에 대한 일반적 사고思考의 경향이다. 여성이 썼기 때문에 여성문학으로 분류한다는 것은, 일본인이 쓴 작품이라면 모두 일본문학으로 취급하는 것과 마찬가지인 자명自明한 사실이 연상된다.

그러한 전제에는 문학이란 남성문학을 의미하는 것이며, 남성문학만이 문학이라는, 보편적 카테고리를 대표하는 것처럼 당연시되어 왔음을 의미하는 것이기도 하다.

거기에는 작자의 성별을 문제 삼는 것이 아니라, 여성이라는 그 성 자체를 문제시하고 있는 것이다. 남성의 경우 작자의 성별은 비평의 시점이 되지 못하며, 여성의 경우만이 가장 기본적 평가 근거가 된다는 비평 더블 스탠다드는, 여성문학을 문학에서의 보완적 장르나 주변적 위치에 존재하는 마이너적인 하나의 분야로 간주해 왔음을 의미한다.

문학사에서는 작품을 이야기문학이나 소설, 연극, 시가라는 표현 장르로 분류하든지, 작품 생성을 지탱하는 문예사상, 예를 들면 리얼리즘이나 로맨티시즘, 심벌리즘, 모더니즘 등으로 분류, 내지는 메이지문학이나 전후戰後문학 등이라는 작품이 쓰인 시대에 따른 분류를 해 왔다. 그러나 여성작가의 작품만은 여성문학이라는 별도의 항목으로 다루어져 왔다.

일본문학에서 『겐지모노가타리』, 『마쿠라노소시枕の草紙』, 『쓰레즈레쿠사徒然草』 등 헤이안平安 시대 여성작가의 작품은, 여성작가에 의해 개척되어진 이야기문학·일기·노래일기라는 각각 새롭고도 획기적 장르임에도 불구하고, 그것은 단순히 여성문학이란 타이틀로만 정리되어져 왔다. 여성이 왜 그러한 새로운 장르 개척으로까지 이어지는 표현을 생산할 수 있었던가 하는 것은, 페미니즘 비평에서 문제 삼을 때까지는 완전히 손댈 수 없는 비평 영역 내지는 테마였다.

따라서 페미니즘 비평이 우선 손을 댄 것은 문학사나 문학비평에서 무시되어온 여성작가의 작품 발굴·재평가이며, 남성작가가 그려낸 작품 속에 그려진 여성 방식이나, 남성 주인공의 여성관 내지는 삶의 방식과 분석이라는, 텍스트 중의 여성차별을 비판하는 것이 대부분이었다. 그것은 작가, 비평가, 편집자, 출판자, 그리고 독자로 성립되어지는 쓰기·읽기·비평하기라는, 표상表象문화와 그 언변에 따른 여성에 대한 차별적 지적과 비판이었다. 그러나 페미니즘 비평은, 여성작가의 작품을 여성의 작품으로 읽고 분석하고 평가하는 것에 대한 반대는 아니다.

동시에 작자의 성별이 작품 형성에 큰 의미를 부여한다는 점과, 작자와 작품의 성적 차별을 비평하는 시점에 맞추기를 주장해 왔다. 그것은 여성차별이 사회조직과 문화 구조의 기반이 되고 있는 현실에서, 여성으로서 쓰고 여성으로서 읽는다는 행위는, 사회와 문화의 성적 차별구조가 만들어낸 표상에 대한 의도적 침입이며, 거기에 균열을 넣고자 한 계획된 행위이기 때문이다.

여성작가들은 문화에 의해 정의되어진 '여자라는 것'과, '자기 자신'이라는 것 사이에서 큰 갭을 느낄 수밖에 없는 여성의 내면을 묘사해 왔다. 여성작가 중에는 요사노 아키코처럼 여성문학의 전통적 가치관 속에서 글을 쓰면서도, 독자적 표현 영역을 개척한 작가가 있었던 반편, 여성의 시점이 아닌 한 개인이나 인간으로서 글을 쓴다고 주장한 미야모토 유리코 같은 작가도 있었다. 의도적으로 성별을 받아들이고 여성으로서 작품을 썼던 작가도, 자신의 성별을 창작에서는 배제하거나 무시한 작가도 모두 여성이라는 성별이 문제시되었다는 점에서 차이란 없다. 그것은 여성을 개인으로 보지 않고, 여성이라는 카테고리 속에 넣어버리는 성차별적 문화 속에서 여성은 자신을 형성하고 표현해야만 했기 때문이며 작자 자신도, 비평가도, 독자도, 그러한 성차별적 문화 구조를 내면화하고 있었기 때문일 것이다.

성적 차별은 사회제도적 차원이 아니라, 그것을 내면화한 사람들의 의식이나 상상력, 바램이나 욕망을 내포한 심층적 문제로 작가들 또한 거기에 결부시켜가며 파악하고 있다. 그렇기 때문에 여성으로서는 쓰지 않겠다는 의지도, 여성으로서 쓴다는 의지도, 모두 남자들의 시점에서 정의되고 타자화他者化되는 성차별 문화에 대한 이의 제기이며, 그 틀 밖으로 나오고 싶어 하는 의지와 바람을 필연적으로 내포하고 있는 것으로 보아야 할 것이다.

젠더와 페미니즘 비평

성별에는 남녀밖에 없고, 그리고 여성은 본디 보편적인 인간 모델로서의 남성이 아닌 자로 정의되어, 소위 규범에서 이탈한 모든 자들을 상징하는 암시적 비유로 이용되어 왔다. 여성이라는 것이 성별이 아닌 남성과의 차이에 의해 카테고리화 된 자의 총칭이라 한다면, 이와 같은 성 차이 문화 구조나 작가의 상상력이나 텍스트의 형성 과정을 분석하는 데는, 지금까지 사용되어온 것처럼, 작가의 '성별'이라는 말로는 충분치 못하다는 것은 명확하다.

'여성이란 무엇인가'라는 물음은, 페미니즘에서 중심적으로 추구해 온 과제 중 하나이지만, 그 물음에 대한 답을 구하는 과정에서, 여러 비평적 시점과 의견 차이를 발생시킴으로써, 결과적으로 여성이 하나가 아닌 것, 여성을 하나의 개념이나 카테고리로 정리하지 못한 것, 따라서 여성이라는 성별은 그 자체만으로 비평의 시점에 설 수 없다는 점 등은 명백한 것이다. 여성을 정의할 수 있는 생물적·본질적 근거는 없으며, 남성 중심의 규범적 성性의 열성적 위치에 놓여져 왔던 '성차별로서의 여성'이 있을 뿐인 것이다.

그 차별을 젠더라고 하지만, 젠더는 역사 중에서 축적된 성 차이에 대한 언급과 문화 텍스트에 따라 구축되어지므로, 사회제도를 따라 일상생활 중에 기능을 하고, 문화 중에서 유지되며 재생산된다.

남자의 성적 대상이 되는 여성, 아이를 생산하는 성으로서의 여성, 모친으로서의 역할을 다하는 여성, 여자다운 복장, 몸짓, 행동, 남녀관계 모습에 이르기까지, 여성을 정의하는 것은 시대나 국가, 민족, 종교, 역사적 배경 등, 여러 요소에 의해 미묘하게 다르다. 젠더론論은 다양하여 결코 일률적이진 않지만, 극단적인 견해로서의 젠더는, 역사적·사회적·문화적으로 구축된 것이라는 반反본질론을 더욱 진행시킴으로써, 성의 차이는 언급에 의한 구성된 실체가 없는 것이고, 개인이 그 성차性差를 살려나감으로서만 존재한다는 쥬디 스파트라의 주장이 있다.

젠더론은 성차별의 근거를, 권력을 가진 성性이 자기의 우월성을 보전하기 위해 자신과는 다른 것을 성이란 명목 아래 타자화하고 차별화해가는 과정 중에 형성된 것으로 보고, 인간을 남성과 여성으로 나누어 온, 종래의 성별적 명백성에 이의를 제기하여, 역사적·사회적·문화적으로 만들어진 성 차이는 변용되고 바뀌는 것 또한 가능하다고 주장하였다. 여성에게서 젠더라는 시점의 이동은, 페미니즘 문학의 비평 영역을, 동성애를 비롯한 규범적 남성의 성으로부터 차별화시키면서 차별화된 성의 표현 비평으로 그 영역을 넓혀 나갔다. 성 차이에 의한 타자화와 주연화周緣化라는 성 차이의 문화 구조를 빼고서는 표현도 표상문화도 분석할 수 없는 것이다.

사회적으로 정의된 젠더와, 자기 사이와의 균열을 보듬어 안고 그것을 표현해온 여성작가의 작품이 젠더 구조를 흔들어대는 것은 당연하지만, 남성작가 작품에 대해서도 그것은 마찬가지일 것이다. 보편적 존재가 남성이라는 것을 지금도 의심조차하지 않는 일부 둔감한 작가라도, 여하튼 젠더 구조가 타자화와 차별화를 위한 장치라고 볼 때, 남성이라는 젠더 또한 그리 튼튼한 것이 아니라는 것은 명백하다.

식민지 남성이나 유색인종 남성 등은, 보편적으로 이성애적인 남성적 관점에서 벗어난 동성애자들처럼 타자화되고 차별화된 존재이다. 페미니스트도 아니고 여성을 좋아하지도 않았던 나쓰메 소세키 夏目漱石 문학이 여성들의 공감을 얻을 수 있었던 것은, 그가 그 생애와 외국생활을 통한 여성관계에서 남자라는 젠더에 대한 위화감을 품고 있었던 젠더의 이방인이었기 때문이기도 하다.

페미니스트 비평이 여성에게서 젠더로 시점을 옮겼을 때, 남녀라는 성 차이만이 표층에 보이는 문화로부터, 배제되고 차별화되어온 여러 성차의 복잡하고도 다양한 표현 행위를 보게 된다. 그중에서도 게이나 레즈비언들이 이성애異性愛문화 속에서 그들만의 섹슈얼리티를 봉쇄당하고, 베일이나 가면으로 신체와 내면을 뒤집어 표현하기를 시험해온 고난의 시간들이 명백히 드러나 있다. 지금, 젠더의 시점에서 여성문학을 다시 읽는다는 것은, 작자미상의 민화나 이야기를 다시 읽는 것과 마찬가지로, 이러한 성 차이 문학은 다시 읽지 않으면 안 될 것이다. 젠더적 개념의 도입은, 남성·여성과 더불어 이성애나 동성애의 차별화를 문학비평의 과제로 삼았기 때문이다.

섹슈얼리티의 표현과 신체

역사적·사회적·문화적으로 타자로부터 억압받는, 성차별=젠더에의 여성 위화감은 근본적으로 가족관계, 성적관계, 생식, 섹슈얼리티로부터의 위화감에서 유래하고 있다. 왜냐하면 성 차이의 근저에는 성性이 있으며, 신체가 있으며, 거기에서 파생되는 남녀관계, 가족관계가 있기 때문이다.

여성의 성이라는 것은 가족을 만들 생식을 위해 존재하는 것이라 하여 성교는 사회적으로 제도화되면서 승인되어 왔지만, 거기에서 여성은 욕망의 주체가 아닐 뿐 아니라 쾌락을 추구하는 신체도 아니었다. 생식에서 떨어져 나간 남자의 쾌락으로서의 성교는, 가족 외에서도 추구되면서 성을 상품화하는 성性산업적 공간이 형성되어 왔다.

여성의 섹슈얼리티는 페미니즘 비평이 거론될 때까지 거의 무시되어 왔다. 그것은 여자의 성은 남성의 쾌락의 대상이며 생식수단이기는 하지만 능동적인 욕망이나 에너지를 가진 주체로는 생각되지 않았기 때문이다. 여성의 섹슈얼리티가 문제되는 것은, 창녀 등에 의해 행사되는 남성을 파괴시키고 거세하는 사악한 힘 그것이며, 보통 일반 여성의 섹슈얼리티는 존재하지 않는 것으로 여겨져 반성하고자 하는 일은 없었다.

루스 일리거라이는 여성의 섹슈얼리티는 남성의 그것과는 본질적으로 다르다 생각하고, 그러한 여성의 섹슈얼리티적 특성을 젠더 문화 구조의 외부로 나오기 위한 표현 행위의 근거로 파악하고 있다.[1] 일리거라이는 엘레나 식스[2]나, 모니카 뷰틱[3]과 더불어 남성 주체적 중심사고, 보편성이나 절대성의 지향, 논리적 의미를 지향하는 언어 등과는 다른 여성 특유의 표현과 텍스트를 지향·확산시켜, 흔들리는 여성의 섹슈얼리티, 단편적이고 비연속적인 의미를 거부하는 언어, 신체 리듬 등에 의한 여성 표현 공간을 개척하고자 하였다. 그것은 또한 마그릿 듀라스가 『나타리 그란제(여자의 관女の館)』(1972년)로 영상화시킨 세계이기도 하였다.

---

[1] 『하나가 아닌 여자의 성(性)』, 1987년.
[2] 『메듀사의 웃음』, 1993년.
[3] 『여자 게릴라들』, 1973년.

줄리아 크리스테파니는, 남성이 그 주체 형성 과정에서 혐오할 만한 것, 무서운 것으로써 은폐하고 가두어버린 '오브젝션', 모성이라는 메타포어로 말해지는 복권復權이 여성 표현의 원동력이라고 생각하였다.[4]

이와 병행하여 동성애자인 롤란 발트가 성차性差문화의 이야기를 대신할, 작품이 되지 않는 텍스트, 불연속적 단편에 의한 리듬으로써 통일된 표현 형태를 추구하는 것을 볼 때[5], 타자화된 섹슈얼리티적 표현이 남녀라는 젠더를 넘어선 공유의 표상공간을 형성하고 있음을 알 수 있다.

그러나 섹슈얼리티가 표현 행위의 원동력이라고 해도, 타자화된 섹슈얼리티를 둘러싼 논의는 페미니스트나 동성애자 사이에서도 같지는 않다. 텍스트와 섹슈얼리티의 관계 추구 또한 앞으로의 텍스트 분석이나 비평에서는 하나의 과제이다.

여성이라는 개념은 남성에게서 차별화된 여성에 의거하고 있으므로 그 성은 눈에 보이고 존재하는 신체 쾌락을 부여하며, 생식 활동으로 모친이 되는 여성의 신체는 남성에 의해 기호화되어, 여성은 그 기호를 내면화시키고 섹슈얼리티를 밀폐시킴으로써 스스로가 신체를 지배와 억압의 장으로 여겨왔다. 여성은 남성에 의해 사랑받고 아이를 생산하고 좋은 모친이 되는 신체를 자신의 아이덴티티의 근거로 여겨왔던 것이다.

그러나 여성은 섹슈얼리티의 주체 그리고 욕망의 주체가 됨으로써, 젠더화되고 타자화되어진 여성의 신체 기호나 의미로부터 이탈

---

4) 『공포의 권력. 오브젝션(試論)』, 1984년.
5) 『우경遇景』, 1989년.

할 수 있게 된다. 마녀 등과 같은 여성상은 젠더화된 여성의 신체로부터 이탈한, 강한 욕망과 자기주장을 거기에 잠재우고 있다. 젠더화된 여자라는 신체로부터 이탈한 욕망의 주체는 성차性差문화의 구조를 뒤흔들고 해체한다.

페미니즘 비평에 젠더 개념 문학비평이 도입되면서, 작품을 읽는 방법이 바뀌었을 뿐 아니라 성차문화 중에 표현 행위와 텍스트의 생성 과정에 대한 분석이 문학비평에 불가결한 요소가 되었다. 그것은 문학비평이 문화비평의 넓은 틀 속에 위치하고 평가되는 것을 필연화시켰다.

여성문학을 읽는 것은, 역사나 사회 안에서 여성이 살아가는 방법과 모성이나 여성을 둘러싼 가족관계 속 모습을 생각하게 할 뿐만 아니라, 젠더적 시점에 따른 비평이, 현재 도달 지점으로부터 성차문화와 표현, 작품이나 텍스트의 생성과 젠더·섹슈얼리티의 관계를 생각하는 과제 제시를 통해, 자유로운 성차와 표현 영역을 개척하고자 하는 것은 아닐까 한다.

2. 집·가족·연애·결혼

오카노 유키에(岡野幸江)

'근대가족'이라는 개념

근대는 가족의 시대라 한다. 연애나 결혼, 집이나 가족문제는 근대문학에 있어 중심 테마가 되어 왔다. 그것은 근대적 자아의식에 기초한 자유로운 연애야말로, 실현을 지향하는 인간해방으로 이어진다는 생각을 했기 때문이며, 그리하여 자유연애를 억압하는 집은 근대문학의 크나큰 투쟁의 대상이 되었다. 그리고 연애나 결혼, 그리고 가족을 둘러싼 인간관계성이 어떻게 그려지고 있는가가 항상 그 작품의 가치를 재는 하나의 척도가 되어왔다고 해도 좋을 것이다.

그러나 이 가족이라는 개념은 최근에 크게 바뀌었다. '아리에스 죠크'라고까지 할 정도인 필립 아리에스의 『아이의 탄생』(1980년)에서 분석적으로 밝혀낸 '근대가족'의 개념은, 가족이라는 단위는 역사상 보편적으로 존재한 것이 아니었다는 것을 명백히 하면서, 가족연구를 비약적으로 진전시켰기 때문이다. 이후 가족 사회학은, 근대가족은 산업사회를 지탱하는 기초로 만들어진 것이며, 우리들이 자연스러운 형태로 믿어왔던 가족의 자명성自明性이 근대의 고유 산물이라는 점을 해명하였다.

에드워드 쇼터는 『근대가족의 형성』(1987년)을 통해, 근대가족의 특징으로 ① 로망스 혁명, ② 모자의 정서적 유대, ③ 세대의 자율성을 들고 있다. 그것은 남녀의 성애(性愛 : 로맨틱 러브)를 기본으로 형성되어 핵가족으로 자립된 것이기 때문에, 어느 시대보다도 더욱 모자의 강력한 관계가 성립된 집단이라 할 수 있다. 근대에 들면서 공공 영역과 사적 영역이 확연히 분리되어, 가족은 그 사적 영역을 짊어지게 되었고 성별 역할분담이 고정화된 상태에서 사랑愛이라는 정서적 고리가 강조되어 아이들을 중심으로 하는 혈연적 고리로 이어지는 관계가 되었다. 그러나 그것은 시장경제 원리가 관철된 근대 산업사회에서 가장 효율적인 시스템이기에 그야말로 근대는 가족시대라 할 것이다.

'연애'개념의 형성과 젠더화

영원한 사랑이란 환상에 지나지 않는다는 것과 일부일처제 역시 유럽의 농경사회가 만들어 순화시킨 사실이라는 것은, 헬렌 피셔의 『사랑은 왜 끝나는가』(1993년)에 시사되고 있듯이, 본디 연애라는 개념도 근대유럽의 산물에 지나지 않는다고 볼 수 있다. 메이지明治 이후, 일본에는 연애라는 용어가 유포되었지만, 그 연애라는 개념도 연애결혼을 이상으로 하는 유럽의 사고방식이 수입된 것을 의미한다. 어쨌든 메이지 20년대부터 30년대에 걸쳐 기타무라 도고쿠北村透谷의 『압세시가壓世詩家와 여성』에서도 보이듯이, 기독교 문화의 영향에 따른 연애가 신성시되고 칭송되면서, 동시에(연애는 여전히 남성의 것이었지만) 도쿠토미 로카德富蘆花의 『불여귀不如歸』(1989~99년) 등의 신문연재소설을 중심으로 소위 가정소설이 유행, 중산계급을 모델로 한 화려한 가족 이미지나 이상적 여성상이 미디어를 통해 선전되고 규범화되어 갔다. 또 교육 수준에도 현모양처 사상이 침투·도모되는 등, 여러 레벨에서 젠더화가 이루어졌다.

민법도 시행되어(1898년) 근대국가로써 법제도가 정비된 19세기 말부터 20세기 초두(메이지 30년대)에는, 집을 국가의 아날로지로 취급하는 강력한 '가족국가'라는 환상 공동체가 만들어져 여성은 집안에 틀어박히게 되었다. 집을 국가의 기초로 본 것은 유럽 제국도 마찬가지였지만, 전근대적인 집 제도를 재편했다는 의미에서 일본적인 특수한 것이었다. 히구치 이치요樋口一葉의 『쥬산야十三夜』(1895년), 『다케쿠라베』(1896년) 등은, 그야말로 집과 유곽에 갇혀 살아야 했던 근대 여성들의 고뇌를 비추고 있으나, 한편에서는 요사노 아키코의 『헝클어진 머리』(1901년)처럼 남성적 언변의 연애를 주체화한 표현도 나타났다.

'연애결혼' 이데올로기

그렇지만 실제 가정에서는 여러 가지 알력이 생겨나 모델로부터 탈피되었고, 사회적 기반 변화에 동반한 모델 변용도 박차를 가하고 있었다. 특히 러일전쟁 후는 큰 전환기로 그때까지 형성되어 있던 연애나 가족에 대한 이미지가 흔들리면서, 그것을 반영한 '신新여성'이란 표현도 수없이 등장하게 된다. 예를 들면 『세이토青鞜』의 창간호(1911년)에 발표된 다무라 도시코의 「생혈生血」에는, 여성 측에서 말하자면 억압적이라 느낄 만큼 젠더화되어진 '성애性愛'의 양상이 표현되고 있으며, 그 외에도 『세이토』의 많은 작품들이 연애나

결혼, 가족이라는 제도에 대해 회의懷疑를 품고, 거기에서 도망치고
자 하는 의식을 테마로 삼고 있다.

한편 이 1910년대는 '섹슈얼리티'의 시대라고도 하듯이, 구미의
섹슈얼리지 이입에 따른 섹슈얼리티에 관한 논의가 왕성하였던 시
기다. 하지만 거기에는 생물학적 차이가 강조되면서, 『세이토』에서
의 엘렌케이의 『연애와 결혼』이라는 번역도 '연애결혼 보급을 위한
에폭 메이킹'이 되어, 지적 여성에게 연애결혼의 이데올로기와 모성
주의 페미니즘의 내면화를 초래하였다.[6]

그 무렵 여전히 연애결혼에 대한 이데올로기가 남성논자들에 의해
적극적으로 주창되고 있었다. 오스기 사카에大杉栄처럼 다각적인 연
애 행각은 엄한 비판을 받았지만, 하라다 미노루原田実의 『연애와 결
혼』(1920년), 구리야가와 하쿠손厨川白村의 『근대 연애관』(1921년) 등
의 작품이 계속 이어지면서, 호아시리 이치로帆足理一郎의 「민본적
가정」[7]에서는 남녀가 대등한 가정형성을 제창하게 되었다. 그렇지
만 이러한 현상을 앞에 두고 집家의 재편이 도모된 것도 분명하며,
근대연극의 대표작 중 하나로 이름을 날린 기쿠치 간菊池寛의 「아버
지 돌아오시다」(1917년)는, 집의 분열을 그리면서도 '가부장의 권위
복권과 현모양처의 재등장이라는 시대사상'에 바짝 다가서고 있
다.[8]

그런데 연애결혼의 결과로 실현된 가정도 결코 이상적 가정이라
고 할 수 없는 것은, 그 후 인간해방을 목표로 사회주의 운동을 짊어

---

[6] 요시가와 도모코, 『연애와 결혼』, 『세이토(青鞜)를 읽다』 所收.
[7] 현대여성에 대한 요구, 『여성문제』, 1919년.
[8] 이노우에 리에 : 井上理惠, 「가족잔조家族殘照」, 『근대연극의 문을 열다』, 사회평론사, 1999년.

졌던 남녀결혼에서조차도 여성이 희생되고, 부부활동에서도 성역할을 탈피할 수 없다는 것이, 노가미 야에코野上弥生子의『마치코眞知子』(1928~30), 사타 이네코佐多稲子의『주지 않는다』(1936년) 등을 통해 표현되면서 근대가족의 함정으로까지 비추어졌다. 또 전쟁 하에서 여성 지식인이나 운동가들 대다수가 모성주의를 받아들인 가족국가 이데올로기의 담당자로서 전쟁에 협력해갔으나, 여성작가들의 전쟁 하에서의 언급은 여전히 충분한 연구가 이루어지고 있다고는 할 수 없으며, 이는 금후의 과제라 할 것이다.

'근대가족'에서 '포스트 패밀리'로

전쟁 후 신헌법 하에서 새로이 태어난 가족 개념은, 남녀의 대등한 평등 관계를 보장하면서 사회로부터의 피난처, 휴식과 안락한 공간으로 간주되었지만, 현실적으로는 핵가족이라는 부부와 아이들로 이루어지는 폐쇄된 혈연적 공간은, 고지마 노부오小島信夫의「포옹가족」(1964년), 시마오 도시오島尾敏雄의「죽음의 가시」(1960) 등에서 볼 수 있듯이 가족 성원 간의 여러 가지 갈등을 드러내는 새로운 장이 되었다. 미즈타 노리코의「가족이라는 정신적 상처」[9]에서 지적된 것처럼 "가족이 그 깊은 속을 드러내 보이는 것은, 전근대적 가족 제도로서의 집이라기보다는 오히려 엣센스로 결집된 듯한 근대 핵가족에 있어서"라는 것이다. 이러한 가족이라는 성性 제도를 파괴하고자 하는 여성을 재빠르게 그린 것이 미국의 우먼리브 조류의 영향을 받은 오바 미나코大庭ミナコ의「세 마리의 거미」(1968년)이다.

---

[9] 고단사(講談社), 1991년.

그 후 1970년대에는 다카하시 다카코高橋タカコ, 도요오카 다에코富岡多惠子, 스시마 유코津島佑子, 모리 요코森瑤子 등도, 여전히 여성을 처나 어머니 역할로서만 한정해버리는 억압받는 장치로서의 근대가족을 설정, 거기로부터 이탈하고자 동요하는 여러 가지 시도를 보여주었다. 80년대가 되면, 가정을 안락한 장소·혈연에 치우치지 않는 새로운 생활공동체로서 모색하려는 경향이 작품 속에 나타난다. 요나하 게이코與那覇惠子의 「현대문학에서 보는 가족의 형태」는 그러한 현대문학 속의 가족상을 개관·분석하고 있다.

또한 '화롯가가 있는 집'에서 '거실이 있는 집', 그리고 '원룸'으로 변천한 기구에 의한 집에 착목하여 남성작가들이 집에 관한 소설을 쓴 것에 비해, 여성작가들이 집 밖의 소설만을 쓴 것은 근대가족 속에서 남편의 역할과 처의 역할이 다르기 때문이라고 지적한 니시가와 유코西川祐子의 『전셋집과 내 집의 문학사』[10]는, 근대문학을 가족이나 가정에서 다시 바라볼 경우 많은 시사점을 내포하고 있다.

앞으로의 시대는 가족은 개인으로 해체되어 가면서, 혈연만이 아닌 여러 가지 개인관계로 연계되는 것이 가능해질 것이다. 그리고 다양한 가족을 출현시킬 것임에 틀림없다. 홀어머니가 증가하고 대리모가 널리 인정받게 되고, 동성 간에도 아이를 갖는 일이 실현될 것이다. 또 20세기 테크놀로지의 진보는 생명과학에도 극적인 전개를 가져와, 유전자 조작이나 복제 제조기술을 개발하였다. 이로써 21세기에는 장기 제조나 인공생명의 탄생도 가능하게 될 것이다. 그러나 한편으로는 야마다 쇼코山田昌弘의 『근대가족의 행보』[11]에서

---

10) 삼성당(三省堂), 1998년.
11) 신요사(新曜社), 1994년.

도 언급되었듯이, 가족은 본래 편안함과 애정이 넘치는 이상적인 공동체여야 한다는 규범적 의식은 우리들의 감정에 깊게 잠재되어버림으로써, 이것을 '탈신화화脫神話化' 하는 것도 아직은 극히 어렵다고 할 것이다. 또한 이혼의 증대, 출생률의 저하, 고령화 사회의 진행, 유아학대나 소년범죄 증대라는 현실을 앞에 두고, 가족을 다시 바라보자는 주창 아래, 재차 가족에 대한 환상을 재생시키고자 하는 것도 분명하다.

가족해체와 가족재생이란 문제가 서로를 괴롭히는 가운데, 금후 가족은 어디를 향해 갈 것인가. 테크놀로지가 이 가족환상의 재생과 새로운 젠더화에 이용되지 않도록 경계하면서, 개개인의 존엄성이 확보되고 자유롭고 친밀한 공생 공간으로서의 포스트 패밀리를 모색하는 입장, 그것이 집과 가족, 연애, 결혼을 바라볼 때 요구되는 바가 아닐까 한다.

3. 노동

이와미 쇼다이(岩見昭代)

여성에게도 일을 – 인권으로서의 노동

메이지 초두부터 많은 계몽사상가나 자유민권가 등에 의해, 일부일처제론이나 폐창廢娼론, 여성 참정론이나 여성 교육론이 왕성하게 논의되어 왔다. 메이지 10년경에는 기시다 도시코, 가케야마 에코影山英子 등, 여성 활동가도 등장하여, 여성의 지위 향상과 가족제도에 대한 개혁이 논의되었다. 메이지 23년(1890년)에는 여성들에 의한 일부일처제를 내세운 청원운동이 전국적 규모로 전개되었다. 메이지 20년대는 이처럼 남녀동권 의식면에서 과거에는 볼 수 없었던 성장을 보이는 시기였다. 이런 와중에 신문이나 잡지에서는 '남존여비의 악풍을 없애고자 한다면 여성의 직업영역을 넓혀라(요미우리신문, 1887년 3월 27일)' 등으로, 여성의 직업문제를 계속 특집으로 다루면서 여성이 일을 한다는 것은 여권 신장의 수단으로 인식하는 듯했다.

이러한 기운 속에 기무라 아케보노木村曙는 여성작가로서는 일본 최초의 신문소설인 「부녀감婦女鑑」을 썼다. 약관弱冠 만 16세 때의 일이다. 이 작품은 요시가와 히데코吉川秀子를 주인공으로 하고, 그 가족과 외국인이 섞인 다수의 인물들이 등장한다. 꽤 황당무계荒唐無稽한 줄거리인데 15세의 히데코가 영국으로 건너가 캠브리지대학 여성학부에 유학, 좋은 성적으로 졸업한 후 미국 공장에서 기술을 습득하고 귀국하여 공장을 개설한다는 내용이다. 그 공장에서는 일하는 여성들에게 식사를 제공할 뿐만 아니라, 유치원을 만들어 그 자녀들에게 교육도 시킨다. 현재도 아직 잘 실현되지 않고 있는 직업여성들이 요구하는 이상적인 직장 환경을 그려내고 있는 것이다. 이것은 유학을 원했지만 이룰 수 없었던 아케보노 자신의 청춘의 꿈을 작품화한 것이었다.

이 20년대는 여성들이 처음으로 직업작가를 지향하기 시작한 시기이기도 했다. 메이지 21년, 미야케 가호는 『숲 속의 매』라는 소설을 쓴다. 이 작품이 그 내용 이상으로 영향을 준 것은 33엔 20전이라는 원고료를 받았다는 사실이다. 여기에 큰 자극을 받은 것이 히구치 이치요樋口一葉이다. 이치요는 어린 시절부터 영웅호걸의 전기나 의인의 이야기를 좋아하였으며, 여성이기에 달성할 수 없었던 큰 뜻을 품고 있었다. 직업작가인 이치요는 당시 세상에서는 다 이룰 수 없는 욕망의 괴로움을 어떤 때는 광기狂氣적으로 표현하면서 신여성으로 살아갔던 여성이다.

또한 당시 「여감女鑑」, 「여권」, 「가정잡지」, 「일본의 가정」 등등, 연이어 여성 가정잡지가 창간되었고, 중산계급 규모에 준하는 가정이 광범위하게 규격화되어 갔다. 즉 아이들을 중심으로 하는 '사랑의 둥지'로서의 가정 만들기를 여성에게 기대하면서, 여성의 역할이 크게 클로즈업되어 갔다. 즉 '현모양처 주의'의 등장이 그것이다. 이러한 조건과 환경 아래 신문에는 가정란이 마련되었고, 많은 여성기자들도 등장하였다. 「시사신보時事新報」의 오자와 도요코大沢豊子, 「요미우리読売」의 혼죠 유란本莊幽蘭, 「호치報知」의 하네히토 모토코羽仁モトコ, 「오사카 마이니치 전보大阪毎日電報」의 스가노 스가코菅野

スガコ, 「중앙일보」의 야마다 나코山田那子 등, 직업적인 작가 이외에
도 글쓰기를 직업으로 하는 여성들이 대거 등장하였다.

여성노동자/모성의 발견

그러나 여성에 대한 문호가 원활히 이루어졌던 것은 아니다. 일
찍이 여성이 직업으로 선택한 교사의 경우도, 메이지 25년 1892년
단계에서 그 비율이 7%에 지나지 않았다. 향학열에 불탄 대다수의
여성들은 사족士族 출신으로, 당시 최고의 교육기관 중 하나로 더구
나 경비가 적게 드는 사범학교에 입학하여 교사가 되고자 하였다.
그런데 사범학교에 입학하여 여교사가 된다는 것이, 마치 죄악처럼
받아들여져, 어떠한 가난 속에서도 딸을 사범학교에는 입학시키지
않겠다는 것이 당시의 사회적 통념이었다. 왜냐하면 학문에 관심을
가진 여성은 그만큼 건방지고, 무엇보다도 처를 거느리는 아버지나
남편의 체면을 망가뜨린다는 사고를 가졌었기 때문이다.

그러나 "여성의 직업으로 교원만큼 적당한 것은 없다. 어린 아동
에게는 여교사가 적당하다"는 인식의 전환에는 그리 오랜 시간이 걸
리지 않았다. 오랫동안 여성 특유의 성질로 간주되어 온 강한 인내
심과 온화한 성질, 그리고 완전한 동일 내용의 여러 가지 잡일을 시
켜도, 여교사가 받는 적은 봉급에도 불구하고 일의 마무리는 잘 지
어졌기 때문이다. 이처럼 주부성과 모성은 '가르친다'는 영역에서도
정당화되어 갔다. 하지만 현재도 사무실 청소나 차 끓이기는 전문직
인 간호원이나 보모에게도 피드백되고 있으며, 의사의 경우에는 소
아과나 안과, 이비인후과 등에 한정되는 등, 모든 업무의 장에서 피

드백되고 있는 것이다.

또 청일전쟁과 러일전쟁의 승리는, 그 후 일본 여성교육에 큰 영향을 미쳤다. 전쟁의 승리, 즉 국가발전은 여성을 포함한 국민 총력의 결집이 필요하였고, 국책의 의미를 여성에게도 이해시켜야만 했다. 문맹文盲은 생산력 발전을 저해하기 때문에 여성에게 초등교육을 받게 할 필요가 생겼던 것이다. 이처럼 여성교사를 많이 추구하는 경향이 생겨났다. 계몽기, 여성교육의 목적은 여성 자신의 행복을 위한 것이었다. 그것이 오늘날에 와서는 남편을 위해, 자식을 위해, 나아가 국가를 위해라는 목적이 더해졌다.

자기 자신이 없는 자기희생, 봉사, 공헌, 타애성他愛性을 갖춘 모성이라는 말이 정착하게 되는 것은 쇼와 시대에 들어서면서부터다. 이 시기에 모성의 한 형태를 잘 보여주는 야다 쓰세코矢田津世子의 『가정교사』12)라는 작품을 보자. 여주인공 '야요'는 마음의 정서와 자신을 돋보이기 위해 가정교사로 일하고 있다. 그러나 야요의 최후 선택은 만주에서 교육시설 건설에 힘쓰고자 하는 약혼자의 이상을 따르는 것이었다. 과거, 야요의 가정교사라는 직업은 아가씨가 갖추어야 할 예능 정도의 수준에 지나지 않는 것이었으며, 재산가의 직업여성이라는 약혼자의 놀림감이 되는 대상이었다. 그러나 만주는 어머니가 없는 새로운 토지였으며, 야요가 모성을 발휘할 것을 결의하자 비로소 그 놀림으로부터 해방될 수 있었다.

---

12) 신여원(新女苑), 1939년.

노동하는 신체/성적(性的)신체

여기서 여교사가 일부러 여교사로 표현되어져 온 점에 대해 생각해 보자. 여성은 오랫동안 노동과는 무관한 자였으며 노동자라고 하면 남성만을 의미하였다. 성적으로 중립이어야 할 직장에서조차도 언제나 여자라는 의미가 따라다녔다. 여교사는 어디까지나 여자였다. 이처럼 여성의 역할에는 처, 어머니, 그리고 남성의 성性 환상에 대응하는 성적인 신체가 추구되고 있었다. 어머니/처/창부라는 여성 역할이 이 여자라는 말에는 언제나 얽혀 있었던 것이다.

'중류'나 '샐러리맨'이라는 신조어가 구체적으로 뒷받침되면서 사용되기 시작하고, 도시를 중심으로 새로운 대중이 출현하게 되는 관동대지진을 전후한 모더니즘의 시대, 노동하는 신체와 성적 신체가 일체화되면서 여성 직업들도 등장한다. 히로쓰 가즈오広津和郎나, 오카다 사부로岡田三郎 등의 남성작가들이 그러한 이야기를 소재로 다루었고, 사타 이네코나 히라바야시 다이코 등 많은 여성작가들이 몸소 체험한 것은 여급女給이었다. 여급이 되기 위해서는 예능인처럼 샤미센이나 춤을 익히는 훈련 기간도 필요 없었으며 특별한 교육도 필요 없었다. 이 점에서 창기娼妓와는 달랐으며, 자유의사에 의한 한층 평등한 관계의 성매매 계약이 가능한 여급이라는 또 하나의 직업이 출현하였던 것이다.

이타가키 나오코板垣直子에 의해 '한 여성 룸펜의 생활기록'으로 불린 하야시 후미코의 『방랑기放浪記』13)는 한 여인이 공중탕의 심부름꾼, 하녀, 여성 신문기자, 사무원, 파출부, 판매원, 봉투쓰기 등, 거

---

13) 여인예술, 개조사간(改造社刊), 1930년.

의 여성이라면 가능한 직장을 전전하면서 여급이 되어 가는 과정을
그린 다큐멘터리이다. 도시 저변에서 살아가는 여성들의 이야기를
그녀들과 같은 눈높이에서 그려내는 일, 이것이 학력도 원조자도
아무것도 없는 가난한 여성들이 굶주림에 시달리면서도 계속 글을
써내려간 '문단에서 자활하는 방법'이었던 것이다.

노동해방/노동으로부터의 해방

또 최근, 오바야시 슈지大林宗嗣가 "매우 막연하지만, 주로 근육노
동에 종사하는 여성을 노동여성이라 하고 주로 지능적 직업에 종사
하는 여성을 직업여성이라 부른다"[14]고 정리하였듯이, 오늘날의 직
업여성과 가까운 인식이 성립되고 있었다. 지금까지 '여성도 일해야
한다'는 주장은, 어쨌든 먹고 살기 위해 육체를 혹사하며 저임금으
로 노동일을 해야만 했던 많은 여성들을 시야에 둔 것은 아니었다.
이 새로운 직업여성들의 대부분은 경제력, 생활력, 정신적 자립을
목표로 하고 있었다.

히라쓰카 라이초는 일본여자대학을 졸업한 후, 결혼도 하지 않고
양친의 보살핌도 받지 않은 채 속기사로서 자활하여 종교나 철학연
구를 계속하였다. 라이초는 일찍이 자립을 실현한 여성이었다고 할
수 있다. 여기에는 다음과 같은 문제가 발생한다.

"바깥세상의 압박이나 구속에서 탈출하여 소위 고등교육을 받고
넓은 일반 직업에 종사하면서, 참정권을 가지고 가정이라는 작은 세
상에서 부모나 남편이라는 보호자의 손을 떠나, 말하자면 독립생활

---

14) 「직업여성에 대하여」, 『여급생활 신연구』, 1932년.

을 시켰다고 해서 그것이 무슨 우리 여성에 대한 자유해방이란 말인
가.”15)

페미니즘은 노동에 대한 참가 자체를 목적으로 해 왔다. 그러나
여기서 지향하고 있는 것은 노동에서의 해방이다. 고등교육을 받았
다. 원하는 직업도 얻었다. 참정권도 얻어 정치에도 참여할 수 있다.
생활의 자활력을 가지기 때문에 결혼해도 부모로부터 남편으로부터
도 자유다. 그런데 우리가 진정으로 얻고 싶은 자유라는 것은 무엇
인가. 라이초가 바란 ‘진정한 자유해방’은 노동에서의 해방이 아니
라 이미 남자도 여자도 아닌 진정한 사람이 되는 것이었다. 여기에
는 ‘노동하는 신체’와 ‘성적 신체’라는 2항 대립적 패러다임의 해체
만이 아닌 ‘침잠하는 천재’를 발휘하며 살아가는 것은 어떻게 하면
가능한가, 라는 인간의 근원적이고도 본질적인 문제에 대한 의문 제
기가 붉어져 나온다. 근대적 노동관의 주술과 속박을 풀어헤칠 계기
는, 인간의 문화 활동 그 모두에 걸쳐 재고를 도모하는 페미니즘 안
에 있는 듯하다.

---

15) 「원시시절 여성은 태양이었다」, 『세이토青鞜』, 1911년.

4. 사회운동

다케우치 에미코(竹內栄美子)

여성들의 증언

1996년 7월, 나는 이와나미 홀에서 「여성들의 증언―노동운동의 선구적 여성들」이라는 영화를 보았다. 이시도 세린石堂清倫 기획, 스즈키 유코鈴木裕子의 감수로 여성들에 의해 만들어져, 이미 나이 들어 노쇠하였지만 당시의 일을 생생하게 되살리며 이야기를 들려주고 있었다. 1920년대부터 30년대에 걸쳐 활약한 사회주의 노동운동의 여성 활동가들이 과거를 들려주었는데, 그 이야기 속에서 사회주의라는 인간평등을 내건 운동에서조차도 여성이었기 때문에 차별을 받고, 남성 활동가의 예속과 종속을 받아야 했음을 알 수 있었다. 영화가 끝났을 때 나는 하우스 키퍼 등의 문제가 머리에 떠올라 견딜 수 없는 심정이었던 기억이 난다.

영화에 앞선 좌담회 기록을 보면, 후쿠나가 마사오福永操는 "결혼을 하면 남편들은 이제는 더 이상 아내에게 신경을 쓰지 않는다. 그것이야말로 우스운 것이다. 밥을 짓게 하고 자신을 돌보도록 한다. 결국에는 가능하다면 직장으로 보내 생활을 위한 돈벌이는 시키면서, 아내에게 사회운동을 시킬 생각은 털끝만큼도 없다고 본다. 대부분의 남자들은…"이라 하였고, 나베야마 우타코鍋山歌子는 "그래, 그래 맞아"하며 찬동하고 있다. 함께 운동에 참여하고 결혼을 했음

에도 불구하고, 남성 활동가들은 여성(처)을 활동가로서 보는 것이 아니고, 처로서의 역할 혹은 그 이상의 경제적 기반을 가져다줄 역할로 추구하게 되었다고 한다. 성역할 분담의 고정화는 사회주의 노동운동에도 깊이 침투하여, 남성 활동가의 자기실현을 위해 여성은 인종忍從을 강요당했다. 또한 옛날부터 활동해 온 베테랑 야마우치 미나山內みな가 입당할 수 없었던 것에 대해서는 '남편이 훌륭하지 않기 때문이다'라고 단언했다. 여성 활동가의 지위가 남편의 조직 내의 지위에 따라 좌우되는 불합리성도, 여성은 남성에 종속적이라는 생각의 한 예로 볼 수 있는 것이다. 후쿠나가는 일본공산당이 여성해방을 위해 투쟁하는 당이라 불리며 운동에 참가한 것에 대해, 사실은 그렇지 않다고 비판하며 회상하고 있다. 그 경위에 대해서는 『어느 여성 공산주의자의 회상』[16]을 통해 상세히 볼 수 있다.

여러 가지 여성운동

여성의 사회운동이라 하면, 메이지의 기시다 도시코나 후쿠다 에코福田英子의 여권운동으로 시작되어, 히라쓰카 라이초의 「세이토사」의 여성해방운동, 「부인교풍회」의 폐창廢娼운동, 시민적 여성운동의 원류라고 할 라이초나 야가와 보에다矢川房枝 등의 「신부인협회」 운동, 좌익 여성운동이나 여성 노동운동의 근원이 된 이토 노에伊藤野枝나 구쓰미 후사코九津見房子 등의 「적란회赤蘭会」 운동 등, 멀리까지 거슬러 올라갈 수 있다. 여성이 중심적 활동가가 되어 여성참정권 획득, 모성보호, 공창 폐지, 남녀평등법률 폐지 등, 정치적 사회적으

---

16) 1982년, 렌가서방신사(書房新社).

로 냉대 받던 여성문제를 해결하기 위해 많은 사회운동이 전개되어
왔다. 전후 민주주의 문학운동과도 이어지는 부인민주클럽 운동, 주
부연합회나 전국지역 부인단체연락협의회의 동향, 1955년 일본모친
대회의 개최, 1970년대 이후 리브페미니즘 운동 등을 들 수 있다.

또한 전쟁책임문제를 놓고 전시기 총후戰時期 銃後운동의 검증이나
일본군 위안부 문제에 대한 논의 등, 역사의 심판이라 할 만한 움직
임이 있으며, 가까이는 섹슈얼 하라스멘트나 도메스틱 바이오렌스
에 대한 검토도 최근 들어 활발해지고 있다. 이외에도 주민생활이나
시민운동의 형태로 여성이 참가하고 있는 생활, 교육, 복지, 환경문
제에 관한 많은 활동 등이 있다.

문학 연구 영역에서 크게 문제시되는 것은, 세이토사의 활동과 하
세가와 시구레長谷川時雨의 『여인예술』 『빛나다』의 활동, 또 전쟁 전
일본공산당 지도 하에서의 정치운동 및 노동운동과 불가분의 관계
에 있었던 프롤레타리아 문화운동일 것이다. 프롤레타리아 문화운
동이 사회운동으로 전개된 것은, 제1차 대전 후 자본주의 경제발전
에 따른 사회구조의 격변과 동반하여 노동자의 계급 해방을 목표로
세계적 정치운동과 연계되고 있었던 점에 큰 특징이 있다. 사회구조
의 격변이 가져온 새로운 현실의 여러 상황과, 그것을 변혁하고자
하는 인간의 주체나 감정, 그러한 것을 새롭게 예술로 그려내고자
했던 프롤레타리아 문화운동은, 체제권력의 탄압만이 아닌 예술이나
문화 본래의 모습을 무시한 운동 내부의 정치 목적의 경직화를 위해
바로 무너지고 말았지만, 1926년에 성립된 최초의 마르크스주의 예
술단체인 일본 프롤레타리아 예술연맹은 문학·연극·미술·음악 부
문을 갖추었고, 1928년 전일본 무산자예술연맹에서는 나아가 영화와

출판에 관한 전문부서를 갖추고, 출판부는 월간지「전기戰旗」를 간행했다.

이「전기」에는 1929년 5월호에 가나오야 도시코金親駿子의 '부인 입장에서의 희망과 주문'이라는 투고문에서 '부인에 대한 고려가 이루어지지 않고 있다'는 비판문장을 게재하고 있다. 거기에는 본 호에서「소년전기少年戰旗」가 부록으로 발행된 것 같으나「부인전기婦人戰旗」도 출판되기를 바란다는 요망이 기재되어 있다.「전기」는 동년 9월호부터 부인란을 만들었고, 그것은 1930년 10월호까지 이어졌다. 나아가 1931년 5월 임시증간호로써『부인전기』가 출판되기에 이른다. 마쓰이 게코松井圭子의 '「부인전기」란'에 의하면, 이후 임시증강판에는 없으나 독립 간행되면서 4호까지 출판되었고, 그 후 1932년 1월에는「일하는 부인」으로 개칭되어 미야모토 유리코가 편집 책임, 이마노 다이료쿠今野大力가 실무진이 되어 일본 프롤레타리아 문화연맹에서 간행하였다.「일하는 부인」은 전쟁이 끝난 후 유리코를 같은 편집자로 하여 재간행하게 된다.

미야모토 유리코는 사타 이네코 등과 더불어 프롤레타리아 문학을 대표하는 여성작가이지만, 1931년 일본 프롤레타리아 작가 동맹의 부인위원회 책임자가 된 여성이었다. 자필 연보에는 "프롤레타리아 문학운동에서는 일본의 반봉건적 사회 사정으로, 부인의 사회상·문화상의 무거운 짐이 너무나 문학상 성장을 저해하고 있다. 이 상태를 특별히 고려하여 부인의, 특히 일하는 부인—농촌에서 부인의 문학적 성장을 돕는다는 의미에서 '부인위원회'가 조직되었다"고 하고, 전술한 후쿠나가와 거의 같은 사고를 공유하고 있었음을 알 수 있다. 이 견해는 남성 활동가와 더불어 활동하는 여성의 장을 특별히 준비하지 않으면 안 되었던 당시의 사정을 잘 보여주고 있지만, 이런 경향은 이후에도 오랫동안 이어졌다.

이상과 같은 사고를 가졌던 유리코는 전술한 사타 이네코 혹은 하야시 후미코의 작품들과 더불어 페미니즘이나 젠더화 이론에 의해 다시 읽혀지면서 그 성과도 축적되었다. 다만 개개의 작가나 작품 검증은 진전이 있었지만, 사회운동으로서의 문화운동·문학운동 전체의 흐름을 여성의 시점에서 바라보고자 한 경우는 적었다. 그렇지만 그와 같은 여성독자의 움직임을 전체사적인 위치에서 평가할 필요는 있을 것이다. 피해자로서 여성이란 특별한 틀의 존재에 머물지 않는, 전체사적 의미에서 어떤 의미를 가졌던가에 대해 물어야 할 것이다.

젠더의 시점을 생각한다.

전술했듯이 여러 운동에서는, 주요한 활동자인지 아닌지 또는 논점이 되는 주요문제가 여성에 관한 것인지 아닌지 라는 차이를 찾아볼 수 있다. 전자의 경우, 남성 활동가가 주도하는 운동에서 여성의 위치가 어떻게 평가되었는가 하는 하나의 예는, 모두 사회주의 노동운동이나 프롤레타리아 문화운동에서도 찾아볼 수 있지만, 거기에는 젠더의 시점이 빠져 있기 때문에 차이나 불합리함과 불충분함이 있었다. 혹은 후자의 경우, 예를 들면 일본군 위안부 문제에 있어서도 전후 보상의 법적 레벨에서의 논의나 사료에 근거한 사실관계 논의만으로는 근본적인 문제를 다루었다고는 할 수 없으며, 젠더적 시점의 도입 여부에 따라 비로소 문제를 본질적으로 파악할 수 있을 것으로 이해된다.

확실히 여성관계 사회운동에 있어 젠더 시점은 중요한 것이다. 그러나 일본군 위안부 문제에 젠더의 시점을 도입함으로써, 법이나 사실을 둘러싼 논쟁에서는 문제될 것이 없었던 피해자 여성의 체험이나 기억을 들을 수 있고, 또한 그와 같은 관점에서 좁고 편협된 국가주의자의 폭언에 대해 비판하는 것이 가능하다고 해도, 간단히 가해국의 일본인 여성과 피해자인 아시아 여성을 동일하게 다룰 수는 없다. 페미니즘은 쉽게 양의적兩義的 의미를 지닌 국가주의를 넘어서기란 불가능할 것이고, 더하여 거기에는 전쟁의 책임문제나 식민지문제, 민족문제, 계급문제 등 다른 레벨의 문제가 의연하게 존재하고 있기 때문이다.

또 다른 사례를 보면, '부인교풍회'가 폐창廢娼운동을 전개하긴 했지만, 예능 창기를 천시하는 관념을 여전히 보임으로써, 요사노 아키코나 이토 노에의 비판을 받았지만, 야마가와 기쿠에山川菊榮는 그 노에의 부인교풍회의 예능 창기에 대한 천시관 비판에 대해서 찬성하였다. 다만 상류 여성의 허영에 대한 부인교풍회의 비판은, 공창 폐지 운동 억제와 결부되어 반대했다는 폐창논쟁에 대한 경위 보고가 있었다. 부인교풍회, 이토 노에, 야마가와 기쿠에는 폐창에서는 일치점을 보였지만, 각론에서는 계급 사상의 차이와 기독교, 아나키즘, 사회주의 사상의 차이라는 논점적 상이가 있었던 것이다.

포스트 프롤레타리아의 페미니즘 비평이 실천하였듯이, 젠더 스터디즈가 정치적·사회적 구조와 이어지는 현실의 억압적·차별적 구조를 비판한 것이라면, 더불어 이와 같은 젠더문제를 비롯한 몇 가지 교차적인 문제들을 풀어헤치고, 상대주의에 빠지거나 표면적 해석에 머물러버리는 일이 없이 논의를 거듭해 가는 것, 여성의 사회운동을 파악하기 위해서는 이와 같은 관점에 따른 입각점을 구축하는 것이 중요할 것이다.

5. 전쟁

하나사키 이쿠다이(花崎育代)

오늘날 무엇인가 논할 경우, 논자가 우선 의식해야 할 것은 '누가 누구를 향해 무엇을 어떻게 논할 것인가'하는 것이다. 이 중 '누가 누구에게', '어떻게'의 중요성에 대해서는 후술하기로 하겠다. '무엇을'에 대해, 여기서 필자에게는 '여성문학을 배운다'는 틀에서 '전쟁(원폭 포함)'이라는 과제를 부여받게 된다. 그러나 선구적으로 여성/전쟁/문학을 규정하는 것은 불가능하다. 따라서 여성/전쟁/문학이라고 누군가가 특권적으로 규정한 것을 그 안목을 따라 연구하면 된다고 생각해서는 결코 안 된다. '무엇을'은 언제나 배운 개개인이 논하고 묻는 것이며, 그것이 스스로의 태도를 명시하는 일이기도 하다.

본장에서는 이를 명확히 한 뒤에, 지금까지 여성작가로 인지되어 온 작가들의 작품 중, 일본 근대문학에 있어서 대외전쟁과 관계되는 문학을 대상으로 한 연구에 대해 주로 기술하겠다. 망라적인 고찰은 불가능하므로, 몇 개인가 연구에 한정·검토하고, 나아가 금후를 전망하기로 하겠다.

일본의 근대 여성/전쟁/문학

일본 근대문학에서 전쟁이 큰 위치를 차지한다는 점에 대해서는 이론의 여지가 없을 것이다. 메이지유신 이후 부국강병 정책 속에서 1873년 연공포年公布의 징병령(1927년부터 병역법)에 따라 국민 전체적 병兵이념이 실현되어 전쟁은 종래 특정 계급의 전속사항이던 것이 모든 신민臣民의 의무가 되었다. 그것은 부수적으로 전쟁 정보를 얻기 위한 계층의 증대와, 각종 미디어의 확대를 초래했다. 물론 문학 발표의 장의 확대와, 또 종군기자 제도도 초래했다.

징병제도의 대상이 남성이라 하여 여성은 관계없이 단순 피해자라는 의식은 물론 오판이다. 특히 1차대전에서는 가해자이기도 하였다.

총력전에서 확인해야 할 중요 사항은, 일본근대에 전투원뿐만 아니라 호적상의 여성을 포함한 전투원 이외의 사람도 폭격을 받았던 점 등에서 같은 피해자라는 점이다. 예를 들면 스즈키 유코의『페미니즘과 전쟁』17)에서는 이치가와 보에다市川房枝와 하네히토 세쓰코羽仁說子나 여성운동가의 '전쟁협력'에 대해 논하고 있다. 문학 연구에서는 패전 이후, 우선 압도적으로 피해자적 입장에서의 언설이 유통되었고,『전쟁은 어떻게 전해 왔는가』나, 사토 이즈미佐藤泉의「근대문학사의 기억/망각」18) 등의 연구가 있다. 피해자임과 동시에 가해자인 사실에 대한 인식은 근대 '전쟁문학'을 생각하는 불가결한 시점이었던 것이다.

다만 나카가와텐 나루미中川天成美가「하야시 후미코『남방징용작가南方徵用作家』」19)에서도 언급했듯이, 물론 쉽게 피해자라는 사실을

---

17) 마르쥬사, 1986년.
18)『현대사상』, 1999년.
19) 세계사상사, 1996년, 오자와서점.

크게 주장한 것에 대해서는 인식 부족이라는 지적을 한 사실, 또 가해자이기도 하다는 사실을 고발 규탄한 위에, 논자論者가 무전제적으로 반성하고 사죄하는 것이 능사라는 식으로 끝맺음을 하고 있으나 그렇다고 해서 문제가 해결되는 것은 아니다. 또한 역사학 분야에서도 예를 들면, 자발적인 다이쇼익찬회 부인부大政翼贊会婦人部 창설운동에도 불구하고, 전쟁 전·전쟁 중·전쟁 후 일관되게 여성의 사회참가를 주장했다는 대의명분에 의해, 전쟁으로 입은 상흔이 거의 없는 상태로 전후를 살아간 문제에 대해 상세히 설명하고 있다.[20]

타 영역의 참조 여부에 대해서는 신중해야겠지만 이러한 성과를 통해, 그리고 전쟁 중과 전쟁 후의 연속성에 대해, 경제적 면에서의 유익한 고찰로는 노구치 유키오野口悠紀雄의 『1940년의 체제』가 있다.

지금까지의 연구

여성작가들에 의한 전쟁문학이 압도적으로 증가한 것은, 1938년도에 내각정보부에 따른 종군작가가 조직되어 펜 부대가 탄생하여 하야시 후미코·사타 이네코·오야마 이토코小山イトコ 등의 여성작가가 전지에 임하게 된 중일전쟁 이후의 일이다. 연구도 여기에 집중하고 있다. 개별 연구사가 따로 되어 있는 작가도 있으므로, 전쟁에 관한 것으로 한정하여 간략하게 기술하기로 한다. 하야시 후미코에 대해서는 1990년대에 들어 활발해진 소위 종군위안부 문제를 논의·검토한 사실과, 그리고 문학작품에 대해서는 하야시의 『부운』

---

[20] 나리타 류이치(成田龍一), 「모국의 여인들」 등.

등을 고찰한 가나이 게코金井景子의『전쟁, 성역할, 성의식―광원光源으로서의 종군위안부』21)를 들 수 있다. 또 전술한 나카가와가 전쟁 중 종군활동을 벌이면서『전선戰線』,『북안부대北岸部隊』에 대한 앙양昻揚감, 그리고 회의감 속에서의 강연활동, 전쟁 후『부운』에서 보여준 남쪽에 대한 향수와 침략옹호의 괴로움과 혼효混淆를 고찰한 작품이 「단념丹念」이다. 사타佐多에 대해서는 마에다 히로코前田広子의 「사타 이네코」22), 하세가와 게이長谷川啓의『사타 이네코론論』23), 다카자키 류지高崎隆治의『전장의 여류작가들』24), 기타가와 아키오北川秋雄의『사타 이네코「남방징용작가」수록』등에서 남방을 향한 행보나 실태에 대해 상세히 설명하였고, 와타나베 스미코의『전집』제3권「주지 않는다くれない」(1985년) 후『일본 여성 근대문학론』25)에서는 전장을 위문한 심정 해명을 시도하고 있다. 그 밖에 와타나베 스미코의「전쟁과 여성」26)에서「주부의 벗」사 특파원으로 요시야 노부코吉屋信子에 대해 쓴 위문과 작가적 고찰이 있다. 또한 오가타 아키코尾形明子에게 나가야가와 시구레長谷川詩雨의 편집으로 '가가야쿠' 의 총후銃後 문학운동을『단념』에서 검토한『가가야쿠의 시대』27)가 있다. 시가에 대해서는『십시집辻詩集』의 여성시를 분석한 스보이 히데坪井秀의『목소리의 축제』나, 개인시집을 고찰한 나카시마 미유키中島美幸의『태평양 전쟁 하의 여성시―모성의 절대화』28) 등

---

21) 일본 근대문학, 1994년.
22) 니시다쇼 편,『전쟁과 문학』, 1983년.
23) 오리진출판센터, 1992년.
24) 논창사, 1995년.
25) 세계사상사, 1998년.
26)『전쟁하의 문학』, 2000년.
27) 도메스출판, 1993년.
28)『여성, 전쟁, 인권』, 1998년.

이 있다. 패전 직후를 그린 미야모토 유리코의 「반슈 평야播州平野」
에 대해서는 기타다 유키에北田幸惠가 「침묵과 소리의 전후戰後」[29]를
통해 음音의 효과를 지적하였고, 시마무라 가가야키島村輝의 「반슈
히라노의 전쟁의 발견」[30]이 그 음音의 문학적 효과를 평가하면서,
가부장적 가족관에 대한 긍정적 표출에 대한 곤란을 기술하고 있다.
누마자와 가즈코沼沢和子의 「반슈 히라노播州平野론」[31]은, 시마무라
론島村論에 대하여 오히려 유리코가 독자에게 가부장적 가족권의 존
재적 강고함을 억지로 제시한 것으로 보인다.

또 대외전쟁에서 유일한 피폭국인 일본으로서는 원폭에 관한 작품
이 '원폭문학'이라는 장르로 인식될 만큼 많이 쓰였다. 피폭자인 오
다 요코大田羊子의 『히로시마』, 하야시 교코林京子의 『나가사키』, 피
폭지 출신자 사타의 『나가사키』, 다케니시 히로코竹西寬子의 『히로
시마』 등의 작품이 발표되었다. 예를 들면 1985년 8월호 『국문학 해
석과 감상』에는 「민주문학」이란 타이틀로 차례로 각각 '원폭문학'
에 대한 특집을 다루고 있다.

금후의 전망과 과제

징용작가의 가해자적 성격은 전시 중의 명백한 행동으로 명확화
되기 쉽다. 그렇다고는 하나, '국가적 프로퍼건더에 이용되었다'는
시점만으로 각각의 문학을 다 이해하였다고 할 수는 없으며, 결국은
당해 작가의 규탄, 내지는 '전쟁과 피해자'라는 평가 때문에, 스테레

---

29) 『근대문학 연구』, 1989년.
30) 『쇼와문학 연구』, 1990년.
31) 『사회문학』, 1995년.

오식의 국가 비판적 타입에 빠져버릴 수도 있다. 그럼 '한 시민으로서 전쟁ー패전을 체험한 여성'을 그린 문학에서는 어떠할까. 전술한 『전쟁은 어떻게 전해 왔는가』에서는 '24개의 눈동자'를 통해 전쟁을 천재지변으로 다루고 있다고 비판하였지만, 슈카朱夏나 후지하라테藤原テイ 등, 인양자引揚者문학을 포함한 재검토를 요청하는 시점도 있다. 다만 물론 단순한 규탄도 복권 옹호도 건설적이지 못하다는 것은 명확하다(또 보아왔듯이 프롤레타리아 문학 출신 작가 이외에는 연구가 적다는 현상도 인식해야 할 점이다).

더욱이 '전쟁문학'의 언변이 각각 누가 누구에 대하여 어떻게 쓰고 있는가를 생각해야 할 것이다. '우리'라고 쓰였을 때, 독자는 그것을 무전제적으로 일본인이라고 해석하고 있지는 않는지, 혹은 기억이나 역사의 일원화를 위한 1인칭은 아닌지 재검증할 필요가 있다. 도야마 이치로冨山一郎의 『전장의 기억』32)이나 요네야마 리사米山リサ가 「기억의 변증법ー히로시마」33)에서 지적하였듯이, 급우의 피폭사를 개별적 성격으로 다룬『히로시마 제2현여고 2학년 4반第二県女二年西組』(1985년)은 일원화시키지 않은 개인의 기억을 기술함으로써 주목받았다. 또 피폭자를 포함한 전쟁 피해자는 당연히 일본인만으로 한정되지 않는다. 이것은 오늘날의 소위 종군위안부문제 논쟁 등에서 두드러진 사항이지만, 일본·일본인이라는 테두리 안의 논리만으로는 전쟁이나 전쟁문학도 미래적 전망 아래 논한 것이라할 수 없다. 그러한 의미에서 모리자키 가즈에森埼和江의 「두 개의말, 두 개의 마음」34)의 고찰은 매우 시사적인 것이다.

---

32) 일본경제 평론사, 1995년.
33) 『사상』, 1996년.

그와 동시에 과거 전쟁과 관계한 문학 연구는 당연히 역사적인 시야를 필요로 한다. 오늘날 역사학은 나치와 독일의 호로코스트 문제나, 소위 종군위안부 문제 등의 논쟁 도상에서, 유달리 부상하고 있는 문헌에 따른 '사실' 실증이 곤란하다는 점이 클로즈업되면서, 기억에 의한 증언을 어떻게 생각하는가에 대한 초점이 모아지고 있다. 물론 한편으로는 문서자료를 읽은 가토 요코加藤陽子의 노력작 『징병제와 근대일본』[35] 등도 있지만, 여기서 역사학의 엄밀한 방법을 문학 연구가 안이하게 모방하고자 했다는 지적은 아니다. 그러나 위에서 기술한 동시대적 문헌에 남아 있지 않은 것, 말하기 어려워 쓰여지지 못한 것―사후에 '지금'에 대한 기억과 증언 문제는 전쟁 후라는 사후 쓰여진 전쟁문학구조에 극히 시사적인 것이다.

제2차 대전의 체험자가 압도적으로 감소해 가는 오늘날, 전쟁문학이 전쟁을 누가 누구를 향해, 어떻게 전달하고자 하는가 계속 검증해 가는 것을 추구하고 있다고 할 것이다.

---

34) 『사상』, 1996년.
35) 吉川弘文館, 1996년.

6. 에콜로지

요시가와 도요코(吉川豊子)

에콜로지와 페미니즘

일반적으로 환경과학, 환경생태학이라 불리는 에콜로지의 성립에는, 두 사람의 여성 과학자가 깊이 관련되어 있다. 환경 파괴의 징후를 보이기 시작한 19세기 말, 일상생활에서 인간이 환경과 조화하여 살아가는 지식을 알고자 제창한 엘렌·리차드·스월로와, 에콜로지스트의 바이블로 불리는 『침묵의 봄』(1962년)의 저자 레이첼·커슨이 그들이다. '미국 가정학의 어머니'로 불리는 스월로는 머터리얼 페미니스트의 한 사람이며, 농약이 인간과 환경에 미치는 유해성을 검증한 커슨은, 오늘날 에콜로지 운동(환경보호를 지향하는 시민운동)이 왕성해지도록 계기를 부여한 인물로 유명하다. 두 사람은 과학기술의 대부분이 남성의 손안에 쥐어져 있다는 사실에 위험을 느끼고 있었다. 근대과학의 근저에는 남성을 과학에, 여성을 자연에 동일화시켜, 과학이 자연을 지배하듯 여성도 남성이 지배하는 것이라는 생각이 잠재하고 있음을 간파하지 못하고, 자연을 지배하는 것을 전제로 한 과학기술의 발전이 환경을 파괴하고 모든 생명의 위기와 이어진다고 경고하고 있었다.

『침묵의 봄』의 반향으로, 1970년까지 미국 전토에서 DDT농약의 사용이 전면 금지되자 일본에서도 73년까지 같은 조치가 내려졌었다. 그보다 10년 전인 1959년에는 구마모토 현의 유명한 해안에서 발생한 '기이한 병奇病'의 원인이 화학공장의 폐수에 포함된 유기 수은이라는 것이 발표되자, 이후 68년에 후생성厚生省이 환자를 공해병 환자로 인정하기까지 '수오병水俣病'에 의한 공해소송과 니이가타의 '수오병' 공해소송이 제기되었던 사실은 아직도 기억에 생생하다. 환경 파괴를 겨우 심각한 문제로 인식하게 된 1970년대를 기점으로, 공해병 소송이나 환경보호 운동으로서의 에콜로지 운동이 세계적으로 확산되어 갔다. 생활을 위협하는 자연 파괴에 재빨리 저항한 것은 남쪽 여성들이었다. 히말라야 산맥 가왈산지의 레니촌 삼림벌채에 저항하기 위해, '나무 끌어안기(지푸코)' 운동을 전개한 인도 여성들의 '지푸코 무브먼트(74년)'나, 연료를 확보하기 위해 사막에 수백만 그루의 나무를 식림한 케냐 여성들의 '그린벨트 무브먼트(77년)' 등, 비폭력주의·직접행동에 의한 환경보전 운동은, 선진국에 의한 발전도상국 개발로 환경이 파괴된다는 사실을 전 세계에 널리 알렸다.

한편 70년대에는, 세계 각지에 증설된 원자력 발전소와 그 방사능 피해에 관한 관심이 높아져 반 원자력 운동이 구미제국에서 활발화되었는데, 그 선두에 나서 싸운 것 역시 여성들이었다. 1978년 일본의 핵폐기물 재처리를 위한 영국의 핵재처리 공장 확장계획이 부상했을 때, 영국의 페미니즘 잡지는 '원자력에 반대하는 페미니즘 선언'을 게재하였고, 다음 해 3월 미국의 스리마일도 원자력 발전소 사고로 대량의 방사능이 방출되자, 그것이 방아쇠가 되어 구미의 반 원자력 운동은 일거에 타오르게 함과 동시에 에콜로지화 되어 갔다.

유럽 각지에 온갖 반핵 그룹이 결성되면서 현대문명의 왜곡적 양상이 사람들에게 강하게 자각된 80년대에는, 포스트모던을 구호로 내건 사상이 대두하여, 서양의 근대 합리주의나 과학의 기저를 이루는 인간(서구문화·남성) 중심주의, 인간에 의한 자연지배·착취에 대한 사고가 패러다임의 전환을 요구받는 시기이기도 하였다. 이러한 조류 속에서 가부장제 자본주의에 기초한 사회제도·관습·의식 중에 존재하는 성차별주의(섹시즘)의 철폐를 지향하는 운동으로 대두한, 제2의 파도라고 할 페미니즘의 일부는, 1980년대 이후 인류문명 전체의 근원적 모습에 대한 의문을 품게 만들어 지배와 착취에 근거한 세계관을 올티너티브한 가치관으로 바꾸어 가는 새로운 페미니즘 운동을 전개시키게 되었다. 여성들에게 지구를 구하기 위한 에콜로지컬한 혁명을 외친 프랑스작가 후랑소와즈·드봉느가 혁명을 일으켰다. 스리마일 섬의 원자력발전소 사고 직후, 이네스트라·킹의 지도 아래 개최된 '여성과 지구의 생명―80년대 에코페미니즘 회의'를 계기로 대두된 에콜로지컬·페미니즘이 바로 그것이다. 여성들만의 평화캠프로 유명해진 영국의 그리남·코몬 미군기지에서의 평화운동이나, 86년 체르노빌 원자력 발전소 사고 후 90년대의 반핵·군축 운동에서의 '에코헤미'는 중심적 역할을 담당하였다.

에코페미니즘 제유파와 에코노미의 과제

에콜로지 사상은 페미니즘과 마찬가지로 환경문제 원인의 간파 방법, 해결을 둘러싼 전략적 입안 방안에 따른 여러 파가 있지만, 공통 이념으로는 ① 자연환경 및 발전도상국 사람들에게 부담을 강요하는 개발방식이나, 자원 낭비형(대량생산, 대량소비, 대량폐기)의 경제우선 시스템을 갱신하여 보다 간소한 생산양식과 라이프스타일로 전환한다 ② 권력이 한 곳에 집중되지 않는 다양한 민주주의의 실현 ③ 인간에 의한 자연의 지배, 인간에 의한 인간 지배 등, 모든 폭력을 부정하며 모든 생명을 존중하는 다양성을 서로 인정하는 사회창출이라는 3가지 점을 들 수 있다.

자본주의 경제 시스템을 비판하는 에콜로지스트는 자연스런 라이프스타일이나 자급자족 생활을 기본으로 한 커뮤니티의 부활을 추구하지만, 성별 역할 분업에 대해 무비판적이라든지 성차별에는 무관심하다. 이네스트라 · 킹은 "지배가 여성 멸시와 자연 증오와 상호 관련되는 핵심을 파헤치고자 하는 면밀한 페미니스트에 의한 분석이 없으면, 에콜로지는 추상화의 영역을 탈피하지 못하고 불완전한 것이 된다"고 기술하였고, 메리 · 메라는 페미니스트가 의문을 가져야 할 문제는 "자연과의 조화가 필연적으로 인간 커뮤니티 내부의 조화를 의미하는지"이며, "그린운동이 선천적으로 페미니즘이라는 상정想定을 해서는 안 된다"는 주의를 주고 있다.

에코페미의 공통 목표는, 행동을 기본으로 한 운동이라는 점과 군국주의를 넘어 동시에 히에라러키나 환경 파괴가 없는 새로운 사회 비전을 만드는 것이지만, 거기에는 에콜로지나 페미니즘 사상과 마찬가지로 다양한 흐름이 있다. 여성과 자연의 관계를 둘러싸고, 또 가부장제 자본주의가 파괴를 계속하는 자연환경이나 사회를 편안하게 할 책임을 여성이 전면적으로 짊어져야 할 것인지에 대한 논쟁점에 따라, 하기와라 나쓰코萩原ナッ子는 에코페미를 두 가지의 흐름으로 분류하였다. 하나는 자연과 인간의 영적 · 정신적 부분을 중시하는 스피리츄얼리즘과, 여성문화를 궁극적인 목표로 하는 컬추럴 · 페

미니즘을 전승한 컬추럴·에코페미니즘이며, 또 하나는 사회주의적 사회를 목표로 하는 소셜·에콜로지와 밀접히 관계하는 소셜·에코페미니즘이다.

전자의 목표는 환경문제나 그 외 사회문제를 올터니티브한 '여성문화'로 구제·개선하는 것에 있다. 여성/자연·영적이고 직관적인 것과, 남성/가부장적 합리성의 문화를 대치시키고 여성과 자연과의 역사적·생물학적·경험적 결부가 강조되어, 퍼포먼스 노래, 회화, 시, 또 마술이나 치유의 커뮤니티, 강한 여신 예찬 등의 형태로 자연과 여성의 친화력을 강조하여, 여성의 가치를 찬미하는 의식이 여성의 엔파워먼트에 중요한 의미를 가진다고 하였다. 후자는 계급과 젠더의 히레라러키를 없애는 것을 목적으로 하는 사회주의 페미니즘과, "인간에 의한 자연지배는 인간에 따른 인간의 지배로부터 생겨난다(부킨)"는 소셜·에콜로지 사고에 바탕을 두고, 가부장제 자본주의 사회의 히에라러키를 타도함으로써 여성의 해방과 자연의 해방이 실현된다고 주장하여, 다음과 같은 사고에 근거하여 컬처·에코페미니즘을 비판하였다.

스피리츄얼리즘에 의거한 자연환경주의는 종교적·공상적인 것이므로, 젠더나 종교라는 이름 아래 사회지배의 위험성을 내포하고 있다. 본래 사회적 운동인 페미니즘은 종교가 아니며 선사시대로 돌아가기 위한 논의는 더욱 아니다. 여성을 모성이나 자연과 결부시키는 본질주의는 여성 사이에 존재하는 계급, 문화, 인종적 차이를 무시한 것이다. 소셜·에코페미니즘은 생물학적 성차를 근거로, 여성은 자연, 남성이 문화라는 젠더적 해석을 철저히 거부하고 본질주의를 비판한다. 다이에쓰 아이코大越愛子는, 일본의 천황제 국가관을 지탱한 불교사상이 자연신앙과 밀착하여, 그 모성주의 페미니즘이 옛날 천황제 국가사상에 회수된 괴로운 역사를 갖게 됨으로써, 특히 일본에서의 모성예찬적 페미니즘의 위험성을 지적하고 있다.[36]

그렇지만 지카후지 가즈코近藤和子나 하기와라 나쓰코가 지적하였듯이, 누구보다도 빨리 반핵과 군축이라는 직접적인 행동을 보인 것은 아이를 양육하는 모친들이었으며, 또 유기농약법이나 수질정화, 리사이클 운동 등의 환경보호 운동도 모친을 중심으로 실행되어 왔다. 그러한 행동은 '생물학적 의미로서의 모친'인가 아닌가와 관계없이, 차세대 및 미래의 지구생태 환경을 지키고자 하는 깊은 통찰력의 표현이었음에도 불구하고, 여성과 자연을 단락적으로 결부시키는 이원론적 해석에 근거하여, 모성과 여성원리를 강조한 에콜로지 운동이론에 끌려간 점에 문제는 있었다. 그것은 결국 여성의 억압과 자연 파괴와의 관련성에 대해, 지금까지도 명확한 이론적 규명이 이루어지지 않고 있기 때문이다.

1990년대에 들어서면서 제3의 방향인 에코페미니즘의 가능성이 모색되고 있다. 인도의 에코페미니스트인 벤덤시버가, 선진국에 의한 발전도상국 개발과 환경 파괴, 가부장제 자본주의에 따른 식민지 지배와 생태계 위기, 그리고 남성에 의한 여성의 억압이 밀접하게 관계됨을 명백히 하였음은 물론이고, '건강한 지구를 위한 세계여성회의'에 이어, 1992년에 리오데자네이로에서 개최된 '국연國連환경개발회의' 등, 환경문제와 여성에 관한 중요한 국제회의가 잇달아 개최되었다. 지구 서미트로서는 '지속 가능한 개발을 위한 인류의 행동계획 액션·아젠더 21'이 채택되어, 그 제24장에는 "지속 가능

---

[36] 『페미니즘 입문』, 지쿠마 신서, 1996년.

한 개발을 진척시키기 위해서는 환경과 자연의 관리자로서의 여성의 경험과 능력이 중요하다"고 기술하는 한편, 지속 가능한 개발을 진행시키기 위해서는 남녀가 대등한 파트너로서 모든 정책결정의 장에 참가하는 것이 필요하다 하고, 그 실현에는 여성의 지위 향상이 전제조건임을 명시하였다. 환경 파괴와 성차별 실태가 관련되면서 해결지침이 제시된 것은 주목할 만하다. 이후 93년에 세계인권회의, 94년의 '국제연합國連인구 개발회의', 95년의 '사회개발 서미트, 제4회 세계여성회의'에서도 환경문제 해결과 여성의 사회적 권리 획득과 보장, 지위 향상이 밀접하게 관계한다는 사실이 인식되면서 해결해야 할 과제로 거론되어 왔다.

이 점에 대해 아리마·미스는 다음과 같이 기술하였다.

"여성과 환경은 최근 갑자기 남성 측으로부터도 각광을 받고 있다. 환경문제도 남성의 손으로는 도저히 담당할 수 없게 되고 말았다. 그래서 이번에는 여성들이 활약하여 남성과 여성 모두를 구제하기 바란다. 그러한 시기가 온 것이다. 남성은 언제나 자연에 대해서나 사람에 대해서도, 또 다른 나라에 대해서도 싸움으로 도전해 간다. 그 후 결말을 짓는 것은 언제나 여성들이다. 이러한 의미에서의 뒷정리는 이제 더 이상 하고 싶지 않다."[37]

여성만이 지구를 구할 수 있는 것은 아니며, 구할 수 없다는 사실을 분명히 하고 싶은 것이 에코 페미니스트의 시점이며, 지구 환경문제 해결과 여성의 권리 보장이나 사회참여, 사회적 지위 향상은 하기와라도 지적하는 바로, 더불어 당연히 남녀공통의 과제이기도 한 것이다.

---

[37] 「에코 페미니즘은 사회를 편안히 해 주는가」, 『세계』, 1994년.

에콜로지와 여성문학

마지막으로 에코페미니즘 관점에서 쓰여진 여성작가 문학 텍스트를 2~3권 소개하고 마무리 짓고자 한다. 이토 노에의 「전기轉機」[38]는 1910년대의 일본사회를 뒤흔든 아시오足尾의 동산광독銅山鑛毒 사건을 듣고, 1916년 12월에 오스기 사카에와 함께 다니나까谷中 마을을 방문한 노에가 공해와 싸운 주민들의 모습을 그린 것으로, 동시에 자본주의 사회의 어두운 부분에 눈 뜬 여성들이 소매를 걷어붙이고 사회문제에 맞서 결의를 하는데 이르는 사상적 전환을 고한 수필이기도 하다.

이시무레 미치코石牟禮道子의 『고해정토苦海淨土와 수오병』[39]은, 다니나카촌 사건도 사정에 넣은 일본의 자본주의가 번영이란 이름 아래 가혹하리만치 농어민의 목숨을 파먹어 들어가는 모습을, 개개의 환자와 그 가족들에게 밀착 취재하는 형태로 그려내고 환자의 고통의 소리를 기록으로 남겨 그 공해를 고발한 수오병 공해 소송사건의 전말을 기록한 르포이다. 니가타의 수오병 공해 소송을 비롯해 각지에서 연달아 발생한 공해를 고발한 주민운동의 기폭제가 된 기념비적 모범이라 할 것이다.

요시다케 데루코吉武輝子가 이치가와 보에의 선거운동 응원에 가담함으로써 환경오염 문제에 대한 저자의 관심이 비롯되었다는 설정의 아리요시 사와코有吉佐和子의 『복합오염』[40]에는 커슨의 『침묵의 봄』이나, 이시무레石牟禮의 『고해정토苦海淨土』도 등장하며, 저자가 이들

---

[38] 『문명비판』창간호 제2호, 1981, 오스기 사카에, 이토 노에(大杉栄 · 伊藤野枝) 공저의 『걸식(乞食)의 명예』, 1920년, 수록(收錄).

[39] 「서클촌」, 1960년.

[40] 아사히신문, 1974.

텍스트에 공통하는 에콜로지 사상을, 메스미디어를 매개로 하는 르포 풍으로 다시 써서 사회에 보급하려 한 것이다. 농약이나 화학비료, 살균제 등에 의한 농작물 오염의 공포에서 유기농약으로의 전환을 설득하고, 식품 첨가물의 독성, 배기가스에 의한 대기오염, 합성세제나 PCB에 의한 해양오염, 배합사료에 따른 가축 등의 식재오염 등, 생활의 문명화가 가져온 환경의 복합·상승화된 오염·파괴 실태를, 면밀한 데이터로 구사하여 명확히 함과 동시에, 인류의 미래를 경고하고, 농어민 등의 생산자나 소비자뿐만이 아닌 기업이나 관공서, 정치가, 연구자 등 사회가 일체가 되어 생활 개혁을 해야 함을 호소하고 있다.

7. 신체와 테크놀로지

가나이 게코(金井景子)

리프로덕션의 현대

고타니 마리小谷真理는 그의 저서 『여성무상無常의식―여성SF론 서설序説』에 수록된 출산을 제명으로 하는 문장 속에서, 테크놀로지라는 토를 달아 '생식기술'과 '공업적 재생산'이라는 두 개의 말로 마구 흔들어 놓았다. 과학기술이 비약적으로 진보한 근대라는 것은 인간이 물건을 생산하는 경영과, 인간이 인간을 낳는 경영이 함께 '리프로덕션'한다는 토를 달아 싫든 좋든 관계없이 동열화시켜 관리의 대상이 되는 시대가 도래한 것을 의미한 것이다.

근대 이전에는 자연의 섭리의 범주에 들었던 출산이라는 행위가, 공장에서 생산조정이 부단히 이루어지듯이, 생산의학의 발달과 그것을 구현화하는 기술 진전으로 조정 대상까지도 되었지만, 그로 인하여 동시에 부상한 것은 테크놀로지의 획득이 임신과 출산의(혹은 중절하는) 주체로서의 여성 개개인에게, 출산과 비출산의 자유 및 권리를 보장한 것이 아니라 도리어 임신시키는 측의 남자나 그들의 대표자에 의해 움직이는 국가로부터 차별받게 된 현실이다.

오기노 미에荻野美惠·마쓰하라 요코松原洋子의 『성과 생식의 인권문제 자료집성』에는 1875년부터 1953년에 걸쳐 일본에서 전개된 육아조절 운동이나 성과학에 기초한 피임의 종류, 성교육을 둘러싼 언급이 집약되어 있다. 그것은 빈민층에 산아조절을 강요하는 새로운 말사스주의나 장애자, 병자의 유전자를 도태시키고 '우수한' 일본민족으로 된 일본 국가를 지향하는 '우생사상優生思想'에 근거한 인구정책과 언제나 행보를 함께 해 왔다. 이들 자료와 맞부딪히게 될 때, 오기노 미에의『생식의 정치학—페미니즘과 버스·컨터롤』(1994년)이나 에하라 유미코江原由美子 편저의『생식기술과 젠더』(1996년)를 참조로 한 우리들은, 페미니즘의 성적 자기결정권을 둘러싼 투쟁이 이러한 성이나 생식관리에 대항하면서도 때에 따라서는 유착성을 보인 역사적 경위에 대해서도 착안하지 않을 수 없다.

그것은 낙태의 권리를 1인칭 소설 형식을 통해 정면으로 묻고 있는 야스다 사쓰키安田皐月의『옥중獄中 여인에서 남자로』[41]에 대해, 여성의 사회진출 및 자기실현이야말로 낙태의 제1의 이유가 된다고 평가한 히라쓰카 라이초가—화류花柳계의 병자 단속에 한정했다고는 하지만—우생사상에 의해 국가가 법으로써 개인의 성과 생식을 보호해야 한다고 제창했던 점에서 집약적으로 나타나 있다.

'읽을거리 문예비평'이라는 전략—사이토 미나코(斎藤美奈子)의 『임신소설』 어프로치

일본 근대문학에서 성과 생식이 어떻게 표상되어 왔는가—그것을 개별 작품의 비판이나 평가에 머물러버리는 일 없이, 근대일본의 섹슈얼리티를 파악하는 유효한 문제로 제시하고자 시도한 관점이, 페미니즘의 컨텍스트를 답습하면서도 '근대를 문학의 시대로써 비판'

---

41)『세이토』, 1915년.

하며 '소설의 구조와 기능' 분석을 향한 「읽을거리 문예평론」[42]이 사이토 미나코의『임신소설』형태로 드러난 것은, 오늘날 오히려 그 이해가 가능하다. 미에다 가즈코三枝和子는『임신소설』에 대해 "페미니즘 사상 등의 답답하고도 허무한 발상은 저자의 안중에는 없었을 것이다"고 한탄했지만, 안중에 없는 것이 아니라 일단 대상화하기 위해서 '문학제품에 관한 바이어스 가이드 내지는 뉴저지핸드북'이라는 시좌를 표명한 것이 비평성을 얻게 된 결과였다고 볼 수 있다. 미즈타 노리코는 '임신소설'이 1960년대 이후 여성작가들에 의해서도 생산되었고, 그것이 '여성도 다시 남류문학을 쓴다는 좋은 증명'[43]이라 평가하였는데 이것은 극히 중요한 지적이다.

『임신소설』이 가져다준 장르 의식은 작자의 성별을 묻지 않고 '남류문학'으로서의 '임신소설'을 철저히 비웃고, 당사자의 목소리를 한 단계 높이 끌어올린 여성문학으로서의 임신소설의 가능성을 시사한 것이다.

'여성문학'으로서 만나는 시도─우치다 하루키쿠(内田春菊)의『파더·퍽커』

임신소설의 정리에는 "작은 지성(여기서의 의미는 피임을 말함)에도 흔들림 없이, 예측되는 뒤의 곤란함(임신을 의미)을 의식하지 말고 침대에서 자유로이 뒹구는 것, 그것은 그야말로 현대의 모험이며, 혼의 고투를 추구하여 길을 나서는 그들이야 말로 현대적 영웅이라 불리기에 족하지 않을까"라는 비아냥으로 가득 찬 내용이 기술되어

---

42) 미에다 가즈코(三枝和子), 「읽을거리 문예평론의 출현」, 『신조新潮』, 1994년.
43) 「임신소설」, 『도쿄신문』, 1994년.

있다. 그러나 오늘날에도 형법 212조에는 낙태죄를 명기하고 있고, 그 한편으로 1999년 9월에 이르기까지 저용량의 필 사용이 법적으로 허가되지 않음으로써, 피임은 자연법 혹은 콘돔 등의 사용에 한정되고 있다. 해금 후에도 사용에 따른 부작용 문제가 대두되고 있는 일본법 제도의 현황 아래에서는, 피임을 위한 키맨은 여전히 남자이며 피임의 책임주체는 여성들이라는 구도는 온존하여, 근대적 임신소설을 재생산하는 토양은 21세기로 이어져 가게 된다.

이러한 상황을 딛고 가키사키 이치로柿崎一郎는 남성학의 입장에서 쓴 '임신시키는 성의 자기책임—중절, 피임으로 묻는 남성이론'44)에서, "인간의 부부 간 성관계에서도 임신과 출산에 대한 주도면밀한 배려와 준비가 없이 질외사정을 하게 된다면, 그것은 남성에 의한 성폭력 행사라 보아 마땅하다"고 기술하고 있다. 이에 대해 미야지 즈네코宮地常子는, 임신시키지 않을 책임의 실체화를 기존법에 준하여 행할 방도로 '강제임신' 및 '합의임신'이라는 개념을 제창하고 있다. 여성 측에서 위험일(배란일)이기 때문에 콘돔을 사용하기 바란다는 의사를 표했음에도 불구하고, 남성이 강행하여 임신이 되는 사태가 발생했을 경우, '강제성 임신 죄'가 성립하여 그 결과로 '강제 중절 죄' 혹은 '강제 출산 죄'로 몰리는 자도 있는 것이다. 현실적 문제로는 강간죄와 마찬가지로 입증을 둘러싼 많은 곤란이 예상되지만, 이러한 개념을 오히려 정립해 봄으로써 우리들은 성과 생식의 현장에서 지금도 여성이 강요당하고 있는 식민지적 신체성의 현실을 인식할 수 있게 된다.

1993년, 마루타니 사이치丸谷才一가 「물 오른 여성」(「문예춘추」)에

---

44) 『인펙션』, 1997년.

서 임신중절문제를 이야기 과정 속에서 장식처럼 사용했는데, 그 해
는「문예춘추」에서 임신소설인 우치다 하루키쿠의『파더·퍽커』가
간행된 해이기도 하다. 피임에 무지한 동급생과의 성교로 임신을
하게 된 '나'는, 가부장으로서 군림하는 양부의 노여움을 사게 되고
마치 소유권 주장처럼 성적 학대를 받게 된다. 사소설로 평가받은
『파더·퍽커』가 개인의 특이한 체험을 넘어 여성문학으로서의 자율
성을 갖게 된 것은, 여기에 그려진 테러 섹슈얼적 성행위가 남성에
의한 여성의 지배를 극히 직접적인 형태로 제시했다는 것에 근거한
다. 또 미혼이나 미성년의 임신이라는, 가장 보호가 필요한 상황 하
에서 가족과 학교와 병원이라는, 본래대로라면 도덕적으로 마땅히
기능해야 할 공동체나 시설이 당사자의 성적 자기 결정권을 완전히
묵살하고, 아이덴티티를 부정하는 형태로밖에 관여할 수 없는 점에
대해 부상시키고 있다. 특히『파더·퍽커』의 등장인물인 '내'가, 메
이지 30년대에 발원하여 40년대에 왕성하게 묘사되었던 '낙태 여학
생 이야기'의 주인공들과, 90년대라는 시차를 넘어서 모티브를 공유
한다는 사실을 인식하면,『성과 생식의 인간문제 자료집성』으로 장
식된 20세기의 행보는 과연 무엇이었는지 새삼 되풀이하여 의문을
품지 않을 수 없다. 이러한 사고회로를 거쳐 우리들은 하나의 동시
대적 언급을 통해 근대의 여성문학을 다시 파악하고 수정함으로써
만날 수 있게 되는 것은 아닐까 한다.

8. 컬추럴 스터디스

세키 레이코(関礼子)

컬추럴 스터디(이하 오해의 가능성이 있으므로 '문화 연구'로 표기한
다)라는 것은 주로 영국과 프랑스의 1950·60년대부터 시작된 두 개
의 흐름, 하나는 레이먼드 윌리엄의『문화와 사회』에 기인한 사회학
·인류학·사회사 연구의 흐름을 따르는 것, 또 하나는 프랑스의 알
트세발트, 푸코 등으로 대표되는 포스트 구조주의 사상가들에 의한
기성의 지적인 틀 조직에의 변혁운동을 목표로 하는 조류를 가리킨
다. 그러한 의미에서는 다른 많은 사상과 연구가 그러하듯이, 문화
연구도 외래 수입품의 하나라 하겠지만, 특히 근대 이후 현저한 세
계사적 동시성을 가지게 된 일본문화와 사회 상황에서는, 수입품인
까닭에 회피한다는 것만으로는 문화적·사회적 기반에 무지하다는
사실을 표명하기란 어렵다. 또 문학 연구와 문화 연구가 숙적처럼
두 개 항의 대립을 설정하여 어느 쪽인가의 옹호일변도로 기운다는
것은, 부수적 폐쇄성에 머무는 것에 지나지 않을 것이다. 「문화 연
구에 정사正史는 존재하지 않는다」[45] 「정사正史가 없다, 성전聖典이
없다, 개조開祖가 없다」[46]를 들어, 가능한 일본의 컨텍스트에 비추
어 보아 필자가 생각하는 문화 연구의 엑츄얼한 양상을 기술하여 보
고자 한다. 우선 여기서는 문화 연구라는 것이 유일한 심미적·관념

---

[45] 그레이엄 터너, 『컬쳐스터디 입문―이론과 영국에서의 발전』, 작품사, 1999년.
[46] 『언어』, 「컬쳐스터디란 무엇인가」, 2000년.

적·윤리적 가치 기준이나 예정像定조화적 문학관·특권시하지 않는 문학에 대치하고자 하는 입장이라고만, 완만하게 정리하고자 한다.

일본의 문화 연구

일본의 전쟁 전 문화 연구의 선구라 하면, 메이지문화 연구회에 집결한 요시노 사쿠조吉野作造·미야시키 가이코쓰宮武外骨·이시이 겐도石井研堂 등을 들지 않을 수 없지만, 최근 연구동향과 관련 주목되는 것은, 오쿠마 신교大熊信行 및 도사카 준戶坂潤일 것이다. 후자에 대해서는 사토 즈요시佐藤毅의 「일본에 있어서의 컬추럴 스터디스」[47]에서도 언급되었지만, 우리 영역에서는 임숙미林淑美가 전쟁 전의 일본 문화 이데올로기론의 논객으로서 거론한 바가 기억에 새롭다.[48] 임숙미가 비판한 것은 고바야시 오사무小林修·아카노 겐스케紅野謙介·고바야시 요이치小林陽一의 편저인 『문화·표상·이데올로기—메이지 30년대의 문화』[49]이다. 본서에 대해서는 이미 서평[50]을 했으므로 반복하지 않겠지만, 임숙미의 이론에서 하나 부족하다고 생각되는 것은, 근대문학의 연구 영역에 있어 문화 연구는 새로운 조류가 아니라는 점이다. 임숙미도 지적한 바처럼 문화 연구가 70년대 이후 ‘문화생산 문제에 대한 깊은 위기감과 필사의 가능성 추구가 그 발상의 근저에는 있다’고 한다면, 70년대 이후의 마에다 아이前田愛의 일련의 업무도 그와 같은 ‘위기감과 필사의 가능성 추구’와 무연하지 않기 때문이다. 명칭이야말로 ‘문화기호론’이면서 언어론·문화

---

47) 『컬처스터디와의 대화』, 신요사, 1999년.
48) 『일본 근대문학』58집, 1998년.
49) 오자와서점, 1998년.
50) 『아세아대학 교양학부 기요』56호. 1998년.

비평·기호론을 채집해 넣은 그의 작업이 롤란발트 등의 업무와 연결되어 있고, 지금 말하는 문화 연구와 겹쳐지는 것은 심포지엄 '비평과 연구의 접점'에서 "문학작품이라는 것은 다른 여러 문화적 코드 중, 그중 하나의 코드에 지나지 않는다"[51]는 말 등을 통해서도 충분히 알 수 있다.

오쿠마 신교大熊信行에 대해서는 마에다前田의『근대독자의 성립』[52] 중에 꽤 많이 언급되고 있다. 그의『문예의 일본적 형태』(1937년) 중「신문 문학의 존재형식—소설의 일본적 형태」,「신문소설가로서의 나쓰메 소세키」는 오늘날, 다카키 겐오高木健夫나 혼다 야스오本田康雄 등에 의해 추진되고 있는 신문소설 연구에 대한 선구적 언급으로써 주목할 만하다. 본업이 경제학자였던 오쿠마大熊는 소세키漱石의 신문소설의 기능과 수용방법에 착목하여, 신문소설이라는 형태로 나타난 문학과 사회의 접점에 대해 독자적 탐구를 행하고 있다.

그런데 마에다의 '문화기호론'의 출발이 '주석註釋'이었던 것은 시사적이다. 대학원생 시절 근세문학 학도였던 그가 주석의 중요성을 고전연구를 통해 배우게 되어, 전쟁 후 드디어 성립한 근대문학 연구에서 기득既得한 방법과 근대방법 사이에서 격론을 벌인 것은 오늘날 잊고 있지만 귀중한 사례일 것이다. 주석이 자기 목적화 된다면 그것은 주석으로 완결하여 논論을 방기放棄하는 '주석주의'에 빠질 수밖에 없지만, 그것을 전제로 논을 세워볼 때, 그것은 몬트로즈가 말하는 「텍스트의 역사성, 역사의 텍스트성」[53]이라는 문화 연구

---

51)『일본 근대문학』23집, 1976년.
52) 유정당, 1973년.
53)「르네상스를 생업으로 하여—문하의 시학과 정치학」,『뉴히스토리 시스템—문화와 텍스트의 신 역사주의를 추구하며』, 영조사, 1992년.

의 최신 방법의식에 접합될 것이다. 그렇다고 하면 주석이라는 것은 텍스트의 동시대 언급과 현대 언급과의 창조적 대화가 이루어질 가능성을 여는 것은 아닐까 한다. 이러한 의미에서 이시하라 치아키石原千秋가 "연구논문의 대부분이 컬추럴 스터디의 영향을 받아 끝없이 주석적으로 되어 가고 있다"[54]라고 하여, 과거와 현대와의 격투부재格鬪不在를 비판하고, '하나의 비평 스타일'로서의 주석을 제창하고 있는 것은 주목할 만하다.

문화 연구와 젠더론

문화 연구의 하나의 기수격이라 할 후크의 '권력론', 둘즈의 '욕망·주체성론'에 디컨스터렉션·마르키즘, 젠더론을 무기로 논쟁적으로 개입한 것은 가야트리 서피박이다. 그녀는 1972년 3월에 행한 후크와 둘즈와의 대담인 「지식인과 권력」(『알크』49호)에 대한 비판을, 최초에는 「권력·욕망·이해」라는 제목으로 냈고 논문집 「막스주의와 문화의 해석」(1998년)에 수록할 당시에는 「서발턴은 이야기할 수 있는가」라는 타이틀로 변경해 발표하였다. '서발턴'이라는 것은 오카 신리岡眞理에 의하면 "여러 번 겹치면서도 주연화되어 종속적 지위에 놓이고, 혹시 표상된다고 하면 언제나 틀린 형태로밖에 표상될 수 없는 존재"[55]라고 하였다. 이 비판이 '16년이 지난 후의 비판'이라는 사실은 문화 연구에 있어서 후크 등의 대담이 얼마나 깊고 큰 영향을 주었는지, 그녀가 그들을 비판할 시점을 찾기 위해 얼마나 많은 시간을 요했는지를 말해 주고도 남는다. 그러나 그동안에도 사이드 등과도 운

---

[54] 「주석이라는 읽기」, 『일본 근대문학』61집, 1999년.
[55] 『도서신문』, 1999년.

동한 제2세계 지식인들에 의한, 포스트모던 담당자 자체에 대한 비판 움직임이 본격화되면서 문화 연구도 새로운 국면을 맞이하였다.

그러면 일본의 근·현대문학 연구에 서피박적인 서발턴론을 시야에 넣은 문화 연구를 볼 수 있을 것인가. 근대문학 영역에서 서발턴적인 존재라 하면, 소위 여류문학(여기서는 그 역사성을 현재顯在화시키기 위해, 억지로 젠더의 유징성有徵性을 띄는 이 명칭을 사용한다)을 하나의 예로 들 수 있을 것이다. 메이지 40년대 이후 근대문학의 「남성젠더화」56)와 함께 성립한 여류문학은 부차적이고 주연적이라는 점에서 특별석을 부여받았다. 예를 들면 다무라 도시코가 그렇다. 그녀에 대한 당시의 평가와, 그 후의 망각은 서발턴적인 시점이 없이는 이야기될 수 없는 것이었다. 종래 그녀를 둘러싼 연구 상황은 주로 가이노크리틱시즘적 발상에 의한 '묻혀 있었던 여성작가의 발굴'적 측면이 강했다. 근대문학 연구에 있어서는 의연하게 가이노크리틱시즘은 필요하지만, 그것이 무전제인 채로 특화되는 것은 위험할 것이다. 전집 등의 1차 자료 정비가 이루어지지 않은 상태에서 기존의 평가 축 그대로 논리가 생산된다고 하면, 그녀(들)의 주연성은 재생산될 것이다. '개인전집이란 무엇인가'라는 의문을 품게 된 현재, 전집부재의 작가야말로 1차 자료와 동시대의 평등을 씻어내고, 어떠한 시대적 힘이 작용하여 그녀가 주연화된 것인지에 대해 묻지 않을 수 없다. 그러한 의미에서 고세키 아유미光石亞由美의 최근 일련의 연구는 흥미롭다. 그녀는 「여성작가가 성을 묘사할 때―다무라 도시코田村俊子의 경우」57), 「다무라 도시코의 여성작가론―그리는 여

---

56) 누카타 유코(額田祐子), 『그들의 이야기―일본근대학과 젠더』, 1998년.
57) 『나고야 근대문학 연구』14, 1997년.

연구를 위한 어프로치 75

성과 그려지는 여성」(야마구치국문 21호) 1998년, 「성적 현상으로서의 문학―성욕 묘사론과 다야마 가타이田山花袋」[58] 등에서 문화 연구적 방법을 실천하고 있다. 예를 들면 두 번째 논문에서 아유미는 '관능의 창'이라는 한 시대에서 가치화되어 갔던 비평용어를 썼고, '관능묘사'의 시대적 무드에 호응하여 그 한도 내에서 평가되었던 까닭에 '유행현상으로서의 관능묘사의 시대가 종언을 고하자마자 슌코는 잊고 있었던 작가가 되었다'는 견본을 제출했다. 아유미의 방법은 텍스트를 동시대 평가 및 동시대에 중심화되었던 무드나 텍스트의 분석을 통해, 우리들이 의식적이든 무의식적이든 가두어 두었던 오늘날적인 읽기의 틀을 상대화하고 있다. 이것은 슌코를 기성의 여류적 틀로 평가해버린 종래 관념을 무효화할 뿐 아니라, 히라다 유미平田由美[59]나 스즈키 도비야鈴木登美他[60]에 의해 채찍이 가해진, 사적 견본을 가진 젠더론이나 캐논 형식의 문제와 중첩된다 할 수 있을 것이다.

모든 입장이나 방법이 그렇듯이 총론은 쉽고 각론은 곤란하다. 문화 연구의 각론인 서피박이나 사이드론을 지탱하고 있는 것이, 전자는 『문화로서의 타자他者』[61]에 수록된 번역이나 텍스트론 실천이라고 한다면, 후자는 『세계·텍스트·비평가』[62]의 텍스트와 역사와의 격투일 것이다. 우리들이 새 땅에 발을 내딛는 것과 같은 실천 속에서야말로 문화 연구의 가능성도 확실히 개시될 것이다.

---

[58] 『일본문학』제48권 6호, 1999년.
[59] 『여성 표현의 메이지사』, 이와나미서점, 1999년.
[60] 『창조된 고전』, 신요사, 1999년.
[61] 기이구니냐서점, 1990년.
[62] 1983년, 호쇼대학 출판부, 1995년.

9. 포스트 콜로니얼리즘

다네다 와카코(種田和加子)

'포스트 콜로니얼리즘'은 국민국가가 배제되고, 그리고 동화同化를 강요해 온 민족문제를 주요 대상으로 한다. 여기서 논해야 할 과제는 '포스트 콜로니얼리즘'과 '여성문학', 일본 및 일본인이라는 경계 설정을 정당화하는 이야기에 대한 비판적 검증이나 전쟁의 책임 문제, 동시에 젠더에의 시점이 요청된다. 포스트 콜로니얼 문학은 오키나와, 재일한국인과 북한인, 아이누 문제가 부상하지만 몇 가지의 구체적인 텍스트를 제시하여 가며 생각해 보기로 하자.

픽션으로서의 구술(口述)―사키야마 다미(崎山多美)

오키나와 현 출신의 작가 사키야마 다미에게『구리가에시 가에시(1994년)』라는 작품이 있는데, 기억의 전승과 기술에 관계되는 문제를 제시하고 있어 주목하고자 한다. 작품은 화자인 '나'의 회상형식으로 이루어져 있다. '보어리도保於利島'는 이미 무인도가 되었고 거기서 행해지던 축제를 겸한 톤차마 제사도 소멸해버렸다. '나'는 조부와의 인연으로 이 섬에 관심을 갖게 되는데, 학생시절 이 섬을 방문한 지 4년 후 작은 출판사에 근무하면서 염원이었던 보어리도의 민속자료 출판을 꿈꾸게 되지만, 출판을 할 즈음 회사가 도산하게 되고, 또 귀중한 자료 제공자의 한 사람이었던 본래 민속학자였던 모토무라 슌페本村俊平도 사라져버린다는 이야기다. 이 작품에는 한 눈에도 알 수 있을 만큼 콜로니얼적 젠더 구성이 돋보인다. 엘리아더의 '영겁회귀永劫回歸의 신화'에 심취하여 무인도의 재생을 몽상하며 사진을 찍는 구시켄 가오루具志堅薫나, 엘리아더의 주인이었던 모토무라 슌페가 '보어리도의 민속'을 저술하는 등, '쓰여진 문자'로 각인된 남자들의 이야기와, 그에 비해 섬의 민속을 이야기하는 노인, 남에게 이야기해서는 안 되는 비밀을 누설함으로써 섬에서 쫓겨나는 미야요시 시치미宮良七美, 그리고 그러한 모든 것에 대해 말하고자 하는 '나'를 등장시키는 형식을 통해, 기술하는 측은 남성이며 이야기를 통해 전승하는 자는 여성과 노인(경계적 존재)으로 나뉘어져 있다(소설을 쓰는 사람은 그 모두를 결합하고 있지만, 작품 내의 책인 「자료집성 '보어리도'」는 출판되지 않으며, 거기까지에 이르는 행적을 이야기하는 '나'도 여성이 구술한다는 젠더의 역할을 충실히 이행하며 본뜨고 있는 것처럼 보인다).

젠더의 동요

그러나 이 작품은 섬의 비밀스런 제사의식을 둘러싸고 '나'와 모토무라 슌페가 연계되는 가운데 각각의 젠더성이 미묘하게 변용되는 과정이 드러나 있다. 모토무라 슌페는 엘리어더의 "모든 제사는 세계를 향한 것을 시작으로 순환해 가는 것만을 원한다"는 테마에 따라 한 번은 재현으로 드러난 섬의 민속연구를 보류한 채, 연구자의 포스트를 방기放棄하고 오키나와로 돌아와 버리게 만든다. 결국 시치미七美는 비밀스런 의식의 가장 핵심부분에 대해서는 말하지 않았고, 남기고 싶었던 것은 '구리가에시 가에시' 라는 오키나와의 노래가 아니었던가 하고 모토무라는 생각하기에 이른다. '나'는 제사에 대한 기록을 책의 기획으로 내고 싶다는 주장을 열심히 하고, 기록에 대한 의의를 모토무라에게 "섬사람으로 남겨진 자만이 옛날에 있었을 것에 대한 상상의 가교가 될 수 있다"고 설득한다. 그러나 모토무라가 시치미와의 친밀함을 이용해 채록한 톤차마의 제사 원고를 읽음으로써, 신으로 뽑힌 딸과의 성혼 시에 제창하는 '훗, 훗훗, 훗, 훗훗'이라는 음(리듬)이 '나'의 신체로 전달되는 사태가 재현된다. 작품 후반에 모토무라와의 성교 시, 마치 톤차마 제사 때처럼 '훗, 훗훗'이라는 음이 울려 나온다. 제사 기술에 구애받던 '나'도 모토무라도, 제사로부터 선택되어 비밀스런 행위를 행하는 자가 되었다고 해도 상관없다. 다만 그것이 다시금 엘리어더에 대한 언급을 하고—원시의 성혼이라는 예정조화가 이루어지지 못한 것은 '구리가에시 가에시'라는 오키나와의 노래가 두 사람 사이에 상기되었을 것으로 보기 때문이다. "어떤 작위도 행위도 사람의 마음을 위로할 수 없다. 사람은 부여된 작위를 오로지 되풀이할 뿐이다"라는 의미의 노래라고 모토무라는 설명한다. 시치미가 테이프에 녹취한 노래는, 비밀의식을 특권화시켜도 그것을 유지하는 공동체가 없어진다면, 비밀스런 의식의 가치도 그것으로 끝나버린다는 사실도 예견하고 있어 원시에의 회귀라는 엘리어드류의 로만티시즘이 이 노래에 의해 상대화되고 있다고 해석할 수 있다. '나'와 모토무라가 함께 이 노래에 접근하는 행위는, 전승 속에 용해된 사람들이라는 역사의 이어짐 속에서 그들의 주체도 젠더도 융화되는 것이 아닐까 하는 생각이 든다. 본디 여성이 노래한 옛날 오키나와 노래가 '보면(譜面 : 텍스트)'이 된 단계에서 남성에 의해 불러진 작품이라는 모토무라의 설명도 있었듯이, 노래 담당자는 남성과 여성이라는 양쪽을 포함한 대행자였던 것이다.

서술과 표상(表象)의 폭력

긴다이치 교스케金田—京助의 「아이누어, 아이누 문화 연구」가 그 전승자에 대해 새삼스럽게 미화시키는 측면에서 여성으로 대표될 때, 거기에 작용했던 오리엔탈리즘(=식민지주의적) 시선에 대해 예를 들면 무라이 오사미村井紀(정확하지 않음)의 비판을 들 수 있다.[63]

전승을 채집·필록할 때 식자 능력이 있는 자의 작용 권력은, 대리표상 행위代理表象 行爲에 반드시 따라붙는 문제이다.

가야토리·C·스피왁스는 '여성사의 이의제기'[64]를 통해, 구술역사의 사고방식에 대한 하나의 제언을 하고 있다. 역자였던 고도 히로코後藤造子의 해제와 역주를 참조하면, 스피왁스는 남성의 역사에 대한 여성의 역사라는 대립적 구조 속에 '구술성口述性'이란 것을 두고 있다. 구술로 이어진 기록 속의 '사람들'이라고밖에 할 수 없는 비인칭성非人稱性은 있지만, '여성의 역사'는 구술성을 '누군가'의 화자話者(인칭성을 가진 자로서—인용자)로 고정시킨다. 여기에는 청자聽者가 다른 해석의 가능성에 대해 되돌아볼 여지란 없다. 따라서 그것을 극복하기 위해서는 픽션이라는 상상적 지혜 차원에서 듣는 이도 스스로의 인칭성이 탈락되어 '미결정성'에 의한 탈구책 차원에서의 '여성사'를 생각해야 한다고 하였다. 이 문제의 설정은 여러 가지로

---

63) 「멸망의 언설 공간」 하루오 시라네·스즈키 도미 편, 『창조된 고전』, 신요사, 1999년.
64) 『사상』, 1999년.

읽혀 온 '구리가에시 가에시'에서의 전승 구술과 기술의 정치성과 그것이 노래에 포함된 비인칭성에 따라 흔들리는 실상에 시사점을 부여한다. 문자에 의해 영토화할 수 있다고 생각했었던 섬의 비밀의식이, 상상으로(작품 중에서는 신체에 따른 상상력으로써) 보전補塡된다는 픽션적 기능은, 섬을 타자화하는 '나'와 '모토무라本村'의 시선을 반전시키고, 섬 측의 인간일 수도 있었던 가능성(=미결정성)을 암시한다. 스피왁스의 서발턴 이론은 '구리가에시 가에시' 노래에도 도입이 가능하다. 아이누문화 보존에 작용한 표상적인 폭력은 구술자와 기술자 사이에 '해석 구조상의 빈틈'이 없었던 것에 기인한다. 그 빈틈에 대해 자각적일지 어떨지 하는 것은, 다른 것을 표상하는 모든 주체로부터 질문 받게 될 것이다.

'유희(由熙)'에서의 언어갈등

해석의 공극空隙 문제를 언어와 관계있는 것으로 생각한 것이 이양지李良枝의 「유희」[65]이다.

재일한국인 2세인 유희에게 모국어인 한글은 외국어와 다름없다. 뜻을 품고 한국에 유학하여 모국어를 배우고자 했지만, 유희에게는 애정을 느낄 수 없는 말이었다. 유희는 '말의 지팡이'라는 용어를 쓴다. 한글에 눈뜨기 시작한 순간, 한글의 '아'가 일본어의 'あ(아)'인지 그것을 언제나 시험해 보게 되어, 확실히 안 적이 없다는 것이다. 뜻도 모르는 채 귀국한 후 화자인 '나'(한국인)는, 유희가 의뢰한 일본어로 쓰여 있는 수기와 마주한다. 읽을 수 없음에도 유희다운 표

---

[65] 『군상群像』, 1988년.

정을 가진 일본어와 마주하는 사이, 가장 유희에게 한글 배우기를 격려해 온 '나'는 '아'라는 한글을 중얼거린 뒤, 유희의 일본어가 중첩되면서 내 자신의 말의 지팡이를 짚을 수 없게 된다.

말은 모국어건 외국어이건 습득해 가는 것이지, 태어나면서부터 말할 수 있는 것은 아니다. 유희는 말의 타자성他者性 앞에 마주서서 갈등하고, 그것은 모국어를 자명한 것으로 생각하고 있던 '나'에게 되돌아와 반향反響을 일으킨다. 말이 철저하게 외부적이라는 사실이 '말의 지팡이'를 짚는다는 표현으로 응축되어 있는 것이다.

일본이 조선을 식민지로 지배할 당시 조선인은 '국어를 상용시킬 자'라 하여, 내지인(內地人 : 일본인)다워지기 위해서는 국어(일본어)를 상용해야만 한다고 하여, 조선인의 민족성을 부정한 일에 대한 상세한 사항은 이영숙의 「국어라는 사상」66)에 논해져 있다. 유희의 경우 빼앗긴 민족성에 대한 역사적 인식은 있지만 모국어에 동화하는 것은 곤란한 입장에 놓여 있다. 사토 히데아키佐藤秀明가 "무엇보다 소설 '유희'의 매력은 유희의 연약함에 있다"67)고 하였듯이, 유희가 두 개의 문화로 갈라져버린 양상을 극복할 수 없었기 때문에 식민주의의 폭력적인 언어 상황이 독자에게 관심을 갖게 만드는 것이다. '말의 지팡이'에서 두 가지 선택사항 중 어느 쪽을 선택한다는 것은 어느 쪽인가를 배제하지 않으면 자신을 보장할 수 없다는 것을 의미하며, 그와 같은 양자택일에 놓이는 것이야말로 이영숙이 말하는 일본 식민주의 동화정책의 기본이었다.

두 개의 지팡이(지배자의 언어와 피지배자의 언어)를 용케도 구별하

---

66) 『동화라는 것은 무엇인가』, 이와나미서점, 1996년.
67) 「한국인―이양지와 유희의 경우」, 『쇼와문학 연구』제27집, 1994년.

여 쓰는 다언어多言語 상황을 유희가 거부하고, 민족의 언어에 자부심을 가진 '나'도 유희의 거부로 한글과 자신 사이의 균열을 실감하게 된다. 서로 모국어에 대해 '나의 것'이라 할 수 없게 된 일종의 비인칭 상황이야말로, 역설적 의미에서 포스트·콜로니얼의 '타자他者' 표상과 연계되는 것은 아닐까.

포스트·콜로니얼 상황 하에서 여성문학이 무엇인가를 표상할 때, 주체主體의 위치를 철저히 자기검증하게 된다. 그리고 포스트·콜로니얼 비평 또한 논할 주체에 대해 끊임없이 소급해 가야 할 극히 무거운 책임을 짊어지게 되는 것이다.

[Ⅲ 20세기의 여성잡지]

1. 『세이토青鞜』
누마자와 가즈코(沼沢和子)

『세이토』와 세이토사

『세이토』는 세이토사의 월간 기관 잡지로서 1911년 9월에 창간
되었다. 창간호는 목차·판권장·광고를 제외하고 134페이지로 구
성되어 있고, 그 권말에는 '세이토사 개칙' 전 12조와 발기인 5인, 찬
조원 18인, 합계 30인의 여성들의 이름이 가나다순으로 쓰여 있다.
개칙 제1조는 "본사는 여류문학의 발달을 도모하고 각자 타고난 재
능을 발휘하여 훗날 여류 천재를 만들어내는 것을 목적으로 한다"이
고, 제5조에는 "여류문학자, 장래 여류문학자가 되기 위한 사람 및
문학을 좋아하는 여자는 인종을 불문하고 사원"으로 하고, "여류문
단의 대가를 찬조원", "남자로서 사원의 존경을 받기에 충분하다고
인정되는 사람에 한하여 객원으로 한다"고 되어 있다.

발기인 중에 모즈메 가즈코物集和子를 제외한 나카노 하쓰코中野初
子·야스모치 요시코保持研子·기우치 데이코木内錠子·히라쓰카 라이
초 등 4인이 일본여자대학교 졸업생이다. 찬조원에는 하세가와 시
구레·오카다 야치요岡田八千代·가토 가즈코加藤籌子·요사노 아키코·
구니키다 나오코國木田治子·고가네이 기미코小金井きみ子·모리 시게
코森しげ子가 있고, 사원은 치안경찰법 제5조 개정 운동 참가 경력이
있는 이와노 기요岩野清와 『명성明星』의 시인 지노 마사코茅野雅子, 이

미 유명한 남성작가의 문하생으로 활약하기 시작한 오지마 기쿠코尾島菊子, 다무라 도시코田村とし子, 요사노 야에코野上八重子, 미즈노 센코水野仙子 등 대부분이 작가를 지망하는 여성들이었다. 제2호 이후 계속 신입사원이 소개되어 호리바 기요코堀場淸子의 조사에 의하면, 발기인을 포함하여 사원으로 참가한 여성은 87인에 달했다.[1] 그 대부분은 시인, 신문기자, 잡지기자, 교사, 점원, 번역가, 여배우 등의 직업인이며 전업주부도 있었다. 창간호의 발행부수는 1000권, 전성기에는 3000권으로 그중에 500권은 세이토사가 직접 판매, 그 외는 점두판매로 전국 각지에 열렬한 독자가 있었다.

창간 1주년이 지날 무렵 세이토사에 역풍이 불기 시작하였다. 동요하는 사원도 있었지만, 1913년 초부터 「신여자와 그 밖의 부인문제에 관하여」라는 특집을 두 호에 걸쳐 싣고 공개 강연회를 성공시켰으며, 문예연구회를 기획하였다. 엘렌·케이, 하베로크·에리스, 에마·골드만 등의 번역을 게재하여 여성해방의 방향을 모색하였다. 결혼제도를 철저하게 비판한 「세상의 부인들에게」로 인해 라이초는 경시청 고등검관계로부터 주의를 받는다.

그러는 동안 5월호의 '편집실로부터'에서는 『세이토』의 이름을 지은 이쿠다 조코生田長江와의 결별이 스스럼없이 게재되고, 10월호에는 세이토사 개칙 개정이 발표되어 『세이토』는 제2기로 들어간다.

신 개칙에서는 제1조의 '여류문학의 발달을 꾀함'을 '여자의 각성 촉구'로 고치고, 제5조를 폐지하여 객원을 없애고 경제적 협력은 신설된 보조단의 역할로 하며 사원에게는 오로지 글 쓰는 이로서의 자

---

[1] 『세이토의 시대』.

각과 책임만을 요구했다. 『세이토』에는 "계원, 사원, 찬조원의 생활 및 사상을 발표한다"고 했다. '신여차'로서 세상의 비난과 조롱에 휘몰린 가운데, 성性의 입장에서 자기를 자각하고 젠더 구조의 불합리함을 자각한 여성들이, 신여자로서의 '생활 및 사상'을 통하여 종래의 문학 장르의 틀에서 벗어나려 하는 구조가 보인다.

개칙 개정에 의한 재정비를 하고 1년, 연애·결혼·출산 등 여자들 생활의 추이에 따라 절실하게 된 문제의식을 반영하여 지면은 성황을 이루었지만, 라이초는 편집과 부실한 경영에 대한 책임을 지고 '3주년 기년호3週年 紀年号'의 편집을 마지막으로 젊은 이토 노에에게 후임을 맡긴다. 노에가 편집·발행인으로 된 1915년 1월호부터를 『세이토』의 제3기라고 할 수 있다.

노에는 『세이토』를 "무규칙, 무방침, 무주장 무주의"의 잡지로 "모든 부인에게 제공"하고 원고 선택도 노에 개인의 권한으로 할 것을 선언했다. 사원제가 해체되고, 다른 잡지와 지상 논쟁에 휩싸인 정조·낙태·폐창 논쟁도 이 시기의 일이다. 고바야시 가쓰小林哥津·우에노 요코上野葉·가토 미도리加藤みどり·사이가 고토斎賀琴·지노 마사코·미카시마 요시코三ヶ島葭子 등 출발기의 작가들에다 오카다 유키岡田ゆき와 요시야 노부코 등의 신인 등장도 있고, 하세가와 시구레·오카다 야치요, 요사노 아키코의 기고에 의한 협력도 있어 『세이토』는 최후까지 여성문예지로서의 체면을 잃지 않았다. 노에는 스승이며 남편인 쓰지 준辻潤과 헤어지고, 아나키스트인 오스기 사카에를 만난다. 『세이토』는 1916년 2월호를 끝으로 무기 휴관되어 전 6권 52호(1914년 9월호와 15년 8월호는 결호)가 우리에게 남아 있다.

『세이토』는 어떻게 읽혀져 오고 있는가

『세이토』는 메이지 말년의 스캔덜러스한 사회적 사건으로 문학 사상으로도 큰 사건인 '바이엔煤煙사건'의 히로인 히라쓰카 라이초를 중심으로 결집한 '신여자'들의 잡지로서 오래 기억되어 왔다. 이상주의, 자아확충의 개인주의를 추구하는 조류 속에서 남성 동인지 『시라카바白樺』와 나란히 나타났음에도 불구하고 모두 뛰어난 작가가 된『시라카바』와는 비교도 되지 않을 만큼 빈약하다는 것이 문학사의 상식이었다. 『세이토』에는 신진 여성작가와 문학을 지망하는 여성들이 모였다. 그중에서 다무라 도시코와 오카모토 가노코, 요사노 아키코가 대성했다고는 할 수 있지만, 『세이토』는 그녀들의 젊은 날의 한 통과점에 지나지 않는 일부분이었다.

1970년대에 들어와 성차별의 철폐와 여성의 지위 향상을 지향하는 여성해방운동과 국제부인년에서 활동하던 중에 라이초가 71년에 죽고, 자전『원래 여성은 태양이었다』(1971~73), 『세이토』 복각판2), 『히라쓰카 라이초 저작집』(1983년~4년)이 간행되자『세이토』의 재평가가 먼저 여성사의 입장에서 성숙되어 그 흐름 속에서 문학적으로도 인정받은 호리바 기요코의 『세이토의 시대―히라쓰카 라이초와 신여자들』(1988년)이 발간되었다. 문학 연구자 측에서는 우선 와타나베 스미코「신여자의 실상」3)이『세이토』의 존재를 근대문학상에 클로즈업시키고, 나카야마 가즈코中山和子「〈여자〉인 것의 의미」4)를 창간사 "원래 여성은 태양이었다"에서 태양에 대한 갈망을 출자한 라이

---

2) 메이지문헌, 용개서사에 이어 불이출판사에서 출판, 1983년.
3) 『근대문학』3, 1977년.
4) 『국문학』, 1980년 12월.

초의 초기 문장에서 찾았다. 그 후 「총서 『세이토』의 여자들」5)의 해설군, 다카요시 루미코高良留美子의 「요사노 아키코와 『세이토』」6), 그 외 『세이토의 여자 가토 미도리青鞜の女 加藤みどり』7)를 비롯한 이와다 나나쓰岩田ななつ의 착실한 일, 시대상황 속에 '신여자'를 추구하는 오카노 유키에岡野幸江 「'신여자'는 어디에서 온 것인가」8), 사사키 히데아키佐々木英昭 『'신여자'의 도래―히라쓰카 라이초와 소세키』9) 등이 있다.

1995년에 들어오자 창간호의 다무라 도시코『생혈』을 분석한 사와쓰구 사토코澤亜里子「근대 일본문학에 있어서 〈양성상극〉문제」10), 야와미 데루오岩見照代「1911 · 〈태양〉 · 라이초 탄생」11), 초기의 요시야 노부코를 논한 요시가와 도요코「『세이토』에서 대중소설로의 길」12) 등 역작 논문이 계속 나왔다. 익년 1996년, 에타네 미치코江種満子「여성문학의 전개」13)는 이상과 같은 연구축적을 꾀하고 『명성』에서 『세이토』로 이어지는 여성문학의 전개를 젠더와 결속하여 살아 온 여성들의 언어표현사로서 규정짓고, 히라쓰카 라이초를 읽는 모임은 사가판私家版 『「세이토」의 50인』을 정리했다. 이리하여 개개의 연구자에 의한 개별적인 연구가 일정의 연구를 보이기 시작하는 한편, 공동연구 프로젝트에 의해 『세이토』를 정성들여 다시 읽기 시작

---

5) 불이출판, 1985년.
6) 『상상』, 1990년 10월.
7) 천궁사, 1993년.
8) 『자유인의 궤적』, 무장야서방, 1993년.
9) 나고야대학 출판회, 1994년.
10) 와키다 하루코(脇田晴子)편, 『젠더의 일본사』하, 동경대학 출판회.
11) 『다이쇼(大正) 생명주의와 현대』, 하출서방신사.
12) 이와후치 히로코(岩淵宏子) 외편, 『페미니즘 비평에의 초대』, 학외서림.
13) 『이와나미강좌, 일본문학사 12』

하였다.

그 결과 신·페미니즘 비평 회편 『「세이토」를 읽다「青鞜」をよむ』가 출간되었다. 전체는 3부 23편의 논문으로 되어 있다. 제1부 〈『세이토』의 문학〉은 소설·시·단가·희곡·번역문학·평론의 장르별로 「세이토」라는 장 등에서는 여성의 자기표현을 동시대의 문학현상 속에서 평가. 제2부 〈『세이토』의 섹슈얼리티 언설〉은 장르 횡단적으로 가장·모성·임신·출산·성性과학·일·교육·레즈비언니즘·신비주의 등을 둘러싼 언설이 동시대의 젠더의 틀과 어떤 관계가 있고, 일찍이 어떻게 탈구축하려고 했는가를 고찰. 제3부 〈미디어로서의 『세이토』〉는 「『세이토』 표지회」, 「『세이토』의 요람」, 「『세이토』의 미디어 전략」, 「『세이토』 독자의 위상」, 「이쿠다 조코와 『세이토』」의 각론의 마지막에 「『세이토』 운동사」를 넣어 전체를 정리하였다.

계속해서, 여성사가女性史家와 문학 연구자의 공동 집필에 의한 요네다 사요코米田佐代子·이케다 에미코池田惠美子편 『「세이토」를 배우는 사람을 위하여』가 간행되었다. 제1부 〈『세이토』와 그 시대〉는 요네다 사요코 단독 집필로 이토 노에의 『세이토』 양도극의 배경에서 '성性으로서의 자기'라는 여성들의 통절한 문제의식을 사회문제로 인식하지 않는 이쿠다 조코와 오스기 사카에 등의 '사회파'남자들의 시선이 있었다는 등, 여성사가 등에서 그 논쟁이 전개되었다. 제2부 〈『세이토』가 질문하는 것〉은 9인의 집필가가 『세이토』가 현대에 묻고 싶은 과제를 많이 포함한 자극적인 연구대상이라는 것을 다각적으로 논하고 있다. 제3부는 자료편으로 상세한 『세이토』 연표와 주요 참고문헌 목록, 항목·인명 해설 등으로 구성되어 있어 『세이토』를 학습하는 사람에게는 매우 필수적이다.

읽어보자

마음에 드는 작품을 보면 어쨌든 그 작가에 대해 좀 더 연구하고 싶어진다. 방대한 전집이라도 재미있어 보이는 것부터 몰입해 가는 동안에 하나의 우주가 보이게 된다. 『세이토』에 조금이나마 흥미가 있는 사람은 복각본 한 권을 우선 손에 집어보라고 권하고 싶다.

어쨌든 창간호의 표지를 훑어보면 그 유명한 요사노 아키코의 권두시 「부질없는 말そぞろごと」이 눈에 들어온다. 강한 힘에 이끌려 그 시를 읽기 시작함에 따라 당신은 거기에 빠져 들어가 아키코의 복잡한 마음과 여자의 현실적인 생활상을 느끼게 될 것이다. 이 시와 라이초의 「원래 여성은 태양이었다」는 별격別格으로 하고, 『세이토』에 실려 있는 소설이나 희곡, 시가詩歌, 수많은 번역문학, 감상과 편지문 형식으로 섞여 쓰여진 평론들에 대한 연구가 막 시작되었다. 여성들의 가슴을 뛰게 하는 이야기와 평론이 활발히 진행되고, 고통에 따른 땀과 숨결을 표출시킨 필적을 '편집실로부터'에서 느끼면서 이 잡지의 다음 호, 그 다음 호를 심취하여 읽을 때 90년대의 시공을 초월해 볼 수 있는 것이 꼭 있을 것이다.

2. 『여인예술女人芸術』

네기시 야스코(根岸泰子)

하세가와 시구레(長谷川時雨)의 개성

『여인예술』이라는 잡지는 『명성』, 『세이토』와 더불어 단조로운 문학사의 틀에 구애받지 않는 비옥한 들판이며, 그 참된 문학적 의의는 문학사·사회사상사·여성사를 총망라한 관점에 의해 비로소 얻을 수 있다고 평한 사람은 고노 도시로紅野敏郎이다.[14] 그렇지만 이와 같은 환경 조성은 독특한 개성을 가진 하세가와 시구레만이 가능했다.

하세가와 시구레는 1879년 도쿄 니혼바시에서 견실한 도매상가를 운영하고 있는, 당시로서는 드문 관허 변호사의 장녀로 태어났다. 동경 출신으로 어릴 때부터 독서를 좋아했으나 그것을 금했던 어머니의 눈을 피해 궁궐의 궁인으로 들어갔다. 후에 죽백원에 다니며 소녀시절을 보냈다. 의意에 굴하지 않고 불행한 결혼생활 속에서도 투고를 시작, 이혼 후부터는 연극에 끌려 『화왕환花王丸』, 『해조음海潮音』 등의 희곡을 신문현상에 공모했다. 오노에 기쿠고로尾上菊五郎 등 인기 배우에 의해 상연된 『꽃보라さくら吹雪』(1911년)가 성공함으로 메이지 말기 극단에서의 지위를 확립했다. 같은 시기에 『세이토』 찬조원으로도 이름을 올리고 있다.

---

14) 『하세가와 시구레—사람과 인생』.

다이쇼기에 걸쳐서 그녀는 신극운동新劇運動에 자극받아 잡지『무동연구회舞踊研究会』,『시바이シバヰ』, 극단「교겐자犯言座」 등을 주재, 가부키와 부요 등 전통연극의 혁신운동에 편승했지만 실생활의 바쁜 일정으로 중도에서 그만두었다. 하지만 1923년까지『미인전美人伝』을 단속적으로 집필했다. 1919년부터 연하인 작가 미카이 오토키치三上於菟吉와 동거생활에 들어갔다. 엔본15)시대에 인기 있는 대중작가가 되기까지 오토키치를 열심히 내조했다. 후년 다이아 반지라도 사주겠다는 오토키치에게 "반지 대신 여성만을 위한 여성잡지를 만들 자금으로 이만 엔 정도만 주면 좋겠다"라고 하여 만들어진『여인예술』의 탄생 에피소드는 유명하다.

『여인예술』의 창간부터 종간에 이르는 각 시대의 특성에 대해서는 다음 항목에서 기술되지만, 발간(1928년 7월) 때부터 평론·시가·창작에 야마가와 기쿠에, 가미치카 이치코神近市子, 모치즈키 유리코望月百合子, 오카다 야치요岡田八千代, 이쿠다 하나요生田花世, 오카모토 가노코, 이마이 구니코今井邦子, 후카오 스마코深尾須摩子, 사사키 후사ささきふさ, 마쓰무라 미네코松村みね子, 히라바야시 다이코 등의 폭넓은 층의 대중이나 중견들의 기예를 모았다. 이것은 시구레 자신의 희곡가로서의 풍부한 인맥과 함께 니혼바시 태생의 에돗코16)다운, 즉 강한 의협심과 사교적이고 세련된 시구레의 개성 등이 일종의 오월동주적인 멤버를 이만큼 무리 없이 소집할 수 있는 중심이 되었다고 말할 수 있다.

그리고 또「미인전」에서 볼 수 있는 여성에 대한 공감과 동정심

---

15) 역자주─엔본(円本) : 쇼와 초기에 유명한 정가가 한 권에 일 엔 균일인 전집. 총서본.
16) 역자주─에돗코(江戸っ子) : 동경에서 나서 자란 사람. 한국의 서울내기.

은 자신이 겪은 최초의 불행한 결혼생활에 근거를 두고 있고, 이러한 시구레의 페미니즘적인 감각은 두말할 나위 없이 『여인예술』에 깊은 여운을 남겼다. 그리고 『시바이』, 「교겐자」에서의 기쿠고로菊五郎 등과의 고전 혁신운동에서, 시구레가 단순한 문학가가 아니라 폭넓게 동지를 조직하는 실천적인 종합 프로듀서로서의 자질을 갖고 있었던 것을 알 수 있다. 격동의 쇼와 초기의 사회 속에서 이들 모두의 조건이 합쳐져 '각 방면 여성 활동의 합류점'17)으로서 종합 상업잡지 『여인예술』이 탄생하게 된 것이다.

창간기부터 아나 · 보르 논쟁까지

창간호의 집필자에서도 알 수 있듯이, 이 시기의 『여인예술』의 특색은 프롤레타리아 문학, 무산정부주의, 사소설계私小說系, 신감각파계 등의 다양한 방면의 집필자들이 입장이나 이데올로기를 초월하여 여성이라는 공통점으로 모인 것에 있다.

야마가와 기쿠에 「페미니즘의 검토」, 가미치카 이치코 「부인과 무산정당」 등의 여성해방 · 부인운동이라는 모티브는 명확했지만 야나기하라 하쿠렌柳原白蓮과 가노코かの子의 단가, 야기 사와코八木さわ子의 번역 「아를의 여인アルルの女」, 아스카 시대를 무대로 한 시구레의 희곡 「감미원甘美媛」 등 지금까지의 대자본에 의한 상업적 부인잡지나 고답적인 여성 동인지와는 다른 동시대의 다층적인 시대상을 반영한 지면 구성으로 되어 있다. 또 일주년 기념호(1929년 7월)까지의 여류화가에 의한 여성상의 표지와 집필자의 사진을 게재한

---

17) 「편집후기」, 1928년 11월.

권두화 등에 여성 독자를 대상으로 한 섬세한 수작업적인 편집 감각이 돋보인다.

신인 발굴도 잡지 방침의 하나로 하야시 후미코의 『방랑기』와 오자키 미도리尾崎翠, 우에다(엔치) 후미코上田文子, 나카모토 다카코中本たか子 등을 들 수 있다. 또 콜론타이즘의 여러 가지 언급과 모치즈키 유리코 번역 『길동무みちづれ』(마르게리트 작)의 연재, 연합부인회와 부선운동婦選運動을 초래한 '공인 부패 검찰 좌담회' 등의 기획에서는 유럽의 최신 페미니즘 동향과 사회문제에 대한 강한 관심을 볼 수가 있다. 또, 마쓰무라 교코松村喬子「지옥의 반역자地獄の反逆者」의 연재는 창부의 수기를 바탕으로 여성 착취와 성차별의 잔혹한 실태를 독자에게 알리는 이색 작품이었다.

반면, 여성판 『문예춘추』를 지향했다고 전해지는 일종의 무성격적인 자유로움은 독자와 집필자에 의해 그 상업주의에의 영합성이나 이데올로기의 불확실함을 계속 비판받았다고 하는 아킬레스건을 건드린다. 팔리지 않는 잡지는 지속될 수 없었다. 그러나 기성의 상업지와는 다른 여성잡지라는 딜레마 속에서 여인예술사는 결국 미카이 오토키치의 다달의 보조에서 벗어나 독자성을 가지기 위한 강구책을 마련하게 된다.

1주년 기념호 이후 야기 아키코八木秋子, 모치즈키 유리코, 다카무레 이쓰에高群逸枝라는 무산정부주의계의 집필자들이 후지모리 나리키치藤森成吉 등 마르크스주의자 등을 비판, 그것에 대한 나카지마 사치코中島幸子, 스미다 요코隅田龍子 등의 마르크시스트와의 응수가 거의 반년 간 계속되고 결국 모치즈키望月, 다카무레高群 등은 탈퇴한 후 『부인전선』을 활동의 거점으로 한다. 이미 4월의 「신인 소설호」

에서조차 좌익화된 작품이 눈에 띠는 시대 상황이었다.

프롤레타리아 문학의 접근에서 연이은 발매금지·작업 난에 의한 폐간으로

1930년의 제3권 이후는 소위 『여인예술』의 좌익화 시기라고 말할 수 있다. 호응에 의해 전년 11호부터 표지가 흰색과 검붉은 바탕에 검은 이탤릭체로 쓴 글자가 부각되는 심플한 디자인으로 바뀌었다. 3권 1월호에는 「전 여성 진출행진곡」 당선의 마쓰다 도키코松田解子의 가사歌詞와 콜론타이와 로자·룩셈부르크의 번역이 게재되고, 권두화와 그래프는 소비에트 관련의 사진으로 실려 있었다.

무산정부주의 비판, 메이데 호소에 이어 7월호에서는 가미치카 이치코 번역의 「해방된 러시아 부인」, 스가와 기누코素川絹子의 르포 「반동 희망사 일람」 등이 독자의 공감을 불러일으켰다. 스가와素川와 아쓰다 유코熱田優子 등 편집자들의 좌익화와 선진작가인 와카바야시 쓰야若林つや, 히라바야시 히데코平林英子, 요코타 후미코横田文子와 야다 쓰세코矢田津世子 등이 좌익적인 작품으로 활약한 시기였다. 또 10월 「폭로 실화집」에서는 사노 교코佐野京子가 문초당할 때의 여성에 대한 성적 고문을 고발하여, 지난 호에 이어 발매금지되어 경영에 큰 어려움이 있었다.

그렇지만 같은 호에는 미자키 미야케 「영화만상映畵漫想」 및 전년 4월부터 단속적으로 계속되어 온 시구레의 회상문 「니혼바시日本橋」도 게재되고, 사상일색에 물들지 않은 독자의 문학성을 살린 특이한 공간으로 되어 있는 것을 간과할 수 없다. 또 이 시기의 소비에트 및 각국 여성운동에 대한 관심에 있어서도, 여성의 권리를 소비에트에서는 어떻게 보장하고 있는가에 대한 절실한 지식욕이 강했다. 여기에서는 여성사의 일환으로 동시대의 코뮤니즘 이해를 추구해야 할 것이다.

1931년의 전후부터는 마에다코 히로이치로前田河広一郎, 기무라 다케시木村毅, 나카노 시게하루中野重治, 노로 에이타로野呂栄太郎, 가와카미 하지메河上肇 등 남성 집필진이 합류하고, 또 독자로부터의 투고와 여성노동자에 관한 실화기사와 수기 등의 비중이 늘어난 것이 주목된다. 그동안 「여인대중」이라는 명칭으로 바꾸는 개칭 문제 등을 고려하면서 『여인예술』은 실질적으로 『부인전기』와 큰 차이 없는 내용으로 되어가고, 그 현실 직시와 일상의 생활에 밀착한 「프롤레타리아 영향학에 관하여」 등의 기사에 의해 독자의 공감을 얻었다. 그러나 만주사변 후의 불황으로 반본返本이 이어지고, 차차로 경영적 곤경에 빠져들게 된다. 이 시기의 문학적 수확은 나카모토 다카코 『동모스 제2공장』[18)의 연재이고, 「해외에서 방랑하는 천초녀」라고 하는 르포도 간행 이래의 페미니즘적인 시점을 유지하고 있다.

그렇지만 시구레의 건강 악화와 오만 엔으로 늘어난 여인예술사의 부채 때문에 1932년 5권 6호를 마지막으로 『여인예술』은 돌연 폐간된다. 최종호에서의 소비에트 여성의 사진을 게재한 표지와 권두화의 산뜻한 아르데코(art deco)풍의 데파트 광고의 공존은 마치 『여인예술』의 모순과 고투의 오년간을 상징하는 것 같다.

이상 기술해 온 것과 같이 기성 문단 문학의 범주로는 도저히 한정시킬 수 없는 『여인예술』의 광범위한 범위에서 시대에 밀착한 양

---

18) 1932년, 폐간시 중단.

상은, 근대문학사 중에서 오래 묵살되어 잊혀진 존재로 되어 있었
다. 80년대부터의 오가타 아키코의 끈질긴 실증연구에 의해 비로소
우리들은 시대 속의 『여인예술』의 위상을 부각시키는 것이 가능하
게 되었다고 할 수 있다.

　아울러 『여인예술』에 있어 여성의 시각에서 역으로 동시대의 쇼
와문학을 전망할 때 거기에는 종래의 고형화된 문학사적인 의도와
는 전혀 다른 생생한 시대상이 선명하게 떠오른다. 이 부분의 정밀
조사 또한 근대문학사의 새로운 거대한 옥야가 될 것이다.

3. 전전(戰前)의 여성잡지 – 평론하는 여자들

가네코 사치요(金子幸代)

여성잡지의 융성

본장에서는 하세가와 시구레 주재인 『여인예술』이 발간된 1928
년 이후 전전의 여성잡지를 열거한다. 전전의 여성잡지 연구에서는
미키 히로코三鬼浩子의 「근대 부인잡지 관계연표」[19]가 여성잡지를
총망라한 여성잡지의 조감도를 제시해 주고 있다. 1938년까지 10년
간의 여성잡지의 발행수를 보자.

1929년 12지誌, 1930년 24지, 1931년 18지, 1932년 24지, 1933년
16지, 1934년 20지, 1935년 16지, 1936년 16지, 1937년 11지, 1938
년 13지로 여성잡지는 이 10년간에 170지나 창간되었다.

여성잡지의 융성은 여성독자의 증가와 독자층의 변화, 그리고 시
대의 흐름과 밀접한 관계가 있다. 이 시기의 여성잡지 연구로는 오
카 미치오岡滿男의 『부인잡지 저널리즘』[20]과 우리들의 역사를 조명
하는 회편 『부인잡지로 본 1930년대』 등을 들 수 있다.

연구전망

전전戰前의 여성잡지 연구에서는 1930년대에 가장 구매수가 많았

---

19) 『「일본의 부인잡지」 해설편』수록, 나카지마 구니(中島邦) 외, 대공사, 1994년.
20) 현대저널리즘 출판사, 1981년.

던 『주부의 벗主婦の之友』에 연구가 집중되고 있다. 기무라 요코木村
涼子는 「부인잡지의 정보 공간과 여성 대중 독자층의 성립」을 시작
으로 「여성에 있어서의 '입신출세주의'에 관한 고찰—대중부인 잡
지 『주부의 벗』(1917~1940)에서 보다」[21], 「부인잡지로 보는 새로운
여성상의 등장과 그 변용—다이쇼 데모크라시에서 폐정까지」[22]에
『주부의 벗』을 축으로 여성잡지가 시대의 흐름 속에서 어떠한 변천
을 도모하였는가 그 역할을 밝히고 있다.

　『주부의 벗』을 대상으로 한 연구에서는 그 외, 스즈키 미키코鈴木
幹子가 「다이쇼·쇼와 초기에 있어 여성문화로서의 교양」[23]에서, 여
성 교양으로 배우는 것들이 쇼와 초기 이후 가정교육을 보완하는 여
성문화로 정착시켜 온 것을 상세하게 기술하고 있다.

　평소에는 '구미 중류가정의 주부상'의 모델을 제시해 왔지만 시대
의 우익화, 파쇼 속에 우익화를 선도하는 역할을 『주부의 벗』이 담당
하게 되었다. 가와무라 구니미쓰川村邦光는 『섹슈얼리티의 근대』에서
전쟁으로 기울어져 가는 과정 속에서 모성이 이용되어 온 것을 『주
부의 벗』의 모자상母子像에서 기술하고 있다.

　『주부의 벗』이외의 여성잡지 연구로는 『여인예술』(1927년 7월~
1932년 6월)을 개조한 『가가야쿠輝く』(1933년 4월~1941년 9월)를 발굴
한 오가타 아키코의 『「가가야쿠」의 시대—하세가와 시구레와 그 주
변』[24]이 있다. 미디어사로부터의 연구로는 쓰가네자와 아키히로津
金沢聰廣의 「잡지 『여성』과 나카야마中山」(태양당 및 플라톤사)[25]가 있

---

[21] 『오사카대학 교육사회학·교육계획론연구집록』, 1989년.
[22] 『교육학연구』, 1989년 11월.
[23] 『근대일본문화론8 여자의 문화』수록, 이와나미 서점, 2000년.
[24] 도메스출판, 1993년.

다. 또 나카미네 시게토시永嶺重敏는「전전의 여성독자 조사―여공·
직업부인·여학생을 중심으로」26)에서,『주부의 벗』등의 여성종합
잡지만이 아니라 여성문예지『여인예술』까지를 시야에 넣은 독자층
의 해명을 실시하고 있다.

변화하는 여성잡지

간행부수는 1931년에『주부의 벗』이 최고 많은 60만 부, 이어서
『부인구락부婦人俱楽部』가 55만 부,『부녀계婦女界』가 35만 부,『부인
공론婦人公論』이 20만 부이다. 독자층이 여학생에서 주부로 중심을
옮긴 대중형 여성잡지로의 이행이 행해진 잡지의 세대교체를 볼 수
있다. 예를 들면, 메이지기에 발행부수 제1위를 차지한『부인세계부
인世界』은 12만 부로 줄고 1933년에는 종간되었다. 한편『주부의 벗』
은 실용 노선의 인기를 더해 1934년에는 100만 부를 돌파했다.

구독수의 비약적인 증가의 배경에는 도시 중산층의 주부층 독자
만이 아니라 동시에 여성노동자의 증가가 있었던 것을 볼 수 있다.
주부층과는 달리 직업여성의 잡지 구독의 수요도 많아져 일하는 여
성 자신에 의한 평론과 사회 전망이 요구되었다. 중요한 것으로 오
쿠 무메오奧むめお의『부인운동婦人運動』을 들 수가 있다. 오쿠奧는 히
라쓰카 라이초 신부인협회의 해산 후 직업부인사職業婦人社를 설립하
고 1923년 6월에『직업부인職業婦人』을 발간했다. 24년 제2권 제1호
부터『부인과 노동婦人と労動』으로 바꾸고, 또다시 제3권 제8호에서
『부인운동』으로 잡지명을 변경하여, 1941년 8월 종간호에 이르는

25)『현대일본미디어사연구』수록.
26)『잡지와 독자의 시대』수록.

제19권 제8호까지 속간하며 여성노동의 실상을 전하는 기관지가 되었다.

1930년 3월에는 다카무레 이쓰에가 강권주의를 부정, 「남성정산·여성신생」을 주장한 무산부인예술연맹無産婦人藝術聯盟의 기관지『부인전선』을 창간했다. 그 내용으로는 아나키즘 문예와 철학·시·소설, 신상 상담 등을 폭넓게 게재했으며, 히라쓰카 라이초와 야기 아키코, 모치즈키 유리코 등이 참가했다. 또 공장이나 농촌에서 일하는 여성을 위한 잡지로는 전全 일본 무산자예술연맹 기관지『부인전기』가 1931년 5월에 창간(후에『일하는 부인働く婦人』으로)되어, 나카죠 유리코中條百合子, 구보카와 이네코窪川稲子, 마쓰다 도키코 등이 집필했다.

후방의 어머니로서 상찬된 모성 이미지 만들기에 적극적으로 관여한『주부의 벗』을 비롯한 여성잡지가 발행부수를 늘이는 한편, 시대에 저항하는 여성잡지는 점점 발매금지 처분을 받아 발행도 곤란한 상황에 놓였다. 그 후 전쟁을 향한 사회 상황 속에서 여성잡지는 맡은바 역할을 다하기 위해 동시대의 여성잡지와 비교하여 종합적, 복안적인 연구가 시행되었다.

나가시마 간이치永島貫一의『잡지기획의 역사』27)에 의하면 1931년의『여인예술』의 구독 수는 3만 부이다. 앞서 살펴본 바와 같이 여성잡지 전체의 구독 수로 보면 적지만『여인예술』은『세이토』의 성격을 이어받은 문예지로서 더욱 광채를 발한 귀중한 존재였다.『여인예술』이후의 문예지로는 와타나베 도메코渡辺とめ子의『히노토리火の鳥』(1928년 10월~1933년 10월)가 있다. 더욱이 가미치카 이치

---

27) 마이니치 신문사, 1951년.

코의『부인문예婦人文芸』(1934년 6월~1937년 8월)는 전전의 여성문예 종합잡지로서 중요한 존재이다.

그렇지만,『여인예술』이나『가가야쿠』의 연구서는 있고, 그 외의 여성문예지의 연구는 거의 찾아볼 수 없는 것이 현 상태이다. 잡지 연구에는 정밀한 조사가 불가피한데『히노토리』는 국립국회도서관에도 소장되어 있지 않고 동경문학법학부 부속 근대 일본 법정사료 法政史料 센터 메이지신문 잡지문고에만 소장되어 있다. 근래『부인운동』,『부인전선』,『부인문예』등의 여성잡지가 복각되어 해설도 정리되어 있지만 연구의 진전을 위해서는 더 많은 여성잡지의 복각이 필요하다. 프롤레타리아 문학운동 해체 후, 여성작가와 문필가의 발표의 장을 제공하고 '문예부흥'의 일익을 담당했던『부인문예』에 대한 연구도 막 시작되었다.

「부인문예」, 「여권주의」

마지막으로, '여성을 위한 여성 자신이 만든'문예지로 특필된『부인문예』에 대해 언급하고 싶다.『부인문예』가 창간된 1934년 4월에는 대일본 국방부인회 총본부가 설립되었다. 거기에 앞서 2월에는 기관지『일본부인日本婦人』(편집부는 육군성 은상과지실)이 창간되어 전시색이 짙게 나타난 시기이다.『부인문예』의 나가이 마치코永井街子와 후쿠다 하루코福田晴子의 문예시평의 일부가 복자伏字로 되어 있는 것도 그러한 상황의 반영이다.

창간호는 112페이지로 '창작', '평론', '수상·감상', '영화 소개', '연구'로 되어 있고 장정裝丁은 하라 노부코原信子가 담당했다. 편집

후기에 "『여인예술』도 『히노토리』도 아닌 우리들의 세계는 대단히 쓸쓸했습니다. 여러 가지 준비를 위해 고심했습니다"라고 기술되어 있듯이, 『여인예술』, 『히노토리』의 뒤를 이은 여성문예지를 발간하고 싶다는 가미치카 이치코의 강한 의지가 들어 있다. 편집 발행인은 가미치카의 남편인 스즈키 아쓰시鈴木厚로 되어 있다.

창간호의 문예시평에 있어서는 『개조改造』와 『문예文芸』의 작품을 들 수 있다. 2호 이후 투고자도 점차 증가하고, 해외의 동향도 소개되게 된다. 2호의 창작비평은 구보카와 이네코가 담당하고, 『중앙공론中央公論』, 『개조』, 『신초新潮』 등의 창작도 취급하고 있다. 여성 작품만이 아니고 동시대의 남성작가의 작품도 비판의 대상으로 삼은 것이 주목된다. 3호부터의 문예시평에서는 다른 잡지 비판뿐만 아니라 『부인문예』의 작품에 대해서도 동료 칭찬에 그치지 않고 솔직한 의견이 기술되어 있으며, 한 사람 한 사람의 문학과 인생관의 의욕이 느껴지는 지면으로 구성되어 있다.

3호 잡지에 그치지 않고 여성들이 힘을 결집하여 6호에는 시평·평론이 4편, 10월 26일에 아사히강당에서 행해진 '부인문예강연회'의 기록, 야마모토 야스에山本安英 등 여성예술가의 실생활 기록도 게재되어 있다. 「독자의 페이지」도 마련하여 『여인예술』의 여동생인 『여인문예』를 힘껏 지지하고 싶다고 하는 결의가 게재되어 있다. 창간호부터 정성을 기울여 기고하는 여성과 그것을 읽는 여성독자 쌍방이 『부인문예』를 여성문예 종합잡지로 충실하게 가꾸어 가려는 과정이 보인다.

가미치카는 4호의 평론 「문학에 있어서의 페미니즘」에서 『세이토』의 '발생기 여권주의'에서 그 후, 여성 참정권 운동의 『부선婦選』

에서 네오·페미니즘으로 여성운동이 발전하여 감으로 '여권주의'를
기계론적으로 물리치려고 하는 병폐를 지적하고 있다. 문학에 있어
서 페미니즘의 발전과 여성을 둘러싼 사회적 환경을 개선하는 운동
이라는 양쪽을 지향했던 『부인문예』의 의의는 오늘날 더욱더 높아
지고 있다.

4. 전후(戰後)의 여성잡지

오타 레이코(太田鈴子)

패전 직후

전후 55년 동안, 여성잡지는 많이 발간되었고 여성의 삶의 변화를 수반하여 그 성격이 변해 왔다. 전전의 여성잡지는 학교에서 가르치지 않았던 것을 여성에게 교육하는 역할을 담당하여 왔다고 1958년부터 7년간 『부인공론』의 초대 편집장을 지낸 미에 사에코三枝佐枝子는 『장원裝苑』 편집장 이마이다 이사오今井田勲와의 대담에서 밝히고 있다(『편집국장이 독자에게』). 전후 1945년 부인참정권이 실현되어 다음 해의 총선거에서 여성이 39인 당선, 1946년 일본국 헌법이 공포되어 남녀의 평등이 규정되었던 것으로 여성잡지는 신헌법 아래서의 남녀평등, 여성의 자유라는 구체적인 문제에 대해 몰두하기 시작하여 계몽의 측면에서도 독자를 모았다.

전시 아래의 통제를 벗어나 전후까지 존속되어 온 잡지로서는 『부인의 벗婦人之友』(1903부터), 『부인화보』(1905년부터), 『주부의 벗』(1917년부터), 『부인구락부』(1920~88년)가 있고 1946년의 복간에는 『부인공론』(1916~), 『부인조일』(1938~58년)이 있다. 활자에 굶주려 있는 터라, 패전 후 불과 일년 사이에 여성잡지는 40지를 넘어섰다.

두 가지의 흐름

　연예문제·직업문제·소비생활의 합리화가 언급되고 있는『부인의 벗』, 여성의 활동·교육·취미·유행 등 풍부한 삶을 연출하는『부인화보婦人画報』, 여성평론지로 독자의 수기와, 가와바타 야쓰나리川端康成·아리요시 사와코·기타 모리오北杜夫 등의 작품을 게재한『부인공론』, '신여성의 각성'과 정치 경제에서 유행까지 게재한 다카미 준高見順·하야시 후미코의 소설과 쓰무라 세쓰코津村節子 등 12인의 여류 신인작가의 발굴 등을 통하여 여성문화의 향상을 지향한『부인조일婦人朝日』은 교양형의 여성지였다.

　한편 가정경영, 의식주의 궁리, 가정의학 등의 실용기사로부터 대중적인 주부층을 확보하고, 시시 분로쿠獅子文六「딸과 나娘と私」, 이노우에 야스시井上靖「흰 수레를 끄는 말しろばんば」 등의 자전적 소설을 게재한『주부의 벗』, 생활 실용지인 단바 후미오丹羽文雄「주을가의 사람들朱之家の人々」, 겐지 게이타源氏鶏太「훌륭한 딸見事な娘」, 이시자카 요지로石坂洋次郎「흰 다리白い橋」, 미시마 유키오三島由紀夫「드디어 온 봄永すぎた春」, 마쓰모토 세이초松本清張「검은 수해黒い樹海」 등이 연재된『부인구락부』(종간 1988년). 그 밖에 1946년 창간의『주부와 생활主婦と生活』(종간1993년), 1947년 창간『부인생활婦人生活』(종간 1986년)은 부인 4지誌라고 불리는 실용적인 여성지였다.

　실용지의 일종이지만 전후의 식료, 의료의 배급제도 아래 등장한『삶의 수첩暮しの手帖』(창간1948년)은 리폼 등 실제 생활에 도움이 되는 기사를 중심으로 싣고, 타사의 광고를 일체 싣지 않는 것을 신조로 하며 상품 테스트 등도 실시하는 특색으로 그 지위를 확립하고

있었다. 「마이니치신문每日新聞」이 1955년부터 10년 정도 실시한 독자에 관한 전국 여론조사에 의하면 언제나 읽는 잡지는 부인 4지가 항상 9위 이내, 그중에서도『주부의 벗』은 1960년 이후 이, 삼위를 차지하고 있다. 1965년에는 여성 월간지의 구독률은 남성지보다 11.5% 늘어 여성잡지는 여성의 귀중한 정보원이 되었다고 할 수 있다.

사회구조와 여성상

미디어에 선택된 여성상은 그 시대 사회가 기대하는 것이고 또 여성 자신이 희망하는 것이기도 하다. 그러나 편집자 대부분이 남성이고 미디어 그 자체가 남성에 의해 조작, 지배되고 있을 때 선택된 여성상은 남성에 의해 여성의 요구와 기대가 만들어지게 된다.

여성 자신도 그 요구와 기대를 내면화하고 거기에 따른 여성상을 현실적으로 원하게 된다. 그 결과 미디어는 성차별적인 스테레오 타입의 여성상을 그리게 되는 것이다. 잡지 연구로서는 1970년대에 들어와 여성에 의해 여성 자신을 위하여 창조된 즐거움과 국가나 상업적 이익에 의해 여성을 위하여 창조된 '대중오락'을 포함한 포플러 컬처(대중문화)의 사례로써 여성잡지가 분석되어, 좁은 범위의 젠더·스테레오 타입에 의해 조작된 것이 밝혀져 비판을 받게 되었다.

구체적인 연구 성과로서는 오치아이 에미코落合惠美子의 「비주얼·이미지로서의 여자」[28]가 있다. 전후 45년간의 변천을 여성잡지에 실린 사진과 그림에 의해 얻어진 행위 표현, 자세 등의 '신체기법'

---

[28]『여성잡지를 해독한다』수록.

(마르셀·모스의 용어)이나 복장과 화장 등의 표상을 읽어 이해하고, 여성잡지의 여성상이 나타내고 있는 것은 규범화된 형태, 이렇게 하고 싶다, 마치 있을 것 같다고 생각되는 '여자다움'의 표현인 것을 밝혔다.

분석 대상의 선택 기준은 시대를 대표하는 사람들이 받아들인 규칙으로서의 규범성이 있어, 대중에게 많은 지지를 받은 것으로 전후 1960년대까지 『주부의 벗』, 70년대 중반까지 『여성 자신女性自身』, 이후 90년까지 『논·노(non·no)』가 기본 자료가 되었다. 오치아이落슴는 여성 비주얼 이미지의 변천을 추구한 결과, '여성다움'의 변화가 일본사회의 구조변동과 이례적인 밀접한 관련이 있는 것을 발견했다. 1955년 전후 고용자 세대가 증가하고 전업주부가 대중화되어 자제력이 있는 '주부의 전형'이 각인되는 한편, 학교 교육의 종료와 함께 직장을 가지고 결혼으로 퇴직을 하는 주부 예비군은 백인을 닮은 화장을 하는 세련된 미혼 여자 고용자(BG·OL)였다.

이 두 가지의 유형은 고도 성장기의 시작부터 안정된 규범력을 획득하고 부분적으로 오늘날에 이르기까지 '자연스러운, 여자다운 여자'의 이상상理想像을 나타내고 있는 것으로 오치아이 에미코에 의해 '성역할의 55년 체재'라고 이름 지어졌다.

1970년대 이후

세계 각지에서 새로운 타입의 여성잡지가 발간되는 가운데 일본에서는 1970년 『안·안(an·an)』의 창간이 그 도화선에 불을 당겼다. 프랑스 여성지 『엘르(ELLE)』와 부분 제휴하여 파리와 런던을 걷는 혼혈아 모델 사진을 게재함으로 유럽 지향을 강조하고, 아이디어와 패션의 첨단을 담당했다. 익년 창간된 『논·노(non·no)』는 대중성을 강조하여 부수를 획득했다. 「안난족」이라는 언어가 생길 정도로 양 잡지로 인해 새로운 풍속이 생겼다.

이노우에 데루코井上輝子는 70년대 이후, 점차로 창간된 패션계 여성잡지에 공통된 ① 재담이 좋은 서양 글자의 넌센스 타이틀. ② 종이 질이 좋고, 대판으로 비주얼. ③ 여성잡지의 '삼종의 신기神器'인 예능·섹스·황실에 대해 언급하지 않는다고 하는 특징은 『안·안』, 『논·노』부터라고 지적하고 있다(『여성잡지를 해독한다』). 1977년에는 「안·논」을 졸업한 독자를 위해 『크와상クロワッサン』, 『모레(MORE)』가 창간되었다. 양쪽 모두 여성의 자립과 해방으로의 욕구를 대변하면서 스테레오 타입의 여성상을 타파하고 새로운 삶의 스타일을 지향하는 것으로 독자를 확보했다. 『크와상증후군』[29]·『앤티「크와상증후군」』[30]이 출판되어 『모레』에서는 '캐리어 우먼', '여자의 자립'과 같은 유행어를 낳는 등의 사회 현상이 일어났다. 이노우에는 제창된 생활방식이 해방의 기운을 촉진시킨 것을 인정하면서, 그것이 상품 구입의 구매욕을 높여주어 그 결과 산업사회를 보완하게 되었지만 '여자의 자립'이 독자의 꿈으로부터 먼 것이었다는 것을 지적하고 있다. 여성이 소비의 담당자로 기업의 표적이 되는 경향이 점점 촉진되고 있는 것은 기사이면서 실제는 광고의 기능을 다하고 있다고 하는 것이 이노우에井上의 여성잡지 분석 보고에서 밝혀졌다. 여성지는 광고 미디어화 되어 가고 있다.

---

29) 마쓰하라 준코(松原淳子), 문예춘추, 1988년.
30) 와이후편집부, 사회상사, 1989년.

90년대의 대중잡지를 분석한 모로하시 야스키諸橋泰樹는 가족관계나 대인관계에 있어 헤테로 섹슈얼(hetero sexual)을 전제하고, 성性과 경제를 지배하는 남성과 안이하게 지금의 남성의존 세계에 안주하는 여성과의 공범적인 관계를 표출하고, 이성 간 크로스 표현은 없고 여성잡지·남성잡지 모두 여성을 그 관상용 타겟으로 하고 있다고 결말짓고 있다(「일본의 대중잡지가 그린 젠더와 「가족」」).

미디어 비판

여성과 미디어 연구(『미디어·섹시즘』)는 미디어에서 성별 역할의 고정화와 스테레오 타입의 묘사 비판, 방송인 여성 등용 추진만이 아니고, 포르노 문화·폭력 문화 등 성적 폭력의 정당화에 미디어가 깊게 관련되어 있는 것의 문제화, 여성의 프라이버시와 '평판'을 파헤친 미디어 보도 피해의 지적, 상징적 문맥적으로 여성을 획일화하는 기묘한 표현으로 성적 존재의 연상을 만들어내는 등 여성의 섹슈얼리티를 매매하는 경제 구조 비판을 행하려고 하고 있다. 여성에 대한 신체적·심리적·성적 폭력이 미디어로부터 사라지지 않는 배경에는 남녀의 사회적 관계가 오늘날까지 폭력에 의한 것임을 시인하는 인권에 대한 인식이 결여되어 있기 때문이다. 남성에 의한 미디어 지배가 행해지고 있는 현재, 여성의 시점에 입각한 여성잡지의 연구와 비평이 요구되고 있다.

IV 작가별 연구의 현재

1. 메이지 초기의 작가들

기타다 사치에(北田幸恵)

여기에서는 「메이지 초기」를 메이지 시대明治時代의 시작에서 히구치 이치요의 등장 이전인 메이지 20년대 전반으로 한정하여, 이 시기에 등장한 여성작가를 대상으로 1980년대부터 현재까지의 연구 상황을 살펴보도록 하겠다.

우선 언급하여야 할 것은 메이지 초기 여성작가에 관한 연구는 문학 연구에서 오랫동안 과소평가되어 주변부에 위치해 있었다는 것이다. 젠더적 문학제도나 공리주의적 아카데미즘 아래 히구치 이치요, 요사노 아키코를 제외하고는 근대 여성문학을 대상으로 한 연구는 언제나 소외되어 왔다. 그중에서도 메이지 초기 여성작가 연구는 이치요의 등장을 위한 전사前史로서만 존재가치가 있는 군소작가 연구로 평가되어 정당한 가치를 인정받지 못하여 왔다.

그러나 이러한 연구사 경향은 80년대 이후, 확실한 지각변동을 맞이한다. 70년대에 활성화된 여성사, 민중사 등의 움직임에 더하여 70년대 후반 미국에서 이입된 페미니즘 이론·비평은 지금까지 눈에 띄지 않았던 여성문학의 재발굴과 문학사적 재평가에 착수하는 분위기를 이끌어내었다.

1980년대

이러한 80년대의 신조류新潮流 형성에 공헌한 저서로 우선 야마구치 레이코山口玲子의『울며 사랑하는 자매에 고함―고자이 시킨古在紫琴의 생애』[1]를 소개해야 할 것이다. 시미즈 시킨의 차남인 고자이 요시히데古在由重에게 이후에도 이 이상의 시킨전은 바랄 수 없을 것이라는 절찬을 받은 평전이다. 근대의 여명기에 태어난 시미즈 토요코清水豊子(시킨)의 생애의 궤적軌跡을 철저하게 발굴, 조사하여 훌륭하게 근대사 안에서 시킨의 위치를 부각시켰다. 그것과 동시에 시킨의 거의 전 작품을 다루면서 여성해방의 시점에서 재평가를 시도하여 근대 여성문학의 출발에 있어서 시킨을 매우 중요한 존재로 인식하게 한 획기적인 저서이다.

이 책이 아니었더라면 메이지 초기 여성작가 연구는 활발하게 이루어지지 못했을 것이다. 야마구치의 다른 저서로 와카마쓰 시즈코의 평전『나를 제대로 보시오―와카마쓰 시즈코의 생애』[2]가 있다. 야마구치에 의한 이 두 저서의 간행은 이후 본격적인 메이지 초기 여성작가 연구의 개막을 알리는 것이었다.

이어서 80년대의 중요한 성과에는 와다 시게지로和田繁二郎의『메이지 전기 여류작품론―히구치 이치요와 그 전후』[3]가 있다. 이 책은 80년대에 발표된 것을 집성한 것이다. 서문에는 "히구치 이치요를 제외하고는 문학사에서도 조명을 받지 못하고 있으며 또한 개개의 작가에 대한 연구도 부족하다. 올해 이윽고 전기류가 간행되었으

---

[1] 초토문화(草土文化), 1977년.
[2] 신초사, 1980년.
[3] 오후사(桜楓社), 1989년.

나, 작품론을 중심으로 하는 상세한 연구는 매우 드물며 개설 정도에 머무르는 경우가 많다"는 것을 지적해 작품론을 중심으로 하는 근대 여성문학론 구축의 필요성을 주장하고 있다. 히구치 이치요 이외의 작가의 작품, 가호花圃「풀숲의 메까치」, 「고환苦患의 사슬」, 「향기 없는 꽃」, 쇼엔「선악의 경계」, 시킨紫琴「알 없는 반지」, 「여름의 기억」 등의 작품론을 중심으로 하여 기존의 폐색閉塞된 여성문학사관을 탈피하려 한 귀중한 시도였다.

80년대 이후의 특징으로는 여성연구자가 메이지 초기 여성작가 연구의 주체로 등장한 것을 들 수 있다. 특히 나카지마 쇼엔中島湘煙, 시미즈 시킨 연구가 활성화되어 기존의 고정적 이미지가 차례차례로 타파되었다. 와타나베 스미코의 「시미즈 시킨 「알 없는 반지」」[4]는 기존의 시킨 평가가 「아래로 가는 물」 등을 중심으로 한 것으로 게사쿠조戲作調라던가 봉건시대에 보이는 가련한 여성을 그린 작가라는 편협한 것으로 시킨의 본질·의의를 잃었다고 지적하고, 여기에서 탈피할 것을 주장하며 「알 없는 반지」의 재평가를 시도했다. 또 「시미즈 시킨론—메이지 20년대 전기소설 「알 없는 반지」의 의미」[5]에서는 쓰보우치 쇼요坪內逍遙 「아내」, 히구치 이치요 「쥬산야」 등 동시대의 작품을 비교하여 새로운 여성의 출현을 그린 작품으로서의 「알 없는 반지」의 의의를 문학사적으로 재평가하였다. 나가마쓰 후사코永松房子 「여성작가의 메이지—시미즈 시킨의 경우」[6]도 시킨의 「알 없는 반지」, 「칡덩굴의 잎」, 「이민학원」을 차례로 재평가하면

---

⁴⁾ 『일본문학(日本文学)』, 1980년 3월.
⁵⁾ 『신주백화(信州白樺)』, 1983년.
⁶⁾ 『법정대학 대학원기요(法政大学大学院紀要)』5호, 1980년 10월

서 "인간성 추구, 사회 비평을 행한 시미즈 시킨이라는 작가의 진지한 인생을 향한 자세"를 강하게 인식시키고 있다.

한편 쇼엔 연구의 신동향을 제시하고 있는 것으로는 후에 『말하는 여성들의 시대—히치요와 메이지 여성 표현』[7]에 수록된 세키 레이코가 80년대 초에 집필한 「연설필기演説筆記」, 「「상자 속 아가씨」를 둘러싸고—쇼엔의 등장기」[8], 「쇼엔의 문장 형성—동포자매에 고함」[9]이 있다. 여기에서는 근대 남성중심의 언설 공간·제도 안에서 여성 표현이 어떻게 규제되었으며 또한 거기에서 어떻게 탈피할 것인가라는 표현과 젠더문제, 여성이 말하는 것, 쓰는 것의 의의를 쇼엔의 연설과 평론의 분석을 통해 밝히고 있다. 이외에 세키 레이코의 전게서 수록의 「다나베 가호「풀숲의 메까치」—입신과 연애를 둘러싸고」[10], 「기무라 아케보노「부녀의 거울」」[11]이 있다. 참신한 방법과 날카로운 문제의식에 의해 세키 레이코의 지금까지의 연구는 메이지 초기 여성작가 연구의 새로운 영역을 열었다는 점에서 의의가 크다. 쇼엔의 평전으로는 독특한 스타일로 쇼엔을 각인시킨 니시가와 유코西川裕子의 『꽃의 여동생—기시다 도시코 전伝』[12]이 있다. 또한 기타다 사치에는 80년대 초 「근대여류문학의 출발—나카지마 쇼엔의 문학(一)(二)(三)」[13]을 발표하였는데 이치요 이전의 여성작가를 이치요 전사로 취급하는 것에서 벗어나 자립한 근대 여성문

---

7) 신요사(新曜社), 1997년.
8) 『일본문학(日本文学)』, 1981년 6월.
9) 『문학(文学)』, 1982년 6월.
10) 초출 『릿쿄대학일본문학(立教大学日本文学)』, 1979년 7월.
11) 초출 같은 잡지, 1980년 12월.
12) 신초사, 1986년.
13) 『북방문예(北方文芸)』, 1981년 2·3·7월.

학의 출발로서 정당한 위치를 인정받아야 한다는 주장을 한다. 또한 「여권과 문학의 사이—고자이 시킨론」[14]에서 야마구치의 전게서에는 시킨의 여권운동가 시대의 공백을 메우는 시기의 평론인 「동포자매에 고함」, 「일본남자의 품행을 논함」, 「삼가 우메자키하루오梅崎春生에게 묻는다」 등 페미니즘 평론으로서의 선구적 의의를 논하고 있다.

이외에 기타다는 여권소설로서 「산간山間의 명화名花」의 의의에 대해 언급한 「나카지마 쇼엔 「산간의 명화」론—여권소설로서의 위치」[15]를 집필하였다. 기무라 아케보노에 대한 연구는 나가에 요코長江曜子에 의해 활발하게 진행되었다. 「기무라 아케보노 『부녀의 사슬』에 대해」[16], 「기무라 아케보노 「용기에 관해서」」[17], 「기무라 아케보노 『염해신형染海新型』에 대해」[18], 80년대에는 『시킨전집紫琴全集』 전1권[19] 『쇼엔전집』 전4권[20] 등이 간행되어, 쇼엔과 시킨의 연구 기반이 비약적 진전을 보이게 된다.

1990년대

80년대에 기본적으로 제시된 연구의 방향, 연구 자료의 비약적인 정비로 인하여 90년대에는 새로운 진전을 보이며 메이지 여성문학

---

14) 『북방문예(北方文芸)』, 1984년.

15) 『사회문학』, 1987년6월.

16) 『문학 연구』1호, 쇼토쿠학원단대(聖德学院短大), 1986년 2월.

17) 동잡지 2호, 1986년12월.

18) 동잡지 3호, 1987년12월.

19) 고자이 요시히데편, 초토문화(草土文化), 1983년.

20) 기무라 유코·오키 모토코(大木基子)·니시가와 유코 편, 불이출판(不二出版), 1985~86년.

의 연구자들의 시야가 넓어졌다. 선집選集 최초 수록의 『상자 속 아가씨·혼인의 불완전』을 텍스트로 하여 「상자 속 아가씨」의 의의를 논한 오오가와 하루미大河晴美 「연쇄連鎖하는 모녀―기시다 도시코 『상자 속 아가씨』의 수사법」[21]이나 하야시 마사코林正子「시미즈 시킨의 〈여권〉과 〈애연愛恋〉―메이지의 〈여문학자〉, 그 탄생과 궤적軌跡」[22], 「기시다 도시코의 〈애린愛隣〉론·서장―그 이념과 실천의 궤적軌跡」[23]이 저술되었다. 또한 이런 기운 속에서 외국인 연구자의 메이지 여성작가 연구가 등장한 것도 이 시기의 중요한 동향이다. 레베카 코플렌드의 Shimizu Shikin's "The Broken Ring":A Narrative of Female Awaking, Review of Japanese Culture and Society vol VI, 1994(Center for Inter―Culter Studies and Education, Josai University), 만타니満谷 마가렛 「선과 악, 그리고 여행―나카지마 쇼엔과 불워 리턴(Buluer Lytton)」[24] 등의 시킨, 쇼엔에 관한 연구이다.

이외에 90년대 이후의 연구로 기타다 사치에 「여자의 〈나의 이야기〉―시미즈 시킨 「알 없는 반지」」[25]는 구어일인칭의 여성이야기의 의미를 부권제 안에서의 여성의 경계 초월, 여성만의 장소 찾기라는 페미니즘의 시점에서 저술한 논문이다. 와타나베 스미코 「문학사를 다시쓰기를 위하여―「이민학원移民学園」과 「파계破戒」」[26]는 시

---

21) 메이지대학 문학부기요 『문예연구(文芸研究)』제74호, 1995년 9월.
22) 『기후대학(岐阜大学) 국어국문학』제23호, 1996년.
23) 동지(同誌)제33호, 1996년.
24) 가메이 슌스케(亀井俊介)편 『근대일본의 번역문화』, 중앙공론사(中央公論社), 1994년.
25) 이와부치 히로코(岩渕宏子)·기타다 사치에(北田幸恵)·고라 루미코(高良留美子)편, 『페미니즘비평으로의 초대』, 학예서림(學藝書林), 1995년.
26) 다이토분카대학(大東文化大学), 『인문과학(人文科学)』제4호, 1999년.

킨의 후기 대표작 「이민학원」이 차별을 테마로 한 문학사의 정통성을 잇는 작품이라고 규명한 귀중한 연구이다.

90년대의 연구 성과로서 가장 주목할 것은 히라다 유미의 『여성 표현의 메이지사明治史―히구치 이치요 이전』27)일 것이다. 이 책은 80년대 이후에 제기된 문제, 진전된 연구 결과를 이어받아 더욱 새로운 단계에 이르고 있다. 히구치 이치요 이전의 메이지 초기 신문, 잡지를 수집하여 여성이 읽는 일, 쓰는 일의 리터러시(literacy)를 시대의 억압과 해방의 언설 속에 위치하게 한 점은 획기적이며 새로운 방법 도입에 의해 여성 표현 연구의 신 영역을 넓힌 중요한 성과이다.

이후의 연구과제

이후의 연구는 8·90년대에 형성된 시점이나 방법, 방향을 더욱 심화, 발전시켜 개개의 작가·작품연구를 계속하는 것과 동시에 연설이나 예능 등 다른 미디어와의 관련, 남성문학과의 표현에 있어서의 차이점이나 공통점을 분석, 비약적으로 진전하고 있는 여성문학 연구의 성과를 기반으로 근세문학과의 단절과 계승의 양면을 살펴보는 등 메이지 초기 여성문학사의 전체상을 제시해야 하는 과제가 남아 있다. 이를 위해서는 미야케 가호, 와카마쓰 센코, 기무라 아케보노 등의 작품집의 정비를 병행하여 알려지지 않은 여성 표현의 발굴도 필요할 것이다. 남겨진 과제는 많다.

---

27) 이와나미서점, 1999년.

2. 다무라 도시코(田村俊子)

다무라 도시코는 1900년대 초에 해당하는 메이지 말기에서 다이쇼 초기에 걸쳐 활약한 작가이다. 메이지기를 대표하는 여성작가로 히구치 이치요가 있으나, 본격적인 직업작가로서 문단에서 성공한 여성작가로는 다무라 도시코가 처음이며, 문체와 표현 스타일, 모티브 등으로 보아도 문자 그대로 근현대의 〈여성문학〉의 출발에 위치하고 있는 작가라고 할 수 있다.

작가소개

다무라 도시코는 1884년 4월 25일에 도쿄 아사쿠사 구라마에의 미곡상이던 사토佐藤가의 장녀로 태어났다. 본명은 도시이다. 어머니는 기누, 아버지 료겐은 데릴사위였다. 일본여자대학교 국문과를 중퇴한 19세 때, 고다 로한幸田露伴의 문하생으로 입문하여 사토 로에佐藤露英라는 이름으로 「로분 고로모露分衣」(1903년) 등을 발표하나, 자연주의사조를 접한 뒤 자신의 작풍에 의문을 품고 로한의 문하를 떠난다. 그 후 여배우를 지망하기도 하지만 1909년에 미국 유학에서 돌아온 동문인 약혼자 다무라 쇼교田村松魚와 결혼한다. 가계가 궁핍해지는 가운데 남편의 강요에 의해 소설을 쓰게 되어 1911년의 「단념」이 오사카 아사히신문의 현상공모에 당선되면서 본격적으로 문단에 복귀한다. 남편과의 격렬한 갈등 속에서 자아 확립을 해

가는 과정을 그린 「선언」, 「여작자」, 「미라의 입술연지」, 「인두형炮烙の刑」 등의 〈양성의 상극〉물로 일약 유행작가가 되어 자유와 자율을 추구하는 여주인공의 자의식과 성애를 둘러싼 모순, 갈등을 관능성과 탐미성을 병행한 독자적인 문체로 묘사하는 작풍을 확립하였다.

1917년 무렵부터 창작이 벽에 부딪힘과 동시에 스즈키 에쓰鈴木悅와 연인 관계를 맺고 에쓰를 따라 캐나다의 벤쿠버로 간다. 이후 18년 동안 캐나다에서 에쓰가 편집하는 영어 신문과 일본계 노동조합 운동 등을 도와 「어린 새」 등의 필명으로 시와 단가, 에세이 등을 발표했다. 에쓰의 사망으로 1936년에 귀국하지만 이미 전성기의 명성은 없었다. 얼마 후 20살 가까운 연하인 구보카와 쓰루지로窪川鶴次郎와 연인 관계가 되어 1938년에 중국으로 건너갔다. 만년에는 상해에서 중국인 여성작가 관루關露를 조수로 하여 여성들을 위한 계몽적인 중국어 종합지 「여성女聲」을 발간한다. 1945년 4월 뇌일혈로 급사했다.

주요작품 안내

「단념」, 『오사카 아사히大阪朝日신문』 1911년 1월 1일~3월 21일. 동신문의 현상 공모에 당선된 출세작. 에도 서민가의 풍속, 화류계의 정서와 하급생과의 동성애 관계 등을 그렸다. 각본가를 꿈꾸는 여자대학생 오기노 도미에荻生野富枝가 할머니와 양모를 위해 직업적 성공을 포기하고 귀향할 때까지를 그린다.

「생혈」, 『세이토』 창간호. 1911년 9월. 첫 성관계에서 상처받은

여성 주인공이 비린내 나는 '금붕어 냄새'에 격렬한 혐오를 느끼게
되어 그 눈알을 핀으로 찌른다. 여성의 '생혈'을 빠는 박쥐에 〈남성〉
을 향한 증오와 집착이 상징되어 '성'의 부조리한 힘에 이끌리는 대
로 방황하는 젊은 여성의 심리를 몽환적인 수법으로 그리고 있다.

「여작자」(원제는「유녀」,『신초』1913년 1월). 주인공인「여작자」의
창작 행위가 〈여성〉을 '꾸밈/화장'이라는 자기 연기의 행동 속에서
태어나는 경위를 그린 특이한 심경소설이다.

「미이라의 입술연지」,『중앙공론』1913년 4월. 유리 상자 안에
겹쳐져 있는 남녀 미이라의 꿈에 〈양성의 상극相剋〉의 테마를 결합
시킨 작품. 여성 미라의 입술연지에 에로스, 생명, 퇴폐, 탐미 등의
이미지가 다층적으로 겹쳐져 있다.

이외에 〈양성의 상극〉물인 중기의 대표작「인두형」[28], 강간당한
소녀가 눈뜨게 되는 이상한 성을 그린「호두나무 열매의 유혹」[29], 부
부생활에서「사랑」이라는 이름의 자기기만을 극명하게 추구한「그
여자의 생활」[30] 등 다수가 있다.

구하기 쉬운 텍스트로「다무라 도시코 작품집」제7권[31]에는 작
가집 수록 이외의「황매화의 꽃」,「사랑의 생명」이하 6편이 수록되
어 있다.

연구사 개관

동시대 평의 대부분은 다무라 도시코를「근대적 요부」로서 평가

---

[28]『중앙공론』, 1914년 4월.
[29]『문장세계』, 1914년 9월
[30]『중앙공론』, 1915년 7월.
[31] 유마니서방, 1999년 12월.

한다. 그녀의 작품에서 보이는 「감각」과 「관능」의 새로움, 삶에 대한 의식의 대담성, 적나라한 부부관계의 상극의 대담함이라고 높이 평하는 한편, 「여성」 감각의 맹목성과 「자아 추락」, 「사상」, 「자각」의 철저하지 못함을 비난하는 폄하의 양극화를 볼 수 있다.

전전戰前의 연구에는 다카오카 요이치片岡良一의 「메이지 이후의 여류작가」[32], 시오다 요헤이塩田良平의 「사토 도시코」[33] 등이 있는데 도시코 작품의 선구적인 성격을 근대의 「여류문학사」라는 계보에서 보다 명확하게 규명한 것은 미야모토 유리코[34]이다. 미야모토는 마르크스주의적인 여성해방의 관점에서 「여성이 제멋대로인 것은 여성이 이 사회에서의 존재권의 표현으로서 충분히 그 장소를 차지하고 있고 광폭함마저도 남성과 세상의 규범에 대해 뜨거운 여성의 감정이 생활력으로서 긍정적으로 인정되었다」라고 그 의의를 높게 평가했다.

전후前後에는 우선 세토우치 하루미瀨戸內晴美의 평전 「다무라 도시코」[35]에 의해서 오랫동안 문단에서 잊혀졌던 다무라 도시코의 전기적인 측면이 본격적으로 주목받기 시작했다. 세토우치의 평전 이후 에토 미요코工藤美代子, S·필립스 『벤쿠버晚香坂의 사랑』[36], 와타나베 스미코 「사토(다무라) 도시코와 『여성女聲』」[37]을 시작으로 하는 캐나다시대, 중국시대의 연구가 진행되고 있다. 그리고 『다무라 도시코 작품집』 전3권의 간행에 의해 새로운 재평가의 기운이 돌고 있다.

32) 『근대일본의 작가와 작품』, 이와나미서점, 1937년.
33) 『메이지 여류작가』, 청오당(靑梧堂), 1943년.
34) 『부인과 문학』, 실업지일본사, 1948년.
35) 문예춘추신사, 1961년.
36) 도메즈 출판, 1962년.
37) 「쇼와문학 연구」, 1988년 7월.

페미니즘 비평의 시점으로 작품을 다시 읽는 시도도 이루어지고 있다. 대표작뿐만 아니라 「그 여자의 생활」과 같이 지금까지 주목받지 못한 작품에도 초점이 맞추어지게 되었다.[38] 또 '연애', '성욕', '영육일치', '정조논쟁'이라는 '새로운 여성'의 등장과 동시대의 젠더/섹슈얼리티를 둘러싼 언설과의 관련에도 관심이 일고 있으며[39], 나가에 요코 「다무라 도시코 「오한」에 대하여—그 공포의 본질」[40], 야마자키 마키코山崎真紀子 「『호두나무 열매의 유혹』 소론」[41] 등을 시작으로 각각의 작품론 분야에서도 진전을 보이고 있다. 그리고 최근에는 도시코 작품에 대한 상투인 '관능', '감각'이라는 용어와 비평 패러다임 그 자체에 대한 재검토의 필요도 지적되고 있다.

최근의 연구동향

최근의 새로운 동향으로서는 텍스트에 있어서 '화장'이라는 행위를 작자의 '집필/쓰기'라는 창작 행위와의 관련으로 파악한 나카무라 미쓰하루中村三春 「나카무라 도시코—애욕의 자아(「여작자」 등)」[42]과 스즈키 마사카즈鈴木正和 「다무라 도시코 「여작자」론—〈여〉의 투쟁 과정을 읽는다」[43], 〈여성〉을 과잉 연기하여 보이는 방법에 의해 동시대의 남성 중심의 성적 논리, 언설 시스템을 '내부로부터 차이화' 하는 텍스트의 가능성을 찾는 고세키 아유미光石亞由美의 「다무라 도

---

[38] 하세가와 게이(長谷川啓), 「해제」, 「다무라 도시코 작품집」 제2권 외.
[39] 구로사와 아리코(黒澤亜里子), 「근대 일본문학에서 〈양성의 상극〉문제」, 『젠더의 일본사』 하, 도쿄대학 출판회, 1995년 외.
[40] 『문학 연구』5, 1990년.
[41] 『문연논집』19, 1992년.
[42] 『국문학』, 1992년 11월.
[43] 『일본문학 연구』, 1994년 1월.

시코 「여작자」론—묘사하는 여성과 묘사되어지는 여성」44), 〈자연
스런 여성〉의 언설이 생산되는 경위를 '화장'과 '연극'을 둘러싼 메
이지 40년대의 젠더 편성의 문맥 안에서 비평적으로 다시 파악하려
고 한 고비라 마이코小平麻衣子「여성이 여성을 연기한다—메이지 40
년대의 화장과 연극·다무라 도시코의 「포기」를 만나서」45) 등이 있
다.

혹은 텍스트의 다의성을 둘러싼 다카하시 시게미高橋重美의 「비상
하는 노이즈, 혹은 이야기의 해체—다무라 도시코 「포기」의 언설 공
간」46), 신체의 경계로서의 '피부'가 사회적·심리적인 경계에도 존
재한다는 시점으로 〈감촉〉을 읽어내려고 하는 후루고리 아키코古郡
明子「감촉의 장난」47) 등, 시점과 연구방법은 다양화되어 왔다.

이러한 다무라 도시코를 둘러싼 최근의 연구동향을 개관하면 작
가의 한 사람으로서 다무라 도시코의 발굴, 재평가라는 시기를 거쳐
「다무라 도시코」라는 텍스트가 근대의 언설의 공간, 혹은 동시대의
젠더 편성 안에서 어떻게 형성되고 간間텍스트적48)으로 재생산되어
왔는가라는 〈여류〉의 기원 그 자체의 구조를 묻기 시작하고 있는 것
처럼 보인다. 그것은 미즈타 노리코의 「여성작가에서의 「자기 말하
기」의 충동이 다 연소되어, 하나의 사이클이 끝나려 하고 있다」(「다
무라 도시코의 현재」, 『다무라 도시코 작품집』, 「월보」3)라는 지적과 '작
가/표현', '남/여'라는 이원론적인 읽기를 뛰어넘으려 하며 다양화

---

44)『야마구치 국문』21호, 1998년.
45)『사이타마대학기요』47권 2호, 1998년.
46)『릿교대학 일본문학』, 1991년 12월.
47)『상지대학 국문학논집』33, 2000년.
48) 역자주—intertextuality : 상호텍스트성 혹은 간텍스트성은 1969년 줄리아 크리스테바가
    텍스트들의 대화적 관계를 제안하면서 사용한 용어.

되어 온 80~90년대의 텍스트 비평의 존재방식과 호응하고 있다고도 할 수 있다.

다무라 도시코 연구의 현상에서도 이러한 방법의 다양화는 바람 직한 것이다. 단지 이러한 시대에서야말로 '작가'와 텍스트의 돌출 성에 쉽게 의존하는 것이 아니며 또한 동시대의 언설편성의 한 가지 변수로서 탈화脫化, 상대화되는 것이 아니라 당시의 언설 시스템 내 부의 〈여성/작자〉라는 분열과 모순 틈에서의 대항과 공모, 응집과 확산이라는 힘과 차이가 경쟁하여 다의적인 텍스트로서 다무라 도 시코를 읽을 수 있게 된 현재 연구의 의의를 다시 확인해 두고 싶다.

3. 오자키 미도리(尾崎 翠)

기억의 밑바닥에서 다시 살아난 뮤즈

오자키 미도리는 쇼와 6, 7(1931, 32)년을 정점으로 단기간의 활약 후에 30년 이상이나 잊혀진 작가이다. 부활의 계기를 만든 것은 하나다 기요테루花田淸輝였다. 「덴드로카카리아デンドロカカリア」에서 연상되어 젊었을 때에 읽었던 「제7관계방황弟七官界彷徨」의 기억이 되살아나 아베 코보安部公房에 대한 해설문 주 부문에 다음과 같이 오자키 미도리에 대한 찬사를 써넣은 것이다. "이상할 정도로 밝은 태양빛이 넘치는 것 같은 그 소설 속에는 식물의 생생함이 훌륭하게 캐치되어 있는 듯한 기분이 듭니다. 그 식물은 우리 주변에서 찾아 보기 힘든 것이지만 20세기의 식물이었을지도 모릅니다"49) 오자키 미도리를 〈나의 뮤즈〉라고 불렀던 하나다 기요테루의 힘으로 전후 처음으로 오자키 미도리의 작품이 각광을 받게 되었다. 「전집·현대문학의 발견」 제6권 『검은 유머』50)에 「제7관계방황」이 수록된 것이다.

도화선 역할을 했던 또 다른 사람은 이나가키 마코토稲垣眞人이다. 재발견된 오자키 미도리는 작품집 『애플파이의 오후』가 발간되기 직전인 1971년 7월에 죽었다. 다음 해 72년에 「여류작가 오자키 미

---

49)『아베 코보집』〈신설문학총서新説文學叢書2〉, 치쿠마서방, 1960년.
50) 학예서림, 1969년.

도리의 종언」을 『신조』에 발표한 이나가키는 최초로 전집을 편집하여 1979년에 소주사創樹社에서 전1권의 『오자키 미도리전집』이 간행되었다. 문예지 『이데인』과 「전집해설」의 이나가키 마코토, 야마다 미노루山田稔 등에 의한 오자키 미도리론은 잊혀져 있던 이 작가에 대한 관심을 불러일으켰다. 이와야 다이시巖谷大四도 『이야기 여류문단사 상』[51] 중에서 오자키 미도리를 소개하고 있다.

청년 시절에 오자키 미도리에게 이끌려 후에 문학자가 된 남성들이 오자키 미도리를 기억의 밑바닥에서 되살려낸 것이 70년대였다.

문고전집으로 독자가 급증

소주사판 전집의 간행에 의해 전설의 작가 오자키 미도리는 서서히 독자층을 넓혀갔다. 1987년에는 여성작가의 앤솔로지에 해설이 첨가된 『단편여성문학 근대』[52]에 「귀뚜라미 아가씨」가 수록되었다.

여성작가의 발언도 나타나게 되었다. 가토 사치코加藤幸子는 단행본으로는 첫번째 오자키 미도리론인 『오자키 미도리의 감상세계』[53]에서 『애플파이가 있는 오후』[54]를 처음 읽었을 때, 동시대의 작가라고 생각해버린 사실을 이야기하고 있다. 요시다 도모코吉田知子도 "50년 이상이나 전에, 지금 발표되어도 전혀 이상하지 않은 소설이 여성에 의해 쓰여졌다는 것은 정말 경이적인 사건이다"[55]라고 말

---

51) 중앙공론사, 1977년.
52) 이마이 야스코·야부 테이코·와타나베 스미코편, 오우후우(おうふう).
53) 창수사, 1990년.
54) 바라주지사(薔薇十字社), 1971년.
55) 「오자키 미도리를 읽는다」, 『와세다문학早稲田文学』〈특집 여성이 여성을 읽는다〉, 1981

하고 있다. 1987년도 제97회 아쿠다가와상芥川賞 수상작이었던 「냄비 안」은 「제7관계방황」과의 유연성을 강하게 느끼게 하는 작품인데 그 작자인 무라다 기요코村田喜代子도 종종 오자키 미도리를 언급하고 있다.

90년대의 오자키 미도리 부흥에 가장 기여를 한 것은 치쿠마 서점에서 간행된 『치쿠마 일본문학전집 20 오자키 미도리』(1991년)이었다. 시쓰가와 스미코矢川澄子의 에세이 「두 사람의 미도리를 둘러싸고」도 게재되고 있다. 이후 앤솔로지와 고등학교 교과서에도 오자키 미도리의 작품이 수록되게 되었다.

매스미디어에서 오자키 미도리의 이름을 드는 사람도 서서히 증가했다. 무레 요코群よう子『가방에 책만 넣고서』[56], 나카노 미도리中野翠『무뎃포無鉄砲 문학관』[57] 등이 특이하고 매력적인 작가로서 오자키 미도리를 소개하여 젊은 독자층에게 영향을 주었다. 소녀 만화가가 오자키 미도리를 언급하는 경우도 생겼다.

젠더시대의 오자키 미도리 붐

1998년에는 『정본 오자키 미도리 전집』 상·하권이 간행되었다. 소주사판에 수록되지 않았던 작품, 특히 소녀소설이 대폭 첨가되고 있다. 이 해에는 하마노 사치浜野佐知 감독, 야마자키 호고山崎邦記 각본에 의한 영화 『제7관계방황 오자키 미도리를 찾아서』도 개봉되었다. 퀴어(queer) 파티 신과 여성작가에 대한 인터뷰로 나타나는 현대

년 1월.
[56] 신조문고, 1990년·『오자키 미도리』, 분슌신서(文春新書), 1998년.
[57] 분슈문고, 1998년.

적인 플레임 안에서, 죽음의 장면부터 시간을 역행시켜 되짚어 가는 오자키 미도리 역의 시라이시 가요코白石加代子, 마치코 역의 야나기 에리[58]가 인상 깊었다. 독립 상영과 여성 센터 등에서의 상영을 중심으로 한 소박한 방식이기는 했지만 국내외에서 조금씩 반향이 나오고 있다. 마쓰시타 후미코松下文子와의 평생에 걸친 우정(시스터후드)을 중심에 두는 페미니즘적인 자세가 현저하다. 영화 팜플렛이 참고문헌으로써 귀중하다.

학회지에도 오자키 미도리론이 계속 게재되었다. 곤도 유코近藤裕子 「향기로서의 〈나〉―오자키 미도리의 술어적 세계」[59], 스가모토 야스키菅本康之 「고원으로서의 유물론적 유토피아」[60], 고타니 마리小谷真理 「미도리환상―오자키 미도리의 메타 연애소설」[61] 등이 집중적으로 발표되어 있고 일반적인 관심이 학문 영역에 걸쳐 높아진 감이 있다.

1999년에는 『이상한 나라의 라라』[62]가 간행되어 소설, 에세이, 영화평론, 단가 등을 수록했고, 시마다 마사히코島田雅彦, 다카오카 타쿠高岡卓의 에세이도 게재되고 있다.

90년대는 젠더 연구가 확장되는 가운데 오자키 미도리를 소녀론의 범위에 넣어 논하는 경우가 많아졌다. 가와사키川崎賢子는 소녀론에서 선구적인 한 사람인데 『소녀일화小女日和』[63]에 그 성과가 보인다. 또 구로사와 아리코黒澤亜里子는 「올드 레이디가 있는 풍경―오

---

[58] 역자주―유애리 : 유미리(柳美里)의 여동생.
[59] 『일본 근대문학』, 1997년 10월.
[60] 『쇼와문학 연구』 1998년 2월.
[61] 『일본문학』, 「특집 문학의 젠더 구성」, 1998년 11월.
[62] 파사쥬 총서3, 케타로그.
[63] 청궁사, 1990년.

자키 미도리와 그 주변」[64] 이후「고향을 떠나는 소녀들 1920년대·
1930년대, 요시야 노부코, 가네코 미스즈, 오자키 미도리, 히라바야
시 다이코, 하야시 후미코 외」[65]에서 연구론을 더욱 발전시켰다. 소
녀론의 전개로서는 다카하라 에이리高原英理『소녀영역』(1999년 10월)
에 수록된「소녀가 만드는 소우주—오자키 미도리「제7관계방황」」
에서도 논의되고 있다.

　최신 미디어로서「제7관계방황」이라 명명된 홈페이지가 개설되
어 게시판에서 애독자끼리의 정보 교환이 활발하게 이루어지고 있
다.

오자키 미도리 연구의 신세기

　「제7관계방황」을 읽는 방법을 60년대는 '블랙 유머', 70년대는
'반골·반욕', 80년대는 '포스트모던의 선구'라고 평한 가인인 사에
키 유코佐伯裕子는 90년대의 방법으로서 '다른 생명체의 라이프사이
클이 야기한 내면세계의 변용'[66]으로서 읽는 방법을 제시했다.

　또 미즈타 노리코는 모더니즘과 젠더의 접점에 오자키 미도리의
위치를 두어 포우의 영향을 받아 '도시와 고독, 젠더에 대한 위화감,
초현실, 심층으로의 탐구, 장르 교차와 초월적 경계'를 지적하면서
거기에 더하여 '문학과 약물에 의한 고독한 창작'[67]을 양자의 공통

---

[64] 『계간 여자교육 문제』, 1994년.
[65] 이케다 하루시(池田治士)편 『「대중」의 등장—히어로와 독자의 20~30년대』, 인팩트 출판
　　회, 1998년.
[66] 「오자키 미도리라는 바로크—「제7관계방황」과 나카자와 신이치, 「숲의 바로크」가 만나는
　　장소」, 『정론』, 1997년 11월.
[67] 「오자키 미도리의 땅을 찾아서」, 『현대시 수첩』, 1997년 10월.

점으로 보고 있다.

2000년에 들어와서는『국문학』3월호·5월호에 캐나다의 리비아 모네가「자동소녀―오자키 미도리에 있어서 영화와 골계」[68]를 발표, 들뢰즈=가타리에 의거하여 영화론을 구사한 장대한 논문으로 "마치코의 환상적인 이야기가 포스트모더니즘의 사이보그 소설을 예고하고 있다"며 현대적인 비평을 전개하고 있다. 포스트모더니즘론 혹은 사이보그 페미니즘론에 대한 관심 속에서 이후 오자키 미도리가 해외에서도 주목을 받을 것이라 예상된다.

---

[68] 다케우치 다카히로(竹内孝宏)역.

4. 히라바야시 다이코(平林たい子)

다이코의 새로움

여성과 남성의 관계를 지배·피지배의 관계, 즉 계급관계로 파악한 것은 1970년대 이후 성행하게 된 래디컬 페미니즘(Radical Feminism)의 사상인데 40년 전에 겨우 20살이 갓 지났을 다이코는 거의 같은 발상을 가지고 이야기하고 있었다. '여성 정복 위에 세워진 문화'는 남성문화를 파괴하여 여성의 '신문화'를 창조해야만 한다는 발언은 쇼와 초년의 여성 해방 사상으로서 매우 선구적이었다고 할 수 있을 것이다. 다이코는 그 대담함과 솔직함, 용맹하고 과감한 발언과 행동력에 있어서는 남성에게 절대 뒤지지 않는 여성이었다. '문단 제일의 누님', '여걸'이라 평가된 사람이었으며, 거기에 여성이 인간의 근원적 자유를 쟁취하려는 사상에 일관적이었다.

전후 "하여튼 송사리는 무리를 지어 행동한다"라고 좌익 지식인을 비판한 것은 유명한데, 공산당의 무류신화無謬神話로부터 자유로웠던 다이코는 당시의 지식인과 많이 달랐다. 소련 공산당 70여 년의 역사가 환상으로 변하고 사회주의 체제는 세계적으로 붕괴를 맞이하여 더욱 혼미해져 가는 지금에서 보면 다이코의 역사 감각의 선견지명은 명백한 것이었다. 이것도 다이코의 새로움이다.

사후 출판된 『히라바야시 다이코 전집』의 해설 중에 오쿠노 타테오奧野健男는 '온화한 인간의 얼굴을 한 사회주의 혁명'을 설명하는

'유일한 현대적 사회주의자'[69]로서 다이코를 평가했는데, 소련이 해체된 1990년 이후의 새로운 전개 속에서 다이코를 다시 평가할 필요가 있을 것이다. 다이코 연구는 소설·평론은 물론 광범위한 사회적 발언과 행동에 걸친 종합적인 연구 시야가 중요하며 오늘날 제기되는 문제성을 찾아야만 한다.

작가데뷔 전, 또는 「인생실험」

히라바야시 다이코(1905~72년)는 나가노현 스와에서 태어났다. 소지주에 제사製絲업을 겸하던 집이 몰락하여 다이코는 10살 무렵부터 어머니가 시작한 작은 잡화점을 꾸려나갔다. 젊은 소학교 교사인 가미조 시게루上條茂의 조기교육을 받아 격렬한 자기 성장욕이 개발되었다. 신슈의 춥고 혹독한 자연과 경제적 불운은 어린 다이코에게 불굴의 기질을 키워주었고, 가미조 선생의 청년적 정열은 그 기질을 더욱 부추겨 소학교 시절의 다이코는 이미 러시아 문학을 탐독하며 작가를 지망했다. 현립 스와고등여학교에 수석으로 입학하고, 「아라라기アララギ」의 사생 표현과 시가나오야의 문장을 공부했다. 이것이 이후 다이코 문체의 기초가 되었다. 1920년 제1차 대전 이후의 노동운동이 앙양기를 맞이했지만 15살이 된 다이코는 졸라의 『제르미날』에 감동하여 번역가 사카이 도시히코堺利彦에게 편지를 보낸다. 이후 급속도로 사회주의에 관심을 가지게 되었다.

고등여학교 졸업과 동시에 상경하여 도쿄 중앙 전화국 교환수 견습생이 되지만, 근무 중에 한 사카이와의 통화로 해고되어 일독日獨

---

[69] 11권 해설, 조출판사, 1979년.

상회 점원이 된다. 거기에서 아나키스트 야마모토 도라조山本虎三를 알게 된 것이 다이코의 운명을 크게 바꾼다. 일정한 직업이 없는 20살도 안 된 남녀의 동거 생활은 순조롭지 못했다. 당시에는 '랴크'라 칭하던 아나키스트 청년들이 은행과 회사로 몰려가 강도 비슷한 행동도 했다. 그래서 관동대지진 이후 도쿄 퇴거 명령을 받아 구 만주 대련으로 간다. 다이코는 철도 공사의 하층 노동자의 취사부로 일했는데 과로와 영양부족으로 인해 시료환자로 입원한다. 그곳에서 여자아이 아케보노를 낳지만 사망한다. 야마모토는 불법 전단지 배포라는 불경죄로 실형판결을 받아 수감된다. 출세작인 「시료실에서」(1927년 9월)는 이 기간의 체험을 바탕으로 하고 있다.

야마모토를 옥중에 남겨두고 작가 지망의 꿈을 이루기 위해 귀국한 다이코는 혼고本郷 난텐도南天堂 2층에 모여 있던 아나키스트·다다이스트 그룹과 교류하여『마보』동인 다카미자와 나카타로高見沢仲太郎, 오가다 다쓰오岡田龍男,『다무다무ダムダム』동인 이이다 도쿠타로飯田徳太郎와 관계를 맺는다. 이 무렵의 남성편력에 대해 다이코는 타인의 경험을 읽고 듣는 것만으로는 만족할 수 없어 '몸소 인생의 파란을 경험해 가려고'70) 한 것이라고 이야기하고 있다. 자기 파괴의 위험마저 거부하지 않는 '인생실험'의 어두운 정열에 휩싸여 있었다. 자신의 피부로 경험한 것 이외의 것은 신용하지 않는, 치열한 사소설 작가의 혼이라고 할 수 있을 것이다. 거기에서 또한 다이코의 생과 성이 가지는 생득과잉生得過剰의 넘치는 에너지를 느낄 수 있을 것이다. '정조'라는, 남성에게는 요구되지 않는 성의 이중규범에 대한 다이코의 반역 중에는 이성의 레벨을 초월한 독특한 섹슈얼

---

70)『사막의 꽃』, 광문사 1957년 6~7월.

리티도 있다. 초기 걸작 「비웃다」(1927년 3월)에 그것은 뚜렷하게 나타난다.

「문전」파의 작가 · 계급 내 젠더

1927년 『문예전선』 동인인 고보리 진지小堀甚二와 중매결혼을 한 이래 다이코는 다시 진지하게 사회주의 공부를 시작하고, 같은 해 「시료실에서」를 발표, 일약 프롤레타리아 문학의 유력한 신인으로서 주목받았다. 당시의 프롤레타리아 문학운동은 고바야시 다키지小林多喜二, 도쿠나가 나오德永直 등이 주축이던 '전기'파=공산당계 마르시즘이 주도권을 쥐고 있었는데 다이코는 하야마 요시키葉山嘉樹와 함께 '문선文戰'파=농노당계 사회주의를 대표하는 실력 있는 작가로 평가받았다. 다이코는 '전기'파의 학생티를 막 벗은 급진적인 관념성에 불신감을 가지고 일관적으로 이것에 대항했다. 「밤바람」, 「때리다」, 「비간부파의 일기」 외에 이 무렵의 다이코의 작품에는 억압된 계급의 해방이라는 혁명 과제뿐만 아니라, 억압받는 계급 내부에도 존재하는 성차별의 문제, 계급 내부의 젠더가 노골적으로 표현되어 있다는 점에서 뛰어났다고 할 수 있다. 프롤레타리아 여성작가로서는 처음으로 그려낼 수 있었던 문제였고 기존의 프롤레타리아 남성작가의 맹점이었다. 오늘날 차별의 다중구조는 이제서야 문제화되고 있는데 다이코는 이미 한발 앞서 전진한 감이 있다. 전후 이른 시기의 다이코 연구는 구 '전기'파계 우위의 고전적 정치 비판 아래에서 행해지고 있었다는 사실은 부정할 수 없다.71) 그들의 재평

---

71) 고하라 하지메,『비평의 정열』, 웅산각(雄山閣), 1947년 등.

가가 모티브가 되는 경우도 있어 그 후의 다이코 연구는 전전 초기, 프롤레타리아 문학시대를 거쳐 비교적 많은 논고가 쓰여졌다. 그중에서도 빠른 시기에 문체의 문제를 제기한 데라다 도오루寺田透[72], 최근에는 신체론적으로 접근한 이시가와 나호코石川奈保子의 작업이 주목된다.[73]

전후의 결실·열렬한 여성

1937년 인민전선 사건으로 고보리가 검거되고, 다이코도 소환되어 8개월의 유치장 생활을 보내게 된다. 그 사이에 늑막염이 복막염을 유발시켜 중태에 빠진다. 고보리의 헌신적인 간호에 의해 생명은 건졌으나 이후 오랜 투병생활이 계속된다. 이 투옥과 투병체험에 기초한 일련의 자전적 「혼자서 가다」, 「이런 여자」(1946년), 「겨울 이야기」, 「나는 살아있다」(1947년) 등이 히라바야시 다이코의 이름을 부동의 작가로 만들었다. 황폐한 전후 속에서 고개를 든 순수한 생명의 송가, 여성의 열렬한 자기 긍정—다이코의 본질을 전개시킨 작품이다. 애증과 함께 격렬하고 드문 부부의 결합을 그리면서도 이렇게까지 강렬한 여성상을 제시했던 것은 다이코가 처음일 것이다. 다이코의 절정을 이루는 이 작품들은 일찍부터 히라노 겐 이외에도 비평가들이 즐겨 논하고 있었는데, 그 비평언설을 크게 상대화하는 연구는 아직 나오고 있지 않다고 해야 할 것이다. 최근의 새로운 연구 수준을 나타내는 것으로는 다카하시 아키코高橋昌子 「문체의 전전전

---

72) 「하야마 요시키와 히라바야시 다이코」, 1966년 6월.
73) 「프롤레타리아 문학에서의 〈신체성〉—히라바야시 다이코 「시료실에서」에 나타난 〈나〉의 문제」, 『이족』, 1981년 4월, 외.

후—히라바야시 다이코 「이런 여자」의 순환성」[74] 등이 있다. 앞으로 더욱 다양한 접근이 기대되고 있다.

문학·사회의 관계 총체 속에서

다이코의 『자전적 교유록·실감적 작가론』(1960년)의 재미는 정평이 나 있다. 인간관찰의 독특한 날카로움과 그 표현이 스트레이트한 단도직입적인 것이 매력이다. 『하야시 후미코』 등의 평전과 에세이에도 그 매력은 공통되고 있다. 작가 다이코보다도 비평가 다이코가 재평가되어야 할 것이다. 또 수많은 좌담회의 발언은 문단 문학자들과의 자리뿐만 아니라, 문화, 사회, 사상 등 각 분야에 걸친 장면에서 대담하고 솔직하게 이루어지고 있다. 아베 나미코阿部浪子편 『인문서지대계』가 집성한 상세한 기초 데이터를 활용하여 다이코의 문학적, 사회적 발언의 성격, 그리고 행정의 각종 심의회 위원으로서의 발언과 행동도 다시 종합적으로 검토되어야만 할 것이다. 또 다이코가 쓴 수많은 '중간소설', 요즘 말로 하면 서브 컬추얼한 영역과 독자의 문제도 포함하여, 팽창을 계속하고 있는 전후사회의 구성 안에서 다이코의 위치를 확인할 필요가 있을 것이다.

다이코가 작가적 역량에 비해 일찍부터 지식인에게 인기가 없었던 이유는 반공발언이나 민사당民社党에 접근한 일 때문이지만, 스탈린 숙청시대에 불복종으로 일관한 파스테르나크(Boris L. Pasternak)의 공연을 지지한 다이코의 자세에 대해서는 소련사회주의의 「리바이아산(Leviathan)의 얼굴」(시오가와 노부아키塩川伸明)이 드디어 드러난 오

---

74) 『나고야 근대문학 연구』, 1997년 12월.

늘날, 높이 평가하지 않으면 안 된다. 다이코라는 작가와 그 전 저작
을 다 읽어내는 작업은 지금 시작되었을 뿐인 것이다.

5. 하야시 후미코(林芙美子)

평가를 둘러싸고

「부운」을 탈고하고 두 달 후인 1951년 6월 29일 오전 1시, 하야시 후미코는 48년의 생을 마감했다. 과로가 원인이 되어 지병인 심장판막증이 악화한 것이 사인이었다.

「밥」, 「연」, 「여가족」, 「진주모」 이 네 작품을 동시에 연재하던 인기 절정의 작가의 장례식에는 신주쿠구 나카이 자택(현·하야시 후미코 기념관)에서 역까지 2000여 명이나 되는 인파가 몰려들었다고 한다. 그 대부분은 극히 평범한 주부였으며 자녀를 데리고 온 여성들도 있었고, 『방랑기』를 청춘의 책으로서 전장에까지 가지고 간 남성들도 있었다. 수많은 독자들의 애도가 장례식장을 가득 채웠다.

그 후로부터 반세기가 지나 상연된 후미코의 생애를 연극으로 한 『방랑기』는 1500회를 넘었고 극장은 여성들의 뜨거운 공감으로 넘쳐났다. 모리 미쓰코森光子라는 여배우의 매력과 하나가 되어 하야시 후미코의 이름은 지금도 「방랑기」와 함께 계속 살아있는 것이다.

'나는 숙명적인 방랑자이다. 나는 고향을 가지지 않는다'라고 후미코는 「방랑기 이전放浪記以前」에서 쓰고 있는데 실제로 후미코의 생년월일, 출생지는 아직도 정확하지 않다. 「방랑기」의 히로인과 실제의 후미코가 겹쳐져 말하자면 「방랑기」 연보가 유일한 단서였던 감도 적지 않으나, 최근 모지門司의 외과의사 이노우에 다카하루井上

隆晴에 의해 1903년의 「신록」무렵, 모지시 오아자오바야시에 55번지(현·기타큐슈시 모지구)에서의 출생 사실이 제기되어 거의 정설화되었다. 친부인 미야타 아사타로宮田麻太郎에 대해서는 에히메현의 역사가 다케모토 치마토竹本千万吉가 『인간·하야시 후미코』[75]에서 상세하게 쓰고 있다. 오노미치尾道 시대의 후미코에 대해서는 새로운 자료를 근거로 하여 오노미치 거주의 시미즈 에이코淸水英子가 『하야시 후미코·가고 또 가는 「방랑기」』에서 정리하고 있다. 후미코와 그 문학을 사랑하는 고향 사람들의 자세한 조사에 의해 보다 면밀한 연보는 첨가되었지만, 초판과의 차이는 제쳐두고 해제도 없다. 또한 고단사 『신조현대문학新潮現代文學』 전80권에 하야시 후미코는 포함되지 않았다.

문학사상에서의 평가와 작가의 인기 사이에는 격차가 많아 하야시 후미코라는 작가의 특색과 동시에 남성작가 중심으로 남성연구자·평론가에 의해 이루어져 온 근대 일본문학 연구의 함정이 여기 있다.

출생 · 상경

하야시 후미코는 호적상으로는 1903년 12월 31일에 태어났다. 친부 미야다 아사타로는 에히메현 이마바리의 구귀족 출신이다. 활달한 성격인 그는 입신출세를 꿈꾸며 행상인이 되고 ,이후 가고시마현 사쿠라지마 후루사토 온천에서 여관을 운영하는 14살 연상의 기쿠와 만난다. 장사에 밝아 러일전쟁 후에 시모노세키에서 수입품을 취급하는 가게를 내어 성공하였다. 후미코는 풍족한 소녀시절을 보내

---

[75] 치쿠마서방(筑摩書房), 1985년.

지만 6살 때 어머니를 따라 집을 나온다. 아사타로가 게이샤를 집으로 끌어들였기 때문이라고도 하고, 기쿠와 20살 연하의 가게 점원이었던 사와이 기사부로澤井喜三郎의 관계를 아사타로가 알게 되었기 때문이라고도 한다. 어머니와 사와이, 후미코의 방랑생활이 여기에서 시작되었다.

나가사키, 사세보, 시모노세키를 돌며 후미코는 소학교를 전전한다. 양부가 된 사와이는 후미코를 귀여워했지만 '지나칠 정도의 소심함과 변태적인 야생의 기운'을 가진 남자였다. 한 번은 헌옷가게를 차렸으나 도산하여 후미코는 가고시마鹿児島에 있는 기쿠의 친정에 맡겨져 할머니에게 하녀 취급을 당했다고 한다. 1914년부터 16년까지의 후미코의 실생활은 분명하지는 않은데 「규슈탄광촌방랑기九州炭坑街放浪記」에 묘사되어 있는 직사각형 모양의 탄광촌의 여인숙을 전전하는 생활이었을 것이다. 그런데 여기에서 후미코는 책을 읽는 즐거움을 알게 된다. 책의 세계에 빠져드는 공상을 부풀려갈 때 후미코는 현실을 잊을 수 있었다. 전후에 쓰인 매력 넘치는 「그림책 사루토미 사스케猿飛佐助」는 이 무렵에 읽은 다치가와 문고의 『猿飛佐助(사루토미 사스케)』가 원점이 되었을 것이다.

1916년 5월, 마쓰리의 북소리에 이끌려 일가는 히로시마현 오노미치 기차역에서 내려 그대로 정착하고 후미코는 오노미치시립 제2심상소학교 5학년에 편입한다. 양친은 행상을 계속하며 일곱 번이나 주거지를 바꾸면서도 오노미치에서의 생활은 1923년 4월까지 6년 동안 계속된다. 「풍금과 물고기의 거리」는 오노미치에 살기 시작했을 무렵의 날들을 프롤레타리아 문학풍의 악센트를 첨가해 쓴 작품이었는데, 오노미치는 후미코의 마음의 고향이 되었다. 후미코의 문학적 재능을 발견한 국어교사인 고바야시 마사오小林正夫, 이마이 시게사부로今井篤三郎의 권유로 후미코는 18년 4월 오노미치 고등여학교에 입학한다. 고학생이라고는 하나 아버지인 미야다 아사타로부터의 원조가 있었던 것이 아닐까라고 추측된다. 해수욕을 즐기고 있는 그림엽서와 테니스 라켓을 가지고 있던 사진이 남아 있다.

아키누마 요코秋沼陽子라는 필명으로 지방 신문에 시와 단가를 투고하며 해질녘까지 도서관에서 책을 읽으면서 지낸 날들이었다. 크누트 함슨(Knut Hamsun)[76]의 「굶주림」에 감동하여 체홉, 보들레르에 심취하였고, 이시가와 다쿠보쿠와 아리시마 다케오, 모리 오가이, 기타하라 하쿠슈, 시마자키 도손, 도쿠다 슈세이를 애독했다. 이윽고 후미코는 인노시마因島 출신의 다다노우미忠海 중학생 오가노 군이치岡野軍一와 사랑에 빠진다. 3살 연상인 오가노는 메이지대학 전문부에 입학하고 후미코도 또한 23년 3월에 졸업과 동시에 상경한다.

조시가야雜司ヶ谷부근에서 동거하면서 공중목욕탕의 점원, 사무원, 포장마차 도우미로 직업을 바꾸며 오가노의 졸업을 기다렸다.

그러나 다음 해 23년에 인노시마에 돌아간 오가노는 후미코와의 결혼을 가족들이 반대하자 그대로 인노시마에서 취직했다. 그해 9월 관동대지진으로 후미코는 도쿄를 떠나 오사카, 오노미치, 도쿠시마에서 지내는데 이 무렵부터 일기를 쓰기 시작, 이 일기를 「노래일기」라 하였는데 이것이 「방랑기」의 원형이 된다. 24년에 다시 상경하여 작가 치카마쓰 슈고近松秋江의 집에 들어가 살게 되었으나, 2주 후에 그 집을 나오게 되었다. 그 후에는 여공, 판매원, 하녀, 여급으

---

[76] 역자주―1859~1952 노르웨이 작가. 1920년 노벨 문학상 수상.

로 일하면서 시를 쓰기 시작, 이윽고 시인이며 배우인 다나베 와카오田辺若男와 동거하게 된다. 하지만 다나베에게는 여배우 애인이 있었기 때문에 2, 3개월 후에 헤어진다. 그러나 그동안 다나베를 통하여 도모타니 시즈에友谷静枝, 하기와라 교지로萩原恭次郎, 오카모토 준岡本潤 등의 아나키스트 시인들과 친해져 7월에 도모타니와 시집『두 사람』을 창간, 후미코의 시는 드디어『푸른 말을 보거나』로 완성된다.

그 후 얼마 지나지 않아 시인인 노무라 요시야野村吉哉와 동거하게 되는데, 세타가야구 태자당太子堂 옆에는 쓰보이 사카에壺井栄 부부가 살았고, 근처에는 히라바야시 다이코가 있었다. 다이코와 함께 카페의 여급을 하며 시와 동화를 출판사로 팔러 다니는 나날이었다. 그러나 가난도 자신의 결핵도 모두 후미코의 탓으로 돌려 폭력을 휘두르는 노무라와의 생활은 일 년으로 끝난다.

「방랑기」에서 작가로

1928년 7월에 극작가이며『미인전』의 작가인 하세가와 시구레에 의해 종합 문예지『여인예술』이 창간되어 8월호에 후미코의 시「기장밭」이 실리고 10월호부터 「방랑기」의 연재가 시작되었다. 「노래 일기」를 계절에 맞추어 발표하는데 제1회를 「가을이 왔구나—방랑기」라 명명한 것은 시구레의 남편인 미카미 오토키치三上於菟吉였다. 30년 7월 개조사에서 발행되자마자 베스트셀러가 되어 후미코는 일약 인기 작가가 된다. 「방랑기」는 몇 번이고 가필, 개정, 삭제를 거쳐 현재 유포되고 있는 형태로 바뀌어 가는데 원래는 굶주림에 지쳐 괴로워하면서 여관의 잠자리에 배를 깔고 엎드려 다 닳아가는 몽당 연필 끝을 혀로 핥아 가며 노트에 써내려간 일기였다. 룸펜(lumpen) 문학이라고 평가되기도 했으나, 가장 밑바닥의 날들을 쓰는 것을 무기로 자신에게 성실하게 살아온 후미코에게는 어설픈 사상은 의미가 없는 것이었다. 사소한 일상의 행복을 거부한 후미코는 스스로의 시 정신을 지킨다. 바닥을 흐르는 리리시즘(lyricism, 서정주의)은 고향을 떠나 도시에서 괴로워하는 젊은이의 마음을 통과하여 『속 방랑기』와 함께 60만 부가 팔렸다.

인세를 받아 중국을 혼자서 여행한 뒤 31년 11월부터 다음 해 6월까지 후미코는 파리에서 생활한다. 파리체험과 한 달 간 런던 체류에서 경험했던 것은 「지붕 밑의 의자」, 「파리 일기」에 상세하게 기록되어 있다. 후미코는 작가로서 살아갈 것을 각오하고 나서 귀국한다.

시대에 뒤쳐진 미쳐가는 주머니 만드는 장인과 작부가 된 아내와의 음영이 가득한 세계를 「굴」에서 묘사하며, 「방랑기」에서의 탈출을 꾀한 후미코는 36년에는 어머니 기쿠를 모델로 「천둥」을 완성했다. 히라바야시 다이코는 『하야시 후미코』77)에서 기쿠와 후미코를 '삼쌍둥이'라고 칭하고 있다. 기쿠의 존재는 후미코의 생명력의 원천이었다.

「뜬 구름浮雲」

하야시 후미코의 문학의 시작은 「방랑기」이며 마지막은 「뜬 구름」이라 할 수 있다. 그것은 그대로 후미코의 삶과 겹쳐지는 것인데,

---

77) 신초사, 1989년.

말하자면 스스로의 의지로 밑바닥을 살아온 「방랑기」의 주인공과 이리저리 흘러가며 살아가는 「뜬 구름」의 주인공과의 격차는 잴 수 없을 정도로 크다. 타이피스트를 꿈꾸며 상경한 유키코는 형부의 동생에게 강간당하고 그 관계에서 도망가고자 프랑스령 인도네시아의 달라트로 간다. 거기에서 농림기사 도미오카와의 행복한 연애의 시간을 보내지만 패전 후 목숨만 겨우 살아서 귀국한 유키코는 미국병사에게 몸을 팔게 되고, 이바伊庭의 정부가 되어서도 계속 도미오카를 찾아 결국 함께 규슈 야쿠시마로 간다. 그렇지만 유키코에게는 이미 죽음이 가까이 다가와 있었다. 비가 내리는 날 유키코는 도미오카의 부재중에 피를 토하고, 동굴 속에 파묻힐 것 같은 공포와 고독 속에서 죽어간다. 타이피스트를 꿈꾸던 소녀를 이렇게까지 무참하게 내모는 하야시 후미코의 허무에 가슴이 서늘해진다.

후미코는 전후 6년간 「뜬 구름」, 「서민가」, 「밤국화」 등등의 많은 단편, 수필, 기행문, 다섯 편의 신문 연재, 아홉 편의 잡지 연재를 남겼다. 상상을 불허하는 작업량이었으나 그것을 후미코에게 강요했던 것은 전쟁으로 죽은 이름도 모르는 무수히 많은 사람들에 대한 '애매하게 끝내버릴 수는 없는 격렬한 마음'이며 시대에 희롱당하면서도 열심히 살아가는 서민에 대한 끝없는 애정과 공감, 그리고 작가로서의 책임감이었다. 독자에게 지지받으며 계속 살아있는 후미코의 문학을 다시 한 번 생각하고 싶다.

6. 사타 이네코(佐多稲子)

사타 이네코라는 작가

　사타 이네코는 1998년 10월 12일, 94세의 나이로 생애를 마감했다. 소녀시절의 노동 체험을 소설화한 「캐러멜 공장에서」[78]에 의해 쇼와 초기의 프롤레타리아 문학운동 속에서 탄생한 작가이다. 직접적으로는 『당나귀』 동인들과의 만남이 결정적이었다는 것은 널리 알려진 사실이다. 사타는 한결같은 혁명운동 참가와 전지 위문을 통한 전쟁 협력이라는 인생과 문학에 관련된 체험을 전후, 성실하게 자신의 모든 것을 걸고 추구해 왔다. 그 과정에서 전쟁의 좌절과 연결된 자기의 서민성의 문제를 파고들어 이데올로기에서 자립하는 지점에 서게 되었다. 그야말로 대전환을 반복한 쇼와라는 시대 그 자체를 끈질기게 살아온 작가라 할 수 있다. 그것은 또 가부장제 사회아래 여성이 놓여 있던 상황에서 고투하는 한 여인의 모습이기도 했다. 환경의 격변으로 소학교를 중퇴하고 일해야 했던 소녀시절, 동반 자살 미수까지 치달은 첫 결혼과 이혼, 데리고 있던 아이를 떼어 놓아야만 했던 연애와 재혼, 그리고 아내라는 것과 일 사이에서의 고민, 또한 동지인 남편과의 깊어진 갈등(「진홍빛〈れなゐ」). 남편의 정사로 인한 황폐된 부부관계(「잿빛의 오후」)로 인해 1945년 5월에 이혼하고 세 명의 아이를 할머니에게 맡기고는 전후 새 출발한

---

[78] 『프롤레타리아 예술』, 1928년 2월 당시 구보가와 이네코.

다. 이 작가만큼 여성의 자립에만 구애되어 여성의 생활과 여성의 현실을 그린 작가는 드물다. 주된 작품의 대부분이 자전적 소설이라는 사실은 사타 이네코에게 있어서 쓴다는 것이 자기 구제였다는 것을 이야기하고 있다.[79] 그렇지만 또 사타 문학 중에서 서민의 애환을 위로하는 시선으로 그린 단편[80]과 도시 한구석에서 건강하고 힘차게 살아가는 여성들을 그린 소위 중간소설[81]의 작품군도 상당한 비중을 차지하고 있다. 60여 년에 걸친 작가 활동 내용은 『사타 이네코 전집』 전 18권[82]에 수록되어 있는데, 전집 간행 후의 작품은 당연히 포함되어 있지 않다고 해도, 전시 하에 발표된 소설과 에세이의 대부분이 미수록 상태이다.

연구 동향—전향으로의 경로를 중심으로

사타 이네코 연구는 68년에 결성된 사타 이네코 연구회의 멤버를 중심으로 추진되어 왔다. 개별 논문을 기초로 한 자세한 「연구동향」은 『쇼와문학 연구』 제14집[83], 『쇼와문학 연구』 제37집[84] 등을 참조하길 바란다. 80년 이후는 전쟁 책임 문제가 연구의 핵이 되고 있으나 자기 억제를 기조로 하는 사타 문학 특징의 고찰, 그리고 이야기 구조와 어떤 전제를 절대화하는 창작 방법의 검토, 그리고 페미니즘 시점의 도입이라는 각각의 연구 방향이 제시되어 왔다. 연구서

---

[79] 앞의 삼부작 이외, 「나의 도쿄 지도」, 「계류」, 「시간을 기다리다」, 「여름의 도표—나카노 시게하루(中野重治)를 보낸다」 등.

[80] 「노란 연기」, 「여자의 여관」, 「물」, 「행복」 등.

[81] 「사랑과 두려움」, 「노래 소리 섞인 바람」 등.

[82] 고단샤, 1977~1979년.

[83] 기타가와 아키오(北川秋雄), 1987년.

[84] 다니구치 기누에(谷口絹枝), 1998년.

의 간행은 92년의 하세가와 게이長谷川啓『사타 이네코론』을 시작으로 하여 그 후 5년 동안 기타가와 아키오『사타 이네코 연구』, 고바야시 유코小林裕子『사타 이네코—체험과 시간』에 이어 더욱 본격적인 잡지『인문서지 대계(28) 사타 이네코』[85]가 간행되어 사타 연구는 비약적인 진보를 맞이했다고 할 수 있을 것이다.

전쟁 협력 문제의 추구는 사타의 자기 척결(저널리즘으로의 의존, 위장 의식, 좌익 민중으로부터의 고립감, 부부관계의 퇴폐 등)에 의거하면서도 사타의 성애性愛의 측면과 여성 해방 지향이 능력 활용의 국책에 동화하는 문제에 포함되거나, 마에다 히로코의 논문[86]을 시작으로 하여 전쟁 중의 개작 및 전후 개작의 문제로 들어가 사타의 작가로서의 주체성을 묻는 관점이 제시되어 왔다. 그리고 주로 에세이의 검증을 통해 1942년 5월부터 6월에 걸친 중국 최전선 위문의 체험에 의해 전쟁 체제에 굴복한 시기라는 것은 현 시점에서는 거의 일반화되어 있다.

그렇지만 소설 레벨에서는 전향의 경로를 둘러싸고 전향이 저항인지의 평가에 차이가 생기고 있는 것이다. 그 중심이 되는 것이 프롤레타리아 문학운동의 쇠퇴기에 쓰여진 작품 중 가장 많이 논의의 대상이 되어온「진홍빛」(36·38년)과 결과적으로 유행작가로서 전지 위문을 권유 받는 계기를 만든「맨발의 딸」(40년), 이 두 자전적 소설이다.「진홍빛」에 대해서는 작가로서의 자기 확립과 아내 역할의 모순에 고군분투하는 주인공 아키코의 '저항주체'와 '작가적 자립'을 읽어내는 해석이 우선 제시되었다.[87] 이 입장은 80년대에 들어

---

[85] 고바야시 유코 편, 일외 어소시에이트, 94년.
[86] 「사타 이네코— 전쟁 책임으로의 굴절」, 『전쟁과 문학자』, 삼일서방, 83년.

와 결혼 제도에서 보이는 여성 억압의 구조와 성역할의 내면화에 대한 관계를 문제시하는 페미니즘의 시점을 끌어와 여성 해방 문학으로써 높이 평가되고 있다. 이에 대해 화자의 시점 분열을 지적하여 오히려 '작가 주체의 나약함'이 전향을 준비한 작품이라고 한 논문이 나왔다(기타가와 아키오). 이 입장과 관련되는 것으로서 아키코의 여성 해방 지향의 모순을 지적하여 페미니즘으로부터 받은 높은 평가를 의문시하는 논문[88]이 등장한다. 또 아키코의 우월적 전위의식으로서의 '성장'을 문제시한 중요한 지적[89]이 있어 쌍방의 연구에 영향을 주었다. 그리고 「맨발의 딸」에 대해서는 생과 성에 대한 자유를 갈망하는 주인공상에 작자의 집필시점이 전쟁시대에 대한 저항 자세를 읽어낼 수 있는가, 혹은 현재의 존재양상을 애매하게 한 화자의 성질을 문제로 하여 집필 시점에서의 작가의 약한 자세를 이끌어내는가, 평가는 나누어져 있다. 이와 같이 각기 다른 평가에 의한 대립적 해석을 어떻게 융합시켜 나아갈지가 금후의 과제이다. 마지막으로 최근의 다양한 문학 이론의 도입을 반영하여 「캐러멜 공장에서」에 대해 프롤레타리아 문학의 범주에서 벗어나 다층적인 작품의 구조를 읽는 좋은 논문의 등장(이시가와 고이치石川 功, 고바야시 유코)을 소개해 두고 싶다.

전시 하의 소설 – 〈상대적 관계(対関係)〉 희구와 그 함정

태평양 전쟁기의 사타 작품은 후방소설後方(銃後)小説, 국책 소설이

---

87) 하세가와 게이, 고바야시 유코 등.
88) 다카하시 아키코, 「사타 이네코 「진홍빛」의 역설」, 『나고야대학 국어국문학』, 1995년.
89) 오쓰카 히로시, 「사타 이네코 「진홍빛」론」, 『쇼와문학 연구』, 1985년.

라고 할 수 있는 성질을 가지고 있다. 예를 들면「알아차리지 못하고」(42년 7~12월)에서는 전지에 있는 남편과 한마음으로 느긋하게 행동하는 아내, 결혼 명령을 받고 일시 휴가를 받은 병사에게 연정을 품는 미혼 여성이 그려지고 있고, 초판90)을 대폭 개정하여 1944년 6월에 가쓰라기서점葛城書店에서 간행된『젊은 아내들』에서는 전시체제에 협조하면서 남편을 전지로 보낸 아내는 '남편의 말을 따라 집을 지키는 것이 우선'이라고 말하며 '일본 여성의 미덕', 즉 현모양처 주의를 긍정하고 있다. 대등한 남녀의 상대적 관계를 찾아 현모양처로서의 성역할과 싸우는「진홍빛」의 여성상과 비교하면, 사타의 여성해방지향의 굴절이 분명하게 인정된다. 그 요인으로서 41년에서 43년에 걸친 '만주', '중국', '남방'으로의 전지 위문의 영향을 지적할 수 있는데, 더욱이 여성의 독립과 행복을 추구한 사타 이네코 문학에 내재된 문제가 검토되어도 좋을 것이다.

사타 이네코는 "여성의 다양한 괴로움과 슬픔을 써 나가겠어요. …그렇게 하지 않으면 저는 구원받을 수 없는 걸요"라고「진홍빛」의 아키코에게 말하게 한 대로 프롤레타리아 문학의 집필이 불가능해진 시대에 여성의 현실을 쓴다는 것을 문학적 주제로써 파악하게 된다. 종전까지 약 70여 작품이 발표되고 그 무대는 문예·종합잡지 외에 부인잡지와 대중 잡지, 그리고 지방 신문으로 확대된다. 국민 총동원체제가 시행되던 중일전쟁기에「새로운 의무」(37년 7~9월)를 거울로 삼아 일하는 여성의 편에 선 여성 해방 이념은 뒤로 물러나지만, 〈어머니〉와 〈여성〉으로 나누어져 괴로워하면서도 자기 확립을 지향한 자전적 작품「유방의 슬픔」(37년 3~5월),「수수신록樹樹新綠」

---

90)『부인공론』, 1942년 9~12월.

(38년 4~5월)을 거쳐 자신의 아이와의 생활도 불가능한 가족제도 하의 과부의 처지[91], 남편에게 배신당한 아내의 비애[92], 전쟁미망인의 갈 곳 없는 울적함[93], 그리고 전쟁 소집이 부부와 가족에게 미치는 여러 가지 불합리함[94]을 응시하고 있다. 즉 쓴다는 것에서 여성의 생활을 억압하는 가부장제적인 질서를 되돌아보게 되는 것이다. 그 한편으로 남편(남성)과의 상대적 관계에서 「애정의 아름다움」을 간절하게 원하며 결혼이 여성의 행복이라는 메시지가 전해져 온다. 「언니와 여동생」(37년 4월)은 부모의 뜻에 따라 게이샤에서 후처로 전락한 언니와 양재를 배워 자립적인 인생을 개척하려고 하는 동생을 전쟁소집이 한창인 시대를 배경으로 대조시킨 가작이다. 동생의 주체성에 여성의 자립이라는 테마로, 전체적으로는 동생과 출정한 지인 사이에서 싹튼 '부드럽고 아름다운' 연정의 모습이 클로즈업되어 남성과의 애정 경험이 없었을 언니의 불운이 대비되는 구성을 취하고 있다. 상대적 관계에서의 애정의 아름다움을 그리기 위해서 출정병사에 대한 일본 여성의 애정을 미화한다는 설정은 이 작품이 처음이었다. 또 같은 시기의 작품 「겨울의 새벽달」(39년 1~3월)은 괴로워하며 방황하다가 새로운 사랑을 찾은 미혼모가 상대의 소집이 결정되어도 변심하지 않는다는 이야기로 후방소설의 전형이라 할 수 있다. 그렇지만 두 작품 모두 아직 출정병사를 절대적 존재로 부각시키는 성격은 없으며 어디까지나 연애의 성취를 통한 여성의 주체성과 행복이 작품의 주조음이다. 41년에 들어서면 출정병사와의

---

91) 「모자」, 1941년 4월.
92) 「아내」, 1941년 3월.
93) 「선량한 사람들」, 1942년 1월.
94) 「정애情愛」, 1942년 1월.

애정 문제를 다룬 작품이 눈에 띄게 되는데, 그중에서도 「야생차꽃」
(41년 12월)에 주목하고 싶다. 미혼의 직업여성과 남편이 출정 중에
출산한 가정주부가 대비되어 전지의 남편의 애정이 아내를 "아름답
고 너그럽게, 용기를 얻어 유연하게 대처하고 있다"고 묘사되고 있
다. 그렇지만 그렇기 때문에 더욱 희망이 없는 생활을 보내는 직업여
성이 놓인 현실을 꿰뚫는 시점이 전개되는 것은 이 시기의 이 작품뿐
이다. 「마음 아프게」(41년 경), 「향기 나다」(42년 4월)에서는 출정한
남편의 부재중에 아내가 괴로워하지 않고 지내기 위해 직업을 갖는
것이 긍정적으로 그려진다. 전작 『젊은 아내들』에서는 아내가 밖에
서 일하는 것을 금지했는데 어느 쪽이든 남편(남성)이 말하는 대로
남편의 부재를 지킨다는 성역할에 기초하고 있다. 그리고 어떤 작품
에서도 남녀의 갈등이 없는 일체화된 애정의 아름다움(연애 환상)이
야말로 가치가 있는 것으로 여겨져 현실의 모습은 사라져버린다. 즉
본질적으로는 국가와 가정에서 가장 강한 가부장제의 논리에 익숙
해져 있는 전쟁 하에서의 여성의 생활, 애정이 발랄하게 표현되는
소설 세계에 흡수되어 가는 구도가 성립하게 되는 것이다. 거기에서
는 정신적 엑스터시라고도 할 수 있는 남녀가 일체화된 애정에 의해
여성들이 가부장제의 국가사회, 남성, 가정에서의 소외를 극복하는
것 같은 도착倒錯을 읽어낼 수 있다.

　전쟁 수행을 위해 후생성 인구국厚生省人口局은 결혼 장려정책(41
년 10월)을 발표하고 부인잡지를 중심으로 미디어를 통해 〈결혼정
국〉이 선전되던 시대에 전지의 남편(남성)에게 애정을 미화하는 언
설의 생산은 무엇을 의미하는가. 비록 애정중시에 의해 여성의 존중
에 효율주의적인 결혼 장려에 대한 저항이 포함되었다고 해도 전지

를 지탱하는 후방의 아내를 필요로 하는 국가의 여성정책과 겹쳐진다. 사타 문학이 「진홍빛」에 그려낸 자립하는 여성의 고군분투를 거쳐 다시 성역할에 기초한 남녀의 애정에 빠져버린 전시 하의 과정에 〈상대적 관계〉에 대한 뿌리 깊은 희구와 그만큼 강하게 얽매인 연애 환상의 결과를 보여주었다는 기분이 든다. 사타 이네코가 남편·구보가와 하쿠지로와의 상대적 관계의 좌절에서 받은 허무감이 창작의식에 준 영향은 큰 것이었다.

7. 오카모토 가노코(岡本かの子)

작풍의 전개

오카모토 가노코는 1936년에 아쿠다가와 류노스케芥川竜之介를 모델로 하여 화제를 불러일으킨 「학은 병들다」로 인정받아 작가활동을 본격화했다. 이때 그녀의 나이는 47세였다. 늦은 시작이었지만, 그때까지 네 권의 가집歌集을 간행하고 또 불교 연구가로서도 계몽적인 저작을 많이 남기고 있었다.

가노코는 작가로 데뷔하고 나서 겨우 3년 후에 사망하지만, 단기간에 다채로운 변화를 이룩했다. 「학은 병들다」는 다소 생경한 부분이 있었으나, 이어 발표한 「모자서정」, 「금어요란」(1937년)은 종래 소설의 규칙에 얽매이지 않은 자유분방한 필체로 강한 인상을 남겼다. 그리고 「도카이도고쥬산지」, 「노기초」(1938년), 「가령」, 「다랑어」(1939년) 등 간결한 문체로 번뜩이는 기교를 느끼게 하는 단편을 발표하고, 유작인 장편 「생생유전生々流転」95), 「여체개현女體開顕」에서는 자유자재의 독백체를 전개하고 있다.

예를 들면 「생생유전」의 초코蝶子는 어떻게 이야기하는가, 누구에게 이야기하는가 라는 제약에 얽매이지 않는 화자이다. 초코의 운명은 다양하게 변해 가는데 이케가미池上라는 청년의 곁으로 갈 때, 결혼을 전제로 한 것이 아니냐고 의심하는 어머니를 향해 "저는 그

---

95) 역자주—만물이 끊임없이 바뀌어 유전 윤회함.

냥 흘러갈 뿐이에요. 그때그때에 솟아오른 급류와 같은 정열에 몸을 맡기고"라고 마음속으로 이야기하고 있다. 다른 청년과 거리를 걸으면서 "난 주변의 영향에 의해 사상조차도 점점 변하는 생명의 흐름을 살고 있는 카멜레온일지도 몰라요"라고 이야기한다. 이미 존재하고 있는 내면이라는 것은 믿지 않고 '나'는 외부의 풍경을 반영하며 빙글빙글 변한다는 것이다. 작자의 자아에 수렴시키고자 하는 독서 방법은 여기에서는 효과가 없다.

처음에는 다니자키 준이치로谷崎潤一郎, 아쿠다가와 류노스케라는 근대문학의 골격을 확실히 가진 작가를 동경하여 출발한 가노코였지만, 단기간에 정전에서 멀어져 자신의 스타일을 확립했다. 그것이 가능했던 것은 오랫동안 공부한 불교 사상의 영향, 가인으로서의 단련, 3년에 이르는 유럽 체류에서 얻은 체험, 지식이라는 것이 종합적으로 반영되고 있었기 때문일 것이다.

이러한 근대소설의 상식으로부터의 탈피에서 소설의 새로운 가능성을 찾는다는 적극적인 시도는 전후로부터도 한참이 지나서야 나타났다. 그 이유로는 다음과 같은 것을 생각할 수 있다.

어떻게 평가되어 왔는가

가노코가 소설가로서 활약한 것은 중일전쟁이 시작되고, 더욱이 태평양 전쟁 발발을 향해 파시즘이 강화되던 시기였다. 가노코를 그녀의 생존시부터 평가해 온 가와바타 야스나리, 가메이 가쓰이치로, 그리고 남편인 오카모토 잇페이는 '모성', '나르시시즘', '생명', '동여성童女性', '파멸', '가령家靈'이라는 말로 그녀를 이야기해 왔다. 거기에는 시대를 앞질러 갔던 지식인들이 자신들의 허무와 초조감을 〈반근대〉〈반지성〉이라는 상像을 만들어 내어 위안하려 한 배경이 있을 것이다. 이때의 기존의 젠더 역할에 의해 가노코 상이 만들어져 온 것이다.

여기에서 굳혀진 이미지는 전후에도 지속되었다. 시부사와 다쓰히코澁澤龍彦와 같이 "우리 남성의 특질인 정신에 필적할 수 있을만한 정열 혹은 욕망을 구비한 여성작가"「오카모토 가노코 혹은 여성의 나르시시즘岡本かの子—あるいは女のナルシシズム」96)이라고 단정하는 사람도 있다. '우리 남성들의 특질인 정신'이라는 근거 없는 범주가 형성되어 있는 남성사회에는 〈여성으로서 열심히 노력하고 있다〉라는 평가를 얻는다 해도 그것이 기쁜 일은 아니다. 엔치 후미코의 「가노코 변상変相」97)에는 실제의 가노코를 알고 있는 엔치가 가노코라는 사람과 작품에 대한 위화감에 대해 쓰고 있다. 엔치는 가노코가 성역할이 결정되어 있는 것에는 자각하지 않았다고 생각하여 동성으로서 씁쓸하게 생각했던 것이다.

그렇지만 가노코를 칭찬하는 측도 비판하는 측도, 이미 굳어진 가노코의 이미지를 선행시키고 있으며, 가노코의 소설을 음미함에 있어 다소 소홀했던 점이 아닌가 한다.

풍수사冬樹社판 『오카모토 가노코 전집』(전 15권 보유 1권, 별권 2권, 1974년 3월 ~78년 3월)이 간행되어 오카모토 가노코 연구의 기반이 마련되었다. 가노코의 재평가가 전후에 일어났다는 것은 우연이 아니다. 「강빛」(1939년)을 둘러싼 가네이 미에코金井美惠子의 "읽기

---

96) 『오카모토 가노코 전집 제 일 권』부록, 동수사(冬樹社), 1974년 9월.
97) 『단가短歌』, 1955년 9월.

시작한 소설의 더욱 깊숙한 곳, 더욱 멀리 있는 작가에 의해 계속 쓰이고 있는 이야기가 있다는 것"이 독자를 '쓴다는 것의 첫 흐름 속에 빨려 들어간다'98)라는 것과 아마사와 다이지로天澤退二郎의 '작가가 작품을 낳는 다는 행위 그 자체를 주제로 한 소설이라는 형식을 빌렸다' '소위 예술가 소설いわゆる芸術家小説'99)이라는 지적은 큰 전개를 가지고 왔다. 등장인물과 작가 그 자신을 연결시키는 것만으로는 제대로 읽을 수 없는 소설이라는 것을 시사하고 있는 것이다.

주인공들의 특징

신조문고『노기초』의 가메이 가쓰이치로의 해설은 현재는 그 효력을 잃은 여성작가를 향해 깊은 애정의 감정으로 호소하고 있다. 예를 들면「노기초」를 논하여 '거기에 여자의 괴이한 생의 신음, 탐욕으로 가득 찬 성의 한탄이 흐르고 있다', '「노기초」는 남자를 사육하는 소설이다. 젊은 남자의 생명을 빨아들이는 소설이다. 세파에 시달린 여자의 성몽이다'라고 평하고 있다.

「노기초」의 노기는 그렇게 '기괴'하지는 않다. 만약 보통 사람과 다른 점이 있다면 '일이건, 남녀관계이건 오로지 몰두하는 모습을 보고 싶다고 생각한다. 나는 그러한 것을 가까이에서 보고 솔직하게 죽고 싶다고 생각한다'라는 순수한 바람을 죽을 때까지 안고 살았던 것일 것이다. 유노키柚木는 젊었지만 '현실이라는 것은 단면은 있지만 항상 전체는 눈앞에 어른거려 계속 인간을 낚아가는 것'이라고 단념하고 있었고, 직업 상 인생의 이면을 다 보았을 노기가 지금 그

---

98)「가노코를 기억하는 책かの子覚え本」,『치쿠마ちくま』, 1972년 2월.
99)「오카모토 가노코론」,『오카모토 가노코 전집』제4권 부록, 후유키사, 1974년 3월.

런 것을 바라고 있다는 것에 놀라는 것이다. 지순한 것에 대한 생각을 항상 잊지 않도록 한다는 것은 동시에 지순한 것을 모른다는 결함을 실감하면서 살아있다는 것이다. 그 팽팽한 마음이 노기의 젊음을 유지하면서도 우울하게 하고 있다.

이러한 바람을 가지는 것은 여성 주인공뿐만이 아니다. 「금어요란」, 「도카이도고쥬산지」, 「가령」, 「식마食魔」의 남성 주인공들도 노기와 같은 결함을 공유하고 있다. 「금어요란」의 후쿠이치復一는 '모두가 다르기에 슬픈 것이다. 가지고 있는 듯하면서도 뭔가 결여되어 있다. 누구도 원하는 것 전부를 가질 수는 없는 것이다. 그래서 모두 슬픈 것이다'라고 생각하고 있었다. 이 슬픔을 잊지 않고 그 슬픔 속에 주저앉지 않는 자가 가노코 소설의 주인공이 된다. 「금어요란」에서 후쿠이치의 마음이 그의 연애 대상이었던 마사코眞佐子를 뛰어넘어 상상도 할 수 없는 아름다운 금붕어를 출현하게 했던 것처럼 결함을 원동력으로 하여 젊음을 충전해 가는 그들의 움직임이 소설을 만들어 가고 있는 것이다.

가노코 소설의 주인공은 여성 이외에 어린이, 노인, 지적 장애를 가진 사람, 또 성인 남성이라도 사회의 핵심에 없는 사람들이 대부분이다. 그들은 기성의 지식과 권위에 기대지 않고 세계를 보고 이야기해 간다. 여성 필자의 특질을 보려 한다면 이처럼 기존의 문어로는 미처 표현할 수 없었던 것을 감지하여 새로운 표현을 추구한 점을 들고자한다.

연구의 현재

후유키사판『오카모토 가노코 전집』은 현재 쉽게 살 수 있는 가격은 아니지만, 치쿠마 문고판『오카모토 가노코 전집』전 12권(1993년 6월~94년 7월)이 간행되어, 이것으로 소설을 포함한 주된 작품의 대부분을 읽을 수 있다. 또한 가노코의 텍스트에 대해서는 다음과 같은 사정으로 작자와 텍스트와의 연관성을 의식할 필요가 있다.

가노코의 소설 원고는 현재 가와사키川崎 시민 박물관에 소장되어 있는「금어요란」과「강빛」밖에 없고 그것도 가노코의 필적은 정서된 것 위에 덧쓰인 추고推敲의 흔적뿐이다. 가노코의 텍스트에 오카모토 잇페이의 가필이 있었던 것이 아닐까, 혹은 대필이 있었던 것은 아닐까라는 의견은 작자가 살아있었을 때부터 있었는데 구체적으로 이것에 대해 논한 것은 세토우치 하루미『가노코 요란』[100]이었다.『증보 잇페이 전집』[101]의 간행에 의해 그때까지 1930년까지의 작품만 수록하고 있었던『잇페이 전집』[102]에 가노코가 활약한 시대의 그의 작품이 추가되었다. 잇페이 문장과 비교를 통해 가노코와의 생사관의 차이 등을 유추할 수 있을 것이라 생각된다.

본서의 참고 문헌 일람에는 단행본만을 들었다. 논문에 대해서는 『쇼와문학 연구』제15집(1987년 7월)의 이와부치 히로코岩淵宏子「연구동향 오카모토 가노코」,『쇼와문학 연구』제36집(1998년 2월)의 미야우치 준코宮内淳子「연구동향 오카모토 가노코」를 참조하길 바란다. 현재는 나라톨로지(서사학 – 역자주), 페미니즘 비평, 미디어론

---

[100] 고단사, 1965년 5월.
[101] 오조라사(大空社) 1991~92년.
[102] 센신사(先進社) 1929~30년.

등 다양한 접근이 이루어지고 있다.

8. 우노 지요(宇野千代)

〈여성 중의 여성〉

우노 지요의 소설에 등장하는 남성은 '모두 남자 중의 남자라는 남성뿐이다. 이것은 우노씨가 여자 중의 여자이었기 때문일까'[103] 라고 가와모리 요시조河盛好藏는 말하고 있다. 마루타니 사이치는 우노의 사소설 작품을 '억제가 잘 되어 있고 지적'이며 '몸으로 체험해야 하는 거친 업을 이 우아한 취미의 소유자는 알지 못했다'[104]라고 평했다. 즉 '남성에 대한 분노와 원한과 대항의식, 결국은 값싸고 자유로운 해방을 표방, 절규하여 몸으로 부딪치는 거친 취미와는 무관하다'

삶의 방식에 있어 새로움과 낡은 것을 초월한 '여성' 우노 지요에 대해 남성 평자들은 영원한 여성으로서의 기쁨과 풍요를 향유하려고 하는 보편적인 여성의 삶을 제시한 이상적인 필자라고 찬미해 왔다. 이러한 견해는 전쟁 전부터 이미 있어 왔는데 예를 들면 스기야마 헤이스케杉山平助는 '우노 지요는 여성다운 육감과 연애의 작가이다'라고 했으며 「색(色) 참회」 그 외의 소설을 치정소설痴情小説이라고 간주했다.[105] 전후가 되자 우선 가와모리 요시조가 우노 문학을 단순한 정치 소설, 풍속 소설이라고만 할 수는 없다는 적극적인 논

---

103) 「여자 중의 여자」, 『문학계』, 1996년 8월.
104) 『일본의 문학』46, 중앙 공론사, 1969년 4월.
105) 『문예50년사』, 가와데서방(河出書房), 1942년 7월.

평을 시작하여106), 이토 세이伊藤整도 「해설」107)에서 「색 참회」의 여성상은 다니자키 준이치로의 나오미와도 겹쳐지는데 우노의 작중 인물은 '항상 사소설적인 논리의 핵'을 가지고 있고 그 핵이 이후의 작품에서는 '심리소설의 확립을 가져왔다'고 했다. 이 이토의 해설을 인용하여 가와모리는 '모랄리스트로서의 우노 지요'를 평가하면서 덧붙여 「인형사 덴구야 히사요시人形師天狗屋久吉」의 대사에는 작자의 강한 신념의 근거가 있으며 전쟁시대의 '레지스탕스'라고 지적했다.108) 또 야마모토 겐기치山本健吉는 「사람과 문학」에서 하야시 후미코와 우노 지요를 비교하면서 동시대에 방랑기를 체험했음에도 불구하고 하야시의 한없이 서정적으로만 흐르고 만 문체에 비해서 우노의 경우는 '호소하거나 노래하면서도 자신의 실체를 드러내는 것을 처음부터 거절'한다는 스타일(문체)이라고 지적하며 그 소설의 자립성을 높이 평가했다.109) 그리고 가메이 가쓰이치로는 「색 참회」는 풍속소설을 대량 생산할 수 있는 가능성이 있었음에도 「덴구야 히사요시」에서 그것을 버리고 「오한おはん」에 이르면 '모든 군더더기가 빠지고 생명의 슬픔이라는 것이 긴밀한 문장에서 결정이 되어 그것이 일본의 전통(모노노아와레「もののあわれ」)110)과 깊이 연결된다'고 하여 오카모토 가노코의 매우 화려한 작풍과 대비시켜 '수묵화의 맛'이라고 설명했다.111) 같은 책에 수록된 「입문」에서는 아사미 준

---

106) 「해설, 『색 참회』 신초문고, 1949년 3월.
107) 『현대일본소설대계』44, 가와데서방, 1950년 3월.
108) 해설, 『현대일본문학전집』45.
109) 『현대문학대계』41, 치쿠마 서방, 1965년 2월.
110) 역자주—헤이안시대 문학 또는 문학적 배경을 낳은 귀족생활의 중심을 이루는 이념. 모노=대상,객관과 아와레=감정주관의 일치하는 곳에서 생기는 조화적정취의 세계, 우미, 섬세, 관조적 이념.
111) 『일본현대문학전집』71.

浅見淵이 실생활과 작품과의 관계를 설명하고 있다. 익몰溺没적인 연애를 하는 우노는 격렬한 정열과 강한 자아의 소유자이며 그 강한 자아가 우노 지요를 고독하게 방치시켜 영원한 작가로 만들고 있다는 것이다. 이러한 호의적인 평에 대해 여성 평자의 견해는 조금 다르다. 특히 미야모토 유리코는 '여자의 사랑스러운 나약함, 사람 좋은 듯한 허망함, 요염한 점을 근대의 비분脂粉 속에서 스스로 인정하여 여자로서 거기에 의존하는 포즈'를 '문장의 상패商牌'로서 엄격하게 비판했다.112) 또 히라바야시 다이코는 「오한」을 뛰어난 소설이라 인정하면서도 애욕의 묘사방법이 추상적이 되어 'hobby(도락, 취미)'와 같은 느낌을 주는 것은 문학생활과 실생활의 차이에 의한 것이라고 비판했다.113)

연구의 현재

우노 지요는 1996년 6월 10일 98세의 생애를 마감했다. 전집으로서는 이미 자선自選의 「우노 지요 전집」 전 12권이 1977년 4월부터 78년 6월에 걸쳐 중앙 공론사에서 간행되었다. 권말에는 오쓰카 도요코大塚豊子에 의한 서지가 첨부되어 있고 12권에는 역시 오쓰카에 의한 연보, 주요저작 목록이 수록되어 각 월보에는 도고 세이지東鄉青兒, 곤 히데미今日出海, 고바야시 히데오 등 우노 지요와 교류가 있었던 작가들이 기고하고 있다. 그리고 이와야 다이시가 「사람과 문학」이라는 평전을 연재, 월보 12호에는 정리된 참고문헌을 오쓰카가 게재하였다. 오쓰카 도요코는 「우노 지요의 작품 「무덤을 파헤치

---

112) 『부인과 문학』 지쓰교노니혼샤(実業之日本社), 1947년 10월.
113) 『현대문학대계』69, 치쿠마서방, 1969년 11월.

다」에서 「흙에게」」(『學苑』, 1979년 1월), 「바람 소리」(이하 같은 잡지 81년 1월), 「우노 지요의 장편掌篇소설」(82년 1월), 「수서서원의 딸」 (85년 1월), 「우노 지요작 「비에 대하여」(97년 1월) 어떤 객실에서 있었던 이야기」의 두 작품을 둘러싸고」(95년 3월), 「「양귀비는 왜 붉은가」를 둘러싸고」(97년 1월), 「「색 참회」와 그 주변」(98년 1월), 「우노 지요 작 「찌르다」」(99년 1월), 「우노 지요와 유게시마」(2000년 1월) 등, 선행문헌과 동시대 평을 망라해 작품론을 중심으로 연구를 진행하고 있다. 그 외 연구자에 의한 논문은 극히 적어 정리된 연구서도 없다. 고작 사카가미 히로이치坂上博一의 「우노 지요」[114]와 아리야마 다이고有山大五 「오한론」[115]을 들 수 있는 정도이다. 전자에서는 우노의 삶의 방식과 문학의 저변에는 '아버지'가 부성과 남성을 겸비한 절대자이며, 자신이 그 존재자가 되는 것을 원했다는 것, 그리고 그 욕망이 운명에 순응함으로써 즐거움과 자부심을 느끼고, 또 한편으로 잔혹함으로의 지향이 되었다고 논하고 있다. 후자는 칠석 전승에 의해 「오한」에 흐르는 '애절함'을 해명하려고 한 것이다. 『국문학』과 『국문학 해석과 감상』에서 여성작가를 특집으로 다룰 때에는 우노 지요는 반드시 거론되고 있다. 미쓰에 야쓰다카三枝康高는 우노의 문학 활동을 이타가키 나오코나 이노우에 유리코井上百合子를 따라 3기로 나누어 해설하고 있다.[116] 와타나베 마사히코渡辺正彦는 「우노 지요」[117]에서 '이야기'란 객관적인 비평 정신과 논리 앞에서는 형태를 취하지 않는 인간의 부조리성에 대한 애련, 슬픔이라 하

---

[114] 마와타리 겐자부로(馬渡憲三郎)편, 『여류 문예연구』 남창사, 1973년 8월.
[115] 『예술 지상주의문예』8, 1982년 11월.
[116] 「우노 지요」, 『국문학 해석과 감상』, 1972년 3월.
[117] 『국문학 해석과 감상』, 1985년 9월.

고 우노 문학 주제의 행보를 「다정다한多情多恨에서 다정불심多情佛心으로」라고 파악하고 있다. 또 와타나베는 「살아가고 있는 나」[118]에서는 우노 문학을 노년기의 작가로 자리 잡은 '늙음'의 문학이라고 논하며 그 세계는 '행복감이 넘치는 화려한 유토피아, 나르시즘의 공간이다'라고 했다. 그러나 우노의 '행복'이 굴절을 거듭한 끝에 자기 방어적인 의미를 가지게 된 것을 생각하면 우노의 언설을 그대로 소박하게 받아들여도 될 것인가라는 의문이 남는다. 안도 히로시安藤宏「색 참회」[119], 이시하라 치아키, 「우노 지요」[120)는 모두 「색 참회」론이다. 전자는 모델이 된 도고 세이지의 수기와 비교하여 주인공의 설정은 '어디까지나 지요 자신의 작가적 창조력의 산물'이라 논하고 있고, 후자는 「치인의 사랑」의 조지譲治의 수기에서 「색 참회」의 조지의 이야기로의 변환이 '소설에서 교양의 냄새를 지웠다'라고 하고 있는데, 한정된 지면이라는 조건도 일조했는지 표층적 전개의 느낌은 지울 수 없다.

한편, 평론가에 의해 논문으로 정리된 것이 있다. 다케니시 히로코는 「오한」의 문장에 대해 일본어의 기능에 대한 기대를 재인식시킬 수 있는 것이라며 찬사를 아끼지 않는다.[121] 후쿠다 히로토시福田宏年는 「우노 지요론」[122]에서 우노의 문학은 생명의 에너지를 창작의 에너지로 전환시켜 '일체의 사회적, 도덕적 관련을 제거한 생명의 마지막 침전물'에 도달해 있고 그것은 사소설의 가능성을 시사하고

---

118)『국문학 해설과 감상』, 1989년 4월.
119)『국문학』, 1991년 1월.
120)『국문학』, 1992년 11월.
121)「작가와 작품」『일본문학전집』49, 집영사, 1969년 7월.
122)『군상』, 1975년 3월.

있다고 평가한다. 또 다카하시 히데오高橋英夫는 「감정의 형태」123)에서 '세련된 여성 언어에 의한 「이야기」의 예藝'가 '빗소리'에 도달했다고 평가하면서 그 이후의 작품에서는 '완전히 소설적 홍미가 아닌 실화적 홍미'가 들어 있다고 보고 있다. 사에키 쇼이치佐伯彰一도 「반「묘사」의 의미」124)에서 「수서서원의 딸」을 언급하면서, 우노는 '묘사보다는 이야기의 작가이자, 개인적인 이야기를 하는 소설가'이면서도 이 작품에서는 이것을 의식적으로 거부한 결과 우노 특유의 유연함, 투명함에 그늘이 졌다고 비판하고 있다.

〈여성이라는 것〉을 넘어서

그런데 1996년 8월호에서는 『신초』, 『문학계』, 『스바루』, 『중앙공론』, 『부인공론』이 모두 우노를 추모하고 있다. 대부분은 지금까지의 우노평을 답습한 것인데, 그중에 야마다 에미山田詠美의 우노에게는 여성작가 특유의 자기도취와 나르시시즘이 전혀 없다. 남자를 향한 헌신은 욕망이라는 지적125)과 나카자와 케이中沢けい의 남성 편집자에게서 우노의 작품을 읽으라는 권유를 받았다는 불쾌한 기억을 이야기한 것이 있다.126) 혹은 가야마 리카香山リカ가 「우노 지요 특유의 진취적인 인생의 메커니즘」127)에서 우노의 자연은 '부자연스러워야할 자아의 방어 메커니즘에 대해 너무나 무방비하고 확신범적인 신뢰'라고 간파하고 있는데 이렇게 '여성으로서' 혹은 '여성이

---

123) 『바다』, 1976년 8월.
124) 『바다』, 1976년 8월.
125) 대담 「우노 지요의 영원」, 『문학계』
126) 「벚꽃과 보리」, 『문학계』
127) 『태양』, 1997년 1월.

라는 것'이라는 낙인을 싫어하는 젊은 세대의 감각이 지금까지의 딱
딱한 우노 지요론에 반해 새로운 시도를 하고 있다. 그 맹아를 미야
우치 준코의 「바람 소리」론 「〈여장〉하는 여자 이야기에 대하여」[128]
에서 볼 수 있다. 미야우치는 '교만한 남자의 생애'를 그리는데 '기
성의 제도를 무효화하는 이야기'는 불가결하다고 하여 이 이야기가
사실은 '어머니와 딸의 「방탕」에 관한 이야기'이며 '여성들에게 있
어 하나의 동화'였다고 분석하고 있다.

　'이야기'의 고찰과 '라파예트 부인', 도스토예프스키의 영향을 포
함하여 본격적인 연구는 지금부터 시작인 것이다.

---

128) 『데이쓰카야마학원대학 일본문학 연구』, 2000년 3월.

9. 고다 후미(幸田文)

고다 후미라는 사람

1904년(메이지 37) 9월에 현재의 도쿄도東京都 스미다구墨田区 히가시 무코지마 1번지東向島1丁目에서 태어나 1990년(헤이세이2) 10월에 사망했다. 작가로서의 출발은 43세로 늦었으나 만년에는 사망 전년까지 집필을 계속하여 사후에도 계속 저서가 발행되었다.

고다 후미는 문단에서 한 발 떨어진 곳에 있기를 원한 사람이다. 소위 문단에서의 교제도 최소 필요한 정도밖에 하지 않았다고 한다. 첫 작품 제목을 「잡기雜記」(1947년 8월)라고 했듯이 자신의 저작을 작문이라 칭하며 스스로가 초보자라는 견해를 가진 사람이었다. 그렇기 때문에 기존의 문학 개념을 따르지 않고 자유롭게 쓸 수 있었다고 할 수 있을 것이다. 자신을 초보자라고 했음에도 불구하고 문학애호가 이외에도 널리 일반 독자를 확보하였고, 「흘러간다」, 「남동생」이 영화와 연극으로 만들어져 많은 관객을 동원하여 한때는 인기 작가라고 불리었다. 그러면서도 통속적인 스토리 텔러가 아니라 진지하고 자전적인 작품이 많다. 말하자면 사소설의 전통과 대중적 인기가 기적적으로 결합했다고 할 수 있을 것이다. 한 가지 이유로 아버지인 고다 로한의 가장으로서의 측면을 이미지화하여 아버지와 자신, 혹은 자신과 남동생의 관계, 특히 할머니를 사이에 둔 미묘한 관계를 묘사하는데 성공하였던 것이다. 로한의 개성과 그 딸의 문학적 개성이 부딪히면서, 아버지에 의해 딸의 인격이 형성되고 가족의 사랑이 확인되어 결말에 이르는 자전적 이야기이다. 이러한 이야기는 많은 독자에게 쉽게 받아들여졌을 것이다. 그 이유는 가족의 결합, 가족애라는 보편적인 문학, 연극의 테마는 전통적으로 일본인의 마음에는 가족신화라고도 할 수 있는 것을 키워왔기 때문이며 그 신화를 바탕으로 많은 독자는 고다가의 인간관계를 상상하는 것을 즐긴 것은 아닐까.

그렇지만 고다 후미는 로한가의 가족관계를 이야기하는 작가로만 일관하지 않았다. 「남동생」이 쓰여지기 전부터 아버지에 관한 기억을 이야기하는 작가에서 탈피하여, 자신이 자란 환경과는 완전히 다른 화류계를 다룬 소설 「흘러가다」에 의해 작가로서의 비약적 발전을 이루었다. 그리고 만년의 「나무」, 「붕괴」에 의해 장르의 한계를 넘어 문학이 가지는 가능성을 활짝 연 작가로서 높이 평가되었다.

주요작품

■ 「흘러가다」(『신조』1955년 1~12월)

'부엌에서 화류계를 그린다'라는 서평이 당시에 있었던 것처럼 가정부의 시선을 통해 게이샤를 그린다는 획기적인 시도이다. 연회와 밀실에서 남성들이 접하는 게이샤는 근대 이후 일본의 문학작품에 종종 등장하고 있는데 대기실의 게이샤의 실태를 특히, 금전상의 문제를 축으로 이정도로 리얼하게 그린 작품은 없을 것이다. 성산업 性産業의 종사자로서 게이샤가 얼마나 가혹한 조건을 힘들게 거쳐나

가고 있는지를 그야말로 여성의 시선으로 포착하여 남성이 본 게이
샤상을 해체하는 박력을 가지고 있다. 특히 이색적인 점은 이 작품
의 히로인-가정부인 리카의 인물상이다. 야마노테山ノ手의 중산계
급 출신으로 예의범절과 가사 전반에 걸쳐 소양이 깊고 교양도 있는
여성이 시점 인물로서 게이샤의 세계를 관찰한다는 점이다. 야마노
테의 전통에 화류계의 전통이 상대화되는 재미, 가사 도우미에 의해
게이샤의 생태가 적나라하게 그려지는 의외성, 그 두 가지 요소가
리카라는 여성의 강렬한 개성에 의해 뒤섞여 있다는 점에 이 작품의
성공 이유가 있다. 단행본으로서 신초사新潮社에서 간행된(1956년 2
월 29일) 다음 해 도에이에서 영화화되어 고다 후미의 명성을 더욱
높였다. 이 작품에서 신초사 문학상, 일본예술원상을 수상한다.

■「남동생」(『부인공론』, 1956년 1월~57년 9월)

　처음에는 자신의 어린 시절의 회상기「남동생-속「풀꽃」」으로
서 발표되었다가 이후 부제를 삭제하고 단행본으로 정리되어 중앙
공론사에서 간행되었다(1957년 9월 27일). 자전적 소재에 의해 누나
겐의 눈으로 남동생이 우등생의 길을 벗어나 유흥에 빠지고 또한 죽
음에 이르는 모습을 지켜보는 작품이다. 감상에 젖지 않고 가족관계
를 총체적으로 파악하는 시점에 따라 아버지가 문학자라는 특수성,
할머니와의 불화, 누나와 남동생의 결속과 애정이라는 요소를 그려
냈다. 가족이란 무엇인가. 육친애란 무엇인가. 가족에 의한 환자의
간병과 성역할의 관계에는 어떤 모순이 있는가 등 오늘날에도 역시
절실한 문제를 다루고 있다. 병든 남편을 향한 원망, 초조, 격분을
고백한「식욕」과 병행하여 읽으면 간병과 성역할의 관계가 한층 더

분명해진다. 지금에야말로 읽혀져야 할 소설이라 할 수 있을 것이다.

「가문비나무의 갱신更新」,「노송나무」,「삼나무」 등의 작품은 전국의 나무를 찾아다니며 나무의 삶과 나무와의 교류를 담아 전한 이색적인 르포타쥬 풍의 에세이이다. 각각의 나무를 인격화하여 그들이 고군분투하면서 생육하는 모습에 감동하여, 인간을 포함한 살아 있는 환경과 생물로서의 개체가 어떻게 대항하며 혹은 조화롭게 살아가고 있는가를 이야기한 문장은 시대를 넘은 보편적 의문을 담고 있다.

■「붕괴」(『부인공론』, 1976년 11월~77년 12월)

　시즈오카현静岡県의 오오타니大谷 붕괴 현장을 우연히 보게 된 것을 계기로 땅의 붕괴 현상에 관심을 가지게 된 고다 후미가 기초적인 학습을 한 이후에 결국 자기 자신의 감성과 문장으로 포착하는 수밖에 없다는 각오를 하고 쓴 연작 에세이이다. 후지산의 오오사와大沢 붕괴, 후지야마현富士県 조간지가와常願寺川의 도비야마鳶山 붕괴지 등 각지의 붕괴 현장을 실제로 답사하여 자신의 발로 걷는 것이 곤란한 곳에서는 다른 사람 등에 업혀서라도 보고 온다는 강한 의지력으로 감행된 성과이다. 지금까지의 일본문학사상 그 유래가 없는 소재임과 동시에 르포르타쥬로서도 매우 이색적이다. 이유는 이것은 그야말로 고다 후미라는 작가의 개성이 문장의 구석구석까지 나타나 있을 뿐 아니라 대자연의 경이를 앞에 두고 자신은 이 광경을 글로 쓸 수 없다고 고백해버린 문장이기 때문이다. 자연과학에 관한 지식과 몸에 익힌 교양, 수사상의 테크닉, 그러나 그들 모두가 무력

해지는 상황을 앞에 두고 막연하게 멈춰서버린 자신. 그러한 자신을
벗어던지는 강인함이 없으면 쓸 수 없는 문장이다. 말하자면 개념을
매개로 하지 않고 자연 그 자체로부터 직접적으로 공포와 고요, 고
독, 비애를 다 맛보고 싶다는 욕망, 그것들을 받아들이는 마음의 떨
림이야말로 글을 쓰는 나의 원점이라는 메시지가 전해지는 문장이
다. 실체가 아닌 정보가 혼자서 걸어 다니며 말이 사물과의 연결을
점점 미약하게 만드는 현대사회에서 다시 한 번 말이 가지는 가능성
의 원점을 되짚어보는 시도로서 많은 독자에게 잔잔한 충격을 안겨
주었다.

종래의 독서법

대중적인 독자도 널리 확보하고 많은 문학상도 수장한 작가임에
도 지금까지 서평과 문학전집·문고본의 해설을 제외하고는 본격적
인 연구는 거의 이루어지지 않았다. 그렇지만 1994년부터 이와나미
서점岩波書店의 『고다후미 전집』 전22권이 간행되어 상세한 연보와
저작 연표가 수록되어 고다 후미 연구의 기초적 문헌이 정비되었다.
그리고 독자적인 작가 연구인 『고다후미의 세계』에는 다방면의 접
근에 의한 연구논문, 에세이, 칼럼, 동시대 평 등이 수록되어 상세한
참고문헌 목록도 첨부되어 고다 후미 연구를 한걸음 진보시키게 하
였다.

지금까지 고다 후미는 전통적인 일본의 생활문화의 계승자라는
견해가 강했고 그 시점에서 읽혀지는 경우가 많았다. 무로우 사이세
이室生犀星의 「고다 후미」[129)]는 그 대표적인 것이다. 그리고 가족의

존재방식, 부모와 자식 관계의 고찰을 축으로 논의되는 경우도 종종 있었다. 그 반면 동물원과 소방서, 건축현장, 포경선 등의 위험이 동반되는 현장에 직접 가서 쓴 르포르타쥬와 고다 후미의 문학의 특질을 연결시켜 논한 평은 거의 없었다. 그러나 「나무」, 「붕괴」라는 르포르타쥬이기도 하고 에세이이기도 한 글이 발표됨에 따라 고다 후미는 또 한 번 위대한 문학자로서 독자의 눈에 비춰지기 시작했다. 이들 작품에 대해서는 그 현대성을 지적하거나 혹은 문학을 쇠퇴에서 구하여 새로운 가능성을 제시하는 것으로서 아키야마 秋山駿 「고다 후미 저 「나무」, 「붕괴」」[130]를 비롯하여 높이 평가되는 것이 많다.

문체에 대해서는 문학 출발 초부터 그 독자적인 명쾌함과 오노마토포에이아(onomatopoeia)[131]와 구어를 구사한 리드미컬한 템포, 의표를 찌르는 비유의 묘미와 이미지의 환기력이 주목을 받아 나카무라 아키라中村明 「고다 후미 「남동생」」[132] 등의 논문이 있다. 근년 가장 왕성하게 연구 활동을 진행시키고 있는 것은 가나이 게코로 「「부엌」의 젠더 폴리틱스─고다 후미 「된장 찌꺼기」·「풀꽃」·「남동생」을 둘러싸고」[133]를 시작으로 젠더론, 컬추럴 스터디즈 등의 연구 이론을 도입한 논문과 에세이를 발표하고 있다.

---

129) 『부인공론』, 1960년 9월.
130) 『주간 아사히(週刊朝日)』, 1992년 8월 7일.
131) 역자주─실제소리를 흉내 내어 단어로 한 말. 의음어(擬音語).
132) 『名子』, 치쿠마 서방, 1979년 3월.
133) 『여성문학의 현재』, 히가시요코학원 여자단기대학, 1997년 3월.

10. 고노 다에코(河野多惠子)

리얼리즘 소설의 전환기에서의 고노 문학의 평가

1960년대 후반에서 70년대에 걸쳐「최후의 시간」,「쌍몽」,「갑작스러운 목소리」,「뼈에 붙은 살점」,「회전문」 등의 문제작을 계속 발표한 고노 다에코는 전전, 전후의 리얼리즘 소설이 한계에 이르러 큰 전환기에 있던 문학계에서 방법론을 가진 현대작가로서 주목을 모았다. 그리고 그 무렵부터 본격적인 고노 다에코론이 쓰이게 되었다.

우선 미우라 기요히로三浦淸宏는「연모 속의 목소리－현대문학의 인간상」134)에서「갑작스러운 목소리」의 히로인 우키코吁希子의 살인을 '존재를 위협당한 개성의, 구제로의 희구'라는 의미를 부여하며 이 작품에서 현대문학 보편의 지향과 관념화의 경향을 지적한다. 또 히라오카 마쓰요리平岡篤賴는「변용과 시행」135)에서 '낡은 사회구조가 붕괴한 것을 자각하면서도 새로운 사회구조에 적응할 수 없는' 고노 다에코 세대의 작가가 노이로제 상태에 빠져 있다고 지적하고 고노의「회전문」과 요시유키 준노스케吉行淳之介의「암실」을 들어 이 두 작품이 '대상으로서의 성性 안에서만 〈진실의 생명〉이나 〈생생함〉이라는 본질을 찾으려 한다는 점에서 리얼리즘적 발상에서 아

---

134)『군조』, 1969년 10월.
135)『군조』, 1971년 8월.

직 벗어나지 못하고 있다'라고 했다. 사카이 나오코逆井尚子는 「고노 다에코론―반자연·반현실로서의 발상력」136)에서 고노 다에코는 '우리 인간의 가면을 벗겨내어 겉으로 보이는 한계만을 뛰어넘은 현실에 대한 저주, 부정을 우리들의 내면에서 끄집어내어 눈앞에 들이대는 반자연·반현실로서의 상상력'을 갖추고 있으면서 허위에 가득 찬 일본의 현실과 현대인의 양상 제시에 만족해 버렸다는 부정론을 발표했다. 그리고 구리쓰보 요시키栗坪良樹는 「회전문」론137)에서 이 작가의 실감주의実感主義와 '그것을 추상·관념화하는 것의 균형이 잘 유지되고 있다'고 설명했다. 이와 같이 1960년대 말에서 70년대에서의 고노 다에코는 실험적 방법론으로 설명되는 현대의 대표적인 작가로서의 지위를 구축하면서도 그 관념성 속에서의 자족自足을 지적받는 경우도 많아 현대문학의 과도기의 고뇌를 담당한 작가로 간주된다.

고노 문학에서의 전쟁체험의 언급

자신과 진지하게 대치하여 '인간'과 '여성'의 존재를 추구하는 고노 문학에서 죽음에 맞서 스스로의 존재를 처음으로 강렬하게 의식한 전쟁체험은 중요한 논점이 되었다. 예를 들면 오타 사부로太田三郎는 고노 다에코의 문학은 '일상의 생활 의식으로 파고든 전쟁체험'이 그 '주제, 문체, 어법'의 특징을 형성하고 있다고 하며 동사 시제의 사용방법, 독자적인 형식, 애매한 표현법 등 고노의 '발상과 테마를 지지하는 스타일 검토'에는 전쟁체험에 대한 관심이 필요하다고

---

136)『와세다 문학』, 1972년 2월.
137)『국문학 해석과 감상』, 1972년 5월.

설명했다.[138] 또 간다 유미코神田由実子는 고노 다에코는 극한적인 전쟁체험이 낳은 만족을 모르는 〈존재〉로의 탐구를 성애 세계의 모색, '시간'의 의식적 처리, 현상으로의 날카로운 응시라는 세 가지 방법으로 표현하고 있다고 설명하고[139], 전쟁체험이 준 '피능욕감'과 '불임'의 감각이 다양한 모티브의 저류에 잠재되어 있다[140]고 논했다.

페미니즘과 젠더론의 시점에서의 고노 문학

1970년대 후반에서 1980년대가 되어 여성 연구자에 의해 많은 고노 다에코론이 쓰여지고 페미니즘의 시점에서의 작가론이 등장한다. 그 선구적 위치에 있었던 요나하 게이코는 「고노 다에코론」[141]에서 고노는 "「모성」만으로 수용할 수 없는 여성의 성을 다양한 형태로 작품화하여, 「지배하는」 여성의 성을 달성했다"고 평했다.

1990년대에는 고노 다에코의 해외에서의 활약을 반영하여 외국 여성연구자의 논문과 외국의 페미니즘 영향으로 쓰여진 논문이 발표된다. 예를 들면 캐롤 헤이즈는 「남성 사회의 저편으로—고노 다에코·오바 미나코·쓰시마 게이코가 걸어온 길」[142]에서 고노 다에코의 「뼈에 붙은 살점」을 캐나다의 여성작가 마가렛 맷우드의 「식용여자」와 비교하여 이 두 작품에는 여주인공이 '상징적인 행위로 남성의 지배에서 스스로를 해방'하려고 하는 공통성이 있다고 논하고 있다. 또 요시가와 도요코는 「두려움과 기쁨—속임수와 침묵을

---

[138] 「전쟁체험이 관통하는 문학—고노 다에코의 세계」, 『문예』, 1972년 4월.
[139] 「고노 다에코」, 『국문학 해석과 감상』, 1979년 4월.
[140] 「고노 다에코—모성동경의 역설」, 『국문학 해석과 감상』, 1980년 4월.
[141] 『현대여성작가론』, 심미사, 1986년.
[142] 『비교문학 연구』62호, 1992년 12월.

부수는 말, A·리치와 함께 읽는 고노 다에코」143)에서 고노가 그리는 히로인들의 '이상행동'은 결코 '모성동경·선망' 등이 아니라 여성들의 '부권제'의 '비밀'과 '거짓'을 부수기 위한 〈착란〉이었다고 설명했다. 그리고 쓰보이 히데토시坪井秀人는 젠더론의 시점에서 '부권적인 질서로 회수되는'144)것을 거부하는 소녀만화「길상천녀吉祥天女」의 히로인 〈마녀성〉이 고노 문학의 도착성에 대응하고 있다고 말하고 있다.

『미라 발굴기담』을 둘러싸고

고노 다에코가 10년에 걸쳐 완성한 장편 『미라 발굴기담』145)은 헤이세이기平成期의 고노 다에코론의 핵심이 되었다. 우선 그 문제에 대한 언급에는 미우라 마사시三浦雅士의 '단정하고 거침없는 묘사'의 상징성을 칭찬한 논문146), 센고쿠 히데오千石英世의 등장인물의 이름, 호칭, 인물들의 말투 등으로 이루어지는 '작품의 언어'와 '성'과의 상관관계를 지적하는 논문147)이 있다. 또 가스미 시게히코蓮実重彦는 「91문예시평「장치」와「인간」」148)에서 이 작품은 언어의 형식적인 배치에 따라 독자의 눈을 구조나 세부적인 기능으로 향하게 하는 '장치'로서의 문학이며, '이야기'의 지루함을 없애고 있다고 논했다. 고노 다에코의 문체 분석에는 '관여하다', '관여되다', '가다' 등의 키워드가 독특한 용법의 분석 논문149)과 「수동태, 능동

---

143)『신일본 문학』, 1992년 가을호.
144)「성의 비대칭」, 『일본 근대문학』50집, 1994년 5월.
145) 신초사(新潮社), 1990년.
146)「혼과 소유」『해연』1991년 2월.
147)「이상한 기쁨－고노 다에코론」, 『군상』, 1991년.
148)『문예』, 1991년 여름호.

태의 미묘한 조합」(사에키 쇼이치 「수동태의 역할」—고노 다에코 「일년의 목가」『바다』, 1980년 6월) 등이 있다. 또 고노 다에코의 작품을 독역한 일메라·비히야·키르슈테라이트는 고노 문학의 근본적 성격은 '언어적 수단이 이상할 정도의 효율성과 조합된 엄밀함'이라고 논하고 있다.150) 『미라 발굴기담』의 문체를 둘러싼 다양한 비평은 이러한 과거의 고노 문체 분석을 계승하고 있는 것이었다.

또 『미라 발굴기담』의 내용에 대한 언급에는 '사드·마조히즘을 빌려' 그린 '상황신화狀況神話'151)라고 의미 지은 논문, '작자의 동시대의 죽은 자들에 대한 특이한 진혼곡'152)이라고 분석한 논문, 〈전형典型〉과 〈개체〉가 상실되어 〈근대주의〉가 붕괴된 〈시대〉를 주인공들의 〈존재〉를 통해 역설적으로 그렸다고 하는 논문153) 등 고노 다에코의 인간형성의 〈시대〉에 주목하는 시점이 두드러졌다.

그리고 『미라 발굴기담』에서 고노가 그린 〈시대〉를 다니자키 준이치로의 마조히즘 소설과 시대성에 비교하는 논문이 몇 가지 게재되었다. 예를 들면 호리기리 나오토堀切直人는 다니자키 준이치로의 마조히즘 소설이 근대일본의 남성중심주의, 입신출세주의, 선민의식을 비웃고, 강고한 히에라르카(계층 질서)를 뒤집는 정치 소설인데 비해 『미라 발굴기담』은 '부부의 순애純愛'라는 근대의 기묘한 환상을 그린 '고풍적이고 시대착오적인 소설'154)이라고 규정했다. 호리

---

149) 아마사와 다이지로, 단편집 『뼈에 붙은 살점』 서평, 『문예』1972년 3월.
150) 「고노 타에코—엄밀함의 장인」, 『신조』, 1990년 1월.
151) 다카하시 히데오 「둘러싸인 공간의 구도—고노 타에코, 『미라 발굴기담』」, 『군상』, 1991년 2월.
152) 다네무라 스에히로(種村李弘), 「쾌락살인, 혹은 무구의 출산」, 『문예』, 1991년 봄호.
153) 간다 유미코 「〈존재〉에서 〈시대〉로의 이행—고노 다에코론」, 『자백근대문학』11호, 1994년 9월.
154) 「노 모어 유즈루」『메자마시 쿠사』, 쥬세키사(沖積社), 1991년 11월.

기리가 한 다니자키 문학과의 비교에 의해 두드러진 고노 문학의 이러한 보수성은 리얼리즘 해체, 페미니즘 비평, 젠더론 등 항상 문학연구의 신경향을 선명하게 반영해 온 고노의 진취성을 뒤집는 중요한 문제 제기였다.

고노 다에코 연구의 금후

현재『고노 다에코 전집』전10권(1994년 11월~95년 9월)의 간행에 의해 본격적인 고노 다에코 연구의 태세가 갖추어졌다고 할 수 있을 것이다. 최근 고노 다에코의 자세한 참고문헌 목록을 저술한[155] 마스다 치카코増田周子는 '갑작스러운 목소리'를 둘러싸고 초출과 초판본의 서로 상이함의 의미[156]를 비평 검토하여 히로인 우키코의 마조히즘의 심리학적인 분석을 시도하고 있다.[157] 이 개개의 작품마다의 개고改稿, 인물 설정, 작품 구조, 문체 등의 검토는 지금도 많은 논의점을 남기고 있다. 그리고 그 논의점의 중심 방향은 지금까지 거의 상세하게 분석되지 않았던 전전戰前의 오사카 상인의 딸인 고노 다에코의 언어감각, 쇼와 초기의 중류계급 소녀 특유의 감성, 다니자키 문학과 고노 문학의 구체적인 비교, 고노가 관심을 가진 중류 영국 여성작가와의 관련 등 고노 다에코라는 작가의 고풍적이고 보수적인 측면일 것이다. 고노 문학은 기존의 젠더론과 페미니즘의 관점을 떠나 관서문화関西文化의 전통에 뒷받침되는 그 보수성이 명

---

155) 『국문학 간사이대학』, 1988년 12월.
156) 「고노 다에코, 「갑작스러운 목소리」론―초출과 초판본의 이동에서 보는 리얼리티」, 『도쿠시마대학 국어국문』11호, 1998년 3월.
157) 「고노 다에코「갑작스러운 목소리」론―오이디푸스 콤플렉스로 보는 우키코의 마조히즘」, 도쿠시마대학 종합과학부, 『언어문화 연구』6권, 1999년 2월.

확하게 증명될 때 문학의 새로운 가능성을 열 것이며, 참된 의미에
서의 가장 전위적인 존재가 되리라 생각된다.

11. 구라하시 유미코(倉橋由実子)

구라하시 유미코의 〈위치〉

히라노 겐平野謙에게 '이전 오에 겐자부로大江健三郎의 처녀작을 『동대신문東大新聞』에서 찾아냈을 때와 같은 흥분을 나는 느꼈다'158)라는 격찬을 받아 메이지대학 재학 중에 '파르타이(partei 공산당—역자주)'159)로 문단 데뷔를 한 구라하시 유미코는 60년대에 등장한 작가 중에서는 오에 겐자부로와 나란히 주목받아야 할 존재이다. 구라하시 자신이 반복해서 언급하고 있듯이 카프카·카뮈·사르트르를 시작으로 하는 동시대 유럽 문학의 영향을 강하게 받아 관념적 반세계反世界의 구축과 기성 세계에 대한 절망·거부에서 출발한 구라하시의 문학적 위치는 특히 현대 여성작가에게는 독보적인 존재이다. 그렇지만 구라하시의 문학은 그 출발 이래 의외라 할 정도로 부정적 언사言辭에 휩싸여 있다.

예를 들면 '일류의 진품은 항상 무엇인가의 모방'160)이라고 한 구라하시의 소설관은 기호론·탈구축·텍스트론 등 다양한 문학이론의 파도를 체험한 지금의 독자에게는 익숙한 '텍스트는 인용의 직물이다'라는 테제와 같은 것으로 오히려 유연하게 받아들여지고 있는데, 구라하시의 "문학세계의 환상이 가장 강한, 그렇기 때문에 문학

---

158) 「이달의 소설(하)『마이니치신문』, 1960년 1월 29일.
159) 『메이지대학신문』, 1960년 1월.
160) 『전후이후 두 번째의 독상』, 고단사, 1986년.

세계의 주인들이 가끔씩 '좋은 시대'라고 말하고 있는 시대에 불행하게도 작가가 되어버렸다.[161] 오히려 비평 쪽이 겨우 구라하시를 따라잡았다고 해야 할 것이다. 기존의 우나미 아키라宇波彰 등 유럽문학·사상연구의 분야에서 구라하시 문학에 대한 공감이 많이 언급되었던 점은 그 증거가 될 것이다. 그렇다면 동시대의, 특히 기성 문단에 있어서 후나바시 세이치船橋聖一의 진실된 명석함은 여자의 체온과 같이 저절로 독자의 마음을 울린다. 독자의 대부분은 정통적인 인생파이다"[162]라는 발언이 상징하는, 소설관에서 거부되어 온 구라하시의 문학관은 다시 검증될 필요가 있을 것이다. 그러한 시점에서 구라하시의 문학을 논한 것에는 사가키 아쓰코榊敦子「「나わたし」와 「그かれ」 사이―구라하시 유미코에게서 보이는 「타자」개념과의 유희」[163]가 있다. 발트, 크리스티바의 이론을 도입하여 구라하시 문학의 현대성을 논한 사가키 논문은 이후의 구라하시 연구의 전개에 중요한 시사를 하는 것이다. 본 장에서도 사가키 논문과 입장을 같이하는데, 거기에 첨가하여 구라하시 작품이 〈여성〉이라는 성을 어떻게 파악하고 있으며 그것이 〈쓴다는 것〉과 항상 함께 한다는 점에 초점을 맞추어 구라하시 문학 연구의 가능성을 찾아보고자 한다. 우선 그 전단계로서 『어두운 여행』[164]을 둘러싼 에토 준江藤淳과의 교류를 축으로 구라하시의 소설관을 확인해 보자.

---

[161] 시미즈요시노부(清水良展)「해설」,『독약으로서의 문학』, 고단샤 문예문고, 2000년.
[162] 「소설가가 감동하는 소설」,『군조』, 1960년 4월.
[163] 즈루타 긴야(鶴田欣也) 편,『일본문학에서의 〈타자〉』, 신요샤(新曜社), 1994년.
[164] 도토서방(東都書房), 1961년.

〈인용(intertextuality)〉이라는 방법

1935년 고치현高知県 가미군香美郡 출생. 문학가를 지망하지만 부친의 강한 뜻에 따라 일본여자 위생 단기대학 치과위생사 코스에 입학, 졸업 후 메이지대학에 재입학하여 재학 중에 문단 데뷔, 아버지 사후 동향의 남성과 결혼, 미국의 아이오와 주립대학에 유학……이라는 구라하시 자필에 의한 연보에 기록된 그녀의 실제 인생이 예를 들면「약혼」,「결혼」,「요녀와 같이」의 삼부작, 혹은「버지니아」등의 작품에 등장하는 여성작가의 묘사와 일치하는 것은 분명하다. 또 구라하시에게는 『구라하시 유미코 전작품』[165]의 권말에서「작품노트」를 시작으로 작품에 자신을 언급하는 많은 수의 문장이 존재한다. 그렇지만 이것들을 있는 그대로 구라하시의 실제 체험 작품으로 파악하여 여성작가로서의 구라하시 상을 재구성한다는 기존의 작가론적 방법은 특히, 구라하시 연구에서는 거의 의미가 없다고 생각된다. 린다 하치온이 말하고 있듯 'the self-referentiality, irony, ambiguity, and parady(자기언급, 아이러니, 다의성 그리고 패러디)'(The Politics of Postmodernism, ROUTLEDGE; 1989)는 포스트모더니즘의 상투적인 전략이기 때문이다. 그런 의미에서 마쓰우라 리에코松浦里栄子의「「침묵」에 도달한 여행」[166]은 『어두운 여행』 권말의 '작가가 당신에게'까지를 작품의 일부로 파악하여, '소설을 쓰기 시작한다는 것에 대한 소설이란 도대체 어떻게 쓰여질 수 있는가'를 논하고 있는 시점은 흥미롭다. '이것도 진지한 이야기인데 문학이란 쓸데없이 진지한 정신이 경건한 마음을 담아 쓸데없이 진지하게 말

---

[165] 전 8권, 신초사(新潮社), 1975~1976년.
[166] 『유레카』, 1981년 3월.

을 사용하는 것만으로는 본래 성립하지 않는 것이 아닐까 하는 기분이 든다'라고 쓴 다음에 바로 '물론 이것을 진지하게 주장해도 쓸데없을 터이니 농담이라 해 둔다'(「작품노트4」)라고 얼버무려 가는 구라하시의 자기 언급 스타일은 어디까지를 텍스트, 어디까지를 텍스트 외의 발언이라고 구분 지어야 할 지 주저하게 만든다. 진실로 구라하시 유미코라는 〈텍스트〉를 〈읽는다는 것〉은 스릴 넘치는 행위이다.

동시에 구라하시는 〈쓴다는 것〉에 대해서도 항상 자각적인데 초기 구라하시 문학의 방법을 가장 잘 이야기하면서 동시대 문단의 소설관과의 현저한 저어齟齬를 전경화하고 있는 것은 『어두운 여행』을 둘러싼 에토 준과의 응수이다.

에토는 「해외문학과 그 모조품」 상·중·하167)에서 『어두운 여행』을 미셀 뷔토르(Michel Butor) 『변덕』의 '복제모조품'이라 부르고 '소설을 쓴다는 것에 소비된 시간 무게의 차이, 감수성의 질의 차, 그중에서도 자신의 머리와 마음으로 생각해낸 소설과 그 기법을 옆에서 슬쩍 차용하여 얼토당토하게 베낀 소설의 결정적 차이'라고 구라하시의 문학적 태도를 질타하는 동시에 에토에 앞서 『어두운 여행』에 긍정적인 비평을 한 저명한 서평자(에토의 비난에 응하여 오쿠노 다테오가 나서 논쟁에 가담하였다)의 불견식과 연구 부족을 비판했다. 에토에 의하면 '문학 작품은 지적 호기심의 대상으로서 있는 것이 아니라 항상 전인적인 체험의 결과로서 있다' 작중에서 이용되는 로마(『변덕』)와 교토·가마쿠라(『어두운 여행』)라는 지명의 기능에 대해서도 "뷔토르 논리 중에서 '로마'라는 곳이 얼마나 중요한 의미를 가지

167) 『도쿄신문』, 1961년 12월 9~11일.

고 있는가, 그에 대해 『어두운 여행』의 교토가 '얼마나 경박'하며 또 여기에 쓰인 '가마쿠라'가 얼마나 실제 가마쿠라와는 비교도 되지 않는 거리감이 있는가. 나는 가마쿠라에 7년 정도 살았던 적이 있어 (중략)이러한 것도 알아볼 수 있다"라고 말하는 에토의 소설관은 여기에서 이용된 '전인적', '진품'이라는 말에서도 분명하듯이 전절에서 다룬 후나바시 세이치의 소설관과 공통된 기반을 가지고 있다. 이에 대해 구라하시는 「「어두운 여행」의 작가가 당신에게」 상·하168)에서 『어두운 여행』이 『변덕』의 '모방'이라는 것을 밝히고 '어떤 예술도 모방 없이는 존재할 수 없다는 것이 예술의 본성인 것이다'라고 단언했다. 그리고 '인간적 진실'에 가치를 찾아내는 에토의 문학관에 대해 "「사실주의」의 '사寫'란 상상력의 사술詐術로서의 스타일 그 자체이며 '실實'은 이 '사'에 흡수될 수밖에 없다"라고 말하고 있다는 점에 구라하시의 입장이 명확하게 나타나고 있다. 에토가 「즉석하루절임即座一夜漬け」을 비판한 작중 교토에 대한 예술론에서도 구라하시는 '관광 안내 팜플렛 류에서 잘라낸 부분'이라고 혀를 내민다. 「이 소설의 원리는 단편의 혼합이며 모자이크 기법」(구라하시 「작품노트3」)이라는 『어두운 여행』에 대해, 고유명사는 그 의식의 '단편'의 표층을 부유하는 기호군에 지나지 않는다. 그렇지만 그것은 에토의 말을 빌리자면 '큐텍스(cutex)의 매니큐어와 세드릭의 자동차가 텔레비전 광고 같은 열기로 계속 등장한다'는 것이 된다. 즉 양자에게 있어서 「문학적 체험」(에토)이라고 불리는 것의 질이 결정적으로 다르다는 것이다. 그리고 이 어긋남은 그대로 동시대의 일본 문단과 구라하시와의 어긋남이기도 하다.

---

168) 『도쿄신문』, 1962년 2월 8·9일.

여성이 〈쓴다는 것〉

　『어두운 여행』의 '당신あなた'은 부재인 '그かれ'를 찾아 방황하는
데 '그'의 부재는 처음부터 인식되고 있다. '당신'이 방황하고 있는
것은 〈쓴다는 것〉의 주변인 것이다. '당신'은 "여성이 아닌, 여성이
라 선고되었으므로, 그 선고를 받아들이기 위해 여자인 것을 연기하
고 있을 뿐인 것이다"라는 사고방식을 고집하여 첫 생리를 '세상이
당신을 강간한 그 상처에서 흘러나온 당신의 수치심의 표시'로 느끼
고 있다. '당신'에게 있어서 세계와의 관계는 '치한과 그 대상으로서
의 당신과의 관계'이며 항상 '강간'의 형태로 이야기된다. '凹 모양
의 존재'로서의 여성의 위치 인식. 뷔토르『변심』과 비교한다면 문
제가 될 이인칭인 '당신'이 여성의 성을 가지는 것이다. 세계에 대한
'구멍'으로서밖에 존재할 수 없는 곳에서 어떻게 하여 '복수와 해방'
을 기도할 것인가. '당신'은 '비참한 자세로 주저앉아 미친 여자와
같이 눈을 빛내면서 지혜를 쥐어짜야'만 한다. 그때 무리하게 여자
로 꾸며가는 전략을 선택하고 더 나아가 구라하시는 어떤 장면에서
는 동성을 적대시하기도 하는데, 거기에 대해 논할 지면의 여유가
없다. 이 점에 대해서는 다시 다른 지면에서 논하고 싶다.

　이하 생각나는 대로 문제점을 열거해 둔다. 〈인용〉이라는 방법에
대해서는 모양의 형식 및 신화의 구조의 인용과 탈구조, 그리고 그
것이 복류伏流한 형태로 「꿈의 부교夢の浮橋」 이후로 계승되어 간다.
또 여자가 〈쓴다는 것〉에 관해서는 작중 여성작가의 관계성이 항상
가족의 형태를 빌어 이야기되는 것은 어째서인가, 그때 세계의 잔악
함의 상징으로서 왜 어머니가 선택되는가, 등의 초기작품을 둘러싼

문제, 또 「버지니아」 이후의 작품에서 〈쓴다는 것〉을 둘러싼 자기 언급 스타일의 변용 등 고찰의 여지는 많이 남겨져 있다.

물론 독자가 어떤 접근 방식을 시도하든 구라하시는 다음과 같이 말할 것이다. "정말이지 기적적인 오해로군요"(「어디에도 없는 곳」) 라고.

12. 다카하시 다카코(高橋たか子)

나는 무엇인가? 를 추구한 인생의 모험가

대다수의 사람들이 평범하게 풍요로움과 나름대로의 평온하고 안정된 생활에 만족하고 있는 오늘날의 일본에서, 다카하시 다카코(1932년~)만큼 자신의 인생에 도전적이며 한 가지 성공에 만족하지 못했던 사람도 드물 것이다. 그 끝에 도달해도 완벽한 해답이 없는 자기 본연의 생활방식을 추구하며, 현실과 타협하지 않고, 성공은 일시적인 것, 절망의 밑바닥이야말로 영원으로 가는 길이라는 태도로 위험한 공중제비와 같은 곡예를 두려움 없이 반복하여 인생의 파란만장을 기꺼이 불러들이는 삶이었다. 물론 다양한 외적 환경 요인에 의해 파란만장한 인생을 어쩔 수 없이 살아야 했던 여성작가는 많다. 그러나 다카하시처럼 자신이 왜, 무엇을 위해 이 세상에서 살아가고 있는가라는 존재의 영원한 수수께끼를 위해 스스로 불러들인 파란만장한 인생에서 용감하게 싸워나가고 있는 여성작가는 다카하시 외에는 없을 것이다.

지금까지 다카하시 다카코는 어떤 파란만장한 인생을 걸어왔으며 어떤 아크로바틱한 공중곡예를 계속했던 것일까? 아니 그 전에 당신이 알고 있는 다카하시 다카코란, 여성의 범죄 망상을 끈질기게 폭로한 『론리 우먼ロンリ ーウーマン』과 『유혹하는 자誘惑者』의 작가? 『가장하라, 나의 영혼이여裝いせよ、わが魂よ』와 「그리워하다恋う」의 가톨릭 작가? 아니면 60년대를 대표하는 〈인간으로서〉파의 작가 다카하시 가즈미高橋和巳를 내조한 공으로 문단으로 떠밀려나온 작가의 아내? 아니면 프랑스에서 교육받은 관상수도녀169)인가. 사실은 그 모든 얼굴이 그때그때의 라이프 스테이지에서 간절한 요구에 의해 획득된 다카하시의 얼굴이다. 하지만 소설가로서의 절정기에 가톨릭의 세례를 받아 소설가인 자신과 가톨릭 신자인 자신을 서로 양립시킬 수 없다는 것을 깨닫고 깨끗하게 소설가를 그만두었을 때만큼 전대미문의 큰 곡예가 실행된 적은 없다. 많은 가톨릭 작가가 그러하듯이 양립할 수 없는 두 가지 일을 양립시키려 노력하지 않고 『분노의 아이怒りの子』(85년)를 마지막으로 완전한 관상수도 생활로 들어가 버렸다. 세속의 유행 작가에서 신의 나라의 수도녀의 길로. 물론 이것은 깊이 생각한 끝에 내린 돌이킬 수 없는 일생일대의 결심이었다(그 때문에 이전에 쓴 모든 책이 절판되었다).

　말하자면 이 큰 점프에서 속세의 소설가로서의 다카하시는 죽고, 차원이 다른 종교적 금역에서 인간 죄의 정화만을 바라며 살아가는 종교자가 탄생했다. 그런데 너무나 외골수였던 다카하시에게 있어서 수도자 공동체도 만족할 만한 곳이라고 할 수만은 없었던 듯하다.170) 어려운 상황 속에서 10년의 수도생활(프랑스에서 9년, 일본에서 1년)을 끝내고 다시 세속으로 돌아와 새로운 수도를 향한 길을 찾는 시련을 겪게 되었다. '버린 다음 되돌아온 것만이 신이 주신 것'171)으로 90년대 이후는 활발한 문필 활동을 재개하여 94년에는

---

169) 역자주－觀想修道 : (佛)수행의 한 가지, 마음을 통일하여 어떤 상념을 일으키게 하여 번뇌를 없앰.(contemplation) (가톨릭)기도를 통하여 하느님께 자신을 바치는 수도.

170) 『내가 지나온 길私の通った道』, 고단샤, 99년 참조.

171) 『거울 속에서鏡に居て』, 고단샤, 95년.

『다카하시 다카코 자선 소설집』 전4권(오리지널 에세이와 자필 연보 첨부)도 간행했다. 그렇지만 신작은 모두 수도자의 내면을 문학적으로 표현한 종교문학이었다.『토지의 힘土地の力』(92년),『시작에 부쳐 始まりへ』(93년, 이상, 영적 저작으로서 여자 바울로회에서)『망명자亡命 者』(고단사, 95년) 등이다.「(문학의) 거짓이라는 형태를 빌려 (신앙의) 실체를 이야기하는 (『거울 속에서鏡に居て』)것을 목표로 하고 있다. 특히『신의 바다—마거릿 마리 전설神の海—マルグリット·マリ伝説』(고 단사, 98년)은 17세기 가톨릭 성인의 내면을 파고들어간 최근의 걸작 인데, 거기에는 여성의 범죄 망상과 광기를 자아의 증거로서 뜨겁게 그려낸 70년대의 다카하시를 생각하면 상상도 할 수 없이 변해버린 다카하시가 있었다.

원념에서 정화로—〈내향의 세대(内向の世代)〉파의 소설로서 I 기와 II기

「구속囚われ」,「저편의 물소리彼方の水音」,「공생 공간共生空間」, 「잃어버린 그림失われた絵」이 차례차례 아쿠다가와상 후보가 되고 『하늘 끝까지空の果てまで』(다무라 아야코 상田村綾子賞),『유혹하는 자』 (이즈미 교카 상),『론리 우먼』(여류 문학상女流文学賞)에서 높은 평가와 인기를 원하는 대로 얻었던 70년대의 다카하시는, 여성 마음 깊숙한 곳에 깃든 마성(의지할 곳 없는 자아의 불안과 고독)을 날카롭게 파헤 쳤다. 한 꺼풀 벗기면 자신이 무엇을 위해 살아가고 있는 것인지도 모르고, 자기 확인을 위해 자신과 타인에게 상처를 준 불모의 자아 드라마를 마음속의 내시경으로 관찰하여 해부하듯이 그려냈다. 모

든 히로인은 질식할 듯한 지겨운 일상에 숨구멍을 내려는 심정으로 방화, 살인, 유아유괴라는 망상에 시달리다가 실제 범죄에 휘말리게 된다. 그렇지만 삶의 보람을 찾기 위한 모색이 어째서 범죄와 어두운 망상으로만 연결되어야 하는가. 그리고 그 격심한 현실 저주와 현실 부적응에도 불구하고 자기혐오와 자기 절망에 괴로워하다 자살로 내몰리는 히로인이 어째서 한 명도 없는 것인가? 그런 의문을 느끼지 않고서는 읽어갈 수 없는 것이 제 I 기(습작기~『유혹하는 자』 75년까지)의 작품이다. 『하늘 끝까지』의 아키바 히사오秋庭久緒의 말을 빌리면 범죄를 손짓하는 자폐미궁의 악이란 '내 속에 빛나는 핵과 같은 것이고 세상에 대한 유일한 무기/언제부터인지 숨어있던 나 자신 이외의 모든 것에 대한 증오/그런 것들에는 그렇지만 이유가 없었다'라는 것이다. 즉 다카하시가 그려낸 여성의 악은 생활고와 생명의 위협이라는 이유와는 다른 것이다. 생존권도 생활권도 충분히 보장된 자가 존재에 대해 불쾌감이 일어나는 위험한 관념의 유희인 것이다. 자신과 타인을 속이고 지루한 일상 속의 양지와 같은 비일상을 만들어 거기에서 잠깐 동안의 서스펜스(생의 감촉)를 즐긴다. 그 버추얼 리얼리티(가상현실)로 제대로 들어가기 위해서는 범죄 망상과 세심한 범죄 순서가 필요한 것이다. 그리고 살아간다는 것이 시시해 견딜 수 없는 자에게 있어서 이 세상에서 탈출(자살)을 가상 체험할 수 있는 게임만큼 가슴이 두근거리는 것은 없다. 전후 얼마 안 가 나빠진 교통사정을 무릅쓰고 『유혹하는 자』의 도리이 테쓰요鳥居哲代가 두 번이나 자살 방조자로서 교토—미하라산三原山 간을 왕복한 것은 자살 지원자와 함께 한 걸음 한 걸음 죽음에 다가가는 흥분을 즐겼기 때문이다.

그렇지만 함께 죽음의 여로를 밟아가면서도 한쪽은 죽고 한쪽은 계속 살아간다. 자살을 가상으로 체험하고자 하는 도리이는 마하라 산의 분화구에 설 때까지는 자살을 시도하는 친구와 일심동체의 동 반자였다. 그렇지만 분화구로 투신한 것은 친구뿐이었다. 죽음을 머 릿속에서 숭배했던 자는 남고, 죽음의 실천밖에 몰랐던 자는 죽었 다. 그렇지만 도리이의 저세상으로 향한 점프 게임은 투신자살한 친 구를 바로 자신으로 보지 않으면 완결되지 않는다. 그렇다면 자살 픽션의 엑스터시를 즐기기 위해 자살을 막지 않고 친구를 정말 죽여 버린 것일까? 이 죄의 의혹에 묶여 도리이는 살인이든 무엇이든 마 음먹은 대로 하는 자기 속의 어두운 상상력을 〈악마〉라고 부르며 두 려워하고, 두려움을 떨치게 해주는 것을 갈망하기 시작한다. 『유혹 하는 자』 중의 명대사, '악마가 존재하고 있기 때문에 신의 관념이라 는 것이 희구된다. 여기에 있는 불가해함을, 가령 악마라고 이름 지 은 존재의 영역이라고 한다면 여기에 없는 것을 향한 갈망을, 신이 라는 이름으로 연결시킨다'라는 도리이의 절박한 고백으로, 인간 내 부의 어두운 충동을 전환점으로 하여 다카하시의 소설가로서의 제 Ⅱ기, 가톨릭 작가의 시대[172]가 시작된다. 인간의 추악함과 선량함 을 복안적으로 바라보는 시야가 열리고 신의 그림자가 한 작품 한 작 품마다 더욱 깊어져 간다. 『하늘의 호수天の湖』, 『황야荒野』, 『가장하 라, 나의 영혼이여』, 『분노의 아이』(요미우리 문학상) 등의 장편 역작 이 차례차례 발표되는데, 그들은 신과 악마라는 쌍방과 손을 잡고 인간 존재의 진실을 찾으려 한 소설가에서 신의 순수 선만을 추구하 는 수도자로의 변신의 궤적이기도 하다. 루빈의 술잔(착시현상 중 하

---

[172] 『유혹하는 자』~『분노의 아이』, 1985년.

나 : 술잔이 마주보는 두 사람의 옆모습으로 보이는 현상)은 아니지만 인간의 악마적인 것에 매료되어 있던 다카하시의 시선이 이번에는 신만을 보기위해 리셋(reset) 되었다. 급격한 게슈탈트(Gestalt : 사물의 추상적인 형태나 재질과 구별되는 형상을 말하는 것이 아니라 그 자체의 구조와 체제를 가지고 있는 대상을 의미 – 역자주)의 반전이 이루어지고 있는 것이다.

연구의 현상과 과제

이미 서술했듯이 현재 다카하시 다카코의 문학 활동은 소설가로서 I 기와 II기, 문학적 종교자로서의 1990년 이후, 이 세 시기로 나눌 수 있다. 많은 논문이 집중되고 있는 것은 소설가로서의 제 I 기이다. 소설 히로인들의 유아 살인과 남편 살인의 망상, 불륜 충동이라는 반사회성에 소위 〈모성 신화에 대한 도전〉과 여성의 주체성 회복욕망을 찾으려는 경향이 많고, 60년대 후반부터 열기를 띤 페미니즘과의 밀접한 관련을 이야기하는 논문이 대부분이다. 요시가와 도요코 「다카하시 다카코—불가시의 〈여성〉의 구제자」173), 「다카하시 다카코의 「마성의 여인」」(동지 80년 4월), 요나하 게이코, 「다카하시 다카코론」174), 미즈타 노리코 「성차별 문화와 광기」(『페미니즘의 저편』, 고단사, 「절대적인 타인을 구하는 불모의 자아 원환」(『다카하시 다카코 풍경』) 등이 대표적이다. 한편으로 다카하시가 끈질기게 추구했던 '눈', '보는 것'과 상상력의 관계에 주목하여 "시각을 절대시하여 자아의 고독한 세계를 쌓고 거기에 자기 자신을 가두려고 한다"라고

---

173)『국문학 해석과 감상』, 1979년 4월.
174)『현대 여류 작가론』, 심미사, 1986년, 所收.

남성적 개인주의자 다카하시를 논한 야마우치 유키토山內由記人의 좋은 논문 「살아난 자아—다카하시 다카코론」도 있다.

소설가로서의 제II기의 작품에 대해 가장 많은 것을 논하고 있는 것이 스나미 도시코須浪敏子의 『다카하시 다카코론』이다. 스나미는 히로인들의 일심동체적 연애환상과 범죄망상을 동전의 양면, 천국과 지옥 쌍방으로 펼쳐진 상상력의 구명용품으로 간주하여 이 세상에서 '보상받은 단 하나의 사랑'을 천상에 계속 구한 것이 다카하시의 문학의 테마라고 생각하고 있다. 다카하시에게 있어서 가톨릭의 신이란 최고의 신이며 최상의 연인인 것이다.

제III기인 1990년 이후의 다카하시의 작업에 대한 언급은 극히 적다. 그렇지만 빠트려서는 안 되는 것이 나카가와 세이비 「생명의 풍경生命の風景」175)과 시미즈 요시노리淸水良典 「침묵을 뛰어 넘는 말沈黙を越える言葉」176)이다.

다카하시의 III기를 전체적으로 논한 것은 아직 없다.

---

175) 『말 걸어오는 기억』, 오자와서방, 1999년, 所收.
176) 『다카하시 다카코의 풍경』 수록.

13. 도미오카 다에코(富岡多惠子)

내면적 언어의 모색

도미오카 다에코의 문학은 시에서 출발했다. 오사카 여자대학 재학 중에 오노 주사부로小野十三郎의 영향을 받아『산하』에 참가하고『반례返禮』(1957년)를 자비 출판, 다음 해 제8회 H씨 상을 수상한다. 그 후『카리스마의 떡갈나무』(1959년), 무로우 사이세이 시인상을 수상한『이야기의 다음날』(1961년),『여자 친구들』(1964년),『염예술반고초지厭藝術反古草紙』(1970년) 등을 간행하여 시인으로서의 지위를 확립했다.

그 시들에서는 소위 빠른 어조의 요설체饒舌体 의태를 이루면서도 오히려 아이러니컬하게도 실존하는 것의 참모습을 언어로 인식해야 하는 것의 어려움과 남녀의 관계 속에서 언어를 상실해 가는 공허감 등이 표현되어 있다.

시인 도미오카 다에코가 지표로 삼고 있었던 것은 예를 들면 가요의 가사로 상대화된 현대시의 숙명을 염세적으로 파악한『노래·언어·일본인―가요, 아 가요』(1972년)의 "나는 시인이 아니라 한 사람의 인간으로서 다시 한 번 처음부터 노래를 부르게 되어 있는 것이다"라는 의식으로 나타나고 있다. "시는 원래 언어가 되지 못한 인간의 침묵과 아직 언어가 되지 못한 소리를 언어화하는 것인데, 현대의 시는 그 과정을 잊게 할 정도로 문명 속의 과학과 같이 진보해

버린 것이다"라고 하는데 분명히 '머리'로 '언어의 훈련(?)을 하여
그 방식이 습관화 된' 예술시를 쓰고 있는 자기비판이 있었음에 틀
림없다. 그렇지만 그 이상으로 특권화 된 언어와 의미의 골격이 된
언어를 불식하고 실생활에서의 '단순한 인간'으로서 내면의 진실을
그대로 노출하는 언어로의 희구가 표현되어 있다고 할 수 있을 것이
다.

거의 동시대에 병행하여 도미오카 다에코는 영화 시나리오「심중
천망도心中天網島」[177], 번역「세 여자」(1969년), 희곡「결혼기념일」
(1973년) 등을 왕성하게 집필해 간다. 특히 직접 화법을 중심으로 생
성해 간 시나리오와 희곡은 일상생활에 밀착된 부드럽고 활기찬 언
어를 살려냈다.

처녀작인 소설「언덕을 향해 사람은 선다」(1971년)도 이러한 상황
에서 발표된다. 예를 들면『반례』의「세 단어」에서는 '사랑'이라는
말을 매개로 '나'와 '당신'의 불안정한 관계를 노출하고 있다. 한편
「언덕을 향해 사람은 선다」의 쓰네양과 오타네의 경우 추상적인 '사
랑'과는 무연이다. 그들은 계속되는 동물적인 삶으로서 아이를 낳고
죽어간다.

도미오카 다에코의 시에 나타난 언어가 과연 사물의 본질을 규명
할 수 있을 것인가. 그리고 인간관계의 유대를 지지하고, 또는 구축
해 갈 수 있을 것인가라는 회의는 소설 영역에서도 계속된다. 말하
자면 현재라는 시대를 추상적으로 비춰내고 있는 도미오카 문학의
니힐리스틱한 주조는 여기에 기인하고 있는 것이며, 이 회의야말로
도미오카 문학에 나타난 가장 현저한 특징이다.

---

[177] 1968년, 사사다 세이지(篠田正浩) 감독.

덧붙여 도미오카 다에코는 「언덕을 향하서 사람은 선다」를 집필한 후 시에 작별을 고한다. 요나하 게이코가 지적하듯이 「작가 자신 내부의 〈언어의 계급의식〉을 해방하는 것」178)도 있었겠지만, 도미오카 다에코 자신이 미즈타 노리코와의 「〈대담〉여자와 표현의 기로」179)에서 '〈노래〉로는 이제 결론을 내릴 수 없다'는 것이며, '〈노래〉를 어느 정도까지 해 오다 30살이 지났을 때에 거짓을 포함하여 무언가를 서술하고 싶다, 설명하고 싶다는 욕망이 일어났다'라고 말하고 있는 것도 지나칠 수 없다.

노래에서 이야기로—시에서 소설이라는 문학 영역의 전환과 독특한 평론을 집필해 가는 경위를 살펴보면 내면의 언어를 모색하고 시대와 문화, 그리고 레종 데토르(raison d'etre : 존재의 이유—역자주) 등을 이야기하려는 충동이 확실하게 관통하고 있는 것이다.

동물적인 〈성〉

도미오카 문학에서 그려진 〈성〉은 다양한 문제를 제시하고 있다.

예를 들면 「식물제」(1973년)에서는 가족을 지탄하는 방법으로 인세스트 터부(incest taboo : 근친혼 금기—역자주)가 다루어지고 있다. 「모래시계처럼」(1981년)에서는 출산이 가능한 성을 고집하며 살아가는 마리코와 료스케의 처가 그려지고 있다. 한편 남성의 타자성을 발견하고 출산을 거절하며 살아가는 여성들이 등장한다.

예를 들면 「파도치는 토지」(1983년)의 '나'가 '남자'와 만나는 것은 '성교밖에 목적이 없었다'

---

178) 「작가안내」, 『파도치는 토지 · 추구(芻拘)』, 고단사 문예 문고, 1988년.
179) 『뉴 페미니즘 레뷰』2, 가쿠요 서방, 1991년 5월.

여기에서는 남성의 욕정과 환상 등이 철저하게 지탄받고 있다. 「추구芻狗(쓸데없이 되어버린 물건을 비유−역자주)」(1979년)의 '나의, 동물이 되어 살고자하는 희망'이 남성과의 "육체관계도, 언어도 버리는 것이었다"(강조점은 원문대로, 이하 동일)라는 말같이 도미오카 문학에서는 우선 허위로 가득 찬 언어와 관계를 해체하고 성의 본질을 구분하려고 하는 여성이 그려진다. 우에노 치즈코上野千鶴子는 「〈외부〉의 성」180) 속에서 이 동물의 성에 대한 희구가 구제될 수 없는 '성을 사회의 〈외부〉로 방출하기 위한 장치'라는 것을 지적했는데, 남성 원리의 사회 통념으로 만들어진 틀에서의 해방과 회의라는 테제도 도미오카 문학의 핵심으로써 그 기저에 흐르고 있다고 할 수 있다.

그렇지만 남성을 상대로 한 그녀들의 소위 니힐리즘이 육체와 성을 넘어 언어로 이루어진 관계성의 회복을 희구하는 마음과 표리일체라는 것을 잊어서는 안 된다.

나의 언어가 받아들여지지 않고 언어가 되돌아오지 않는, 언어의 왕래가 없는 자가 도달하는 섬은 성교라는 회화(会話)였다.

육체의 대상이 될 수밖에 없는 남성을 향한 체념의 근간에는 언어를 공유하는 자의 희구도 있을 것이다.

한편 「먼 하늘」(1979년)에서는 '남자'가 언어를 말하지도, 듣지도 못하는 설정이었기 때문에 세상의 규범을 '탄핵'하고 여성은 나이가 들어도 여성이라는 성의 근원적 문제가 역설적으로 제시되었다고

---

180) 『현대사상』, 1982년 11월.

생각할 수 있다.

도미오카 문학에서의 〈성〉은 이미 시의 시대에 있었던 언어의 문제와 연동連動하여 남성 원리에 의한 사회적 규범을 해체하고 여성성을 새로 발견하는 계기를 독자들에게 부여하고 있는 것이다.

환상으로서의 〈가족〉

도미오카 문학이 던진 또 하나의 테마는 〈가족〉에 대한 것이다.

예를 들면 「지장화찬의 몸짓地藏和讚仕方咄」(1973년), 「저승의 가족」(1974년), 「아귀의 만찬」(1974년), 「얼룩 고양이」(1979년) 등의 일련의 작품에서는 도미오카 자신과 부모와의 관계를 기초로 교양이 없지만 몸으로 체득한 생활의 지혜로 살아가는 부모상이 자기 내부에도 잉태된 「전근대」181)의 표상으로서 애증과 함께 객관적으로 그려지고 있다.

혈연과 제도로서의 가족 문제는 이미 처녀작 소설에 제시되어 있었다. 이후 예를 들면 「식물제」에서는 아이를 버린 모친과 버려진 아이의 관계가 전개되고 있다.

나쓰키는 성장하는데 있어서 자아동일성을 꾀할 부친을 상실했지만 양모의 죽음으로 '허구에서의 해방'을 얻었다. 한편 누나라고 생각했던 미사코가 친모인 것을 알게 되고 근친상간의 관계로써 모조품적인 '어머니'를 일부러 밀어내려 한다.

후반 도미오카 다에코는 아이인 나쓰키의 내면에 다가가며 갑자기 모성애를 가장하는 제멋대로인 모친을 '마녀'라고 칭하며 지탄한

---

181) 『사이가쿠의 이야기』, 1987년.

다. 모성을 가지고 아무런 노력도 하지 않고 아이를 대등한 인간이 아닌 소유물이라고 착각하고 있는 여성을 비판하고 있는 것이다.

부모는 아이를 자신의 아이라는 것만으로 그 아이가 태어날 때부터 부모와 일체화하는 능력을 가지고 있다고 믿는다. 그러나 아이는 자아가 형성되어 가면 부모로부터 떨어지려고 하기 때문에 부모는 아이와의 친근한 관계를 만들어야만 하는 상황에 직면한다. 어떤 시기부터 부모와 아이는 '친자관계'라는 '계약'을 맺는 것이다.

도미오카 다에코는 혈연만으로 가족이 성립되지 않는다는 것, 그리고 가족이 일종의 계약을 토대로 한 위태로운 공동체라는 것에 경종을 울린다.

예를 들면 미즈타 노리코가 "도미오카 다에코 문학의 한 가지 명확한 도달점"[182]이라고 평가한 「역발逆髮」(1988~89년)에서는 가족에서 해방되려고 노력하지만 그 가족이라는 환상적인 공동체를 안위의 장으로서 구할 수밖에 없는 사람들이 중층적으로 그려졌다.

도미오카 문학에서는 가족을 향한 양의적인 마음을 가진 사람들의 생의 비애에도 관통하고 있는 것이다.

최근의 도미오카 문학

지금까지 도미오카 문학을 간단하게 개관했는데, 「눈부처 이야기」(1987년), 『수상정원』(1991년) 등에서는 앞에서 언급한 작품 군의 주조와는 달리 '나'의, 예를 들면 냉혹한 비판의 눈길과 일상적 집착 등이 물러지고 '나'의 집착은 오히려 심상 풍경의 세계로 이행해 왔

---

[182] 「작가안내」, 『당세범인전』, 고단사 문예문고, 1993년.

다는 것을 알 수 있다.

「히베르니아섬 기행」(1995~1997년)의 '나'는 아일랜드라는 땅으로 가는데 스위프트의 언어에 이끌려 지도에는 없는 「히베르니아」라는 수수께끼의 나라를 방랑한다. 작품은 생의 증거인 '어부의 스웨터'가 '시간을 엮어서'만들어지듯이 과거와 현재, 현실과 공상의 시공이 뒤섞여 '나'의 내면도 확실하게 나타나게 된다.

최근의 도미오카 문학의 내면적 언어를 모색하기 위한 여정은 신체와 연동하는 기억을 이끌어내려는 시공의 확장을 향해 문학의 방법적 자유도 얻었으리라 생각된다.

14. 아키모토 마쓰요(秋元松代)
―뒤늦게 등장한 전후의 극작가―

극작가의 길을 선택하기까지

　1911(메이지 44)년에 태어난 극작가 아키모토 마쓰요는 늦게 문단에 등장했다. 학교 교육을 받을 수 없었을 만큼 병약했기 때문이라고는 해도 역시 청춘시대를 전시 체제기와 전쟁에 빼앗겼다는 것이 가장 큰 요인일 것이다. 그러나 집에 틀어박혀 생활할 수밖에 없었던 아키모토의 일상은 또 다른 빛을 가지고 왔다. 그 기간 동안 서구 희곡을 수록한 『근대극 전집』의 40여 권을 독파하고 일본 및 서구 고전을 학습한 것이다. 이것이 아키모토의 기초 교양이 되었다. 아키모토에게는 '정규 학교 교육'을 받지 못했다는 편견이 있지만 오히려 몇 배에 달하는 교양을 획득할 수 있었던 것에 긍지를 가져야 한다고 필자는 생각한다.

　패전 후 평화가 찾아왔을 때 불확실한 시기를 내면에 품고 아키모토는 미요시 주로三好十郎가 시작한 희곡 연구회에 참가한다. 그때까지 축적된 교양과 재능이 여기에서 꽃피게 되는 것이다. 첫 희곡 『경진軽塵』을 연구회에 제출했을 때는 이미 35살이었다. 그러나 아직 〈뒤늦게 등장한 작가〉가 되지는 않았다. 미요시는 이 무렵의 아키모토에 대해 다음과 같이 말하고 있다. (「아키모토 씨의 작업」, 『아키모토 마쓰요 전작품집』, 「월보」 2곳 수록. 이하 권수 표시된 인용문은 이

작품집)

　처음의 아키모토는 무척 말이 없었고 대부분의 경우 그늘에서 진면목을 발휘하는 여성으로 연구회에 출석해도 적극적으로 이야기를 하는 경우는 매우 드물었다. (중략) 연구회를 시작하고 나서 삼사 개월이 지난 후에 희곡을 써 왔다. 그것은 매우 뛰어난 작품이었다. (중략) 이후 삼 개월에 한 편 정도의 비율로 계속 작품을 써 왔다. 하나하나 독창적인 느낌이 강한 역작이었다. (중략) 느닷없이 희곡을 쓰기 시작하여 그 작품이 처음부터 보통 수준을 훨씬 뛰어넘은 우수한 것이었다.

　이후 봇물이 터진 것처럼 습작을 쓰고 그것이 이후 「갈대꽃」(1948년), 「혼기」(1949년), 「기별」(1949년), 「예복」(1949년), 「나날의 적」(1951년)으로 결실을 맺는다.

데뷔작 「예복礼服」

　아키모토의 데뷔작은 「예복」이다. 1947년 6월 『극작』(24호)에 게재되어 같은 해 9월에 배우좌에서 초연(연출·오카구라 시로岡倉土郎)했다. 아키모토는 "완성한 단계에서 나는 극작가로서 눈에 띌지도 모른다는 예상을 할 수 있었다"(제1권)라고 후에 기술했다. 데뷔작으로 자연스럽게 극작가의 길을 걷기 시작했다는 것도 행운일 것이다. 「예복」은 모친의 장례식에 모인 아들과 딸, 친척들이 각각 생전 모친의 모습을 그려내는 드라마였다. 이 작품은 "일본의 가족 제도와 가정의 문제를 그렸다"라고 일컬어지는데 "가정의 비극을 그리는데 중점을 둔 것"이 아니라 "인간의 드라마를 추구하는 모든 다른 희곡 작가는 아무것도 가지지 않는다"[183)라고 아키모토는 말한다. 이 희곡에서는 입센 희곡과 비슷한 드라마 구조를 볼 수 있다. 모친의 과 거가 자식들의 입으로 밝혀지는 동시에 그들의 과거도 드러나 특히 장남 이치조의 베일이 벗겨지고 클라이막스에서 그는 죽는다. 입센 의「유령」의 반전판이라고 할 수 있을 것이다.

이후 아키모토는「나날의 적」에서는 강간과 재판이 초래하는 부 조리를,「아무 말도 하지 않는 여자들」(1954년)에서는 빈곤이 여자 에게 매춘을 강요하는 것을 그렸다. 이 작품들은 리얼리즘 극작가답 게 모두 어떤 사회적 사건을 취재하였다. 이것이 아키모토가 살았던 시대의 '인간 드라마'였다.

초연한 무대(극단 나카마仲間)로 예술제 장려상을 받은「무라오카 이헤이지 전村岡伊平治伝」(1960년)에서부터는 과거로 눈을 돌린다. 극 단 나카마의 의뢰로 취재하여 그린 이헤이지는 '메이지 다이쇼 쇼와 의 남방 진출을 국책으로 한 일본 군국주의 분류奔流의 선두 부대' (제2권)였던 야쿠자와 창부의 '지휘자(=인신매매)'였다. 이헤이지는 일본과 천황을 위해 도움이 되는 일을 하고 있다고 믿어 의심치 않 는다. 그 남자의 신념이 마지막에 흔들릴 때 일본 민중의 비극이 희 미하게 떠오른다. 민중의 비극이 내던져진 듯해 안타까움이 급습한 다. 단순한 역사 전기를 이용한 멜로드라마가 아닌 리얼리즘 희곡의 등장이라고 해도 좋을 것이다.

아키모토의 작품은 이 초기의 희곡과 라디오, TV 드라마, 아키모 토의 출세작으로 전설에서 소재를 찾은 희곡, 그리고 70년대 말부터 상업 연극에 이용한 치카마쓰 시리즈 등이 있는데 이 초기 작품에서

183)『아키모토 마쓰요 희곡 전집』, 문학 산보출판부, 1962년

아키모토 희곡의 핵심이 이미 구축되어 있는 것이다.

전설이야기의 세계

60년 안보의 해에 쓰인 라디오 드라마 「상륙방해존商陸妨害尊」(아사히 방송 제작)이 후에 동명의 희곡[184]으로 쓰여지고 아키모토는 갑자기 각광을 받게 된다. 연극의 시간은 리얼리즘 연극에서 소극장 연극운동의 시대로 변하고 있었다. 현대에서 전시 중으로 시간 이동을 하고 과거의 설화와 전설을 도입한 이 희곡은 시미즈 구니오清水邦夫·베쓰야쿠 미노루別役実·토시로·사토 노부·테라야마 슈지 등 새로운 희곡 세계와도 가까이 존재하고 있었기 때문이다.

대사에서 방언을 사용한다는 것은 이미 전전에 사가나카 타다오阪中正夫가 시도했고 진부네 유타카真船豊가 한걸음 더 전진시켜 「가공의 시골」에서 방언을 조형하고 구보 에이久保栄가 「화산재지火山灰地」(1937~1938)에서 특정 지방의 방언을 무대어로서 창조했다. 전후 곧 기노시타 쥰지木下順二가 역시 방언을 「저녁 학」에 도입하여 「가공의 시골」을 연출하고 있고, 아키하마 사토시秋浜悟史는 아름다운 도호쿠東北 사투리를 무대에 올렸다. 이렇듯 각각 새로운 시도를 하고 있는 가운데 아키모토의 방언 사용에는 어떤 새로움이 있는가. 「무라오카 이헤이지전」에서 이미 방언은 등장하고 있지만 이것은 일상적인 행동과 함께 현재화되는 방언이었다. 그 의미로는 새로운 수법은 아니다. 그러나 「상륙방해존」의 방언은 다르다.

간 다카유키菅孝行는 '한 지방의 특수 개별성에 철저하게 동반되

---

184) 코요샤 1964년/다무라 아야코상 수상, 연극좌 1967년 초연.

어 창조되는' 방언인 이상 리얼리즘 희곡의 방언과 차이는 없지만 아키모토는 '방언의 리얼리티를 그 방언이 사용되는 지역의 일상적인 언어 행동과의 유사성에 의해 보증하려고'하지 않는 점에서 새로움을 찾을 수 있다. 분명히 이 작품에서의 방언은 일상이라는 시공간을 초월한다. 그리고 그것은 드라마 구조의 시공을 넘는 구조와 호응하여 전설 세계와 현실 세계의 왕래를 가능하게 한다.

「가사부타시키부고」(1969년, 연극좌 동년 초연)도 마찬가지로 전설에서 소재를 찾은 희곡인데, 규슈 지방의 어느 이즈미 시키부和泉式部 전설과 가사야미 시키부 전설에 탄광 사고의 피해자 문제를 빗댄다는 뛰어난 시점을 도입한다. 시키부 전설의 근원에 흐르는 것은 구원이며, 그것은 제도가 구할 수 없는 혹은 구하려고 하지 않는 사람들을 시키부가 구한다는 민간전승이다. 거기에는 위정자를 향한 민중의 암묵적인 분노가 있고 제도에서 벗어난 시키부라는 특수한 존재에게 가탁하는 꿈이 있다. 따라서 근대적 발상에서 보면 시키부에게 가탁하고 있는 한 사람들은 영원히 위정자에게 요구할 것이 없어진다. 그 의미에서는 이 전승은 사람들의 해방의 길을 막은 것이된다. 아키모토는 이러한 전승의 부정적인 측면에 대해서는 다루지않는다. 오히려 탄광 사고 처리 요구보다도 시키부 전설을 도입하여 '인간 드라마'를 그리려고 한 그 의도는 필시 구하는 사람은 여자, 구원받는 사람은 남자라는 점에 있었다고 생각된다. 도요이치에게 있어서 시키부는 어머니, 아내, 그리고 시키부·비구니 도모오사이다. 이 구도를 보면 아키모토가 여성을 구원할 수 있는 것은 누구인가라고 묻지만 아무도 없다, 혹 있다면 그것은 자기 자신이라는 답을 뒷면에 준비하고 있다는 것을 알 수 있다. 「가사부타시키부고」에는

'출산의 성으로서의 여성'의 문제도 다루고 있으며 그 의미에서도 가장 현대적인 텍스트이다.

치카마쓰 작품과 앞으로의 과제

아키모토를 유명인으로 만든 것이 니나가와 유키오蜷川幸雄 연출의 도에이 제작 「치카마쓰 정사 이야기」[185]의 대본이다. 우메가와·주베이와 오카메·요베이의 이야기를 개편한 이 희곡은 니나가와가 연출을 맡은 무대라는 점에서 일약 화제가 되었는데 '인간 드라마'는 여기에서도 중요시되고 있다.

아키모토 연구는 막 시작되었다. 작가론도 작품론도 적으며 텍스트론은 전무하다. 전후 50년의 연극운동사와 라디오·텔레비전의 유통, 상업 연극의 성황 등의 사회학적 시점도 도입하여 아키모토의 희곡을 분석하면 흥미 있는 결과를 얻을 수 있을 것이다.

---

[185] 『비극 희극』, 1979년 3월.

15. 오하라 도미에(大原富枝)
―유폐된 여자의 생명의 표현―

하세가와 게이(長谷川啓)

여자의 유폐의식

20세기 마지막 해의 초두에 오하라 도미에는 만 88세로 생애를 마감했다. 다카하시 히데오가 그의 문학적 특질을 '여성작가의 격정적인 이야기'(전집 제3권 부록)라고 적절한 지적을 하고 있듯, 글자 그대로 쓰는 일이 사는 일이었다고 하는 그녀야말로 여자의 생존을 〈유폐〉라고 감지하고, 유폐의식을 감싸 안은 여자의 다양한 생의 모습을 이야기해 온 작가였다.

그 대표작이 「스토마이 귀머거리」[186]와 「엔이라는 여자婉という女」일 것이다. 전자는 전후 스트렙토마이신이라는 약이 생기기 전까지는 죽음의 병이라고까지 일컬어졌던 결핵을 앓는 자의 유폐의식과 분노와 자유에의 동경을 표출하고 있으며, 후자는 '인생의 대부분을 반정藩政의 희생자로서 유거幽居'(전집 제5권 부록, 간노 아키마사菅野昭正)를 강제당한 노나카 엔野中婉의 고독한 고투의 생애를 그리고 있다. 이러한 유폐의식은 긴 전쟁의 시대에 청춘을 보낼 수밖에 없었던 사실과도 관계가 있겠지만, 무엇보다도 오하라 자신의 그 길고 긴 투병생활 속에서 형성된 것이었다. 18세에 발병한 이래 44세에

---

186) 역자주―스트렙토마이신 주사의 부작용으로 일어나는 청각장애.

이르기까지 종종 간결핵이라는 병마가 덮쳐오고 그로인해 문학 동지인 한 사람과 연애하여 임신하지만 중절, 이별하지 않으면 안 되었고, 그 상대가 집안 때문에 다른 여성과 결혼하고 전사한 후에도 독신을 고수하는 결과가 되었다. 긴 투병체험은 오하라 도미에라는 인간 및 문학 형성의 원점이라고 해도 좋은데, 그녀 자신이 '십 년 가까운 요양생활은 내 생애의 기반이 되는 것'이며 '내 문학의 중요한 근간도 또한 이 안에서 길러졌다'고 말하고 있다.(전집 제2권 부록)

　「스토마이 귀머거리」는 사회비판도 되는 작가 자신의 투병생활의 직접적인 신음소리인데, 고향 고치高知의 노나카 겐산野中兼山의 딸을 소재로 한 「엔이라는 여자」도, '노나카 엔野中婉과의 만남도, 요양생활 10년을 빼고서는 내 문학으로서 결실을 맺기는 어려웠다'라고 작가 스스로 이야기 하고 있는同 작품이다. 오하라는 또한, 심산유곡에서 나와 마흔이 넘은 나이에 바깥세상에 내던져지는 엔을 그리는 데는 글 쓰는 이로서의 자신에게도 40대의 '혼자'사는 여자가 맛보는 심신의 고뇌가 필요했고, 결혼해서 '남편이라는 견고한 비호'아래 사는 여자들이 경험할 수 없는 굴욕과 곤란과 고뇌, 게다가 '고통스러운 자신의 내부로부터 끓어오는 육체의 신음' 등, 자기의 내외의 '싸움과 굴욕을 정면으로 받아들이고 자신을 제어해 가는 고독한 여자의 40대'를 자기 자신도 '참고 견뎌서 살아내는 경험이 없이' 엔의 생애는 그려낼 수 없었다고 말하고 있다. 그렇다고 한다면, 발병한 이래 '나 자신의 인생이 패배의 세계를 어떻게 사는가, 라는 것을 명제로 하고 있었다'(전집 제5권 부록)라는 일종의 단념으로부터 출발한 오하라의 각오에서도 엿볼 수 있듯이, 결핵이라는 전염병자에 대한 차별과 젠더사회이기 때문에 생겨난 유폐의식이기도 하고, 이 경우도 또 〈다락방의 광녀〉의 한 모습이라고 할 수 있을 것이다. 그렇다면 더욱더 쓰는 일이 사는 일, 즉 살아가는 버팀목이며 〈패배〉를 반전시키는 행위에 다름 아니었다.

여자의 섹슈얼리티에 대한 응시와 향토성

그런데, 오하라는 "엔婉 안에 나 자신을 벌거벗겨 내던지는(중략) 솔직하고 자연스러운 여자의 생명력이 이윽고 내 안에 생겨나 있었다"라고 하고 있는데, 확실히 주인공 엔에게는 유거幽居의 몸이기에 더욱 강하게 자라난, 동경의 마음과 정념 같은 에로스의 발효가 있다.

맞은편 산 일대에 들불이 타고 있었다. 깜박깜박하고 약하게 타는 불이 마치 산짐승처럼 이쪽으로 뻗쳐 온다. 나는 그것을 바라보고 있었다. 휙휙 달리듯 이쪽으로 번져오는 한 줄기 불꽃의 혀, 그것이 인간임을 나는 알고 있었다. 내가 고대하고 있는 사람인 것을 알고 있었다. 불꽃은 쭉쭉 뻗어서 내 발치까지 온다. (중략) 불의 혀는 대울타리의 밑동을 깜박깜박 약하게 기고 있었다. (중략) 나는 대울타리를 따라서 오른쪽으로 뛰고, 왼쪽으로 뛰고 했다. 불꽃도 또 깜박깜박 오른쪽으로 뛰고 왼쪽으로 뛰고 한다. 앗, 앗, 하고 다급해진 일순, 나는 무엇인가 외치고 몸속에 확하고 불기둥이 일어났다.

꿈속에서 엔이 처음으로 알게 된 '여자의 생명연소의 일순'의 아름다운 광경이다. 유폐의식과 함께 이 에로스의 문제도 또한 오하라 문학의 중핵이라고 해도 좋을 것이다. 젊고 교만에 가득 찬 헤이케平家의 귀공자 스케모리資盛와, 아버지처럼 안심할 수 있는 모방화의

명인 후지와라노 다카노부藤原隆信의 사이를 '떠돌며 사는'여자의 음울함을 표출한 「겐레이몬인 우쿄다이부建礼門院右京太夫」도 이 문제를 추구하고 있다고 할 수 있겠다. 또는 남편 사후, 양자로 맞은 스무 살 정도 아래의 청년과 '업화業火187)'와 같은 사랑을 탐하고, 노년이 가까워서 '강제로 자신의 '여성'을 체념하게 하려는' 여인의 몸을 찢는 아픔, 과거에 전범인 남편을 갖고 또 연인을 자살하게 만든 싱글 맘의 깊은 회한과 이 두 여자의 상처를 함께 치유하는 듯한 하룻밤의 성애 등, 노년에 접어든 여자들의 섹슈얼리티를 응시한 「바다를 바라보는 여자海を眺める女」야말로 그러할 것이다. "남자라는 생물의 허무함과 그 생명력을 흡수해서 아무렇지도 않게 생명을 살찌워 간다"는 여자의 성이다. 그리고 「귀녀탄생鬼女誕生」에서는 양로원의 늙은 여자들의 성기에 대해, "육체는 시들어 쇠약함의 극치에 있으면서, 그곳만은 왠지 사납기까지 해서, 악마의 궁전 문지기처럼 뻔뻔하고 무섭게 화내는 것처럼 보이기까지 하여, 쇠퇴는 보이고 있지 않다"고 적고, "자신을 포함해 여자의 몸이라고 하는 것에 대한 격한 혐오와 두려움이, 그러나 절망으로 가지는 않고 반대로 일종의 살아가는 힘으로 변모해 간다"고도 적고 있다. 에로스를 포함한 섹슈얼리티의 문제가 오하라에게 있어 얼마나 큰지 명백해진다.

또 한 가지 잊어서는 안 될 특질은 '고향은 내 문학의 은인이다'라고 오하라 자신이 말하듯 그 향토성의 강렬함이다. 자전적 작품인 「잠자는 여인眠る女」은 고향 사람들과 생활과 풍경을 마음에 깊게 새기며 자라가는 유년기부터, 엄마의 죽음, 발병을 거쳐 사랑의 상실을 계기로 상경하는 청춘기 끝까지의 반생의 기록인데, 그대로 성

---

187) 역자주―불교에서 말하는 지옥의 맹렬한 불.

性의 이력서가 되어 있다. 언니와 둘이서 사는 집에 젊은 남자가 침입해서 '남자는 언제나 가해자일 수 있다'는 것을 알게 되는 경험이나, '반응'이 있는 소녀였기 때문에 종종 남자 아이들의 학대의 대상이 되고 난폭한 행동을 당한 일. 아름다운 연상의 소녀에게 이끌려 어슴푸레한 헛간에서 가진 비밀스런 시간, 동성과의 성애체험을 가지는 것이다. 그리고 격심한 통증으로 몸부림치며 '불길한 형벌의 피의 장미'로서 맞이하는 초경. 규칙이 엄한 여학교의 기숙사 생활에서 경험하는 '사회는 여자를 감금한다'고 하는 인식과 이상하게 마음이 흔들리는 상급생의 동성애. 규칙과 감시를 없애고 싶다는 소녀들의 반전원망反転願望은 임신한 여학생의 기숙사 방화사건이 되고, 그 학생이 옥중에서 출산했다는 소문에, 위험을 무릅쓰고까지 생명을 낳지 않으면 안 되는 〈여자의 성〉을 알게 된다. 발병 후에는 여학교도 중퇴하고 '감옥에 갇힌'것 같은 요양생활이었기 때문에 문학만이 자신의 '창공'이 되어 자신이 사는 세계를 그 안에 구축하려 한다. 문학청년들과의 교류에 탈출의 꿈을 꾸고, 이윽고 그중 한 사람, '나라고 하는 소녀의, 희미한 여자의 생리가 감응하는' 청년과 사랑에 빠진다. 병약한 몸에 연인의 강제적인 욕망을 여러 번 받아들여 임신하게 되고, '겁 없고 자유로운 소녀'에서 '얽매여서 이상하게 슬프고 비참한' 아내의 기분으로 변모한다. 임신을 알았을 때의 연인의 태도는 평생 치유할 수 없는 트라우마가 되고 중절하지만, 그 후 더한 배반을 당한다. 투병생활에 이은 제2의 원점, 남자에의 '원망'을 품으면서 본격적으로 문학으로 살아가기 위해 단신 상경하고, 청춘의 남성들이 전사해 가는 부분에서 이야기는 끝난다. 이 반생의 기록을 관철하고 있는 것은 '아득한 동경'이며, 패배를 반전시켜 가는 끈질긴 의지이다. 「엔이라는 여자」, 「어설於雪」에도 공통되는 여자의 상像이며, 그들의 향토를 무대로 하는 일종의 흙내음이 오하라문학의 매력이라고 할 수 있을 것이다.

여자의 다양한 생의 모습

여기서 오하라문학을 개관해 두자면, 「스가모의 연인巢鴨の恋人」, 「아키코亜紀子」 등 수많은 단편군, 「강은 지금도 흐른다川はいまも流れる」, 「귀녀탄생」 등의 향토성, 자전적 요소를 포함하는 것, 향토의 역사 속에 실재한 인물을 그린 「정처正妻」, 「어설」 등등, 「나의 이즈미 시키부私の和泉式部」 등의 고전문학을 제재로 한 장편, 「아브라함의 막사アブラハムの幕社」 등 종교에 관계되는 것과 「오늘 있는 생명─소설, 가인 미카지마 요시코의 생애今日ある命─小説・歌人三ヶ島葭子の生涯」 등 평전으로 대별할 수 있을까 생각된다. 실로 다양한 여인들을 그려내고 있는데, 그 대부분이 세상의 질서를 등지고 사는 자, 아웃사이더이며, 불행과 비극을 짊어 진 자, 소외자이다. 그러한 여자들이 화자가 되어 이야기 세계를 짜내고 있다. 오하라 자신이 패배의 인생을 살아왔다고 하는 자각과 여자는 열등한 생존을 강요당하고 있다는 인식이 있기 때문일 것이다. 후자의 여자를 그리는 이유를 보족하자면, "남자는 여자를 미워할 때 남자들끼리 미워하는 것보다 더 심하게 미워하거든. 사회가 남자를 위해 있으니까, 남자의 직업전선에 여자가 한번 끼어들어 봐. 남자들은 즉시 연합전선을 만들어. 인간의 수컷의 세계에는 그런 본능이 있어. (중략) 여자의 질투라든가 증오라든가 하는 것은 뻔한 거잖아. 무서운 것은 남자의

질투고 남자의 증오야”(「귀녀탄생」)라고 하는 이 세상은 남성사회이
고, 그 안에서의 여자라는 존재를 확실하게 인식하고 있기 때문일
것이다. 그리고 그러한 여자의 존재를 가련함이 아니라, 서서히 반
전시켜 가는 존재, 〈패배〉의 빛남으로서의 존재로 그려내고 있는 것
이다.

　예를 들면, 미혼모의 아이로 태어나 아버지에게 맡겨지고, 아버지
의 사후에는 미덥지 못한 연인도 단념한 뒤, 의붓어머니와 두 사람
이 〈남자〉에게 기대지 않는 새로운 여자의 삶을 출발하기로 각오하
는 여자(「여자의 삶女暮し」). 또, 연인을 전지戰地에 빼앗긴 후 객혈,
자신의 목숨을 지키기 위해 8개월이나 되어 사내아이라고 판정할
수 있을 정도의 갓난아기를 죽을듯한 격렬한 통증 속에서 낙태하고,
뒷산 묘지에서 혼자 매장하는 여자(「강은 지금도 흐른다」)인데, 이렇
게 리얼한 낙태 광경도 흔치 않을 것이다. 또는, 이 인생에서 격렬한
증오만큼 반응이 있는 것은 달리 없다고 생각하고, 정말 무서운 것
은 격투할 힘이 없어진 노년에 찾아온다(오하라 자신의 가톨릭 입신과
도 관계가 있는 것 같다)고 말하기도 하는, 아들과 연인을 전사시킨 두
여자(「귀녀탄생」). 계곡 안쪽에 살며 남동생과 부부관계를 맺은 채로
일생을 마친 여자나, 일가의 빈곤을 구하기 위해 창부가 되고, 일을
너무 한 나머지 폐병이 되었음에도 불구하고 친 부모자매에 의해 자
신이 지은 집에서도 쫓겨나 바위굴에서 혼자 배고프게, 그러나 ‘기
묘하게 밝은 성격’으로 사는 여자(「바다를 바라보는 여자」). 60세를
넘기고서 ‘간통죄’를 범하고, ‘집안의 감옥’에 넣어져 남편에게 죽도
竹刀로 징계당하고도 도망가지 않은 여자의, 참는 것으로 남편에게
복수해 보인 무서움(「곶까지岬まで」). 장님인 탓에 좋아하는 남자에

게 버림받고, 애지중지 키운 그 남자와의 사이에서 태어난 아이마저 비로 불어난 강에 빼앗겨버리는 여자(「후미진 해안의 돈도入江のどんど188)」). 전범인 남자가 전쟁 중에 마카살189)의 '위안소'에서 만나 사랑을 맹세하고, 함께 생활할 수 있는 전후가 되자 버림받게 된 창부였던 여자(「스가모의 연인」). 엄마를 결핵으로 여의고 소녀 때 같은 병으로 요양소에 들어와 성장한 여인이 요양소에서 만난 청년과 연애결혼하지만, 배반당하고 댐에 뛰어드는 이야기(「아키코」) 등, 너무 많아서 일일이 들 수가 없을 정도이다.

그러나 1970년대에 들어와 「겐레이몬인우쿄다이부」 집필 무렵이 되면, 일종의 전환기를 맞이한 것으로 보인다. 에로스의 해방과도 비슷한 유옥幽獄으로부터의 탈출이 성립한 듯이 보이는 것이다. 그리고 76년에는 가톨릭에 입신하여, 「아브라함의 막사」, 「지상을 여행하는 자地上を旅する者」 등 다시 '패배의 인생을 산 여자'를 그리기에 이른다. 이 종교문제도 또 중요한 테마이며, 종교에 관련된 장편소설은 오하라문학 중에서도 큰 위치를 점한다. 이어지는 평전적인 작품, 「생각대로 되지 않는, 그늘만을 걸어온 사람이라면 그런 사람에게는 보석과 같은 것이 어딘가에 숨겨져 있다」(전집 제5권 부록)와 오하라가 말하는 '일'에 대해서는 이미 언급할 여유도 없어졌다.

마지막으로 오하라의 창작방법의 특색에 대해 한마디 언급해 두자면, 객관적인 묘사법과 물어성物語性190)을 들 수가 있다. 전자는 긴 요양생활에서 얻은 현실과의 거리를 두는 방법이 효과를 거두고

---

188) 역자주—'돈도'란 정월보름날 정초에 쓴 물건을 태우는 행사.
189) 역자주—Ujung Pandang의 옛 이름. 인도네시아, 스라웨시(세레베스)섬의 서해안에 있는 항만도시.
190) 역자주—이야기 줄거리마다 변화와 기복이 있어 재미있음.

있다고 생각되며, 후자에 대해서는 고전문학의 영향과 함께 그 향토성이 깊이 관련되어 있는 것이 아닌가 생각된다. 여하튼, 사망 4년 전에는 오자와小沢서점에서 전집도 간행되고,[191] 그 문학세계를 이윽고 일망할 수 있게 되었다. 각 권의 부록에 게재된 작가와 평론가의 에세이 및 평론이 참고가 된다. 특히 전권에 걸쳐 연재된 다카하시 히데오와 오하라 도미에의 글은 반드시 읽히기 바란다. 그러나 연구 분야에서는 거의 미답이라고 해도 좋고 이제부터 연구 평가될 작가라고 할 수 있을 것이다.

---

[191] 전권8권, 1995년 2월 ~96년 8월.

16. 현대작가

요나하 게이코(与那覇惠子)

현대작가의 위상

여성작가 중에서 특히 〈현대작가〉로 한정한 경우에는 〈현대〉가 무엇을 의미하는가가 중요한 문제가 될 것이다. 근대와 현대의 경계는 항상 이동하는 것인 이상, 하나는 시간축 상의 편의적 구분이고, 또 하나로는 〈고전화〉되지 않은 작품군이라는 의미일 것이다. 따라서 논자에게는 작가와 작품의 선택에 대해 근대문학에는 없는 자유 재량이 주어져 있다고 해도 좋다. 그래서 나는 크게 다음의 세 가지 관점에서 〈현대작가〉에 대해 생각해 보기로 하겠다.

우선 첫 번째는 작품에 하이 컬쳐와 카운터 컬쳐가 믹스되어 있는 경우. 그것은 1980, 90년대에 등장한 많은 작가에게 보이는 경향이다. 만화, 애니메이션, 팝스 등에 더해 '젊은이들의 구어체'가 작품 세계를 자유롭게 횡단한다. 시미즈 요시노리가 지적하고 있듯이 '소설을 쓰는 일은 고뇌와 사색 끝의 정신적인 귀결이 아니라, 스토리를 만들어내고 이야기해 나가는 법을 궁리하는 즐거운 기술적 생산 작업'[192]이 되어 있는 작가들로, 요시모토 바나나가 그 대표라고 할 수 있다.

두 번째는 페미니즘비평으로 초래된 '성'과 '생'의 변용이 적극적

---

[192] 「구르는 돌처럼転がる石のように」, 『스바루すばる』, 1995년 6월.

으로 표현되어 있는 점. 종래의 여자/남자라는 카테고리를 섹스(생물학적 성)/젠더(사회적 문화적 성)/섹슈얼리티(성적지향)의 관점에서 다양하게 재조명하고, 무너뜨리고 있는 작가들로서 그 필두에 마쓰우라 리에코松浦理英子를 들 수가 있을 것이다.

세 번째로는 종래의 문학규범을 무너뜨려 가면서 새로운 문학의 구축을 지향하고 있는 점. 물론 모든 작가는 새로운 문학의 창조를 계획하고 있다고도 할 수 있지만, 여기서는 첫 번째 점과 두 번째 점을 포함하면서 특히 문학 언어의 변용을 과격하게 쫓고 있는 작가들로, 쇼노 요리코笙野頼子나 다와다 요코多和田葉子를 그 전형으로 한다.

존재의 위기로부터의 초월

요시모토 바나나의 소설에는 육친의 죽음[193]이나 가장 사랑하는 사람의 죽음[194]에 의해 자기 자신의 생까지도 애매하고 불확실하게 되어버리는 인물이 많이 등장한다. 요시모토 바나나는 죽음의 그림자로 물든 인물의 설정에 대하여 "죽음 그 자체보다도 마음이 치유되어가는 과정을 그리는 것에 흥미가 있다"고 말하고 있다.[195] 일종의 결락감에 의해 자신의 존재가 모호해지고, 죽음의 구렁 속에 서 있는 상황으로부터의 귀환이 바나나의 소설인 것이다.

'천애고독'한 아이들이나, 사고사한 연인의 유품인 세일러복을 입고 학교에 다니는 남자 등 과장된 인물들. 양친, 조부가 죽고, 마

---

193) 『키친キッチン』, 후쿠타케서점(福武書店), 1988년.
194) 「문라이트 새도우ムーンライト・シャドウ」전서수록.
195) 『요시모토 다카아키×요시모토 바나나吉本隆明×吉本ばなな』, 록킹 온(ロッキング・オン), 1997년.

지막 육친인 조모의 죽음을 "며칠 전 글쎄 할머니가 죽어버렸어. 깜짝 놀랐어", "꼭 SF같아. 우주의 어둠이야"라고 쓰는 이야기의 위상. 죽음의 구렁에서 귀환하기를 재촉하는 것으로서 죽은 자로부터의 메시지나 꿈, 예언, 텔레파시와 같은 오컬트(occult)적196)인 요소가 산재해 있다. 바나나의 소설에는 현대의 만화에 익숙한 세계가 넘치고 있다. 그러나 '천애고독'한 아이는 자신과 비슷한 처지의 사람을 만나 생의 에너지를 얻고, 벼랑 끝을 걸으면서도 "하느님 어떻게든 살아갈 수 있도록", "지지는 않아. 힘을 잃지는 않을 거야"하며 앞을 바라본다. 바나나의 소설이 이탈리아와 독일, 미국, 중국 등 각국에서 번역되어 젊은 독자들에게 널리 읽히는 것은 아마도 자기에게 명확한 존재의식을 찾아내지 못하는 현대의 젊은이들에게 일상의 위기로부터의 극복을 시사하는 표현이 되어 있기 때문일 것이다.

그런데 시미즈 무네코淸水宗子는 "키친에는 근대의 그림자가 없다./성과 가족의 부재, 그것은 근대문학의 안티테제처럼조차 보인다"197)라고 말하고 있는데, 그야말로 '성과 가족'을 초월한 장에 있어서의 새로운 관계성의 모색이 『키친』에서는 행해지고 있다고 할 수 있겠다. 종래의 패러다임을 붕괴하는 관계성의 구축은 현대문학의 중요한 테마 중 하나라고 해도 좋다. 가정이나 학교에서 받은 육체적, 정신적 〈학대〉를 스스로의 문학적 근거에 두는 유미리는 『그림 벤치Green·Bench』198)나 『물고기의 축제魚の祭』199)에서, 아버

---

196) 역자주—초자연적인 요술, 주술, 심령술, 점성, 예언 따위의 총칭. 또 이러한 것으로 어떤
　　 물건이나 일에 영향을 주고자 하는 일.
197) 『페미니즘의 저편フエミニズムの彼方』, 고단사(講談社), 1991년.
198) 가와데서방신사(河出書房新社), 1994년.
199) 하쿠스이샤(白水社), 1996년.

지의 폭력, 엄마의 분방한 성에 노출되어 성인이 된 아이들의 〈일그러짐〉을 동반한 대타감각을 희곡화해 왔다. 아쿠다가와상을 수상한 『가족시네마』200)에서는 '가족 따위 어차피 연극이니까'라는 인식을 가지면서도, 그 '가족'에 의해 형성된 '잘 조련된 개처럼' 반응하는 아이가 그려져 있다. 특히 주인공 '나'는 '자연과 인간의 공생을 찾아서'라고 말하는 '건전'한 인간을 혐오하고, 가족적인 따스함이 있는 공동체를 만들려는 인간에게 '증오'를 품는다. 여자의 엉덩이를 사진으로 찍는 것이 취미인 '현실감 없는 사람에게밖에 끌리지 않는' 것이다.

아버지, 어머니라는 역할을 방기한 부모의 영향을 받은 아이의 대타관계는 보통과는 미묘하게 어긋나 있다. 다케다 세이지竹田靑嗣는 이 같은 상황을 '파손壊れ'으로 간주한다. 그리고 그 '파손'으로부터의 회복을 "자신의 '파손'을, 회복해야만 하는 결손으로가 아니라 생의 조건으로 받아들이는 것. 이 '파손' 속에서 살고 있는 세계의 미묘한 사정을 깊게 그려낼 수 있는 것"201)으로 보고 있다. 유미리의 문학은 '파손(이물)'을 생의 가능성으로 전가시키려고 하는 시도라고 할 수 있다. 그것은 또 〈일본인〉도 아닌 〈한국인〉도 아닌 〈재일한국인작가〉도 아닌, 〈이물〉이라는 위치에 선 자기의 입장의 모색이기도 하다.

다양한 성/생의 가능성을 열다

여성에 있어서 자기의 〈장場〉의 획득은 여성을 둘러싼 여러 가지

---

200) 고단사, 1997년.
201) 「이물로서의 생異物としての生」군상(群像), 1997년 4월 호.

제도와의 투쟁이었다. 1960, 70년대의 우먼리브, 80, 90년대의 페미니즘 운동은 사회적 지위를 둘러싼 여성의 해방이 커다란 목표였다고 할 수 있다. 문학에 있어서 그것은 〈성〉에 관련되는 사회적, 정치적, 언어적, 문화적으로 규정되어 온 〈여자〉라고 하는 언설을, 그들의 언설로부터 해방시키고 〈여자 자신〉으로 되돌리는 움직임이었다.

레즈비언적인 새디즘과 메조키즘의 연애소설이라고도 할 수 있는 마쓰우라 리에코의 『내츄럴 우먼』[202]에는 '자신이 여자인지 아닌지 모르는' 〈여자〉가 등장한다. 마쓰우라는 그 〈여자〉에 관해서 '아직 남자라는 젠더에도 여자라는 젠더에도 아이덴티파이하고 있지 않은 인간'[203]이라고 말하고 있다. 즉 생물학적 성에도 문화적 성에도 묶이지 않은 〈인간〉이라는 것이다. 그 〈여자〉는 여자도 성애의 대상으로 한다는 의미에서, 페니스P와 바기나V를 성행위의 근간에 두는 성애관계에서 우선 일탈하고 있다. 〈성기적 결합〉을 성애관계의 노멀한 형태로 파악하는 〈제도적 성〉이라는 것을 뒤흔들고, 〈남근중심주의성애〉도 비판한 작품이다.

발의 엄지발가락이 P(페니스, 발기하고 쾌감도 있지만 생식능력은 없다)가 된 여성의 〈성의 수업修業〉을 그린 『엄지발가락P의 수업시대 親指Pの修業時代』[204]에는 그녀뿐 아니라 성에 관련되는 기관에 다양한 특징을 가지는 〈변종變種들〉이 등장한다. 타인의 체액에 알레르기를 일으키는 여자, 바기나에 이빨이 나 있는 여자, 사정의 순간에

---

202) 트레빌, 1987년.
203) 「〈기형〉으로부터의 눈길崎型からのまなざし」, 『세바스찬セバスチャン』, 가와데문고, 1992년.
204) 가와데서방신사(河出書房新社), 1993년.

안구가 튀어나오는 남자 등, 만화적인 인물들이기는 하나, 자신의 생각대로 되지 않는 신체를 가진 그들/그녀들도 또 〈이물〉을 껴안은 존재이다. 그들/그녀들은 사회제도에 있어서의 〈정상적인 것〉을 되묻는 과격한 존재인 것이다.

〈나〉의 언어를 둘러싼 과격한 투쟁

작가의 표현매체인 언어 그 자체에 위화감을 가지고, 그 위화감을 소설화한 것이 쇼노 요리코이다. 작가에게 있어 세계는 언어로 구성되지 않으면 안 된다. 그러나 기성의 언어에 익숙해지지 않는 〈작가〉에게는 있을 곳도 없었다. 유통되고 있는 언어로 〈나〉와 〈세계〉를 표현하는 일의 고통을 응시하면서, 유통되고 있는 언어를 사용하면서 〈나〉의 신체감각에 맞는 언어를 찾아낸다고 하는 아크로바틱(곡예적)한 언어활동을 문장으로 엮은 것이『있을 곳도 없었다居場所もなかった』[205]이다. 쇼노에게 있어서 쓰는 일의 의미는 자기의 존재의식을 건 과격한 언어투쟁이라고 할 수 있다. 투쟁에 이기기 위해서는 언어의 기원에까지 거슬러 올라가서 그 언어의 의미성과 이미지성을 떨쳐버리지 않으면 안 된다. 롤플레잉 게임의 규칙으로 기성의 언어공간의 파수꾼 좀비와 〈나〉와의 투쟁을 그린『리스트레스 드림レストレス・ドリーム』[206]에서는 '엄마'는 '멍텅구리'로, '사랑'은 '죽어라'라는 식으로 언어의 이미지가 과격하게 변환되어 간다. 변환되지 않으면 〈나〉는 언어의 좀비(움직이는 시체)로 생존할 수밖에 없다.

---

[205] 고단사, 1993년.
[206] 가와데서방신사, 1994년.

의미에게 습격당한 언어를 의미로부터 해방시키려는 시도는 『엄마의 발달母の発達』207)에서는 '개미' '메뚜기' '구더기'의 '엄마'라는 식으로 일본어의 '아ぁ'에서 '응ん'까지의 엄마를 만들어 내는 것208)으로, 만들어내는 것의 근원이라는 '엄마'(언어의 기원)를 무화無化한다. 또 그것을 낳은 엄마가 〈海の母〉〈膿の母〉〈ウ、ミの母〉〈ウ、ミの歯は〉처럼, 언어가 의미적 연관을 무시하고 음이 음을 부르는 식으로 말은 계속 모습을 바꾼다. 의미와 언어가 강고하게 결합한 〈언어공간〉의, 그야말로 파괴라고 할 수 있겠다. 물론 파괴뿐 아니라 재생도 지향하고 있다. 그러나 재생은 곤란해서, 『동경요괴부유東京妖怪浮遊』(이와나미 서점, 1998년)의 〈나〉는 사회의 요괴(이물)가 되고, 때로는 '일본어 세계에서 쓸모없게 된 것'으로서 '어디에 살아도 언어는 통하지 않는' 『쇼노 요리코 요변209)소설집 시간의 트집 잡기笙野頼子窯変小説集 時のアゲアシ取り』210) 타자가 된다. 언어체계를 변용시키려는 시도는 돈키호테와 같은 고독한 투쟁인 것이다.

1982년부터 독일에서 살며 독일어로도 시와 소설을 발표하고 있는 다와다 요코도, 언어의 시스템을 흔들어 놓은 작가이다. '서류결혼'이라는 형태로 타문화에 들어간 '나'의 위화감을 신체의 결락감각으로 그려낸 「발뒤꿈치를 잃고かかとを失くして」211)로 군상신인문학상을 수상하기 이전에 다와다는 독일에서 함부르크시 문학 장려

---

207) 가와데서방신사, 1996년.
208) 역자주—여기서 「「개미」, 「메뚜기」, 「구더기」는 일본어로 각각 「아리(あり)」, 「이나고(イナゴ)」, 「우지(うじ)」로 오십음도의 あ、い、う、え、お부터 마지막 음인 ん까지를 말한다.
209) 역자주—窯変이란 도자기를 굽는 과정에서 불의 성질이나 그 밖의 원인에 의해 재료나 유약에 변화가 생겨 변색하고, 또는 모양이 바뀌거나 하는 일. 또, 그 도자기.
210) 아사히신문사, 1999년.
211) 『군상』, 1991년 6월호.

상을 수여받았고, 그 후에도 젊은 작가, 연구자에게 주어지는 렛싱 장려상, 독일어권이 아닌 나라에서 와 독일어로 문학 활동을 하는 사람에게 주어지는 샤밋소상을 받았다.

다와다는 능숙한 독일어나 아름다운 독일어를 쓰고 싶은 것이 아니라 '두 언어 사이에 존재하는 〈도랑〉과 같은 것'[212] 안에서 살고 싶었다고 한다. 〈도랑〉이란 〈이물〉로서 마주한 두 언어가 그 만남에 의해 언어 본래의 규범이 어긋나고 흔들리는 장소라고 할 수 가 있을 것이다. 잘 확립된 언어문화에 확실히 뿌리를 내리는 것이 아니라, 언어와 의미가 어긋나버리는 것 같은 즉, 발끝에 걸려 넘어지면서도 걸어 나가는 것 같은 〈언어〉를 다와다는 창출한다. 아쿠다가와상을 수상한 『개 데릴사위犬婿入り』[213]에서는 인종과 언어에 더하여 남과 여의 〈도랑〉도 그려낸다.

〈현대작가〉는 이 사회 속에서 〈자기〉가 〈이물〉로서 존재한다는 감각, 나아가 〈이물〉을 껴안은 존재가 〈자기〉라고 하는 인식에 서서 경직된 문학표현에 새로운 생명을 불어넣고 있는 것이다.

---

[212] 『말더듬이의 헛소리カタコトのうわごと』, 청토사(青土社), 1999년.
[213] 고단사, 1993년.

【V 텍스트를 읽는다】

1. 히구치 이치요(樋口一葉)
「흐린 강にごりえ」

야부 데이코(薮 禎子)

문제작

「키 재기たけくらべ」와 나란히, 이치요문학의 쌍벽을 이루는 작품
이다. 기적의 1년이라고 말하여지는 1895년의 9월, 『문예구락부』에
발표되었다. 『문학계』에 연재 중이던 「키 재기」의 8장부터 9장 사
이를 묶어서 씌어졌다.

이치요의 명성이 결정된 것은 이듬해 1896년 4월, 「키 재기」가 같
은 『문예구락부』에 일괄 게재된 후로서, 『메사마시구사めさまし草』
(제4권 「삼인용어」)의 찬사가 결정적인 역할을 했는데, '세상에 이름
이 알려지기 시작하여 떠들썩하게 인기를 모으는'214) 계기가 된 것
이 「흐린 강」으로, 「키 재기」에 앞서 이치요 문학의 진가를 널리 인
상지음과 동시에 새로운 각오에 이르는 중요한 작품이 된다.

'쌍벽'이라고는 했지만 「키 재기」가 이치요의 대표작이라 하기
이상으로, 흠잡을 데가 없는 명작으로서 부동의 명성을 얻어 온 것
과는 달리, 「흐린 강」에는 당초부터 읽기나 평가에 있어 적지 않은
흔들림이 있었다. '명작'이라기보다 '문제작'이라는 뉘앙스로 받아
들여진 느낌이 강하고, 그 편에서의 비평이나 논의가 형태와 질을

---

214) 「물 위 일기水のうへ日記」, 1895년 10월.

바꾸어가면서 현재까지 계속되고 있다.

그것은 '매춘부'를 주인공으로 했다는 점과 당연히 크게 관련되어 있는데, 작품의 완성도라는 점에서도 의문과 비판이 나오고 있다. '설령 전편全篇이 많은 결점을 갖는다고 해도 역시 찬사를 보낼 가치가 있다고 믿는다'라는 우치다 로안内田魯庵의 평215)에 이미 드러나 있듯이, 그것도 대부분은 찬사로 수렴되어 가지만, 유보해 둔 상태라는 점은 그 후에도 기본적으로 바뀌지 않았다. '결점'이라든가 '무수의 하자'(우치다 로안, 동상)라는 말은 역시 줄었지만, '문제가 많은 작품' '알기 어려운 작품'이라는 것이 거의 상투구가 되어 있으며, 그것을 어떻게 해석할 것인가, 어떻게 평가할 것인가가 「흐린 강」론의 중추를 이루는 형태가 되고 있다. 근래에는 특히 '텍스트의 공백' 자체를 과제화하고, 거기에서 작품해석의 새로운 가능성을 찾아가려고 하는 움직임이 눈에 띄는데, "서술의 틈새를 독자의 추찰로 보충하여 수없는 나의 「흐린 강」이 창작되고, 그것이 '통상의 독서 행위'에 동반되는 창작의 정도를 훨씬 뛰어넘은 것이 된다."216)는 폐해도 없지 않은 상황 하에 있다.

「흐린 강」의 매력은 무엇인가, 이치요가 여기에 새기려고 했던 것은 무엇인가, 작품의 현실로 돌아가서, 다시 한 번 검증하고 생각해 보는 것이 중요할 것이다.

구도―생의 어둠

구성 자체는 비교적 알기 쉬울 것이다. 400자 원고용지로 52매,

---

215) (「이치요 여사의 「흐린 강」」 『국민의 벗』, 266호, 1895년 10월.
216) 다키토 미쓰요시(滝藤満義), 『이치요 문학―생성과 전개』, 메이지 서원, 1998년.

전 8장으로 되어 있고, '연구자의 입장 같은 것은 그렇다 치고, 동시대의 일반 독자의 입장에 서서 보는 한, 매우 심플한 구성의 작품'[217]이다. 굳이 '동시대'라고 한정할 필요는 없을 것이다. '심플한 구성'을 재확인하는 일이 지금은 오히려 필요하다고 생각된다. 미완성 원고가 많이 남겨져 있어서 그것이 엿보여주는 흥미 있는 문제 등 여러 가지가 있지만, 여기서는 생략하고, 완성된 원고가 제시하고 있는 것을 소중히 봐 나가고자 한다.

메이슈야[218] 기쿠노이菊の井의 인기 있는 작부 오리키おカ, 그녀 때문에 재산을 날리고도 오리키에 대한 미련을 끊어버리지 못하는 겐시치源七와, 새로이 다니기 시작한 게쓰조 아사노스케結城朝之助— 이 세 사람의 관계가 우선 기본이다. 겐시치와 오리키의 직접적인 얽힘은 작품 중에는 없다. 아사노스케는 돈, 신분 모두 더할 나위 없이 보이지만, '무직이며 처자 없음'이라는 것 외에 정체는 밝혀져 있지 않다. 오리키의 성장과정, 겐시치와의 사이 등은 이 아사노스케의 고백이라는 형태로 이야기되어지고 있고, 아사노스케는 그것을 이끌어내는 역할도 하고 있다. 겐시치의 처 오하쓰お初, 오리키의 동료를 배치하는 방법이나 비중도 주목할 만하다. 오하쓰는 오리키와의 일을 비난해서 겐시치의 노여움을 사고, 목적지도 없이 아들 하나를 데리고 집을 나간다. —그리고 나서 바로, 두 개의 관이 기쿠노이의 은거처에서 메어져 나왔다. 남자와 여자가 있다는 것 뿐, 이름은 명기되어 있지 않으나, 오리키와 겐시치의 죽음情死이 사람들의

---

[217] 藤井淑禎, 「평가사(評価史) 속의 「흐린 강을 읽는다」, 『국문학 해석과 감상』, 「특집 히구치 이치요—새로운 이치요 상을 향하여」수록, 1995년 6월.

[218] 역자주—銘酒屋. 메이지 시대에 銘酒(이름 난 술)을 파는 집으로 위장하고서, 창녀를 두고서 매춘을 시키던 집.

소문으로 이야기되어지고, '원한은 길고 도깨비불[219]인지 무엇인지 모르나 선을 긋는 빛나는 것이 있는 오테라노 야마お寺の山라는 높다란 곳으로부터 간혹 나는 것을 본 사람이 있다고 전하여 진다'라는 문장으로 작품은 끝을 맺고 있다.

1, 2, 3장과 5, 6장이 기쿠노이, 4, 7장이 겐시치의 집, 8장이 오리키와 겐시치의 죽음을 둘러싼 사람들의 소문으로, 확실히 배분이 되어 있는데다 장면 전환이나 공간처리가 능숙하고 움직임과 영상표현에도 뛰어나 영화를 보는 것 같은 느낌이 든다. 이마이 야스코今井泰子[220]가 말하듯 '배치도 구성도 훌륭하게 계산되었다'라고 느끼게 하는 소설이다.

오리키와 겐시치, 오리키와 아사노스케의 사이, 오리키가 '소망하는 것' '외나무다리를 건너지 않으면 안 될 것'이라는 오리키의 내면의 소리, 죽음의 진상 등이 좀 확실치 않아서 묘사의 부족이라는 지적이 많고, 전술前述한 불만이나 논의도 거의 이 점에 집중되어 있으나, 그것에 구애된다는 것 자체에 문제가 있는 것은 아닐까? '심플한 구성'이 그것들로 인해 중층적인 효과를 발휘하고 있다는 점을 간과해서는 안 될 것이다. 사람들이 각자 짊어지고 있는 것, 감싸 안고 있는 것들의 무게가 이치요에게는 소설을 써 나갈수록 보이기 시작했음에 틀림없다. 알기어려움이란, 말로하려고 해도 다 할 수 없는 인간의 세상, 인간의 마음의 번뇌를 반응으로 나타내는 것이 아닐까? 메이슈야의 여자와 손님이라면 더욱이 태생이라든가 남녀의 얽

---

²¹⁹⁾ 역자주─인혼(人魂). 죽은 자의 육체로부터 빠져나간 영혼이 떠돌아다니는 것이라는 도깨비불.

²²⁰⁾ 「흐린 강」사해(私解)『요시다 세이치(吉田精一)고희기념 일본의 근대문학─작가와 작품』, 가도카와 서점, 1978년.

힘 등, 수수께끼 같은 것을 포함하는 것이 자연스러우며, 이론으로
는 알 수가 없는 애매함과 어둠이 작품세계 그 자체로 존재하고 있
어도 전혀 이상하지 않다고 생각된다. 그것을 다 아는 듯이 써버리
지 않고 서로의 차이로 구성해 간 점에 이 소설의 진가가 있다고 할
수 있지 않을까 생각한다. 인생 그 자체가 수수께끼로 가득 찬 것이
고, 그림자나 어둠을 불가피한 것으로 내포하고 있다고 한다면, 「흐
린 강」의 매력이란 그 심층을 극劇으로 드러낸 점에 있다고 생각된
다.

「매춘부」

매춘부를 주인공으로 한 점에 대해서는 '이 혐오해야만 할 여성을
향해 한없는 동정을 쏟아 붙고, 자세하게 그 본성을 그린' 점에 특별
한 의미를 본 다오카 레이운田岡嶺雲의 평221)이 일찍이 나와 있다. 그
선종성先蹤性과 분석의 예리함은 충분히 인정하지 않으면 안 되나,
'한없는 동정'이라는 것만으로는 오리키의 본질적인 부분을 명시하
기에는 불충분했다.

오리키는 소외된 존재이다. 창부로서의 나날을 위화감을 안고 살
아가는 여자이다. 도마쓰 이즈미戸松泉222)가 말하듯, '매력적이고 수
완가인 작부'로서의 오리키를 그려내는데, 이치요는 '의욕적'이었
다. '오리키는 남성을 상대로 장사를 하는 여자의 전형을 보여주고
있다' 그러나, '스스로의 〈생〉에 관한 격렬한 마음의 진폭과 자기응

---

221) 「이치요여사의 「흐린 강」」『메이지평론』, 1895년 12월.
222) 「「흐린 강」론을 위하여―그려진 작부·오리키의 영상」『사가모국문相模国文』 제18호,
　　　1991년 3월.

시의 시선'(도마쓰, 상동)에 있어서, 다른 작부와 결정적으로 다르다. 사이토 료쿠우斎藤緑雨는 "나는 어디까지나 현실적으로 말하는 것인데, 오리키와 같은 여자는 소위 몸 파는 집에는 없다"[223]며 비판하였으나, 그러한 작부 오리키의 창출에 비로소 「흐린 강」의 의의와 진가가 있었다고 해야 할 것이다. 「흐린 강」은 한계에 가까운 삶을 살 수밖에 없었던 여인의 자의식의 극劇이며, 그 점에서 의심의 여지 없이 근대소설이라 할 수 있을 것이다.

오리키는 한탄 속에 자신을 숨기고 감추는 여자가 아니다. 생의 고달픔과 부조리에 홀로 인내하며 살아가는 여자이다. "외나무다리를 건너지 않으면 안 될 것이다"라고 하는 것은 '매음'업의 고통과 허망함을 알면서도 '매음'으로 살아갈 수밖에 없는 그러한 낭떠러지를 가는 생의 의식 자체인 것이 아닐까? 아이치 미네코愛知峰子는 「「흐린 강」을 지나는 〈외나무다리〉」[224]에서 '외나무다리를 건넌다'는 것은 '〈강 맞은편을 향해 건넌다〉라기 보다는 〈밟아나간다〉라는 정도의 의미'이며, '그 맞은편에 반드시 뭔가 새로운 세계가 있다고 하는 이미지는 아니라는'것을 고전의 용례를 근거로 강조하고 있다. 다리 맞은편에서 무엇을 보았는지, 겐시치인지, 아사노스케인지, 죽음인지, 사회혁명인지, 이러한 점에 집착할 필요는 그다지 없을 것이다. 오리키가 이야기하는 할아버지와 아버지의 공통점은 세속과의 타협을 거부하고, 강렬한 자부를 관철시켰다는 점이다. 그것은 고독하고 힘든 삶이었다. 소설인 이상, 오리키에 있어서의 그것이 어떠한 것인지, 구체적으로 파악되지 않으면 안 된다는 입장도

---

223) 「운중어雲中語」, 『메사마시구사めさまし草』, 권15, 1897년 3월.
224) 『논집 히구치 이치요』, 오후(桜楓), 1998년.

있을 것이나, 위화감을 품은 채 살아가면서, 그러나 위태로움을 위태로움 채로 살아갈 수밖에 없다고 하는 생각 자체의 표현이라는 쪽이 오히려 자연스럽다고 생각된다. '야시장이 늘어서는 번화한 골목'을 '나만은 겨울철 광야의 황량한 벌판을 가듯' 홀로 헤매고, '미쳐버리지는 않을까'하는 지점까지 이르는 오리키의 의식의 흐름 자체가 그것을 이야기하고 있다.

남과 여-죽음·가출

아사노스케는 오리키가 '소망'을 품은 여자라는 점을 느낄 수 있는 남자이다. 그러나 그것도 결국은 출세를 갈망한다는 차원에서밖에 이해하지 못하고 있다. 겐시치에게 있는 것은 남과 여의 정념뿐이다. 겐시치는 오리키의 굴절된 의식의 주름에 응할 수 있는 사람이 아닐 것이다. 겐시치에게는 정부情婦 오리키 밖에 보이지 않는다. 둘 사이에만 흐르는 인간 내면의 어둠의 척출은 충분히 평가되지 않으면 안 되나, 겐시치의 마지막 칼은 현실의 길이 막혀버린 자가 여자와의 사이를 오로지 죽음으로 성취하려고 했다, 그러한 의미에서 고풍스런 것이다. 이 부분에 대해서는 묘사의 부족이 지적되는 한편, 생략이나 소문의 형태가 낳는 효과에 대하여 논의되기도 하는데, 완성을 앞두고 '여러 가지로 방해되는 점이 있어서, 그와 같이 영문을 알 수 없는 것이 되어'버렸다고, 편집자에게 해명225)하는 등, 충분히 잘 썼다고는 할 수 없는 한恨을 이치요 자신이 가지고 있었다는 점을 시야에 넣어둘 필요가 있을 것이다. 죽음은 반드시 뜻밖은

---

225) 1895년 8월 3일 무렵, 오하시 마타타로(大橋又太郎)앞 서간.

아니지만, 수습을 서두르는 초조함이 성급한 붓놀림이 되고, 그것이 필요 이상의 '추찰'을 부른 것은 부정할 수 없을 것이다.

오하쓰는 「흐린 강」의 세계에서 유일한 여염집 여자이다. 그 오하쓰가 제시하는 것에도 주목해 보고 싶다. 이치요가 쓰고자 하는 것은 한 남자를 둘러싼 아내와 창부의 각축 자체가 아니다. 오하쓰의 현처 같은 행동이 겐이치를 압박하는 것이라는 의견도 있지만, 오하쓰가 하는 말이 '아내'되는 여자가 하는 말로서, 확실히 각인되어 있다는 점을 중시해야 할 것이다. 오하쓰의 존재를 중시한 기무라 마사유키木村真佐幸의 론226)은 그 점에서 신선했으나, '집을 나오기로 마음을 먹은 후의 오하쓰의 강인함'을 강조한 나머지 '우먼 리브의 원형'이라고 말하며, '자포자기식으로 운명에 떠밀려가는 오리키를 넘어섰다'고까지 하는 것은 합당하지 않다고 생각된다. 오리키는 '생'의 투시력에 있어서 오하쓰를 확실히 능가하고 있으며, 작품 전체를 지배하는 존재이기에 충분하다.

이치요가 본 것은, 여자이기 때문에 받는 고통에 저항하려 하지만 저항하지 못하고, 세상의 평안함으로부터 한층 멀리 떨어져나갈 수밖에 없는 여인들의 구원받지 못하는 마음이다. 그것을 처음으로 이치요는 넓은 장에서 잡아낼 수 있었다.

근대 초반 무렵을 살던 여인들의 고독과 슬픔이 종합적으로 표현된 최초의 작품으로서 역사적으로도 중요하다.

---

226)『이치요문학 성립의 배경』, 오후사(桜楓社), 1976년 수록.

2. 요사노 아키코(与謝野晶子)
『헝클어진 머리みだれ髪』－여자의 난세－

다카요시 루미코(高良留美子)

요사노 아키코의 제1시집『헝클어진 머리』는 1901년 8월, 호 아키코鳳晶子라는 이름으로 동경신시사東京新詩社와 이토 문우관伊藤文友館의 공판으로 출판되었다. 아키코 23세의 여름이다. 후지시마 다케지藤島武二의 의장·장정에 의한 36판의 조본으로, 화살에 찔린 심장과 풍만한 머리카락의 서양인풍 여인의 옆얼굴을 조합한 표지그림 외에, 속표지 그림과 7장의 삽화로 되어 있다. 한 페이지에 3수씩 실어서 139페이지, 노래는 전부해서 399수이다. 6부로 나누어져 있고, 「붉은보라」, 「연꽃 배」, 「흰 백합」, 「20살 아내」, 「무희」, 「춘사春思」라는 이름이 붙어 있다.

아키코가 뎃칸鉄幹의 권유로『명성』2호에 단가 6수를 발표한 것이 전 해인 1900년의 5월, 야마가와 도미코山川登美子와 둘이서, 간사이関西에 온 뎃칸과 처음 만난 것이 8월, 뎃칸이「가을바람에 어울리는 이름을 드리고 싶다. 종작없는 마음에 헝클어진 머리의 당신」이라는 노래를『명성』에 실은 것이 11월이다. 「헝클어진 머리」라는 말은 뎃칸의 이 노래에서 아키코가 받은 것이라고 한다.

「헝클어진 머리」는 아키코의 첫 시집의 제목이 되었을 뿐 아니라, 이 가집의 중심적인 이미지가 되고, 또한 시대의 뜨거운 심볼이 되었다. 이 가집이 만약 다른 제목을 가지고 있었다면, 시대에 대해 이정도의 충격을 주었을지 의심스럽다고 나는 생각한다. '헝클어진' 과 '머리'의 결합인 이 말이 왜 이 시대에 이렇게도 신선하고 충격적 이었던 것일까?

여인의 머리에 대해 많은 뛰어난 노래를 가지고 있는 일본의 헤이 안조까지의 고전문학 중에 '헝클어진 머리'라는 숙어는 존재하지 않 는 것 같다. 소학관『국어대사전』은 가마쿠라 시대 초기의 군기 모 노가타리軍記物語인『헤이지 모노가타리平治物語』중권에 있는 '갑옷 을 벗어 손에 들고, 헝클어진 머리를 흔들어 얼굴을 치게 하고'라는 예를 들고 있다. 헤이지의 난亂에 패배한 미나모토노 요시토모源義朝 의 동작이다. 한편, 이와나미서점『고어사전』은 '비교적 오래된 것 에서 적당한 예를 골랐고, 반드시 초출에 구애되지 않았다'라고 전제 하면서, '헝클어진 머리를 잡아 올려 목을 쳐 버린다'라는『원평성쇠 기源平盛衰記』제2권의 용례를 들고 있다. 이 책의 성립은 가마쿠라 시대에서 남북조 시대에 걸쳐 제설諸說이 있지만, 이것이 '헝클어진 머리'의 '적례適例'라고 하는 것이다. 여인의 머리가 아니라 남자의 머리. 그것도 전투에서 패배하여 죽임을 당하여, 목을 잘리는 무사 의 머리이다. 이러한 예에서 보면, '헝클어진 머리'는 나라 시대나 헤이안조가 아니라 고대말기 이후의 무사사회 속에서 성립한 숙어 라고 생각된다.

「베개로 삼자 봄의 흐름 헝클어진 머리」라는 부송蕪村의 부드러 운 구句도 있기 때문에, '헝클어진 머리'가 근세에도 용맹스러운 느 낌으로 쓰이고 있다고는 생각되지 않는다. 그러나 뎃칸鉄幹이라는 이름으로, '호랑이 뎃칸'이라고 선전되는 남성적인 가풍歌風의 신체 시를 짓던 뎃칸은 이 단어의 거칠고 난폭한 용례를 알고 있었던 것이 아닐까? '들뜬 마음'이라고 위에 붙기 때문에 어감은 물론 달라지지만, 뎃칸은 초대면의 아키코 속에 일종의 거친 면을 느꼈던 것인지도 모른다.

아키코는 뎃칸의 노래에서 가져온 이 '헝클어진 머리'라는 말을 가집의 중심을 이루는 몇 개의 노래에 쓰고 있다. '헝클어진'이라는 말이 비교적 첫 부분의 노래에 쓰이고 있는 것을 보면, 아키코가 예민하게 반응한 것은 '헝클어진 머리'보다 오히려 '헝클어진'이 아닐까라는 생각조차 든다.

『헝클어진 머리』 399수 중, '헝클어진'과 '헝클어진 머리'가 사용되고 있는 노래는 의외로 적어, 전부 다해서 8수이다. '8'과 '56'의 노래 이외에는 가집 『헝클어진 머리』를 초출로 하고 있다.

8 자색에 홍견 안감 향기 나는 옷상자를 숨기지 못하는 초저녁 봄의 신神이여.

29 집으로 돌아가지도 못하고 져버린 봄의 초저녁. 거문고에 기대는 헝클어진 머리.

40 헝클어진 마음 망설이는 마음뿐. 사랑하는 이에게 모든 것을 다 주고.

47 이마 너머로 새벽달을 보네. 가모가와加茂川의 연한 물색 수초여.

56 헝클어진 머리를 교토풍京都風 시마다島田 머리로 예쁘게 빗고, 아직 누워 있는 당신을 흔들어 깨운다.

90 켜지 않던 거문고에 괜스레 대어보는 초저녁 봄의 헝클어진 머리.

260 검은 머리 천 가닥으로 헝클어진 머리 생각도 마음도 헝클어지고.

341 추운 봄 이틀간 교토의 산에 묻혀 지냈네. 매화에 어울리지 않는 나의 헝클어진 머리.

여덟 수 모두 사랑의 밀회를 나누는 저녁부터 아침까지의 사건과 시간의 흐름을 배후에 가진 노래인 점에 놀라지 않을 수 없다. 특히 처음 다섯 수에 대해서는 저녁부터 아침에 걸친 사건과 시간의 경과까지 쫓을 수 있을 듯하다. 여덟 번째 수의 '이틀'이란 '고베神戶에 온 뎃칸의 제안으로 교토에 놀러가, 쓰지노辻野여관에 2박했다고 생각된다'라고 연보에 있는 1901년 1월의 이틀간에 대응하는 것이라 생각된다.

그러나 이 노래들에서 느껴지는 것은 반드시 성애의 장소에서의 여자의 감정이나 자태의 요염함과 관능성이 아니다. 거의 모든 노래, 모든 단어가 일종의 범상치 않음을 암시하고 있는 것이다. 이 노래들은 단순한 연가, 또는 성애의 노래가 아니며, 더욱이 단순히 비밀스런 사랑의 노래도 아니며, 불안과 망설임과 동요, 그리고 무엇보다도 변동의 예감을 품은 사랑의 노래인 것이다.

그런데, 설령 '헝클어진 머리'라는 숙어는 없더라도, '머리'와 '헝클어짐'을 결부시킨 노래는 고전 속에 존재하고 있다.

검은 나의 머리를 풀어 헝클이고 나의 사랑은 더욱 깊고 길어질지도.

(만엽집 권11 · 2610)

검은 머리 헝클어짐도 모르고 드러누우면 처음 빗질해주던 사람이 그립구나.

(이즈미 시키부和泉式部)

검은 머리의 윤기와 사랑의 마음이 실로 아름답고 관능적인 이 노래들과 비교해 보면, 아키코의 「헝클어짐」의 노래의 오히려 비관능적인 성격이 부상된다. 거기서 '헝클어져'있는 것은 머리와 육체, 관능, 정념이라기보다는 그것들도 포함한 실존 그 자체이고, 부모와 집, 고향, 도덕 등을 짊어진, 산다는 것 자체인 것이다.

　이즈미 시키부의 시대에서 여자의 머리는 묶은 머리이거나 늘어뜨린 머리, 또는 후세의 시마다마게와 비슷한 것이었다고 한다. 나라 시대에 중국문화를 모방해서 머리 위에 상투 같은 것을 하나나 두개 없는 머리 모양이 생겨났는데, 뭐니뭐니해도 검은 생머리를 길게 늘어뜨린 머리가 여자 머리의 큰 특징이었다. 227) 그러나 아키코의 「헝클어진 머리」의 배후에는 적어도 에도 300년 동안에 충분히 세련되어지고, 연령과 신분, 계층, 직업, 지역에 따라 극도로 세분화된 소위 일본형 머리의 세계가 있다. 일본형 머리에서 여자의 머리는 자연스런 머리가 아니고, 주술적인 힘을 띤 고대의 머리도, 여인의 미와 관능과 생명력의 상징으로 여겨진 헤이안시대의 검은 머리도 아니며, 에도시대의 젠더(Gender)의 규율에 의해 굽혀지고, 묶여지고, 발라서 고정되고, 가모지228), 빈사시229), 다보사시230), 마게카타231) 등에 의해 짧은 부분을 보충하고, 빗, 고가이232), 비녀, 댕기, 네가케233)에 머리장식품에 의해 장식된 아름다운 물체(objet)인 것이다. 여인은 그러한 머리 모양으로 스스로를 장식하는 것을 통해서, 각각의 사회계층이나 신분에 소속하는 것을 나타내고, 그 도덕기준에 따르는 것을 표명하지 않으면 안 되었다.

---

227) 히다카 다카코(日高堯子), 「검은머리 고 I 노래의 신화학黑髮考 I 歌の神話學」, 『검은머리 고, 그리고 여성의 노래를 위하여黑髮考, そして女歌のために』, 호쿠토샤(北冬社), 1999년 수록.
228) 역자주—머리의 숱을 많아 보이게 덧 넣는 딴 머리.
229) 역자주—여인의 머리를 부풀이기 위해 그 안에 넣는 도구. 고래수염 또는 가는 철사 등으로 만들어 이것을 휘어서 사용한다.
230) 역자주—머리 안에 넣어 팽팽히 당기게 하고, 또 머리가 옷깃에서 떨어지도록 하기 위한 도구.
231) 역자주—여인이 쪽진 머리를 할 때 머리 속에 넣어 사용하는 틀.
232) 역자주—머리를 빗어 올리는 도구 또는 쪽 머리에 꽂는 비녀 같은 장식품.
233) 역자주—여자의 트레머리에 거는 굵은 끈 모양의 장식품. 보석·쇠붙이·천 등으로 만듦.

「헝클어진 머리를 교토의 시마다로 돌린 아침……」과 같은 즐기는 마음이 깃든 노래도 있지만, 가집 『헝클어진 머리』는 이 일본형 머리가 상징하는 질서와 그 도덕기준이, 돌이키기 힘들게 '헝클어지기' 시작하고 무너지기 시작하고 있다는 것을 알리는 가집이 아닐까? 무엇보다 헝클어짐을 싫어하고, 헝클어짐을 금하고, 여인을 가두어 놓는 질서가 헝클어지기 시작한 것이다. 「쥬산야」의 오세키阿關나 「키 재기」의 미도리美登里 등, 일본형 머리의 질서 안에서 운명적으로 불행에 빠져가는 여인들을 그린 히구치 이치요의 죽음으로부터 5년, 가집 『헝클어진 머리』는 이치요와는 다른 기반에서 생겨나, 여성 해방으로 가는 하나의 길을 제시한 것이다. 이 가집은 예를 들면 '40'의 노래나, 유명한 '부드러운 살갗……'이라는 노래에 보이는 것과 같은, 여인(자신)의 육체를 시각적·회화적으로 대상화(사물화)하는 것을 통해서 남성과 남성독자를 유혹하고, 도발적인 새로운 수법을 포함하고, 다양한 읽기의 가능성을 시사하는 가집인데, 위에 말한 점을 무시하고는 그것이 시대에 가져온 거대한 충격의 의미를 파악할 수 없을 것이다.

> 3 오 척 머리 풀어 빗으면 물속에 부드러운 머릿결. 여린 소녀의 마음은 감추고 풀지 않으리.
> 6 스무 살 나의 빗에 흐르는 검은 머리는 풍요한 봄날의 아름다움인가.

이 노래들도 배후에 속박으로 가득 찬 일본형 머리 같은 질서를 놓고 볼 때, 그 긍지에 찬 어조와, 속박에서 해방되어 여유로이 흘러내리는 머리의 이미지의 매력이 강조된다고 생각된다.

현실에서, 메이지의 여성들은 이미 일본형 머리의 해체를 향하여 걸어 나가고 있었다. 『헝클어진 머리』에 16년 앞서서 1885년에 동경에서 결성된 「부인속발회婦人束髮会」234)의 움직임은 순식간에 전국으로 번져간다.235) 아키코 자신도 앞머리를 크게 부풀려서 속발로 묶고 있다.

그러나 가집 『헝클어진 머리』 속에 '속발'이란 말은 한 번도 나오지 않는다. '시마다'라든가 '모모와레236)'가 마치 전세의 아름다운 유물처럼 경쾌하게 보였다 숨었다 하는 것 외에는 머리는 풀어진 채, 헝클어진 채인 것이다.

그리고 「헝클어진 머리」는 차차 '광狂'이나 '맹盲' '마魔' '죄罪'의 노래로 겹쳐지며 이행해 간다.

50 광기의 자식인 나에게 불길의 날개는 가볍다. 그대에게 가는 백삼십 리 황망한 여행.
51 이제 여기서 뒤돌아보니 나의 사랑은 어둠을 무서워 않는 장님을 닮았네.
228 가슴 속 맑은 물이 흘러 넘쳐 이윽고 흐려졌네. 너도 죄의 자녀. 나도 죄의 자녀.
293 동정하지 마시오. 그대여, 죄의 자식이 광기의 끝을 보겠다고 말해주시오.
353 마魔에 대항하는 검을 쥐기에는 너무 가는 그대의 다섯 손가락에 입을 맞추네.
365 희미한 일곱 빛깔 무지개를 사랑하는 젊은이여. 축하받지 못할 마신魔神의 날개여

---

234) 역자주—속발이란 메이지 다이쇼 시대 여성의 대표적인 서양식 머리형. '부인속발회'의 발족으로 번져나가 간편하고 위생적이어서 유행함.
235) 히다카 다카코, 「검은 머리 고Ⅳ『헝클어진 머리』고 3」 히다카 전게서 수록.
236) 역자주—16, 7세 소녀의 머리를 묶는 방법의 하나. 좌우로 머리를 나누어서 원으로 하여 뒷머리 윗부분에서 묶고, 살쩍을 부풀인 것. 메이지·다이쇼기에 행해졌다.

393 등나무 꽃 아름답게 핀 늦은 봄 초저녁. 절의 광인이 읽는 경전이 왠지 흥미
    롭네.

『헝클어진 머리』는 그 말 자체의 힘에 의해, 여자가 다시 구질서
에 속해 그에 의해 속박당하는 것을 허락하지 않는 듯하다. '헝클어
진'이란 말은 '헝클어진(혼란한) 세상' '난세'라는 단어를 떠올리게
한다. 여인의 비폭력적인 난세이다. 더구나 이 난세는 그 맞은편에
'이상理想'의 모습을 엿보게 한다.

    46 억울해 하지 마라. 부여잡은 소맷자락에 부러진 검. 이상(理想)의 꽃에 가시
       는 없으리.

    이 가집이 전체로서 하나의 허구(픽션)로 느껴지는 것은 이 이상
에 의해 도출된 '헝클어짐'의 지속성과 비완결성 때문인지도 모른
다. 다 읽고 나서 현실로 돌아올 때, 그러나 나는 왠지 꿈을 꾸고 난
후의 허망함을 느끼지 않는다. 이 노래들은 픽션이면서, 현실의 굴
절된 복잡함을 지니고 있다. 현실로 파악된 여성이 이 꿈을 현실로
살았다고 하는 증거를 단어 한마디 한마디에 스미게 하면서 그것은
우리들을 지속되는 여자들의 난세로 이끄는 것이다.

3. 미야모토 유리코(宮本百合子)
『노부코伸子』

이와부치 히로코(岩淵広子)

유리코 문학에서의 위치

1999년 2월에 탄생 100주년을 맞이한 미야모토 유리코의 『노부코』[237])의 본격적인 연구는 제2차 세계대전 이후에 시작된다. 유리코 자신의 미국 유학遊學중의 체험을 제재로 하여, 노부코의 연애와 결혼에서 이혼에 이르기까지의 경위를 그린 소설인데, 일과 결혼, 아내·엄마라고 하는 성역할, 자립을 꿈꾸는 딸에게 있어서의 엄마·아버지와의 관계성, 여자친구와의 우정 등, 현대적 제 문제를 형상화한 텍스트이기 때문에, 1980년대에 페미니즘 비평이 도입된 이래, 연구는 한층 활발해졌다.

유리코의 문학적 생애는 종래, 인도주의문학에서 프롤레타리아문학, 나아가서는 민주주의문학이라는 궤적 속에서 파악되어 왔는데, 어느 시기의 텍스트에도 여성의 문제를 바라보는 눈길이 공통되어 있다는 사실은 간과할 수 없다.

예를 들면, 『노부코』 이후 「미개한 풍경未開な風景」(27년 9월)에서는 소녀의 섹슈얼리티를 조명하고, 「한 송이 꽃一本の花」(동 12월)에서는 레즈비어니즘의 고뇌를 척결했다. 유아사 요시코湯浅芳子와 함

---

237) 『개조』, 1924년 9월~26년 9월, 28년 3월·가이조사(改造社)간행.

께 유학한 소비에트(27년 12월~30년 11월)에서도 여성의 사회적 지위
가 높은 것에 공감한 것이 주요인이 되어, 이후 오로지 프롤레타리아
작가로서의 길을 달린다. 당시의 좌익운동을 그린 「유방乳房」(35년 4
월)에서는 반체제운동 내부의 섹시즘의 표징인 하우스 키퍼의 문제
를 언급하고, 여성 나름의 프롤레타리아문학을 형상화했다. 전후의
대표작 「암크령風知草」238)(46년 9~11월)에도 텍스트 생성 과정을 따
라가 보면, 젠더규범에의 강한 저항을 발견할 수가 있다.

　이와 같이 유리코 문학의 궤적을 젠더사회에서의 여성의 문제를
추구해 나간 것으로 더듬어 볼 때, 『노부코』는 실로 그 원점에 위치
하고 있음을 알 수가 있다. 예전부터 유리코의 최상의 작품이라는
평가를 받아 온 『노부코』이지만, 근래의 연구 성과에 의해 한층 그
중요성이 인식되어 왔다고 할 수 있다.

연구의 변천

　『노부코』의 기본적인 읽기와 평가의 변천에는 계급과 가정을 단
서로 한 논의에서, 성 지배와 젠더를 분석의 요점으로 한 논의로, 라
는 커다란 시점의 전환이 보인다.

　계급적 시점에 의한 한 쪽의 대표는 민주주의문학 진영인데, 자본
주의 사회를 배경으로 한 쓰쿠다佃의 소시민적 성격에 문제를 지적하
고, 역사적 계급적 시점결락이라는 흠은 있지만 획기적인 여성해방
문학이라고 평가했다. 선구는 에구치 간江口渙 「초기의 작품과 『노부
코』에 대하여」239)와 미야모토 겐지宮本顯治 「『노부코』의 현실」240)

---

238) 식물의 이름.
239) 도다이 슌이치(戸台俊一)편 『미야모토 유리코 연구』 슌초샤(春潮社), 52년 1월.

이며, 오하라 겐小原元, 미즈노 아키요시水野明善, 스미 요코須見容子, 니시자와 슌이치西沢舜— 등이 뒤를 잇는다.

다른 한편, 아라 마사히토荒正人「노부코와 마치코伸子と真知子」241)는『노부코』를 '일본형의 가장 뛰어난 시민문학'이라고 인정하면서도, 노부코와 쓰쿠다의 상극을 노부코의 일방적인 자기비대욕이나 에고이즘에 의한 것이라고 비난하고, 이것은 '상승기'의 '상층 중산계급'의 특질이라고 지적했다. 이 시점은 일찍이는 히로쓰 가즈오広津和郎「「흰 안개」그 외白霧その他」(『신조』, 25년 3월)에 의해 생겨나서, 후에는 이즈미 아키和泉あき, 와타나베 스미코, 야마모토 겐키치 등에도 이어졌다. 미요시 주로三好十郎「부르조아 기질의 좌익작가ブルジョア気質の左翼作家」(『군상』, 49년 6월)도 이 시점에서의 전면부정론이다.

그 후, 결혼과 이혼에 의한 노부코의 집으로부터의 탈출은 본질적으로는 일본적 근대가 갖는 모순에의 반발에 기인한다고 보는 시점이 혼다 슈고本田秋五「미야모토 유리코―사람과 작품」242)에 의해 나오고, 이후 가정소설로 읽는 시점이 오랫동안『노부코』론의 기본축이 된다.

읽기의 새로운 지평은 일본 근대문학 연구에 페미니즘비평이 도입되는 계기가 된 고마샤쿠 기미駒尺喜美『마녀적 문학론』243)과 미즈타 노리코水田宗子『히로인에서 히어로에』244)에 의해 초래되었다.

---

240) 가와데서방판(河出書房版) 전집, 제3권 해설, 53년 2월.
241)『현대일본소설대계』제29권해설, 가와데서방, 51년 1월.
242) 혼다 편,『미야모토 유리코 연구』신초사, 57년 4월.
243) 산이치(三—)서방, 82년 7월.
244) 다바타(田端)서점, 82년 12월.

전서前書에 의해 남성중심 결혼제도의 본질을 척결했다고 평가되고, 후서後書에 의해 히로인 지향을 타파한 여성상으로 높이 위치지워 져, 이후 『노부코』론은 성지배나 젠더를 시점으로 하는 시대로 접어 든다. 누마자와 가즈코 『미야모토 유리코론』245)에 수록된 4편의 『노부코』론은 노부코의 섹슈얼리티나 모성의 문제, 모친의 현모양 처의식, 젠더문화의 거절과 수용을 둘러싼 노부코와 쓰쿠다의 차이 를 해독하고 있다. 이와부치 히로코 『미야모토 유리코-가족, 정치, 그리고 페미니즘』246)에 수록된 2편의 『노부코』론은 모토코素子와의 사랑으로 거슬러 올라가는 이야기나 모친과의 상극을 축으로 한 딸 의 자기형성의 이야기라는 읽기를 보여주었다. 기타다 사치에의 「딸과 엄마와「사위」이야기母と娘と「婿」の物語」247)는 아버지와 결별하 고 어머니와의 관계를 모색하는 구미여성문학과의 호응을 지적했 다.

그 밖에는 요시가와 도요코 「노부코」248)가 신체론身体論에 의해 노부코와 부친의 관계 속으로 들어가고, 요시다 가즈오吉田司雄 「1918 년 가을부터 겨울, 노부코의 뉴욕」249)이 공간론에 의해 노부코의 뉴 욕체험이 쓰쿠다와의 만남에 준 영향을 처음으로 탐색하고, 이와부 치岩淵 「『노부코』의 표현-〈먹고 싶은〉것의 의미『伸子』の表現-〈食べ たい〉ことの意味」250)는 식食에 관련된 감각적·신체적 표현을 언급하 고, 다카요시 루미코 「모노가타리로 읽는 『노부코』物語として読む『伸

---

245) 무사시노(武蔵野) 서방, 1993년 10월.
246) 간린서방, 1996년 10월
247) 『사회문학』 제11호, 1997년 6월.
248) 미요시 유키오(三好行雄)편 『일본의 근대문학 Ⅰ』 동대(東大) 출판회, 1986년 6월.
249) 『쇼와문학 연구』 제24집, 1992년 2월.
250) 전게서 『미야모토 유리코』 수록.

子』251)는 근대 이전의 모노가타리의 복합체로서 새로운 읽기를 시도한 논이다.

모델론에서는 모토코素子의 모델 유아사 요시코湯浅芳子 의 평전에 사와베 히토미沢部ひとみ『유리코, 다스비다냐』252)가 있는데, 레즈비언·페미니즘 비평에 의한 획기적인 책이다. 이외의 모델론, 성립론, 문학사적 위치나 문체론 등은 지면의 관계로 말미의 참고문헌을 참조해 주기 바란다.

현대적 쟁점

시점의 전환이나 연구방법의 다양화는 노부코와 타자의 관계성에 대한 언급이 남편인 쓰쿠다뿐 아니라 모친과 부친, 모토코에까지 넓혀져, 심층의 모노가타리의 해독도 활발해졌다. 또한, 사회·계층·사상적 영역에 관한 언급을 주로 하던 논의에서, 성차·신체·문화적 영역에 관한 언급으로 액센트가 옮겨가고 있다.

이와 같은 추세 속에서, 오늘날 최대의 쟁점은『노부코』를 페미니즘 문학으로서 평가할 수 있는가 없는가 하는 점에 있으며, 페미니즘 비평에 대한 비판을 포함한 부정적 논의도 속출하고 있다. 다카하시 마사코高橋昌子「지향과 묘사志向と描写」253)는 노부코의 가타리語り가 은폐한 것에 페미니즘 비평이 들어가지 않는다고 비판한 가타리론語り論이다. 센다 히로유키千田洋幸「〈작자의 성〉이라는 제도〈作者の性〉という制度」254)는 포스트 구조주의를 채용하여,『노부코』

---

251)『죠사이城西문학』제22호, 97년 3월.
252) 가쿠요서방(学陽書房)〈여성문고〉, 96년 9월.
253)『일본문학』, 94년 4월.
254)『동경학예대학 기요 제2부문 인문과학』, 제45집, 94년 2월.

는 로고스중심주의적인 이데올로기를 강화하는 남근적(파루스적)문학이라고 단정했다. 또한, 이다 유코飯田裕子「젠더와 주체ジェンダーと主体」[255]는 젠더구성주의의 관점에서, 「「여성」이라는 카테고리의 주체의 비일관적이고 자의적인 관계를 이해할 수 있다」고 하는 점에서만『노부코』의 의미를 찾아내고 있다.

이러한 부정적 논의에 대해, 센다千田론에 대한 세 편의 반비판反批判이 나왔다. 기타다 사치에의 「『노부코』는 남근적인 텍스트인가?」[256]는 '왜 노부코라는 여자가 자력으로 서겠다'고 하거나, '내적인 성장을 추구하여 쓰는 일이 남근적인 것인가'라고 되받아치고, '현실의 여성차별이 잔존한 채로, 탈脫구축에 의해 저항의 거점으로서의 주체의 입장 그 자체를 무너뜨리는 것은 문제'라는 오하시 요이치大橋洋一의 제언을 채용하여, 센다千田 논문이야말로 '「남근적」비평의 한 전형'이라고 반反 비판하고 있다. 미즈타 노리코는『페미니즘의 저편フエミニズムの彼方』(고단사, 91년 3월)에서는 '남편에 대한 불만이 성적심층까지 파헤쳐져'있지 않다는 한계를 지적했는데, '작가의 성별과 젠더 비평'[257]에서는, 『노부코』는 남근적인 텍스트인가, 작가의 성별과 작품의 성별의 관계, 텍스트의 성차란 무엇인가, 하는 점에 집약해서 센다 비판을 전개했다. 다카요시 루미코 「『노부코』는 '남근적'텍스트인가—센다 히로유키 비판」[258]도 노부코의 '계급적·신체적·젠더적 한계'를 지적하여 반론했다.

작금의『노부코』비판의 배경에는 다양하고 유동적인 구미의 페

---

255)『젠더의 일본 근대문학』, 간린서방, 1998년 3월.
256)『Rim』5호, 1996년 5월.
257)『Rim』8호, 1999년 3월.
258)『Rim』9호, 1999년 10월.

미니즘사상의 영향이 보인다. 그러나 현대서구사회에 있어서 백인·남성중심주의를 타도하고자 산출된 문화상대주의를, 여성의 정치적·경제적 권리를 억압하는 것으로 성립된 전근대일본사회의 모노가타리인『노부코』에, 사회적·문화적 차이의 배려 없이 견강부회 식으로 적용하고, '저항의 거점으로서의 주체의 입장 그 자체를 무너뜨리는' 것을 중심으로 한 탈구축에는 의문을 가지지 않을 수 없다.

연구의 전망

근년의『노부코』론을 통해서, 페미니즘비평이나 젠더비평이란 무엇인가가 새삼 논의되고, 그들과 연동하여 여성문학의 궤적을 젠더문화와의 관련 위에서 파악하는 일의 필요성이 지적되고 있는 점은 중요하다. 미즈타는 전게서「작가의 성별과 젠더비평」속에서 자전적 소설은 근대 여성작가가 개척해 온 장르이고, '쓰는 주체로서의 자기 찾기'와 '텍스트 속에서의 주인공 찾기'를 목표로 '나를 해체하면서 새로운 텍스트 생성과 주인공 형성을, 소설이라는 틀 속으로 회수하지 않고 행하고자' 했기 때문에 선택한 형식이라고 말하고, '페미니즘비평이 보다 적극적으로 자전적 소설을 다루어, 여성이라고 하는 '나'의 표현의 궤적을 좇는 작업을 계속해야만 한다.'라고 제언하고 있다. 자전적 소설인『노부코』연구의 금후에 매우 유효한 시점일 것이다.

또한, 성차와 가타리를 함께 고찰하는 젠더·네러티브의 시점도 불가결할 것이다. 여성문학에 있어서 광기를 가지고 싸워야했던 것은 사회와의 갈등보다 부권제에 깊이 포박당한 자기의 내면과 말이었다고 인식되고 있는 현재, 모색되어야만 하는 영역이다. 구상적·신체적·감각적 표현과, 추상적·관념적·개념적 표현이 병존하고 있는 『노부코』 특유의 가타리의 해명에도 이어지는 연구의 진전이 요망된다.

4. 엔치 후미코(円地文子)

『온나자카女坂』259)

시모야마 조코(下山孃子)

초출 · 『온나자카』 연구의 현재

『온나자카』는 1949년 11월부터 1957년 1월까지『소설신조小説新潮』
를 중심으로 「자양화紫陽花」260), 「초화력初花暦」261), 「채비초彩婢抄」,
「26밤의 달二十六夜の月」, 「보라색댕기紫手絡」, 「청해초青海秒」, 「이복
여동생異母妹」, 「온나자카」 순으로 전8회 발표된 엔치 후미코의 대
표작이다. 이것으로 1957년 11월, 우노 지요의 「오한」과 함께 노마
野間 문예상을 수상했다.『온나자카』를 이어 쓴 것은 엔치 후미코 44
세부터 52세의 원숙기에 해당하며, 이와 병행하여 「배고픈 나날들」,
「주朱를 빼앗는 것」, 「요염妖」, 「부부의 연 습유二世の縁 拾遺」 외에
많은 작품을 쓰고 있는데, 그렇게 긴 시간을 들여서 드문드문 발표
하는 형태를 취하면서도 완결에 이른 것은, 일관된 강한 모티브—여
주인공 시라카와 도모白川倫의 모델은 작자의 외할머니라고 하며, 그
외에 글로 되지 못하고 역사에 묻힌 여성들의 소리 없는 소리와 외
침—에 의해 지지받고 있었기 때문이라고 우선은 말할 수 있을 것이
다.

---

259) 역자주—신사(神社)나 절로 통하는 두 언덕길 중에서 경사가 완만한 쪽의 언덕길↔오토
코자카(男坂).
260) 후에 「초화初花」로 제목 바꿈.
261) 후에 「파란 포도青い葡萄」로 제목 바꿈.

『온나자카』는 엔치 후미코 작품 중에서도 비교적 많이 논의되어져 왔지만, 근년의 특징으로서 페미니즘/반페미니즘의 두 가지 비평의 대립이 있다. 예를 들면, 에토 준의 '「온나자카」는 봉건적인 '가정'의 희생이 된 시라카와 도모의 인종忍從의 역사이며, 남자의 전횡에 대한 여성들의 저주와 애가哀歌이다, 라는 비평은 이제까지 널리 행하여져 왔다. 그러나 나에게는 이와 같은 비평은 아무래도 어딘가 잘못되었다고 생각된다. (중략) 이 소설에 일종의 형언하기 힘든 감미로운 쾌감을 느낀다(략)', '가정' 이라고 하는 '제도'를 '유지하려고 하는 것은 스토이즘(금욕적)이나, 그 그늘에는 엄청난 에로티시즘이 자리 잡고 있다'262)고 하는 견해에 대해, 1950년대의 '가족제도'의 부활안을 둘러싼 입장에서 반론하는 지다네千種 기무라·스티븐263)이나, 다카미 준·미시마 유키오·미야모토 유리코의 논을 검증하면서, 엔치는 '거대한 부권적 시스템의 전통'을 그린 위에 그것을 '탈구축'해 보였다고 하는 고바야시 후쿠코小林富久子의 읽기264) 등이 있다. 그러나 오늘날의 텍스트 분석에서 불가결한 시점인물이나 화자에 착목해서 분석을 시도해 보면, 그것들과 또 다른 세계가 부상하는 것 같은 생각도 든다.

각 장의 시공간

『온나자카』의 각 장마다의 시공간을 텍스트 내의 기술에 따라 개관적으로 정리해 보면, 역사적 시간은 제국헌법발포나 제국의회, 제

---

262) 「해설」, 『신조문고』, 1961년.
263) 「반역의 역사―『온나자카』를 읽는다」, 『사회문학』, 1997년 6월.
264) 『온나자카』―반역의 구조『여자가 읽는 일본 근대문학』, 신요사(新曜社), 1992년 3월.

1차 세계대전 후의 전쟁 경기戰争景気 등의 지표에 따라, 1884년부터 1918년 즈음까지의 30년간으로 생각된다. 전 3장으로 되어 있는데, 제1장은 후쿠시마福島의 오니현鬼県 령 가와시마 도메이川島通明(모델 미시마 미치노리三島通庸)의 수족과 같은 신하·시라카와 유키토모白川行友 41세, 그의 처 도모倫 30세(남편보다 '10살 이상이나 젊은' '남편이 자신과 10간지 떨어진 용띠'와는 동일한 간지가 아니라 11살 차이인가) 때, 남편의 뜻을 따른 도모가 9살 된 딸 에쓰코悦子를 데리고 상경하여 첩인 스가須賀 15살을 발견, 데리고 돌아오는 것에서 시작되어, 이듬해 가와시마현 령의 경시警視총감독 취임과 함께 유키토모行友일가도 상경, 2년 후, 유미由美 16세도 스가와 마찬가지로 시라카와가에 들어온다. 도모와 에쓰코는 양장 차림으로 로쿠메이칸鹿鳴館265)에도 출입한다. 제2장은 장남으로 성격파탄자인 미치오道雄의 두 번째 부인 미요美夜가 시집오는 장면으로 시작된다. 유키토모는 헌법발포 후 관계管界를 떠나, 재산의 축적으로 청일전쟁 후 시나가와에 광대한 저택을 짓는데, 미요와 부도덕한 관계가 생긴다. 제3장은 다카오鷹生와 루리코瑠璃子, 가즈야和也 등, 손자들에 관한 이야기가 있고, 7명의 아이를 낳은 미요의 죽음과 미치오의 세 번째 결혼, 유키토모보다 이른 도모의 병사病死 라는 식으로 장마다 부부·아이·손자 등 3대에 걸친 '가정'의 역사가 전개되어 있다.

　이 사건들이 결코 도모 한 사람의 시점에서 이야기되어지는 것이 아니고, 유키토모도 도모를 상대화하고, 스가가 유미를, 다카오의 유모 오마키お牧가 시라카와 가家를, 하는 식으로 몇 겹의 다층적인

---

265) 역자주—관영의 국제사교장으로서 1883년에 도쿄의 히비야(日比谷)공원 근방에 지은 2층 양옥집.

시점이 설정되어 있고, 거기에 화자의 설명이나 해석이 더해져 있으며, 그에 의해 이야기가 입체적이 되어있다. 지면의 제약상, 이어서 시라카와 부부의 모습을 보기로 한다.

시라카와 부부

시라카와 부부는 모두 구마모토熊本 출신으로, 유키토모는 규슈九州사족의 남존여비를 체현하는 한편, 메이지의 한바쓰[266]정부의 권력과 연결되어 출세한 남자이다. 도모도 '무사기질'을 가지고 '남편을 하늘로 모시는 것을 자신의 생활신조'로 하는 유능한 가정관리자이다. 그러나 시대적으로도 귀를 기울이게 하는 처첩동거에 이르는 것은 호색한 가장인 유키토모의 의지에 따른 것이라고는 해도, 잘 보면 복잡한 요소가 혼재되어 있고, 남성우위의 봉건적 '가정'제도를 도모 자신이 결과적으로 무너뜨릴 수 없었다고 할 수 있다. 그 하나는 남편을 '하늘로서 모시는'신조 이상으로 도모는 '무정한 남편을 사랑'하고 있으며, '어떠한 희생을 해서라도 자신이라는 존재의 내심의 욕망과 정서를 바닥의 바닥까지 남편에게 이해받고 싶다'라고 하는 '탄원'을 품고 있었던 것이다. 내심의 욕망과 정서란 반드시 성애적인 것만을 가리키는 것이 아니라', '가정'을 존속시키려는 의지와 그를 위한 수완까지를 포함한다. 오가사하라 요시코小笠原美子도 지적하듯이[267], 『온나자카』의 원전의 하나는 「겐지이야기」라고 생각되는데, 유키토모는 화자에 의해 '청초한 풍채의 신사'로 묘사

---

266) 역자주—藩閥 : 메이지 유신에 활약한 薩摩·長州·土佐·肥前(특히 제2자)번 출신자를 중심으로 하는 정치파벌. 발족 직후의 메이지 정부에서 요직을 거의 독점.
267) 「엔치 후미코의 미의식—『온나자카』를 둘러싸고」, 『국문학 해석과 감상』, 1992년 10월.

되며 도모가 '험한 눈에 새로운 매력'을 느끼거나, 스가의 눈에도 '남자다운 남자'로 비춰지고, 남성으로서의 매력을 풍기는 존재로서 그려져 있다. 도모는 그 유키토모의 기대에 부응하고 싶은 것이며, 그것이 그녀의 고뇌의 근원이 되어 가는 것은 잘 드러나 있다. 스가를 데려오는 것에 유키토모와의 공감의식을 느끼는 것도 같은 뿌리이다. 유키토모가 스가를 개화시켜가는 모습을 상상하고 질투에 괴로워하는 도모가 그려지는데, 그 도모의 상상력은 요염하기 그지없고, 또한 정열적이기도 하다. 사랑이 격렬하면 질투도 격렬하다. 그만큼의 에로스를 수면 밑에 감추고 있는 도모는 「사곡괴담四谷怪談」의 오이와ぉ岩의 망령에 나의 몸이 겹쳐지고, 또 '목을 쳐들고 남편과 스가를 바라보고 있는 한 마리의 뱀'과 같이 자신을 생각한다. 그러나 그녀는 광기에 빠져드는 것이 아니라, 그 바로 전에 멈추어 서서 에로스를 억압한 채로 시라카와가에 머무르고 있는 것이다.

또한 유키토모가 도모를 성의 대상으로 하지 않게 되고, 부부사이에 '깊은 도랑'이 패여감에 따라 '남자의 기량에 좇아 움직이는 아내의 위치는 갈대와 같이 덧없다'는 것을 의식하는 도모는 스가를 볼 때 남편으로부터 받은 큰 돈 이천 엔의 반 이상의 잔여를 가지고, 에쓰코를 데리고 규슈로 돌아갈까 하고 몇 번이나 생각한다. 그러나 그때마다 도모를 제자리에 머물게 하는 것은 '에쓰코의 앞날', 즉 도모의 모성이라고 되어 있다. 그러나 '나 하나 참음으로써 규슈의 시골 한 구석에서 가난하게 살기보다 지위가 있는 아버지의 딸로서 풍요하게 자라는 편이 에쓰코에게는 분명 행복할 것이다'라는 그 판단에서 볼 수 있는 것은 도모의 '행복'의 가치관이 '지위'와 '풍요함' 즉, 사회적 권위와 금전이라는 극히 세속적인 가치관이라는 것이다.

이것은 제3장 말미에 도모가 눈 내리는 언덕길을 중대한 의식인 듯 올라가면서 주위의 작은 집들을 바라보는 '조화로운 작고 사랑스런 행복' '작은 행복, 소박한 조화'와 대비를 이루고 있는 것은 분명하다고 생각된다.

이렇게 해서 처첩동거의 생활을 선택한 도모는 '남편을 무조건적으로 믿고 따르는 아내가 아니라, 차갑게 한 인간을 비판하는 눈'을 가지고, 남편을 바라보게 변모해 가기도 한다. 이 점을 도모의 인간적 성장으로 보는 논(예·전게 고바야시론)도 있지만, 그러나, 제2, 3장에 이르러, 남편과 미요의 관계를 세간의 눈으로부터 숨기고, 게다가 그 일이 새어나가지 않도록 하는 배려도 담아서, 유미와 조카인 이와모토岩本를 결혼시키고, 또 손자인 가즈야의 칠칠치 못한 행동을 본인에게 책임지우지 않는 식으로 도모가 처리해 가는 방법은, 결코 인간적 성장이라는 말로 표현해도 좋은 것이 아니며, 단지 '가정'이라는 견고한 용기를 보존하고, 내부에 사는 개개의 인간의 존재방식은 묻지 않는 시스템 그 자체로서 기능하고 있는 것에 지나지 않는다. 화자는 '여성의 남성에 대한 기질을 인형의 역할과 엄마의 역할 두 가지로 나누는 분류법으로 이야기 하면' 스가는 '인형역 형'이라고 설명하고 있는데, 도모는 물론 '엄마역'으로 되어 있다. 유키토모는 도모를 '가령家靈'처럼 느끼고, '도모가 자신의 제멋대로의 행동에 쉽게 따라오는 근본이, 애정이라든가 헌신이라든가 하는 것과는 아주 먼 냉엄한 의지'임을 의식하고 증오하며 적으로 보지만, 마음이 약해졌을 때는 자신을 감싸 안고 치유해주기를 바란다고 하는 도모의 엄마역할을 기대하고 있다. '쓸쓸하게 팔짱을 끼고 검은 바람과 같이 심신을 불어지나가는 고독을 견디는' 유키토모가 그려지는데, '냉엄한 의지'의 권화權化인 도모도 마찬가지로 고독을 견디고 있다. '가정'이라는 제도가 남녀를 불문하고, 결국 인간을 개인으로서 해방시키지 못하는 비인간적인 것임이 명료하고, 도모가 임종을 앞두고 유키토모에게 전하라고 하는 유명한 말, 자신의 시체를 시나가와 바다에 가지고 가서 '힘차게 물속으로 던져 버려주면 그것으로 됐다'라는 것은, 근대적인 개인의 해방을 향한 힘이라고 보기보다는, 보다 직접적으로 「동해도사곡괴담東海道四谷怪談」의 오이와의 수장을 암시하고 있고, 연극에도 밝았던 유키토모에게도 금방 이해가 갈 수 있는 말이었다고 생각된다. 비인간적인 '가령家靈'이었던 도모가 죽음을 눈앞에 두고 그 역할에서 이탈하여, 아내(여자)로서 남편(남자)인 유키토모에게 던진 원한의 말이다. 후에 엔치 자신이, 이 말은 도모가 남편에게 '기대고 응석부리는 목소리'(「반세기半世紀」)라고 설명하고 있는 것은 아마도 그 이유일 것이다.

5. 노가미 야에코(野上弥生子)
『히데요시와 리큐秀吉と利休』

와타나베 스미코(渡邊澄子)

노가미 야에코의 문학

노가미 야에코(1885년 5월 6일~1985년 30월 30일)는 남편 노가미 호이치로野上豊一朗를 통해서 나쓰메 소세키에게 사사하고, 사생문「연緣」(1902년)의 〈정취〉가 높이 평가받아 출발한 작가이다. 규슈九州 오이타현大分県 우스키네臼杵의 신흥 주조가酒造家의 딸로 태어난 야에코의 생애의 길은 메이지 여학교 입학에 의해 열렸다. 그것은 돈이 힘인 상가商家의 가치관에서 '인텔렉츄얼(intellectual)'한 세계로의 개안이었다. 이후, 거의 100세의 생애를 산 그 죽음의 직전까지 생생히 발전을 계속한 것은 자족할 줄 모르는 〈이상주의〉(히라노 겐)였다. 『노가미 야에코 전집』전23권・별권3권,『전집』제2기 전29권(제17권은 1~3, 따라서 실질적으로 31권)이 보여주는 방대한 작업 중에서 특징을 나타내는 소설로서 굳이「아버지의 죽음父の死」,「두 사람의 작은 베가본드二人の小さいヴァガボンド」,「조교수 B의 행복助教授Bの幸福」,「해신환海神丸」,「마치코真知子」,「히데요시와 리큐」,「숲森」을 들 수 있다고 한다면, 이들은 진정 야에코가 〈이상주의〉에 있어서, 또, 사생문으로 단련한 리얼리즘에 있어서 괄목할만한 사람이었다는 것을 증명하고 있다고 할 수 있을 것이다.

노가미 문학 중, 가장 많이 읽히고 있는 「마치코」의 속편적인 성격을 가진 대하소설 「미로」의 완성은 1956년, 작자 71세 때였다. 혹독한 전쟁시를 사는 전향자 간노 쇼조菅野省三의 양심의 방황을 주조로 하는데, 군국주의를 필연의 도정으로 한 천황제국가형성에 대한 엄한 비판자로서, 도쿠가와 막부의 존경받는 노인 이이 나오스케井伊直弼의 손자를 모델로 한 노能로 사는 에지마 무네미치江島宗道를 중요인물로 등장시키는 것으로서, 이 소설을 스케일 큰 반전문학으로 만들고 있다. 이 무네미치 조형의 노선 위에 「히데요시와 리큐」가 씌어지고, 또, 부국강병·현모양처 정책을 추진하던 과정의 일청전쟁 후를 여학생으로 지낸 작자의 자전요소를 배후에 두고, 메이지여학교를 축으로 해서 일본근대의 실질을 물은, 노가미문학의 마지막을 장식하기에 어울리는 작품 「숲」에 도전하고, 완성 직전의 결말부분을 고뇌 중에 쓰러졌다. '노쇠'라는 사인死因을 거절한 최후였다. 「숲」 완성 후에 「오오토모 소린大友宗麟」에 착수할 준비를 시작하고 있었기 때문이다.

『히데요시와 리큐』(『중앙공론』1962년 1월~63년 9월/ 64년 2월, 중앙공론 간행)

쇼와 10년대를 그려낸 『미로』야말로 노가미 문학의 정점을 이루는 작품이라고 보는 시각(가가 오토히코加賀乙彦 외)이 있으나, 나는 이 작품을 제1위로 들고 싶다. 자기 자신을 아는 야에코는 일본의 동시대 여성문학자 중에서 단 한 사람 신뢰한 미야모토 유리코와는 대조적으로, 어디까지나 서제파書齋派이다. 많은 책들과 소세키 주변에 있던 사람들, 후에는 〈이와나미岩波 문화〉를 형성하는 사람들이 모여드는 인텔리추얼한 장을 자신이 있을 곳으로 하여 배우고, 사유하고, 강고한 의지와 부단한 노력으로 차분히 인간관, 문학관, 역사관을 연마해 간 사람이다. 그런 야에코에게 히데요시와 리큐는 최적의 소재였다고 할 수 있다.

모모야마桃山라는 극적인 시대를 살고, 다도를 대성시킨 리큐가 왜 히데요시에게 죽임을 당하지 않으면 안 되었나? '왜?'의 탐구는 역사가의 과제이나 문학자에게도 흥미가 끊이지 않는 테마일 것이다. 그 증거로는 곤 도코今東光『오긴사마お吟さま』를 비롯 야마자키 마사카즈山崎正和의 희곡『목상책형木像磔刑』268), 이노우에 야스시의 『본각승유문本覚坊遺文』269) 그 외에, 들자면 한이 없을 정도로 씌어지고 있다. 역사가에 의한 수많은 탐구 중, 총체적이고 알기 쉬운 것은 구와다 다다치카桑田忠親의『센노 리큐千利休』, 가라키 준조唐木順三의『센노 리큐』, 호가 신시로芳賀幸四郎의『센노 리큐』라고 생각한다. 야에코는 우선 철저하게 역사가의 일을 배우고, 그 위에서 독창적 세계를 구축하고, 오가이鷗外가 말하는 '역사 그대로와 역사를 떠남'을 과감하게 시도하여, 독자적인 해석에 입각해 문학적 리얼리티에 다가가려 한 것으로 생각된다.

'왜?'의 요점은 첫 장에 모두 나오고 있다. '천하제일'의 다인茶人으로 우뚝 선 리큐는 최고의 권력자 히데요시에게 없어서는 안 될 측근이었으나, 사카이堺270)의 선주船主를 겸한 자반도매상을 가업으

---

268) 역자주—책형이란, 기둥에 결박하고 찔러 죽이는 형벌.
269) 역자주—本覚이란 불교용어로, 중생이 본래부터 가지고 있는 청정한 깨달음의 지혜.
270) 역자주—오사카(大阪)의 지명.

로 하는 나야슈納屋衆271)의 한 사람으로 왕성한 상혼商魂의 소유자이
기도 했다. 이 시대에 차茶는 수도修道의 방편, 취미의 기초, 사교의
도구로서 정치역학의 중심을 이루는 남자의 세계였다. 센노 무네야
스千宗易(리큐)는 스승 죠오紹鷗의 선도자 슈코珠光가 정신으로 한 '초
가집에 '명마名馬를 묶어두는 것이 좋다'의 차에, 더 새로운 자신만의
창의와 궁리를 해서, 명물 소유의 많고 적음이 다도인茶道人, 풍류인,
명인의 사격요건으로 여겨지던 당시의 서원대자書院台子의 차에 대
해, 단지 물을 끓여서 마시기까지 명물이 눈에 띄어서는 진정한 차
는 되지 않는다고, 초가집도 명마도 내던진 초암노지草庵露地의 와비
차侘び茶272), 말하자면 금력, 권력의 상징이기도 했던 차를 다도로
대성시켜 후세에 다성茶聖으로 추앙된 사람이다. 와비차 이념의 구
체화로서 니지리구치273)를 고안해 내고, 흙으로 된 벽의 2조疊 다실
묘키안妙喜庵의 다이안待庵274)을 만들기도 한 리큐이지만, 히데요시
같이 갑자기 출세한 번쩍거리는 화려한 취미에 응하여 황금의 다실
(아타미熱海에 있는 MOA미술관에서 이 다실의 과거 현란한 모습을
그려 볼 수가 있다)도 만들 줄 아는 이면성을 지니고 있었다. 그것은
'무엇이든 기분대로'인 히데요시를 모시는 엄연한 군신관계가 차에
있어서는 사제로 일전하는 아슬아슬한 관계의 표징이기도 했다. 언
제 어느 때라도 즉시 한 점의 흐림도 없는 방법으로 만족시키는 리
큐를 히데요시는 정치나 외교 면에서도 중요시하고 있었다. 월등히

---

271) 역자주—무로마치 시대 나야(納屋), 즉 해변의 창고를 소유한 호상(豪商).
272) 역자주—다도에서 다구(茶具)나 예법보다는 화격정적(和敬静寂)의 경지를 중시하는 일.
273) 역자주—躙り口 : 다실 특유의 작은 출입구. 무릎으로 걸어 출입함.
274) 역자주—교토(京都) 오토쿠니군(乙訓郡) 오야마자키쵸(大山崎町)에 있는 임제종(臨済
宗)의 절. 메이오(明応1495~1501) 무렵. 후에 센노 리큐가 2조 다실 다이안(待庵)을 운
영한다. 리큐의 다실로서 현존하는 유일의 것.

뛰어난 행정관으로, 전형적인 관료정치가인 이시다 미쓰나리石田三成 등에게 그들을 제쳐둔 리큐의 사도茶頭275)의 영역 이탈은 용서할수 없는 일이었다. 리큐 배제의 기회를 호시탐탐 노리고 있던 이시다 등의 술수에 리큐가 부주의하게도 넘어간 것은 히데요시와 리큐라는 희유에 뛰어난 자 사이의 관련에 숨겨져 있던 '시퍼런 칼날 끝이 곧 쨍하고 울릴지도 모르는 팽팽함'때문이었다. 공시된 죄상은다이토쿠지待德寺 누각 문에 리큐의 초상을 실은 주제넘은 행위와 다기, 다도구茶道具의 매매, 알선으로 부당한 이익을 취한 매승賣僧행위이다. 이상은 대체로 '역사 그대로'에 가깝다.

'역사를 떠남'=작자의 독창

사형을 부른 직접적인 죄상을 작자는 아내 리키りき의 오빠이고노能배우인 시마가이 야헤이島飼弥兵衛에게 리큐가 경솔하게 말해버린 고려, 당나라까지 침략의 손을 뻗치려고 하는 조선출병을 위험시한 한마디로 하고 있다. 신조차 두려워하지 않는 자만한 주상비판은민중 사이에 염전사상厭戰思想을 만연시킬 가능성이 있어 중앙집권이야말로 천하지배의 원리라는 신념을 가진 미쓰나리三成쪽에 있어실로 배제의 호기가 되었다. 권력자가 침략의 욕망을 가속화하고 죽음의 상인이 돈벌이를 위해 그것을 부추기는 전쟁의 메카니즘을 15년 전쟁을 냉정한 눈으로 바라본 작가는 주도면밀하게 써 나가고 있으며, 여기에 이 작품의 요점의 하나가 있다. 히데요시가 리큐를 사형에 처한 것은 실제로는 잃고 싶지 않지만 미쓰나리 무리의 이론의

---

275) 역자주—에도 시대에 무가에서 다도를 맡아보던 사람.

정당성에 추궁당하여 발끈한 분노 때문이다. 불세출의 두 사람에 대해 리큐의 편에 서 있으면서도 각각의 매력을 유감없이 그리고 있는데, '왜?'를 작가는, 다도를 대성시킨 리큐의 독창성은 히데요시가 가진 권력과 부와 그에 따른 후원 없이는 이루지 못한 것이며, 그것을 잘 알면서 "뭐야, 벼락출세한 사람이"라는 생각에서, 리큐에게는 감사와 반발, 존경과 모멸이 표리를 이루고 있어, 이익은 빈틈없이 이용하지만 권위자에의 발톱을 항상 숨기고 있던 사카이 상인의 자유인으로서의 자부와 자존심이라 하고 있다.

그런데 작자의 '왜?' 해석의 성립은 양적으로는 사실史實보다 훨씬 많은 허구가 이루어 내고 있다. 시마가이 야헤이, 오치카, 또 기사부로紀三郎 등 작자 독창의 가공의 인물 중 슈지宗二와 함께 리큐의 비판자로서 위치 지워져있는 기사부로의 역할은 과잉이라고 생각될 만큼 크다.

'읽기'상의 문제

최고걸작으로 위치 짓고 싶은 이 작품의 연구는 뒤쳐져 있다. '읽기'에 관한 문제를 몇 가지 들어보자. 완결 후에 야에코는 '그 소설은『쿼바디스』의 네로와 페트로니우스의 정치가 대 예술가라는 대립이 히데요시와 리큐의 이미지와 결부되어 만들어진 것(략), 나는 리큐가 죽음으로 자기 자신을 이겨낸 것을 쓰고 싶었다'276)고 말하고 있다. 서재파인 야에코의 작품에는 예를 들면,『마치코真知子』에서의 제인 오스틴의『오만과 편견高慢と偏見』과 같이 혼카도리277) 적

---

276) 「마이니치신문」, 1967년 5월 22일 석간.
277) 역자주―本歌取り. 와카(和歌), 렌카(連歌) 등에서 의식적으로 선인의 작품의 용어·어

인 것이 많다. 셴케비치의『퀘바디스』와의 비교도 흥미롭지만 '죽음
으로 자기 자신을 이겼다'를 주제로 한 그것이 설득력을 가지고 잘
그려지고 있는 것일까? 북정소北政所에서 온 편지의 오독이 죽음으
로 급강하시켰다고도 볼 수 있고, 이 오독에는 성의 도구로 취급되
는 여성들을 그리는 방법에서 공통되는 여성차별의식이 깔려있는
것은 아닐까? 작자의 눈은 남성적이다. 기사부로와 성관계까지 갖게
하는 오치카 조형의 유효성, 그리고 작자의 준열하고 리얼한 눈에
의해 씌어진 리큐의 인물상에 대해 상인적 손득계산의 빈틈없음, 슈
지에게 죽음을 초래하게 한 에고이즘, 청탁淸濁을 함께 받아들이는
대담함 등을 다도의 정점에 다다른 예술가로서 또 인간으로서 스케
일이 크다는 표징으로 보는 것, 볼 수 있는 점의 문제성, 그리고 그
것과 '자기 자신에게 이겼다'와의 관련, 기사부로의 아버지 숭배에
의 역전극 등, 음미 방식의 여하에 따라 다양한 읽기를 가능하게 하
는 매우 매력적인 작품이다.

____

구 등을 넣어 창작하는 일.

6. 오바 미나코(大庭みな子)
「세 마리의 게三匹の蟹」

기다니 기미에(木谷喜美枝)

충격적 데뷔

오바 미나코 「세 마리의 게」는 1968년 6월 『군상』에 발표되어, 같은 해에 제2회 군상신인문학상, 제5회 아쿠다가와상을 수상하였다. 군상신인문학상의 선고 평에서 에토 준이, 이 작품은 '여자 쪽에서 그린 「포옹가족」이라고 해야 할 작품'이며, 그 '재기와 재능은 소노曾野·아리요시有吉 이래의 대형여류작가의 출현을 엿보게 한다'고 격찬하고, 야스오카 쇼타로安岡章太郎가 같은 선평의 타이틀에서 '두려워할 만한 여류'라고 경탄했듯이, 충격적인 등장이 되었다. 게다가, 오바 미나코는 1930년에 태어나, 쓰다주쿠대학 졸업 후 결혼해서 1959년부터 11년간, 남편의 일관계로 주로 미국 알라스카에 거주, 그 생활 속에서 작품이 탄생한 것은 센세이셔널한 사건이었다. 「세 마리의 게」는 다음과 같이 시작된다.

바다는 우윳빛 안개 속에서 아직 조용한 숨소리를 내고 있다. 그래도 난초 같은 키가 큰 수목 사이에서는 이미 물새가 잠에서 깨어 날갯짓하거나, 키이키이하고 유리를 긁는 듯한 울음소리를 내고 있었다. 회색의 더러워진 눈 같은 비둘기는 오렌지색 유리구슬 같은 눈을 움직이지 않고 이쪽을 향해 거만스럽게 발로 모래를 긁고는 휙 하고 옆을 보았다.

여기서는 몇 개의 직유를 반복하며, 이른 아침의 해안에서 조용히 사물이 움직이기 시작하는 모습을 환기시키고 있다. 그러나 주인공 유리由梨는 지난밤부터 생긴 사건의 끝에 잠이 깰 어떤 것도 찾지 못하고, 오히려 그 여의치 않은 현실은 '찢어진 스타킹 사이'에 '까칠까칠한 모래'를 난처해하는 것으로 상징된다.

전날 밤, 10살의 여자아이를 가진 유리는 자택에서 열리는 브릿지 파티를 위해 과자 가루를 섞으면서, 위 안쪽에 옅은 통증을 느낀다. '어떤 사람들은 상대의 기분을 알지 못하고, 또 어떤 사람들은 알아도 무시해요. 나는 감상적이라서 내가 품어 준 것에 대해 똑같이 감싸주지 못하는 사람은 싫어요'라고 하는 순수한 유리는 갑자기 언니를 만난다는 거짓말을 구실로, 미국문학 연구자인 프랑크, 여류화가 론다, 물리학자인 요코타 부부, 러시아인 망명자 파라노프 신부와 그 아내이자 가수인 사샤, 그리고 유리 대신에 부르기로 한 마쓰우라 양 등 친숙한 손님들한테서 도망치기로 한다. 유리는 외출하기 전에 남편인 다케시武의 말을 받아들여, 한차례 연이어 찾아오는 그들을 맞아 이야기를 나누고 간다.

모노가타리의 구조는 방금 언급했듯이 안개가 아직 걷히지 않은 해안의 버스 정거장에 주인공 유리가 잠시 멈춰 선 장면(A)에서 시작하여, 그 전날 밤의 두 가지 사건— 자택에서의 브릿지 파티로부터 빠져나오기까지의 경위(B), 유원지에서 복숭아색 셔츠를 입은 남자를 만나 하룻밤을 같이 하기까지의 이야기(C)로 되어 있다. 그 각각의 기술은 A가 전체의 6%, B가 58%를 차지한다. 이 '58%'의 대부분이 '회화'인 것이다.

그런데, 앞에서도 언급한 군상신인문학상의 선평에서는 높은 평가를 받은「세 마리의 게」였지만, 그 후 아쿠다가와상의 선평에서는 이 발표 시의 세평이 너무나도 높았던 탓인지, 선자의 연령층에 의한 것인지, 수상은 하였으나 엄격하게 채점이 되었다. 결점으로 거론된 것은 '전반의 회화가 서툰 번역을 읽는 것 같다'(단바 후미오), '회화는 잘 쓰여 있다고 하나, 분홍색 셔츠의 남자가 나오고 나서부터는 '분홍 셔츠는 말했다'라는 식의 설명이 19군데나 있는 것은, 너무나도 둔탁한 소설이라는 느낌이다'(후나바시 세이치舟橋聖一)와 같은 식으로, 회화문을 중심으로 하는 문체에 대해서이다. 그러나 유리가 자택을 탈출하기까지의 수다스런 회화는 '벨이 울렸다'라고 하는 지문과 같은 구의 반복을 써서, 파티에 연이어 모여드는 지적인 계급의 사람들 사이에 끊임없이 펼쳐지고, 회화를 통해서 인물이, 그리고 인간관계가 보이기 시작하는 것이며 연극적이다.(작자는 한때 연극으로 살아갈 것을 생각했었다는 체험을 갖는다)

회화의 내용은 베트남 전쟁, 복장, 질투, 이혼, 최면술처럼 느닷없으며 연결되지 않고, 서로 어울리지 않는다. 이러는 사이, 다케시의 눈은 다섯 명의 여자 위를 옮겨 가고, 유리는 '자신의 무의미한 말과 함께, 하품이 거품처럼 위 안쪽에서부터 올라오는 것을 느끼고', 게다가, 여자 손님들에게 자신과 동질이기 때문에 너무도 잘 알 수 있는 '교태'를 감지하고, 구토 때문에 현기증이 날 정도였다. 그리고 '구토를 느끼게 하는 독기라는 것은 유리가 자기 자신 안에서 제조한 것이었기 때문에, 자신의 간이나 어떤 것을 떼어내 버리기 전에는 어찌할 수 없는 것'이라고 생각하는 것이었다. 유리가 이 위선에 가득한 사교로부터의 탈출을 바란 이유가 여기에 있다.

근대의 가족·부부

개인의 자립을 획득하고, 부부는 그 개인과 개인의 연결이라고 하는 근대의 이상은 이제 여기서 붕괴를 보이고 있다. 그러나 그 붕괴를 '위트·아이러니·시니시즘(냉소주의)'(미모노 아키시로見物昌代)으로 찬 회화 속에 모호하게 숨겨 넣고 살아가는 것이다.

즉, 「세 마리의 게」는 에토 준이 고지마 노부오 「포옹가족」(1965년)과 근사하다고 했듯이, 근대의 '가족' 또는 '부부'의 갈 곳을 문제로 하여 읽는 작품일 것이다. 1962년부터 2년간을 해외에서 생활한 에토는 미국인이 파티를 좋아하는 것은 '부부끼리 있는 것의 외로움'에서 오는 것이지만, 그러나 그것은 부부만의, 또 미국만의 문제가 아니라, '인간사회라는 것은 본래 잠잠히 쓸쓸한 것이 아닌가'라고 느꼈다고 「일본의 가족」[278]에서 말하고 있다. 그리고 문제는 요 30년 동안에, '부부가 외로운 것인지, 외롭지 않은 것인지 알 수 없게 되고, 부부인지 부부가 아닌지도 모르는 채로 그냥 함께 있거나 함께 있지 않거나'하는 것이 아닐까한다. 그리고 이것이야말로 문제인 것이다.

다케시는 유리가 파티에서 벗어나고 싶어 하는 이유를 이해하려고 하지 않을 것이며, 인간은 인내해야만 한다고 강요하고, 유리가 타인과 사귀는 것을 인내한다는 것은 자신이 뛰어나다고 생각하기 때문이라고 나무란다. 경제적으로 자립했다는 기술記述이 없는 유리에 대해, 다케시가 우위의 지위를 차지하고 있는 것은 자명하다. 그리고 이제까지 파티에서의 사교를 위해 노력해 온 것은 유리가 부부

단위로 이 이국사회에서 살려고 해 왔기 때문이다. 그러나 파탄한
채로 '부부'는 존속한다고 할지라도, 이미 생리적·감각적으로 그에
관계되는 이 사교에 한계를 느낀 이상 유리는 일단은 '다케시적 세
계'를 부정하기 시작한 것이다.

자기탐색의 모험

그런데 밖으로 나오기는 했지만 유리에게 이렇다 할 갈 곳은 없
고, 유원지에서 우연히 거기서 일하는 분홍색 셔츠를 입은 남자와
관계를 갖는다.

분홍색 셔츠의 남자는 커피를 마시자, 제트 코스터를 타자, 춤추
러 가자, 드라이브 가자, 하고 계속 유리를 유혹했다. 그러나 거기에
는 유리가 뒤로한 세계와는 대조적으로 회화가 없었다. 이야기할 무
엇도 없었지만, 이렇게, 정신이 들고 보니 남자가 있었다는 식의 수
동적 입장의 편안함은 처음이었다. 분홍색 셔츠의 남자는 에스키모,
트린기트[279], 스웨덴, 폴란드의 혼혈이고, 귀속해야 할 곳의 다양함
은 오히려 그를 자유롭게 하고 있는 듯하여, 그런 그와 있는 것으로
유리는 긴장이 풀린 기분이 되고 '세 마리의 게'라는 빨간 네온의 해
변가 호텔로 들어간다. 그리고 '남자가 느끼는 허무와 슬픔은 유리
에게 전해져, 거기서 부드러운 온화함 같은 것이 되었다'는 것이다.

오바 미나코는 「대담 외국생활과 소설」[280] 속에서 '사회에서의
이방인적인 소외감에서 생겨났을' 히피의 '고향상실감, 허무감, 반
문명적'인 기분에 공감을 표하고, 현대인이 느끼는 방식에 '도망갈

---

[279] 역자주—Tlingit. 북방 소수민족의 하나.
[280] 『미타문학三田文学』, 1970년 8월.

나라가 없는데, 자신이 지금 있는 장소에서 도망가고 싶다고 하는 삶'을 지적했다. 그 삶은 '물질문명, 기계문명 속에서 자신이 없어지는 것처럼 느끼는'데서 생기는 것이라고도 분석하고 있다.

이 언급에 따른다면, 「세 마리의 게」는 사회역사적 필연으로서 인간이 궁지에 몰린 장소에서, 한때 유행한 말로 정리하자면, 자기의 아이덴티티 탐색의 이야기라고 할 수 있을 것이다.

그러나 본 적도 없는 남자와의, 대화의 필요성도 느껴지지 않는 관계는 자기를 구속하지 않는 대신 아무것도 새롭게 만들어내지 않았다. 아니, 그뿐 아니라, 아침에 분홍색 셔츠의 남자와 헤어진 후 유리는 20달러 지폐를 도둑맞은 사실을 알게 되는 것이다. 이 극화적인 결말을 맞은 유리는 아마도 그 의미 없는 회화의 세계로 돌아가 다시 파티의 과자가루를 섞을 것이다. 그것이 인간의 생임을 이 작품은 넌지시 가르쳐주고 있다.

오늘날, 「세 마리의 게」에 대해서는 요나하 게이코 「오바 미나코론」의 '봉건적인 가정제도에서 해방된 '개인'으로서의 여자의 존재를 미국의 가정, 그 안의 주부라는 입장에서 파악했다'고 하는 논의를 비롯하여 '무의미한 말의 주고받음'은 '인간존재 그 자체의 공허함에 연결된다'는 것을 지적한 아이바 다카오饗庭孝男「황무지의 여정―오바 미나코론荒地の抒情―大庭みな子論」(1972년 2월) 등이 있다. 또, 전체적인 가이드로 이케우치 데루오池内輝雄「오바 미나코」[281), 에구사 미쓰코江種満子「연구동향 오바 미나코」[282) 등이 지표가 된다.

---

281) 『국문학』, 1999년 5월.
282) 『쇼와문학 연구』, 1997년 7월.

7. 쓰시마 유코(津島祐子)
『빛의 영지』—빛으로, 그리고, 〈어둠〉으로
『光の領地』—〈光〉へ、そして、〈闇〉へ

안도 교코(安藤恭子)

쓰시마 유코 『빛의 영지』는 표제작 「빛의 영지」를 제1작으로 하여, 1978년 7월부터 다음 해 79년 6월까지 『군상』에 연재된 열두 단편으로 이루어지는 연작소설이다. 「물가水辺」, 「나무의 일요일木の日曜日」, 「새의 꿈鳥の夢」, 「목소리声」, 「주문呪文」, 「사구砂丘」, 「빨간빛赤い光」, 「몸体」, 「지표地表」(연재시의 원제는 「전류電流」), 「불꽃焔」, 「광소光素」—〈빛〉그 자체, 그리고 〈빛〉을 둘러싼 것들을 타이틀로 한 이 연작소설은 79년 9월에 단행본으로 되어, 같은 해 12월에는 제1회 노마문예신인상을 수상했다.

사는 일, 찾는 일

‘사방으로 창이 있는 방이었다. 4층 건물의 낡은 꼭대기 층에서, 나는 어린 딸과 둘이서 1년간 살았다’—‘방’이라는 공간의 설명으로, 『빛의 영지』는 시작된다. 사람이 눈을 뜨고, 식사하고, 일하러 나가고, 돌아오는 장소. 누군가와 함께 나날을 보내고, 누군가에게 침입당하고, 또는 누군가를 거부하는 장소. ‘방’은 단순한 벽으로 칸 막아진 상자 같은 것이 아니라, 누군가가 그 ‘방’을 자신이 있을 곳으로 찾아냈을 때부터, 그 사람과 함께 숨쉬고, 그 사람과 함께 의미를 만들어 내는 공간이 된다. '방'은 사람에게 작용하고, 사람은 '방'에 작용하고, 서로 침투하고, 그리고 무언가가 움직이기 시작한다.

그러자, 남편은 내가 살 아파트를 함께 찾아줄게, 하고 말해주었다. ……남편과 살 수 있다면, 어떤 곳이라도 상관없었고, 남편이 없다면, 어디나 불안했다. ……남편은 그날 밤도, 다음날 밤도 돌아오지 않았다. 내가 이사 갈 곳은 이미 정해졌다고 믿고 있을 것이다. 나는 혼자서 부동산에 들어가는 것은 첫 경험이었다. ……이제까지 스스로 자신의 방을 찾은 적도 없었던 것이다. 처음으로 나는 그 생각을 했다.(「빛의 영지」)

아버지를 일찍 여읜 '나'는 엄마와 둘이서 살아왔다. 엄마와 살던 집을 나올 때도 '나'는 그 후에 남편이 될 후지노藤野가 방을 찾아주었고, 후지노와 동거를 시작할 때도 '내가 살 장소니까, 내가 고르고 싶었는데, 라고는 생각하지 않았다. 한 남자에게 끌려가는 쾌감'에 싸여 있었다. 그리고 결혼·출산을 거쳐 남편과의 별거라는 사태에 이르러서, 딸과 같이 살 방을 '나'는 '처음으로' 스스로 찾기 시작한다. 찾기 시작했을 때, 이미 거기서 변화는 시작되고 있었다.

남편과 둘러보던 무렵과는 반대로, 조건이 나쁜 아파트로만 안내되어 몇 번이나 기가 죽었다. 그렇지만, 어둡고 좁은 방을 하나하나 둘러볼수록 남편의 모습은 나의 시야에서 멀어져 가고, 방의 어두움은 어두운대로, 동물의 눈 같은 빛을 거기에서 느끼기 시작했다. 무언가 나를 노려보는 것이 거기 있었다. 무서운데도 나는 그곳으로 다가가고 싶었다. ……문을 열고, 안으로 한 발짝 들어선 순간, 나는 여기 이외에 나의 방은 없다, 마음속으로 외치고 있었다. 마루의 빨간색이 석양에 타오르고 있었다. 내내 잠겨 있던 텅 빈 방에 빛이 모여들어 있었다. (앞과 같음)

자신의 '방' 즉, 자신의 '영지'를 찾아 헤매는 '나'를 끌어당기고
압도한 것—그것은 〈빛〉이었다. '방'을 찾는 시간 속에서 자신의
'영지'에 남편을 넣을 기분을 잃어가는 '나'는 '딸을 환경의 변화로
부터 지키'는 〈빛〉으로 가득 찬 '영지'로 걸어 들어간다.

그러나 변화라고 해도 그것은 〈A에서 B로〉라는 식으로 딱 잘라지
는 것이 아니다. 남편·후지노와 별거해서 '나'가 이사한 곳은 '제3후
지노 빌딩' 즉, 남편과 같은 성을 가진 빌딩이었다. 그 1년 후, 후지노
와의 이혼을 이루고, '나'는 '제3후지노 빌딩'을 걷어치운다. —단편
연작『빛의 영지』는 제1작「빛의 영지」에서부터 최종작「광소」로의
전개가 별거부터 이혼으로 라는 '나'의 시간에 입각해 이야기되고,
그것은 동시에, 별거하면서 이혼에 이르지 않는 '나'와 남편과 같은
성의 빌딩이 만들어 내는 경계 영역으로서의 공간의 이야기이다.

'성(性)'을 둘러싼 말

이 소설에서는 '성'을 둘러싼 말도 또한, 경계적인 영역에 있다고
할 수 있다. 연극이나 영화 제작에 꿈을 가진 후지노는 집에 만족할
만한 돈도 갖다 주지 않았으며, 별거해서도 양육비는 지불하지 않았
다. 그것을 '나'는 새삼스레 책망할 것도 없이, 자신의 급료로 생활
을 꾸려가고 있다. 남자가 사회적 노동, 여자가 가사노동이라는 분
업은 당연한 것이라고 여겨지지 않고, 그 의미에서는 '나'의 상태는
젠더의 틀을 깨는 것이라고 할 수 있다. 그러나 한편, 성별분업의 구
조를 사회적으로 파악한 다음, 남편인 후지노와 아내인 '나'라는 관
계가 상대화되어 있는가 하면, 이 소설은 그러한 방향을 취하는 것

이 아니다. '한 사람의 남자에게 끌려가는 쾌감' 속에 동거를 시작하고, 어떤 의문도 갖지 않고 출산을 하고, '후지노'의 일방적인 별거 신청을 받은 '나'가 자기의 '영지'에 이른다고 하는 전개에는, 얼핏 〈사회적 자립에 자각적이지 않았던 여성이 눈을 떠간다〉는 이야기를 연상하기 쉽다. 그러나 '나'는 본래 경제적으로 자립해 있지 않은 후지노의 상태를 받아들인 후에 일을 하면서 결혼생활을 영위하고 있고, 젠더라는 관점이 소설의 전개 속에서 문제화되는 일은 없다. 오히려, 딸을 떠맡아 기른다, 즉 '낳아 기르는 성'으로서의 '여자'= '나'에는 섹스로 규정된 '성'이라는 이야기 속에 사는 젠더가 전제 없이 내포되어 있다고도 할 수 있겠다.

'이혼'에 관해서도 '이혼을 한 여성'은 '어느 여성이나 불쌍해'진다, '만나는 남자는 점점 나빠질 뿐'이고, '아무것도 기대'할 수 없다고 하는, 그것이 일반통념인 양 이야기되는 말들에 둘러싸여 이혼을 선택하는 '나'이지만, 그러한 일반통념의 사회적 구성에 대해 소설이 언급하는 일은 없다. 불꽃놀이를 보면서 '어른 따위는 될 게 아니야'라는 사람의 말에 대해서. '나는 불꽃놀이가 좋으니까. ……좋아하는 불꽃놀이를 볼 수 있다면 그것으로 충분해'라고 말하는 1인칭의 '나' 개인에게 모든 것을 걸고 있는 것이다.

이러한 소설 속에서 이야기되는 '성'의 문제란 무엇인가? 그것은 섹슈얼리티의 문제이고, '성'적인 신체의 실존적 자립의 문제이다.

그 청년과 만나 금방 성의 쾌감을 나누고, 그러고 나서, 서로 이야기를 나눌 시간도 아까워 몸을 엉키고 있었다. 왜, 청년이 그러한 자신의 성욕을 미워하게 되지 않으면 안 되는가, 나는 아직 모르고 있다. 서로 나누어 가질 수 있는 것이라고 한다

면, 그 몸의 감촉뿐이지 않은가. 라는 생각에서 나는 떨어져 나올 수 가 없었다. 그
밖에 대체, 무엇을 구할 수가 있는 것인가, 보통 인간인데, 라고.

후지노를 만나기 전에 사귀던 '청년'의 얼굴을 '나'는 기억해 낼
수 없다. 그러나 이러한 '성'에 대한 '나'의 상태는 후지노와의 별거
생활 속에서도 얼핏 변하지 않은 것처럼 보인다. 후지노에 대해 '알
고 있던 것은 남편에 대한 자신의 애착뿐이었다. 남편의 몸은 너무
나도 그리웠다'라고 생각하는 '나', '기회만 있으면 남자와 언제라도
놀고 싶어 하는 나', 실제로, '나'는 딸의 부모회 회장인 가와우치(河
內)와 관계를 갖는다. 그리고 아내와 자식과 함께 가정을 가진 '가와
우치'의 '나'를 향한 동정을 묵인할 수 없는 '나'는 거리에서 마주친
가와우치 일가에게 '이상하다'고 말해 버리고, '가와우치'의 증오를
환기시킨다. 동정해야 할 것은 '가와우치' 자신이라는 '나'의 말은
'결혼', '가정'을 포함하는 로맨틱러브·이데올로기를 '성'적 신체에
의해 상대화하고 있음을 의미한다.

이러한 섹슈얼리티를 둘러싼 해방·실존의 문제는 남성의 성욕만
을 긍정하고, 여성의 성욕에만 억압을 가하는 '성'의 이중구조로부
터의 해방 등, 여성에 의한 '성'의 자기결정권을 호소하는 래디컬 페
미니즘이라고 하는, 이 소설이 쓰인 70년대의 '성'에 관한 문제들과
연동하는 것이라고 할 수 있을 것이다.

그러나 그 한편에서 '나'의 이야기의 현재에 있어서는 가와우치
와 관계를 갖는 것도, 스기야마(杉山, 후지노가 이전에 가정교사를 했
던 학생)에게 동거를 권하여 딸과 셋이서 의사가족疑似家族을 만들려
고 하는 것도 '성'해방의 욕구에서 오는 것이 아니라, '고독'이라는

‘과혹’함을 치유하려고 하는 ‘나’의 욕구에서 오는 것이기도 했다. ‘성’의 해방, 그에 따른 기성의 관계의 상대화라는 틀 자체가 규제력을 갖지 않고, 자기의 ‘영지’를 획득하려고 하는 갈등 그 자체가 관계에 몸을 열어가는 계기가 되고, 결과적으로 가와우치, 스기야마, 그리고 ‘나’자신의 집·가족을 둘러싼 관념을 파헤쳐가는 것이 되는 것이다.

젠더를 극복해 가지만, 젠더에 둘러싸인 ‘성’을 살고, 섹슈얼리티의 해방과 함께 그 ‘잔혹’함에 몸을 내맡긴다. 이리하여, ‘나’라고 하는 ‘성’적 신체는 ‘성’을 둘러싼 언설을 생산/재생산하는 사회구조 속에 있으며, 규범과 일탈의 경계 영역으로서 떠오르는 것이다.

〈관계〉의 변전 속에서

〈세계〉를 객체로 한 〈주체〉로서 떠오르는 것처럼 보이고, 항상 경계 영역으로서 유보되고, 더구나 확실히 변전해가는 ‘나’. 그 ‘나’의 이야기에 중요한 의미를 가진 존재가 ‘딸’이다.

‘나’와 ‘딸’의 일상은 역시, 서로 대립하면서 침투해 가는 관계로 그려지는데, 물론 이 경우 ‘서로’라고 해도, 어른인 ‘나’쪽이 압도적으로 강자의 입장에 있다. ‘딸’은 아버지와의 별거도, 자신이 어디에 살지도, 자신의 의사로는 결정되지 않는다. 외로움에 떼를 쓰면, 별거생활에 지친 ‘엄마’인 ‘나’에게 뺨을 맞는다. ‘나’는 마치, 남편·후지노에게 뺨을 맞은 것처럼 ‘딸’의 뺨을 때린다. ‘딸’에게는 ‘나’의 감정이 확실히 각인되고, 그 지침, 외로움, 초조함은 ‘딸’이 밤중에 운다거나, 오줌 싸기, ‘방’ 창문에서 아래로 물건을 던지고, 보육원의

아기의 귀를 가위로 자르려고 하고, 분노의 발작을 일으킨다……고
하는 행동으로 나타난다.

'나'의 감정이 침투되어 몸으로 그 감정을 나타내는 '딸'. 그 몸으
로 표현되는 것은 '부모'에게 지배당하는 '아이'의 괴로움이다. 그러
나 '딸'은 지배당하기에 머무르지 않고, 자신의 몸의 표현으로 '나'
를 괴롭히고, 또한 아는 간호부의 집으로 자러가는 것으로, 자신의
몸을 '나'로부터 분리시키고, 그 지배로부터 탈출을 시도한다. '나'
의 감정에 지배당하지 않는 공간, 즉 자기의 '영지'를 손에 넣은 '딸'
에 대해 '겨우 3살인 딸을, 마치 나를 머리 위에서 내려다보는 존재
처럼 원망스럽게 생각하는 자신이 기분 나빴다'고 '나'는 이야기한
다.

소위 '모성신화'는 '나'와 '딸'의 '과혹'한 일상 속에서 '기분 나쁜'
감촉을 동반하며 물러가게 된다. 그리고 '기분 나쁨'을 제공하는
'딸'이야말로, '나'에게 있어 〈관계〉를 실감시켜 주는 존재이다.

딸은 응, 응 하고 확실한 목소리로 맞장구를 쳐 주고 있었다. ……딸과 나와의 현
실의 거리에, 나는 몸이 부풀어 오르는 것 같은 편안함을 느끼고 있었다. 딸에게 계
속 이야기를 하면서 눈물짓고 있었다.(「지표」)

스기야마에게 한 동거 신청이 깨끗이 거절당한 뒤, 간호부 집에
있는 '딸'에게 전화해서 '나'는 자신의 눈앞에 '분홍색 배'가 보이는
것을 알렸다. 그 '분홍색 배'라는 화제를 의미 있는 것으로 받아들여
주는 '딸'은 '나'와 거리를 두고 싶어 하는 '기분 나쁜' 타자이기도
하다.

보육원에 다니는 길에서 마주치는 나이든 여자, 그리고, 젊은 나이에 남편을 잃은 '나'의 어머니에 대해 이야기하는 중에, '나에게는 보이지 않는 것을 볼 수 있는 것일까.…… 단지 마주보는 것만으로, 상대를 이해하고, 공감할 수가 있는, 그 정도의 능력은 한 인간의 고독의 성과로서 갖추길 바랐다'라고 하는 '나'는 '고독'이 만들어 내는 〈관계〉 속에서, 계속 변전해 가는 것이다(그러나, 그 〈관계〉 속에는 헤테로섹슈얼(hetero sexual)한 '나'에게 있어 이성인 남자는 배제된다. '성'적 몸에 있어서, 객체로서 가장 멀고, 그렇기 때문에 가장 그리운 존재, 그것은 다른 '성'적 몸이기 때문일 것이다).

소설의 마지막에 '한 장소에 고착된 빛은 이 세상에 있을 수 없는 것이었다. 나는 빛이 정지한 광경을 바라보면서 한 번도 그 속으로 나아가려고는 하지 않았다'(「광소」)라는 '나'는 이혼을 이루고 압도적인 에너지를 방출하는 〈빛〉의 '영지'를 떠나, 빛이 잘 들지 않는 아파트로 이사해 간다.

〈빛남〉은 언제나 〈빛〉 속에 있다고는 한정할 수 없다.

8. 야마다 에미(山田詠美)
「무릎 꿇어 발을 핥아라ひざまずいて足をお舐め」

니시다 리카(西田りか)

「무릎 꿇어 발을 핥아라」의 시기

「무릎 꿇어 발을 핥아라」는 1987년 3월부터 이듬해 5월까지 1년 이상에 걸쳐 『신조 45』에 연재되어, 1988년 8월에 10권 째 소설(집)로 신초사에서 출판된 것으로, 야마다 에미에게 있어 첫 장편소설이다. 처녀작 「베드 타임 아이즈ベッド タイム アイズ」(85년 11월)로 제22회 문예상을 수상해 데뷔한 후, 꾸준히 좋은 작품을 발표하여 「베드 타임 아이즈」, 「제시의 등뼈ジェシーの背骨」(86년 8월), 「나비의 전족蝶々の纏足」(87년 1월)은 아쿠다가와상 후보작이 되었다. 「소울·뮤직·러버즈·온리ソウル・ミュージック・ラバーズ・オンリー」(87년 2월)로 제97회 나오키 상 수상을 이루어, 작가로서 문학세계에 정위치를 구축하기에 이르는데, 「무릎 꿇어 발을 핥아라」는 정확히 이 시기에 집필되었다. 비교적 다작인 이 작가의 초기작으로, 야마다 에미라는 작가를 알기에 열쇠가 되는 한 작품이라 할 수 있다고 생각한다.

「무릎 꿇어 발을 핥아라」에서 이야기되는 것과 화자

물론 「무릎 꿇어 발을 핥아라」는 'SM클럽에서 일하기 시작한 여자가 여러 사람과 알아가면서 하루하루를 보낸다고 하는 이야기'283)로, 작품을 읽으면 누구나 알 수 있는 이야기라고 생각하지만, SM소설도, 풍속소설도, 페티시즘284)소설도 아니다. 「베드 타임 아이즈」가 '성性을 쓰고 싶어서 연애를 쓰는 것이 아니라, 연애를 쓰고 싶기 때문에 성을 쓰는 소설이라면, 「무릎 꿇어 발을 핥아라」는 그 〈성〉을 〈SM(양孃)〉으로, 「연애」를 〈인생〉 또는 〈인간〉으로 바꾸어서 해석하면 되지 않을까? 소설의 무대에 SM클럽이 선택된 것은 작가에게 있어 주지의 장이었다는 것 이상으로, 거기에 관계되는 사람들에게서보다 인간으로서의 노골적인 본질을 찾아낼 수가 있다는 의미도 있었다고 생각된다.

작품은 주인공인 지카ちか의 친구·시노부忍가 전편에 걸쳐 이야기한다는 형식을 취하고 있다. 지카에게 있어 시노부는 SM클럽 같은 '지저분한 일'의 선배이고, 인생의 선배이기도 하고, 공사公私 모두 가장 의지할 수 있는 '친언니'와 같은 존재이다. 사물을 보는 견해, 사고방식에도 공통항은 많으나, 스스로 '문맹'이라고 할 정도로 문학과는 무연하다. 언뜻, "작가로 살아갈 것을 선택해 가는 인물의 이야기"의 화자로서 부적격하게 보인다. 그러나 작중의 지카의 말을 빌리자면, 시노부는 '존재한다는 자체가 문학하는 사람'인 것이다. 즉, 지카가 '외부의 것을 자신의 필터를 통해서 내부로 가지고 가고, 그것을 또 밖으로 내어 놓는다고 하는 번거로운 일을 하지 않으면, 자신의 존재를 확인할 수 없는'것에 대해, 시노부같은 인종은 "자신의 내부에서, 처음부터 무언가를 넘치게 하고, 그것을 자신의 필터

---

283) 「지성의 편사치知性の偏差値」, 『신조45』, 1995년 10월.
284) 역자주—fetishism : 성도착의 일종. 이성의 의류·장신구 등에 이상하게 애착을 나타내는 것.

를 통해서 밖으로 내어놓을 뿐으로, 확실히 자기 자신을 완성해내는 것"이라고 말한다. 그리고 이 '자신의 존재를 확인'하는 작업이야말로 문학인 것이다 라고도. 더 이야기하자면, 문학은 지카에게 있어 인생 그 자체이다.

지카가 모 잡지에 소설을 응모해서 신인상에 당첨됐어. 아니야, 언니, 복권이 아니잖아, 수상했다고 말해줘요. 아, 맞아. 신인상을 수상하고 며칠이 지나자, 정말 굉장해. 지카는 완전히 유명인이 돼버렸다.

시노부나 지카의 발화, 시노부의 심정, 상황의 설명(지문적인 부분) 등, 모두 거의 구분 없이 지문으로, 그것은 마치 친한 친구와 잡담을 하는 것 같은 격의 없는 어조로 표현된다. 반드시 지카에 대한 이야기라고 판단할 수 없는 장면도 많고, 시노부가 혼자 하는 이야기라는 형식을 취하는 경우도 있다. 그러나 그 이야기는 어디까지나 독백체의 것이 아니라 회화체이기 때문에, 독자는 종종 시노부 한 사람의 청자로서 이야기에 대치하지 않을 수 없다. '슬픈 일이나 괴로운 일을 그대로 부딪치는 것이 남자친구라면, 냉정하게 자신을 재조직하려고 할 때 필요한 것이 여자친구'라고 시노부는 분석하고 있는데, 독자는 필요하다고 여겨지는 여자친구의 한 사람으로서, 시노부 옆에서 '자신을 재조직하려고' 하고 있는 지카를 마주하게 되는 것이다. 지카의 생에 아주 근접한 거리에서 입회한다고 해도 좋을 것이다.

「무릎 꿇어 발을 핥아라」의 특이성에 대하여

쓰고 있을 때에 괴롭다고 느낀 것은 이것이 첫 경험이다. 내가 언제나 제정신을 잃는 달콤한 연애라는 특기과목이 아닌 탓도 있고, 소설을 쓰는 이외의 일로 너무나 번민했다는 점도 있다.

야마다 에미는 이 작품을 수록한 단행본의 '후기'에서 이렇게 말한다. '쓰는 이외의 일'이란 프라이베이트한 일로 매스컴 등에 사생활에 관해 괴롭힘을 당한 것이나, 나오키 상 수상까지의 소동도 들어갈지 모른다. 어쨌든 다른 것과는 일획을 그은 작품이었던 것이다. '후기'에서는 또 이렇게 말하고 있다. '잡지에 나의 작품이 실렸을 때, ……몇 번이나 반복하여 샅샅이 읽고', '냉정하게 칭찬하거나, 비난하거나 하면서 즐길 수가 있다' 그것은 작품발표 시에는, 집필 시와는 '인간이 달라져 있기' 때문인데, 이 작품만은 그것이 가능하지 않았다는 것. 이것은 이 작품의 잡지 연재 시에는 아직 '인간이 달라져있지' 않았다라고 해석하면 될 것인가? 작중, 지카에게 '마음이 아플 때 소설이란 것은 태어나지 않는다.', '어떤 상처도 딱지가 생기기 전에는 소설이 되지 않는다', '그래서, 나는 지금 쓸 수 없다'라고 말하게 하는데, 이 작품은 아직 〈딱지〉가 생기지 않은 동안에 쓸 것을 강요당한(강요한) 작품이었는지도 모른다. 작중의 소설이념에서 밀려난 작품이라고도 할 수 있을 것이다. 그것이 작가에게 '괴로움'이나 '두려움'을 느끼게 한 원인이 아닐까?

그런데, 야마다 에미의 그때까지의 작품은 '특기과목'인 연애물 이외에 「제시의 등뼈」 같은 소년물, 「나비의 전족」 같은 학원물로 분류할 수 있다.285) 이들 세 계통은 이후에도 야마다 작품의 기둥이 되어 이어져 가는데, 「무릎 꿇어 발을 핥아라」는 이 세 계통에 속하지 않는다. 새로운 경향을 보이는 이 작품은 당시 자전적인 것으로

---

285) 참고 : 마쓰다 료이치(松田良一), 「소설과 야마다 에미」

받아들여진 것 같다. 그 때문에 야마다 에미는 '단행본의 종이 띠에는 반#자전적소설이라고 쓰여 있다. 그러나 물론 소설은 소설이어서, ……픽션'(「지성의 편사치」)인 것이라는 당연하다 할 수 있는 말을 반복하여 표명할 수밖에 없었다. 그러나 동시에 '소설은 작가의 마음의 논픽션이다'[286]란 것도 일관되게 주장하고 있는 것이다.

그렇다면, 「무릎 꿇어 발을 핥아라」는 아직 완전히 〈딱지〉가 되지 않은 작가 내면의 무엇인가가 나타나 있는 작품이 아닐까? 그리고, 그것이 이야기의 특징과 맞물려서 독자에 대해 좀 독특하게 다가가고 있는 것이라 생각된다.

두 번째 뚜껑으로서의 「무릎 꿇어 발을 핥아라」

「무릎 꿇어 발을 핥아라」는 지카가 문학의 '아주 큰 상'을 수상한 장면으로 막을 내리는데, 작가의 석세스 스토리가 아닌 것은 자명하다. 지카라고 하는 한 인간이 이 세계 안에서 살아가는 그 의미를 작가라는 수단으로 발견해 가는, 또는 어떻게 발견해 갔는가 하는 '자신을 만들어 가는' 과정을 그리고 있는 작품인 것이다. 소설에는 '착안점, 문장력, 그리고 아포리즘, 세 가지가 중요하다'[287]고, 아포리즘의 중요성을 설명하는 야마다 에미이지만, 이 작품에서는 핵이 되는 아포리즘은 찾아내기 어렵다. 중층적으로 이야기되는 에피소드와 거기서 나타나는 테마도 수렴되어 가지 않는다. 인간 앞에 어찌할 수 없이 나타나는 '인생의 뒤틀림'이나, 성차, 인종을 비롯한 각종 차별에 대해서 등, 다루어지고 있는 테마는 많지만, 그것은 진열

---

[286] 「후기」『츄잉껌』, 가도카와서점, 1990년 12월.
[287] 「선평」, 『소설현대』, 1990년 5월.

된 샘플들처럼 나열되어 이야기 중에 흘러가버린다. 이들 에피소드 와 테마는 각각 개별의 작품으로 나중에 승화되어 가는데, 작가 야 마다 에미의 수법을 보여주는 측면도 함께 가지면서, 여기서는 인간 의 삶의 성립을 의미지우고 해석하는 과정 자체를, 즉 인간의 반생 을 그대로 통째로 독자에게 들이대고 있는 것이 아닐까?

　'쓰고 싶은 것은 ……인간관계와 그것을 둘러싸는 환경. 인간의 마음 내면이 교착하는 모습'이고, '그 조합이 어른과 아이거나, 남자 와 여자이거나'288)한 것이야말로 일관된 소설의 테마라고 하는 작 가가 「무릎 꿇어 발을 핥아라」에서 개인과 세계, 또는 사람과 인생 이라는 이제까지와 이질적인 조합을 그리고 있는 점에 주목하면, 수 수께끼의 일부분이 풀릴지도 모른다. 작중에서 「베드 타임 아이즈」 (라고 추측되는 소설)를 자신으로부터 넘쳐나려는 것을 넘치게 하기 위해서 연 '뚜껑'이었다라고 말하는 부분이 있다. 그렇다면 「무릎 꿇어 발을 핥아라」는 실은 더 안쪽에 존재하고 있던 용기로부터 넘 쳐나려고 하는 것을 방출하기 위한 두 번째 '뚜껑'이었던 것이 아닐 까? 야마다 에미는 이 작품을 '포지티브한 배설작용'(「후기」)이라고 정의하고 있다. '뚜껑'과 '배설작용'은 같은 것을 의미하는 게 아닐 까? 그런 의미에서 「무릎 꿇어 발을 핥아라」는 이후의 야마다 작품 중 네 번째로 가장 뼈대 굵은 인간 삶의 근원을 재응시하는 계열의 작 품289)을 탄생시켜 가는 돌파구를 연 작품이라고 할 수 있을 것이다.

---

288) 인터뷰 『VIEWS』, 1991년 12월.
289) 「애니멀·로직」, 96년 4월 등의.

▪여성 문학 관련 연표 (1883~1999)

1883(메이지16)	
여성문학	「온실 속 딸. 혼인의 불완전函入娘.婚姻之不完全」(기시다 도시코岸田俊子,「신신당駸々堂」)10
남성문학	「세부메이시경국미담斉武名士経国美談」(야노 류케이矢野龍渓,「호지사報知社」) 후편, 84.2
사회동향	여자 정담政談 연설회 개최 3
1884(메이지17)	
여성문학	「자유등 빛을 사모한 마음을 고하다自由燈の光を戀ひて心を述ぶ」(기시타 도시코,「자유등 창간호自由の燈 創刊号」) 5 「동포 자매에게 고함同胞姉妹に告ぐ」(기시다 도시코,「자유등自由の燈」) 5~6
남성문학	「센켄시쇼撰軒詩鈔」(이노우에 데스지로井上哲次郎,「구겐당鉤玄堂」) 2 「자유염설여문장自由艶舌女文章」(고무로 안가이도小室案外堂,「자유등출판국自由燈出版局」) 9
사회동향	「자유등自由の燈」 창간 5 「여학잡지女学雑誌」 창간 6 오기노 긴코萩野吟子 의술개업전기시험합격 7
1885(메이지18)	
여성문학	
남성문학	「당대서생기질 当世書生氣質」(스보우치 쇼요,「만청당晩青堂」) 6~86.1 「소설신수小説神髄」(스보우치 쇼요,「송월당松月堂」) 9~86.4
사회동향	「여학잡지」 창간 7 메이지明治 여학교설립 9 (폐교 '08)
1886(메이지19)	
여성문학	「옛 서울의 선물 旧き都のつと」(와카마쓰 시즈코若松賤子,「여학잡지」) 5 「우후곽공雨後廓公」(나카지마 우타코中島歌子,「가게쓰소시花月草紙」) 7
남성문학	「소설총론小説総論」(후타바테이 시메이二葉亭四迷),「중앙학술잡지中央学術雑誌」) 4.10
사회동향	「요미우리신문読売新聞」 사설에「맞벌이 부부론夫婦共稼論」 5 「남녀교제론男女交際論」 5~6
1887(메이지20)	
여성문학	「서울의 꽃都の花」(나카지마 우타코,「오야시마잡지大八洲雑誌」) 4 「선악의 갈림길 善悪の岐」(나카지마 쇼엔中島湘煙,「여학잡지」) 7~8, 11
남성문학	「신편 뜬구름新編 浮雲」(스보우치 쇼요,「금항당金港堂」) 6, 제2편 88.2, 제3편 89.7~8
사회동향	「이라쓰 여자以良都女」「일본의 여학日本之女学」 창간
1888(메이지21)	
여성문학	「덤불의 휘파람새藪の鶯」(미야케 가호三宅花圃),「금항당」) 6
남성문학	「아이비키あいびき」(후타바테이 시메이,「국민의 벗国民の友」) 7~8

| 사회동향 | 「일본인日本人」 4, 「서울의 꽃」 10 창간 |
| | 이 해, 현모양처론 외치다. |

<table>
<tr><td colspan="2" align="center">1889(메이지22)</td></tr>
<tr><td rowspan="3">여성문학</td><td>「부녀의 거울婦女の鑑」(기무라 아케보노木村曙, 「요미우리신문読売新聞」) 1~2</td></tr>
<tr><td>「산간의 명화山間の名花」(나카지마 쇼엔, 「서울의 꽃」) 3~5</td></tr>
<tr><td>「맞은편 별채お向ふの離れ」(와카마쓰 시즈코, 「여학잡지」) 10</td></tr>
<tr><td rowspan="3">남성문학</td><td>「색 참회色懺悔」(오자키 고요尾崎紅葉, 「요시오카서적점吉岡書籍店」) 4</td></tr>
<tr><td>「초수지시楚囚之詩」(기타무라 도고쿠北村透谷, 「슌쇼당春祥堂」) 4</td></tr>
<tr><td>「풍류불風流仏」(고다 로한幸田露伴, 「요시오카서적점」) 9</td></tr>
<tr><td rowspan="2">사회동향</td><td>「교육시론時論」 사설, 「고등 여학교는 정부에 독실한 보호에 미치지 못한다」 2</td></tr>
<tr><td>대일본제국헌법 발포 2.11</td></tr>
</table>

<table>
<tr><td colspan="2" align="center">1890(메이지23)</td></tr>
<tr><td rowspan="2">여성문학</td><td>「젊은 소나무わか松」(기무라 아케보노, 「요미우리신문」) 1</td></tr>
<tr><td>「소공자小公子」(와카마쓰 시즈코 역訳, 「여학잡지」) 8~92.1</td></tr>
<tr><td rowspan="3">남성문학</td><td>「무희舞姫」(모리오가이 린타로森鴎外林太郎, 「국민의 벗」) 1.3</td></tr>
<tr><td>「가라마쿠라伽羅枕」(오자키 고요, 「요미우리신문」) 8.13</td></tr>
<tr><td>「물거품 기うたかたの記」(모리 오가이森鴎外, 「시라가미소시しがらみ草紙」) 8</td></tr>
<tr><td rowspan="3">사회동향</td><td>동경 여자고등사범학교 창립 3</td></tr>
<tr><td>여자의 정치 활동 전면 금지 7</td></tr>
<tr><td>교육칙어발포 10.30</td></tr>
</table>

<table>
<tr><td colspan="2" align="center">1891(메이지24)</td></tr>
<tr><td rowspan="3">여성문학</td><td>「알없는 반지こわれ指環」(시미즈 시킨清水紫琴, 「여학잡지」) 1</td></tr>
<tr><td>「심화尋花」(오쓰카 나오코大家楠緒子, 「부녀잡지婦女雑誌」) 4</td></tr>
<tr><td>「고미화枯尾花」(미야케 가호, 「여학잡지」) 12</td></tr>
<tr><td rowspan="3">남성문학</td><td>「봉래곡蓬来曲」(기타무라 도코쿠, 「양신당養真堂」) 5</td></tr>
<tr><td>「두 명의 부인二人女房」(고요 산진紅葉山人, 「서울의 꽃」) 8~92.12</td></tr>
<tr><td>「오층탑五重塔」(로한露伴, 「국회国会」) 11~92.3</td></tr>
<tr><td rowspan="2">사회동향</td><td>제1차 마쓰가타松方 내각성립 5</td></tr>
<tr><td>여성 5명, 정담연설방청해 벌금 12</td></tr>
</table>

<table>
<tr><td colspan="2" align="center">1892(메이지25)</td></tr>
<tr><td rowspan="3">여성문학</td><td>「암앵闇桜」(히쿠치 이치요樋口一葉, 「무사시노武藏野」) 3</td></tr>
<tr><td>「한 색다른 청년의 술회一靑年異様の述懐」(시미즈 시킨, 「여학잡지」) 10</td></tr>
<tr><td>「매목うもれ木」(히쿠치 이치요, 「서울의 꽃」) 11, 12</td></tr>
<tr><td rowspan="2">남성문학</td><td>「염세시가와 여성厭世時家と女性」(기타무라 도코쿠, 「여학잡지」) 2</td></tr>
<tr><td>「세 명의 부인三人妻」(오자키 고요, 「요미우리신문」) 11~92.3</td></tr>
<tr><td rowspan="2">사회동향</td><td>「가정잡지家庭雑誌」 창간 9</td></tr>
<tr><td>남자 간통죄에 대한 형법. 민법 개정 청원 중의원위원회 수리 안함 12</td></tr>
</table>

	1893(메이지26)
여성문학	「효월야曉月夜」(히쿠치 이치요, 「서울의 꽃」) 2
	「눈온 날雪の日」(히쿠치 이치요, 「문학계文学界」) 3
	「세이라 쿨의 이야기 セイラ.クルーの話」(와카마쓰 시즈코 역, 「소년원少年園」) 9~94.4
남성문학	「인생에 관계되는 것은 무엇인가人生に相渉るとは何の謂ぞ」(기타무라 도코쿠, 「문학계」) 2
	「마음의 그림자心の闇」(오자키 고요, 「요미우리신문」) 6~7
사회동향	「문학계」 창간 1
	일본 기독교 부인교풍矯風회 결성 4
	문부성 교원의 정론政論 및 관련단체 참가금지훈령 10
	1894(메이지27)
여성문학	「암야暗夜」(히쿠치 이치요, 「문학계」) 7, 9, 11
	「섣달그믐大つごもり」(히쿠치 이치요, 「문학계」) 12
남성문학	「다키구치 뉴도瀧口入道」(다카야마 초규高山樗牛, 「요미우리신문」) 4~5
	「의혈협혈義血俠血」(이즈미 교카泉鏡花, 「요미우리신문」) 11
사회동향	청일淸日 전쟁 발발 8
	적십자 간호부 종군 8
	1895(메이지28)
여성문학	「키재기たけくらべ」(히구치 이치요, 「문학계」) 1~96.1
	「흐린강にごりえ」(히쿠치 이치요, 「문예쿠라부文芸倶楽部」) 12
	「십삼야十三夜」(히쿠치 이치요, 「문예쿠라부」) 12
남성문학	「서기관書記官」(가와카미 비잔川上眉山, 「태양太陽」) 2
	「다정다한多情多恨」(오자키 고요, 「요미우리신문」) 2~12
	「검은도마뱀黒蜥蜴」(히로쓰 류로広津流浪, 「문예쿠라부」) 5
	「외과실外科室」(이즈미 교카泉鏡花, 「문예쿠라부」) 6
사회동향	문부성 고등여학교 규정 제정 1
	일청강화조약 조인 4.17
	제국교육대회에서 고등여학교 교육은 자활적 기능교육보다 내조적 양성을 결의 5
	1896(메이지29)
여성문학	「나로부터われから」(히쿠치 이치요, 「문예쿠라부」) 5
	「유모乳母」(기타다 우스라이, 「문예쿠라부」) 5
	「오대당五大堂」(다자와 이나부네, 「문예쿠라부」) 11
남성문학	「동서남북東西南北」(요사노 뎃칸与謝野鉄幹, 「메이지서원 明治書院」) 7
	「이마도 동반자살今戸心中」(히로쓰 류로, 「문예쿠라부」) 7
	「조엽광언照葉狂言」(이즈미 교카, 「요미우리신문」) 11~12
사회동향	고다 노부幸田涎, 귀조 피로 바이올린 연주회, 동경음악학교 교수 됨 4
	민법 3 편 공포 4, 98년 시행

1897(메이지30)	
여성문학	「마음의 귀신心の鬼」(시미즈 시킨, 「문예쿠라부」) 1
	「소공자」(와카마쓰 시즈코 역, 「박문관博文館」) 1
	「만앵晩桜」(우스라이 여사薄氷女史, 「문예쿠라부」) 10
남성문학	「금색야차金色夜叉」(고요紅葉, 「요미우리신문」) 1~2, 후편 9~11, 완결은 02.5
	「약채집若菜集」(시마자키 도손島崎藤村, 「춘양당春陽堂」) 8
사회동향	문부성, 남녀 별학別学에 관한 훈령 12
	이 해, 방적공장에 데모, 흉작에 농민 소요 다발.
1898(메이지31)	
여성문학	「아래로 흐르는 물したゆく水」(시미즈 시킨, 「문예쿠라부」) 2
	「들꽃野の花」(기타다 우스라이, 「여자의 벗」) 9~12
남성문학	「세모의 모8일くれの甘八日」(우치다 로안 内田魯庵, 「신저월간新著月刊」) 3
	「불여귀不如帰」(로카蘆花, 「국민신문 国民新聞」) 11~99.5
사회동향	시모다 우타코下田歌子, 제국부인협회설립(99.12「일본부인日本婦人」 창간) 11
1899(메이지32)	
여성문학	「오이소 소식大磯だより」(나카지마 도시코中島俊子, 「여학잡지」) 1~12
	「단사片糸」(기타다 우스라이北田薄氷, 「여자의 벗女子之友」) 2~8
	「이민학원移民学園」(시미즈 시킨, 「문예쿠라부」) 8
남성문학	「일본의 하층사회日本之下層社会」(요코야마 겐노스케橫山源之助, 「교분관教文館」) 5
	「내 죄己が罪」(기쿠치 유호菊地幽芳, 「마이니치신문每日新聞」) 8~00.5
사회동향	고등여학교령 공포(현모양처주의 여자교육의 제도화 확립) 2
	나루미成美학원설립(교사 이쿠타 조코生田長江, 모리타 소헤이森田草平) 11
1900(메이지33)	
여성문학	「암야」(오쓰카 나오코, 「여학잡지」) 1
	「반지指輪」(마쓰노야 여자松の屋女子, 「문예쿠라부」) 4
남성문학	「고야의 고승高野聖」(이즈미 교카, 「신소설」) 2
	「조엽광언」(이즈미 교카, 「춘양당」) 4
	「첫모습初すがた」(고스기 텐가이, 「춘양당」) 8
사회동향	「명성明星」요사노 텟칸与謝夜徹幹 주재 창간 4~08, 11
	여자 영어학교, 도쿄여의학교 창립
1901(메이지34)	
여성문학	「헝클어진 머리みたれ髮」(요사노 아키코 与謝野晶子, 「동경신지사東京新時社」) 8
	「박빙유고薄氷遺稿」(기타다 우스라이, 「춘양당」) 11
남성문학	「묵즙일적墨汁一滴」(마사오카 시키正岡子規, 「일본日本」) 1. 16~7.2
	「무사시노武蔵野」(구니키다 돗보, 「민유사民友社」) 3
	「낙매집落梅集」(시마자키 도손, 「춘양당」) 8
사회동향	애국부인회 설립 2
	일본여자日本女子 대학교 개교 4

1902(메이지35)	
여성문학	「이별 원앙離鴛鴦」(오쓰카 나오코,「부인계婦人界」) 7
	「오쿠쓰키おくつき」(오사나이 야치요小山内八千代,「부인계」) 10
	「황금黄金」(고가네이 기미코小金井きみ子,「만넨구사万年艸」) 12
남성문학	「지옥의 꽃地獄の花」(나가이 가후永井荷風,「금항당」) 7
	「비雨」(히로쓰 류로 広津柳浪,「신소설」) 10
	「옛주인旧主人」(시마자키 도손,「신소설」) 11(발금)
사회동향	입센작「사회의 적」서양식연극으로 상연 4

1903(메이지36)	
여성문학	「메이지 재원 가집 明治才媛歌集」(시모다 우타코 편下田歌子 編,「고분도서점廣文堂書店」) 1
	「이슬에 젖은 옷露分衣」(다무라 도시코田村俊子,「문예쿠라부」) 2
	「기념품忘れがたみ」(와카마쓰 시즈코,「박문관」) 3
	「쇼엔 일기湘烟日記」(나카지마 쇼엔中島湘烟,「육성회育成会」) 3
남성문학	「마풍연풍魔風恋風」(고스기 텐가이小杉天外,「요미우리신문」) 2~9
	「하늘을 치는 물결 天うつ浪」(고다 로한,「요미우리신문」) 9~ 04.2
	「여배우 나나女優ナナ」(조라, 나가이 가후永井荷風 편,「신성사新声社」) 9
사회동향	신바시新橋역에 여자 개찰원 채용
	고코쿠 슈스幸徳秋水. 사카이 도시히코堺利彦 등이 평민사 결성 22
	이 해, 문부성 영어검정시험, 최초의 여성 합격자(후루야 도요코吉屋登世子)

1904(메이지37)	
여성문학	「병사兵士」(이시카미 쓰유코石上露子,「부녀신문婦女新聞」) 4
	「너 죽는일 없어야 해君死にたまふこと勿れ」(요사노 아키코,「명성」) 9
	「첩의 반생애妾の半生涯」(후쿠다 히데코福田英子,「동경당東京堂」 10
남성문학	「불기둥火の柱」(기노시타 쇼코木下尚江,「마이니치신문每日新聞」) 1~3
	「노골적묘사露骨なる描寫」(다야마 가타이田山花袋,「태양」) 2
	「봄새春の鳥」(구니키다 돗보国木田独歩,「여학세계女学世界」) 3
	「적막寂寞」(마사무네 하쿠초正宗白鳥,「신소설新小説」) 11
사회동향	러일전쟁 시작 1
	고등소학교 독본에 일청전쟁 에피소드「수병의 어머니」실어 군국의 어머니의 미담으로 칭양.

1905(메이지38)	
여성문학	「연의恋衣」(야마카와 도미코山川登美子, 마스다 마사코增田誶子, 요사노 아키코,「혼고서원本郷書院」) 1
	「이슬露」(다무라 도시코,「신소설」) 11
	「붓의 물방울筆の雫」(간노 스가菅野すが,「무로신보牟婁新報」) 11
남성문학	「나는 고양이로소이다吾輩は猫である」(나쓰메 소세키夏目漱石,「호토토기스ホトトギス」) 1~06.8

	「동경あこがれ」(이시가와 다쿠보쿠石川啄木, 「오다지마서방小田島書房」) 5
	「해조음海潮音」(우에다 빈 역上田敏 訳, 「혼고서원」) 10
사회동향	「여자문단女子文壇」「부인화보婦人画報」 창간
	러일강화조약 조인 9.5
	이 해 동북지방 대흉작, 애국부인회에서 군인유족 위문등 대활약.
	**1906(메이지39)**
여성문학	「나들이옷晴小袖」(오쓰카 나오코, 「류분관隆文館」) 1
	「6호실六号室」(체홉チエホウ, 가요 여사 역夏葉女史訳, 「문예계文芸界」) 4
	「산파일기産屋日記」(요사노 아키코, 「명성」) 7
	「신록新緑」(오사니아 하치요小山内八千代),　「가네오분엔당金尾文淵堂」12(上)
	07.7 (下)
남성문학	「야국지모野国之墓」(이토 사치요伊藤佐千夫, 「호토도기스」) 1
	「파계破戒」(시마자키 도손, 「우에다야上田屋」) 3(자비)
	「도련님坊ちゃん」(나쓰메 소세키, 「호토토기스」) 4
	「신비적　반수주의神秘的半獣主義」(이와노 호메이岩野泡鳴, 「사쿠라서방佐久良書房」) 6
사회동향	이마이 우타코今井歌子 외 227명 중의원의 치경법治敬法 제5조 개정청원서 제출 2
	화족華族여학교, 각슈인学習院 여학교로됨. 시모다 우타코(여학부장) 4
	**1907(메이지40)**
여성문학	「연緣」(노가미 야에코野上彌生子, 「호토도기스」) 2
	「직녀성七夕樣」(노가미 야에코, 「호토도기스」) 6
	「절집 아이お寺の子」(미즈노 센코水野仙子, 「문장세계 」) 8
	「미인다실美人茶室」(오카다 야치요, 「신성新声」) 12
남성문학	「부게도婦系図」(이즈미 교카, 「야마토신문やまと新聞」) 1~4
	「구미인초虞美人草」(나쓰메 소세키, 「도쿄, 오사카아사히신문」) 6~10
	「이불蒲団」(다야마 가타이, 「신소설」) 9
	「평범平凡」(후타바테이 시메이, 「도쿄아사히신문東京朝日新聞」) 10~12
사회동향	후쿠다 히데코, 「세계부인世界婦人」창간 1
	아시오足尾 동산에 대폭동 2
	의무교육 6년제로 소학교령 개정 3
	이 해, 노동투쟁 급증.
	**1908(메이지41)**
여성문학	「공훈空薰」(오쓰카 나오코, 「도쿄아사히신문」) 4~5 속편 09.5~6 「소라에이」
	「파산破産」(구니기다 하루코国木田治子, 「만조보万朝報」) 8~9
	「체홉 걸작집チェホウ傑作集」(세누마 가요 역瀬沼夏葉訳, 「시시코서방獅子吼書房」) 10
남성문학	「어디로何処へ」(마사무네 하쿠초正宗白鳥, 「와세다문학早稲田文学」) 1~4
	「봄春」(시마자키 도손, 「도쿄아사히신문」) 4~8

	「아메리카 이야기あめりか物語」(나가이 가후, 「박문관」) 8
	「산시로三四郎」(나쓰메 소세키, 「도쿄, 오사카아사히신문」) 9~12
	「신세대新世帯」(도쿠다 슈세이德田秋声, 「국민신문」) 10~12
사회동향	사회주의 부인 강연회 1
	〈매연〉사건 3
	데이코쿠帝国 여배우 양성소(가와카미 사다얏코川上貞奴) 입소식 9
	메이지 여학교 폐교(18년 창립) 12

<table><tr><td colspan="2" align="center">1909(메이지42)</td></tr></table>

여성문학	「헛수고徒勞」(미즈노 센코 水野仙子, 「문장세계文章世界」) 2
	「노老」(다무라 도시코, 「문예쿠라부」) 4
	「공포恐怖」(오카다 야치요岡田八千代, 「미즈노서점水野書店」) 9
	「파란波瀾」(모리 시게코森しげ子, 「스바루スバル」) 12
남성문학	「매연煤煙」(모리타 소헤이, 「도쿄아사히신문」) 1~5
	「탐닉耽溺」(이와노 호메이, 「신소설」) 2
	「반나절半日」(모리 오가이, 「스바루」) 3
	「스미다강すみだ川」(나가이 가후, 「신소설」) 12
사회동향	문예협회연극연구소, 남녀공학의 신극新劇 양성 개시 9
	「문예쿠라부」「신소설」「부인화보」 등의 잡지 여학교에서 열람 금지 11

<table><tr><td colspan="2" align="center">1910(메이지43)</td></tr></table>

여성문학	「수꽃あだ花」(모리 시게코, 「스바루」) 1
	「오나미お波」(미즈노 센코, 「중앙공론中央公論」) 2
	「후미코의 눈물文子の涙」(오노데라 기쿠코, 「금항당」) 4
	「아카사카赤坂」(오노데라 기쿠코, 「중앙공론」) 12
	「그림상자絵の具箱」(오카다 야치요, 「중앙공론」) 12
남성문학	「집家」(시마자키 도손, 「요미우리신문」) 1~5
	「문門」(나쓰메 소세키, 「아사히신문」) 3~6
	「땅土」(나가쓰카 다카시長塚節, 「도쿄아사히신문」) 6.13 ~7.26
	「문신刺青」(다니자키 준이치로谷崎潤一郎, 「신사조新思潮」) 11
	「한줌의 모래一握の砂」(이시가와 다쿠보쿠, 「동운당東雲堂」) 12
사회동향	「시라카바白樺」무사노코지 사네아쓰武者小路実篤 등 창간
	간노 스가管野すが, 대역사건에 연좌, 고토쿠 슈스이幸徳秋水 등도 함께 기소되다 5
	이 해, 관헌의 언론탄압 격화

<table><tr><td colspan="2" align="center">1911(메이지44)</td></tr></table>

여성문학	「포기あきらめ」(다무라 도시코, 「오사카아사히신문大阪朝日新聞」) 1~3
	「생혈生血」(다무라 도시코, 「세이토靑鞜」) 9
	「일본 미인전日本美人伝」(하세가와 시구레, 「취정사聚精社」) 11

	「밤기차夜汽車」(오노데라 기쿠코小寺菊子, 「세이토」) 12
남성문학	「어떤 여자의 그림프스或る女のグリンプス」(아리시마 다케오有島武郎, 「시라카바」) 1~13.3 「어떤 여자或る女」 전편초고
	「진흙 인형泥人形」(마사무네 하쿠초, 「와세다문학」) 7
	「곰팡이黴」(도쿠다 슈세이, 「도쿄아사히신문」) 8.1~11.3
	「기러기雁」(오가이, 「스바루」) 9~13.5
사회동향	대역사건, 24人에게 사형판결, 간노 스가菅野すが, 슈스이秋水 12명 처형 1
	「세이토」(히라쓰카 라이초平塚らいてう) 창간 9
	문예협회, 입센작 「인형의 집」 마쓰이 스마코松井須磨子가 연기해 노라 호평 9
	1912(메이지45.다이쇼1)
여성문학	「신역 겐지이야기新訳源氏物語」 전4권(요사노 아키코, 「가네오분엔당」) 2~13.11
	「집착執着」(가토 미도리加藤みどり, 「세이토」) 4
	「선언誓言」(다무라 도시코, 「신조新潮」) 5
	「가벼운 질투かろきねたみ」(오카모토 가노코岡本かの子, 「세이토사青鞜社」) 12
남성문학	「피안 까지彼岸過迄」(나쓰메 소세키, 「도쿄 오사카아사히신문」) 1.2~4.29
	「슬픈 완구悲しき玩具」(이시카와 다쿠보쿠, 「동운당서점東雲堂書店」) 6
	「오쓰 준키치大津順吉」(시가 나오야志賀直哉, 「중앙공론」) 9
	「슬픈 아버지哀しき父」(갓시이 젠조葛西善蔵, 「기적奇蹟」) 9
	「행인行人」(나쓰메 소세키, 「도쿄, 오사카아사히신문」) 12~13.11
사회동향	도쿄여의東京女医 학교, 도쿄여자의학전문학교東京女子医学専門学校로 승격, 인가 3
	아라키 이쿠코荒木郁子, 「편지手紙」로 「세이토」 발금 4
	노기乃木 대장부처순사, 논의 일어남 9
	1913(다이쇼2)
여성문학	「유녀遊女」(다무라 도시코, 「신조」) 1, 후에 「여작자女作者」
	「미이라의 입술木乃伊の口紅」(다무라 도시코, 「중앙공론」) 4
	「동요動搖」(이토 노에伊藤野枝, 「세이토」) 8
	「지팡이 짚는 여자松葉杖をつく女」(시라키 시즈素木しづ, 「신소설」) 12
남성문학	「다다레ただれ」(도쿠다 슈세이, 「국민신문」) 3~6
	「은수저銀の匙」(나카 간스케中勘助, 「도쿄아사히신문」) 4~6, 15.4~6후편
	「역주逆走」(히라이데 슈平出修, 「태양」) 9
	「한의 범죄范の犯罪」(시가 나오야, 「시라카바」) 10
사회동향	세이토사 '신여자' 강연회 2
	라이초 「둥근 창문에서円窓より」로, 「여학세계」 「여자문단」도 발금 5
	도호쿠데이東北帝 대학교에서 최초로의 데이코구帝大 여자학생 8
	1914(다이쇼3)
여성문학	「불의 딸火の娘」(아라키 이쿠荒木郁, 「쇼분도서점尚文堂書店」) 2

	「포락의 형炮烙の刑」(다무라 도시코, 「중앙공론」) 4
	「밤기차夜汽車」(사이가 고토斎賀琴, 「세이토」)4
	「서른셋의 죽음三十三の死」(시라키 시즈, 「신소설」) 5, 11 「일월사日月社」
	「모란쇄모牡丹刷毛」(마쓰이 스마코, 「신초사新潮社」) 7
남성문학	「야스이 부인安井夫人」(모리 오가이, 「태양」) 4
	「마음 こころ」(나쓰메 소세키, 「도쿄, 오사카아사히신문」) 4~8
	「버찌가 익어가는 시桜の実の熟する詩」(시마자키 도손, 「문장세계」) 5~18.6
	「독약을 마시는 여자毒薬を飲む女」(이와노 호메이, 「중앙공론」) 6
사회동향	예술극장 톨스토이작 「부활」공연, 마쓰이 스마코가 부른 카츄사가 대유행 3
	「사프란番紅花」(오타케 가즈에尾竹一枝)창간 3~8
	제1차 세계대전 시작 7
<td colspan="2" align="center">1915(다이쇼4)</td>
여성문학	「창백한 꿈靑白き夢」(시라키 시즈, 「신소설」) 1
	「강변의 대면河原の対面」(오노데라 기쿠코, 「문장세계」) 4
	「사랑 투쟁愛の爭鬪」(이와노 기요코岩野清子, 「요네쿠라米倉서점출판부」) 11
남성문학	「아라쿠레あらくれ」(도쿠다 슈세이, 「요미우리신문」) 1.12~7.24
	「노방초道草」(나쓰메 소세키, 「도쿄아사히신문」) 6~9
	「선언宣言」(아리시마 다케오, 「시라카바」 7~12
	「라쇼몽羅生門」(아쿠다가와 류노스케芥川龍之介, 「제국문학帝国文学」) 11
사회동향	「세이토」 편집 라이초에서 이토 노에로 바뀜 1
	하라다 고게쓰原田皐月의 낙태부정론 「옥중 여자로부터 남자에게獄中の女より男に」로 「세이토」 발금 7
<td colspan="2" align="center">1916(다이쇼5)</td>
여성문학	「가난한 사람들의 집단貧しき人々の群」(미야모토 유리코宮本百合子, 「중앙공론」) 9
	「슬픈 날로부터悲しみの日より」(시라키 시즈코, 「스마게이쿄사須原啓興社」) 11
	「여자 주제에女のくせに」(나카조 후미코中平文子, 「야나기야서점やなぎや書店」) 12
남성문학	「코鼻」(아쿠다가와 류노스케, 「신사조」) 2
	「옥상의 광인屋上の狂人」(기쿠치 칸菊地寛, 「신사조」) 2
	「명암明暗」(소세키漱石, 「도쿄. 오사카아사히신문」) 5~12.1 4 (중절)
	「겨루기腕くらべ」(나가이 가후, 「문명文明」) 8~17.10
	「감자죽芋粥」(아쿠다가와 류노스케, 「신소설」) 9
사회동향	다이쇼大正 데모가 일어남 1
	「부인공론婦人公論」 창간1
	「세이토」 2월호로 무기휴간 들어감 2
	우애회友愛会 부인부 설치 6
	신진부인회新真婦人会, 정조문제강연회 10

	1917(다이쇼6)
여성문학	「금사집金沙集」(지노 마사코茅野雅子, 「아와나미서점岩波書店」) 1
	「아름다운 감옥美しき牢獄」(시라키 시즈코素木しづ子, 「요미우리신문」) 3~8
	「길道」(미즈노 센코, 「요미우리신문」) 12
남성문학	「아버지 돌아오다父帰る」(기쿠치 칸菊地寬, 「신사조」) 1
	「달보고 짖다月に吠える」(하기와라 사쿠타로萩原朔太郎, 「감정시사感情詩社」, 「백일사白日社」) 2
	「기노사키에서城の崎にて」(시가 나오야, 「시라카바」) 5
사회동향	「주부의 벗主婦之友」 창간 2
	러시아 2월 혁명 3
	경시청 활동사진 흥행 취체 규칙 공포(필름검문, 남녀객석 분리등) 7
	1918 (다이쇼7)
여성문학	「전기轉機」(이토 노에, 「문명비평文明批評」) 1,2
	「거짓말 하는 날嘘をつく日」(미즈노 센코, 「중외中外」) 2
	「사랑 고민愛のなやみ」(오카모토 가노코, 「동운당서점」) 2
	「미인전美人伝」(하세가와 시구레, 「동경사東京社」) 6
남성문학	「지옥변地獄変」(아쿠다가와 류노스케, 「오사카마이니치」 석간. 「도쿄니치니치신문東京日日新聞」) 5.16~22
	「서정소곡집抒情小曲集」(무로우 사이세이室生犀星, 「감정시사」) 9
	「전원의 우울田園の憂鬱」(사토 하루오佐藤春夫, 「중외」) 9
사회동향	모성보호논쟁 요사노 아키코, 히라쓰카 라이초, 야마가와 기쿠에山川菊栄,야마다 와카山田わか 2~19.6
	임시교육회의 답신, 현모양처주의강화 10
	1919(다이쇼8)
여성문학	「세계동맹世界同盟」(에구치江口=기타가와 지요北川千代, 「아카이토리赤い鳥」) 3
	「술취한 상인酔ひたる商人」(미즈노 센코, 「문장세계」) 7
	「격동 속을 간다激動の中を行く」(요사노 아키코, 「아루스アルス」) 8
남성문학	「창고 속蔵の中」(우노 고지 宇野浩二, 「중앙공론」) 10
	「성에 눈뜰 무렵性み目覚める頃」(무로우 사이세이, 「중앙공론」) 10
	「우정友情」(무사노코지 사네아쓰武者小路実篤, 「오사카마이니치신문」) 10~12
사회동향	마쓰이 스마코松井須摩子, 호게쓰抱月를 따라 자살 1
	오사카의과대학, 9년부터 여자입학허가 내정 10
	1920(다이쇼9)
여성문학	「마담 사다얏코マダム貞奴」(하세가와 시구레, 「부인화보」) 2~4
	「포도꽃葡萄の花」(사사키 후사ささきふさ, 「게이세이사서점警醒社書店」) 5
	「세월 위에日月の上に」(다카무레 이쓰에高群逸枝, 「총문각叢文閣」) 6
	「매 맞는 여자撲たれる女」(다카노 쓰기鷹野つぎ), 「신소설」) 8
남성문학	「방랑자 도미조放浪者富蔵」(미야지 가로쿠宮地嘉六, 「해방解放」) 1

	「사선을 넘어서死線を越えて」(가가와 도요히코 賀川豊彦, 「개조改造」) 1~5
	「빙어氷魚」(시마키 아카히코島木赤彦, 「이와나미서점」) 6
	「가이타 노래하다槐多の歌へる」(무라야마 가이타村山槐多, 「아루스」) 6
사회동향	파란 버스에 여자 차장 승차 2
	동경제대東京帝大, 여자 청강생 허가 2
	최초의 메데, 우에노공원에서 1만여명 5
	마르크스 「자본론」 역 간행개시 6
1921(다이쇼10)	
여성문학	「화장한 얼굴脂粉の顔」(도손藤村 = 우노 지요宇野千代, 「시지신보時事新報」) 1
	「장미의 무희薔薇の踊り子」(도쿠나가 기미코德永壽美子, 「아루스사アルス社」) 2
	「바다 끝까지海の極みまで」(요시야 노부코吉屋信子, 「도쿄, 오사카아사히신문」) 7.10~12.30
	「죽음을 응시하고死をみつめて」(하라 아사오原阿佐緒, 「문예사芸文社」) 10
남성문학	「아라타あらたま」(사이토 모키치斎藤茂吉, 「춘양당」) 1
	「암야행로 전편暗夜行路 前編」(시가 나오야, 「개조」) 1~8 후편22.1~23.4
	「순정시집殉情詩集」(사토 하루오, 「신초사」) 7
사회동향	「씨뿌리는 사람種蒔く人」(고마치 지카에小牧近江ら) 창간 2
	적란회赤爛會 결성(최초의 사회주의부인단체) 4
	하라 아사오와 동북제東北帝대학교 교수 이시하라 준石原純의 연애로 이시하라 휴직 8
1922(다이쇼11)	
여성문학	「해신환海神丸」(노가미 야에코, 「중앙공론」) 9
	「진홍의 한숨眞紅の溜息」(후카오 스마코深尾須磨子, 「삼덕사三德社」) 12
	「슬픈 배분悲しき配分」(다카노 쓰기, 「신초사」) 12
남성문학	「선언 하나宣言一つ」(아리시마 다케오, 「개조」) 1
	「무산계급과 예술無産階級と芸術」(히라바야시 하쓰노스케平林初之輔, 「도쿄아사히신문」) 6.8~6.10
	「근대 연애관近代の恋愛観」(구리야가와 고이치로廚川白村, 「개조사改造社」) 11
사회동향	일본공산당, 비합법으로 결성 7
	여교원산전2, 후6주 휴양 훈령 9
	소비에트 사회주의공화국성립 12
1923(다이쇼12)	
여성문학	「어떤 광대역ある 道化役」(다카노 쓰기, 「문학세계文学世界」) 1
	「미망인론未亡人論」(미야케 야스코三宅やす子, 「문화생활연구회文化生活研究会」) 3
	「스미코澄子」(노가미 야에코, 「중앙공론」) 4
	「진실의 매真実の鞭」(다카노 쓰기, 「이송당二松堂」) 5
남성문학	「푸른 고양이青猫」(하기와라 사쿠타로萩原朔太郎, 「신초사」) 1

	「니치린日輪」(요코미쓰 리이치橫光利一,「신소설」) 5
	「무한포옹無限抱擁」(다키이 고사쿠滝井孝作,「개조」) 6
	「풍뎅이こがね虫」(가네코 미쓰하루金子光晴,「신초사」) 7
사회동향	「씨뿌리는 사람」 무산부인특집호 2
	제1회 국제부인메데 3
	「부인운동婦人運動」(오쿠 무메오奧むめお)발간 6
	관동대지진 9
1924(다이쇼13)	
여성문학	「행복幸福」(우노 지요,「가간我観」) 2, 10월「금성당金星堂」
	「꽃 이야기花物語」(요시야 노부코,「교란샤交蘭社」) 3
	「분간할 수 없는 발소리聴き分けられぬ跫音」(나카조 유리코中條百合子,「개조」) 9
	「노부코伸子」제1장, 이후 26.9까지 단속발표
남성문학	「치인의 사랑癡人の愛」(다니자키 준이치로,「오사카아사히신문」) 3.20~6.14,후반은「여성女性」11~25.7
	「봄과 수라春と修羅」(미야자와 겐지宮沢賢治,「세키네서방関根書房」) 4
	「데스페라ですぺら」(쓰지 준辻潤,「신작사新作社」) 7
사회동향	「문예전선文芸戦線」창간 6
	고등교원검역시험 불어과 최초로 여성합격 11
	이 해,양복실용화급진.
1925(다이쇼14)	
여성문학	「욕신浴身」(오카모토 가노코,「에쓰잔도越山堂」) 5
	「부인문제와 부인운동婦人問題と婦人運動」(야마가와 기쿠에,「문화학회출판부文化学会出版部」) 7
	「열일烈日」(와카스기 도리코若杉鳥子,「문예전선文藝戦線」) 10
남성문학	「레몬檸檬」(가지이 모토지로梶井基次郎,「아오조라青空」) 1
	「여공애사女工哀史」(호소이 와키조細井和喜藏,「개조사」)) 7
	「순정소곡집純情小曲集」(하기와라 사쿠타로,「신초사」) 8
	「매춘부淫売婦」(하야마 요시키葉山嘉樹,「문예전선」) 11
사회동향	규슈대학 법문학부, 여자 입학허가 1
	「산아조절평론」(야마모토 센지山本宣治) 창간 2
	치안유지법, 시행 5, 발금 속출.
1926(다이쇼15, 쇼와1)	
여성문학	「분류奔流」(미야케 야스코,「아사히신문」) 1.2~4.29
	「미쓰코光子」(아미노 기쿠網野菊,「신초사」) 7
	「산치山梔」(노미조 나오코野溝七生子,「춘추사春秋社」) 9
남성문학	「이즈의 무희伊豆の踊子」(가와바타 야스나리川端康成,「문예시대文芸時代」) 1,2
	「폭풍우嵐」(시마자키 도손,「개조」) 9
	「바다에 사는 사람들海に生くる人々」(하야마 요시키,「개조사」) 10

사회동향	교토京都 학연사건 1
	문부상, 학생의 사회과학연구 금지 5
	"엔본시대" 시작되다 12
	다이쇼천황 붕어, 쇼와로 개원 12.25
1927(쇼와2)	
여성문학	「하늘 저편에空の彼方へ」(요시야 노부코, 「주부의 벗」) 4~28.4
	「시료실에서施療室にて」(히라바야시 다이코平林たい子, 「문예전선」) 9
	「한송이 꽃一本の花」(나카조 유리코, 「개조」)12
남성문학	「봄은 마차를 타고春は馬車に乗って」(요코미쓰 리이치横光利一, 「개조사」) 1
	「갓파河童」(아쿠다가와 류노스케, 「개조」) 3
	「톱니바퀴歯車」(아쿠다가와 류노스케, 「문예춘추文芸春秋」) 10
사회동향	제1차 산동출병 5
	아쿠다가와 류노스케 자살 7
	우에노上野, 아사쿠사浅草 간에 최초의 지하철 개업 12
1928(쇼와3)	
여성문학	「캐러멜 공장에서キャラメル工場から」(사타 이네코佐多稲子, 「프로레타리아예술プロレタリア芸術」) 2
	「가을이 왔다―방랑기秋が来たんだ―放浪記」(하야시 후미코林芙美子, 「여인예술女人芸術」) 8~29.10
	「마지코真知子」(노가미 야에코, 「개조」) 8~30.12
남성문학	「소용돌이 치는 새의 무리渦巻ける鳥の群」(구로시마 덴지黒島伝治, 「개조」) 2
	「만자卍」(다니자키 준이치로, 「개조」) 3~30.4
	「물결波」(야마모토 유조山本有三, 「도쿄, 오사카아사히신문」) 7~11
	「1928년 3월 15일一九二八年三月十五日」(고바야시 다키지小林多喜二, 「전기戦旗」) 11,12
사회동향	제16회 총선거(최초의 보선) 2
	치안유지법개정(사형, 무기추가)공포 6
	「여인예술」(하세가와 시구레 재간) 7
	특별고등경찰(특고)설치 7
	「히노토리火の鳥」(와타나베 도메코渡辺とめ子) 창간 10
1929(쇼와4)	
여성문학	「담배여공煙草女工」(사타 이네코, 「전기」) 2
	「불타는 머리燃ゆる頭」(이쿠타 하나요生田花世, 「나카니시서방中西書房」) 4
	「백마를 보거나蒼馬を見たり」(하야시 후미코, 「남송서원南宋書院」) 6
	「시설 열차敷設列車」(히라바야시 다이코, 「개조」) 12
	「겨자는 왜 붉은가?罌栗はなぜ紅い」(우노 지요, 「시사신보時事新報」) 12.~30.5.2
남성문학	「동트기 전夜明け前」(시마자키 도손, 「중앙공론」) 4~35.10

	「게공선蟹工船」(고바야시 다키지, 「전기」) 5,6
	「태양이 없는 거리太陽のない街」(도쿠나가 스나오德永直, 「전기」) 6~11
	「패배 문학敗北文学」(미야모토 겐지宮本顕治, 「개조」) 8
	「다양한 의장様々なる意匠」(고바야시 히데오小林秀雄, 「개조」) 6
사회동향	4.16사건 4
	문부성, 국체관념명징. 국민정신작흥을 각학교에 훈령 9
	이 해, 산업합리화정책으로 취직난, 실업자 증대.
1930(쇼와5)	
여성문학	「목욕탕 사건風呂場事件」(마쓰다 도키코松田解子, 「전기」) 4
	「연구회삽화研究会挿話」(사타 이네코, 「개조사」) 6
	「경지耕地」(히라바야시 다이코, 「개조사」) 6
	「덫을 뛰어 넘는 여자罠を跳び越える女」(야다 세쓰코矢田津勢子, 「문학시대文学時代」) 12
남성문학	「기계機械」(요코미쓰 리이치, 「개조」) 9
	「성가족聖家族」(호리 다쓰오堀辰雄, 「개조」) 11
	「무장한 시가武装せる市街」(구로지마 덴지, 「일본쇼론사日本詳論社」) 11
	「측량선測量船」(미요시 다쓰지三好達治 , 「다이이치서방第一書房」) 12
사회동향	「부인전선婦人戦線」 창간 3
	제1회 전일본부선대회개최 4
	동양 모스린구호공장 쟁의 9~11
	부인세쓰루멘토 개설 10
1931(쇼와6)	
여성문학	「풍금과 고기의 마을風琴と魚の町」(하야시 후미코, 「개조」) 4
	「무엇이 나를 이렇게 했는가何が私をかうさせたか」(가네코 후미코金子文子, 「춘추사」) 7
	「청빈의 서清貧の書」(하야시 후미코, 「개조」) 11
남성문학	「요시노구즈吉野葛」(다니자키 준이치로, 「중앙공론」) 1,2
	「이슬 전후つゆのあとさき」(나가이 가후, 「중앙공론」) 10
	「제론ゼーロン」(마키노 신이치牧野信一, 「개조」) 10
사회동향	제2회 전일본부선대회개최 2
	「부인전기 婦人戦旗」 창간 5
	만주사변 발발 9
1932(쇼와7)	
여성문학	「어떤 전선或る戦線」(마쓰다 가이코, 「프로레타리아문학プロレタリア文学」) 4
	「속는 미망인僞れる未亡人」(미야케 야스코, 「부인공론」)4~10, 속편은 아베阿部=미야케 쓰야코三宅艶子 11~33.1, 3, 4
	「귀뚜라미 아가씨こぼろぎ嬢」(오자키 미도리尾崎翠, 「히노도리」) 7

	「젊은 아들若い息子」(노가미 야에코, 「중앙공론」) 12
남성문학	「태평한 환자のんきな患者」(가지이 모토지로, 「중앙공론」) 1
	「일본 서푼짜리 오페라日本三文オペラ」(다케다 린타로竹田麟太郎, 「중앙공론」) 6
	「여자의 일생女の一生」(야마모토 유조山本有三, 「도쿄, 오사카아사히신문」) 10~33.6
	「갈대 베기蘆刈」(다니자키 준이치로, 「개조」) 11, 12
사회동향	상해사변 발발 1
	5.15사건 5
	애국부인회,부인보국운동전개 10
	대일본국방부인회 창립 10
1933(쇼와8)	
여성문학	「1932년 봄一九三二年の春」(나카조 유리코, 「프로레타리아문학」) 1, 2
	「제7관계방황第七官界彷徨」(오자키 미도리, 「게이소당啓松堂」) 6
	「해문교海門橋」(오야마 이토코, 「부인공론」) 8, 9
	「백부의 집伯父の家」(오타니 후지코大谷藤子, 「일력日歴」) 9
	「색 참회」(우노 지요, 「중앙공론」) 9~35.3
남성문학	「전환시대転換時代」(고바야시 다키지, 「중앙공론」) 4,5 후에 「당생활자堂生活者」라고 개제
	「젊은 사람若い人」(이시자카 요지로石坂洋次郎, 「미타문학三田文学」) 5~37.12
	「춘금초春琴抄」(다니자키 준이치로, 「중앙공론」) 6
	「아름다운 마을美しい村」(호리 다쓰오, 「개조」) 10
	「느긋한 안경暢気眼鏡」(오자키 가즈오尾崎一雄, 「인물평론人物評論」) 12
사회동향	고바야시 다키지 검거되어 학살 2
	「부인공론」에서 〈주의와 정조〉특집 하우스키퍼 문제가 화제 3
	교대京大에서 다쓰가와滝川사건 일어나다 4~5
	「가가야쿠輝ク」 창간 4
	사노 마나부佐野学. 나베야마 사다치카鍋山貞親, 옥중에서 전향성명 6
1934(쇼와9)	
여성문학	「모란이 있는 집牡丹のある家」(구보가와 이네코窪川稲子, 「중앙공론」) 6
	「문학적 자서전文学的自敍伝」(우노 지요, 「신조」) 7
	「울보 동자泣虫小僧」(하야시 후미코, 「아사히신문」) 10~11
	「겨울을 지낸 꽃봉오리冬を越す蕾」(나카조 유리코, 「문예文芸」) 12
남성문학	「문장紋章」(요코미쓰 리이치, 「개조」) 1~9
	「나병癩」(시마키 겐사쿠島木健作, 「문학평론文学評論」) 4
	「백야白夜」(무라야마 도모요시村山知義, 「중앙공론」) 5
	「산양의 노래山羊の歌」(나카하라 추야中原中也, 노노가미게이치로野々上慶一郎

	로 발행) 12
사회동향	콧프가맹 10단체, 해산성명 4
	「부인문예婦人文藝」 창간 6
	모성보호법제정촉진부인연맹결성(야마다 와카 외) 9

<table><tr><td colspan="2" align="center">1935(쇼와10)</td></tr></table>

여성문학	「스자키야須崎屋」(오타니 후지코大谷藤子, 「개조」) 1
	「유방乳房」(나카조 유리코, 「중앙공론」) 4
	「헤어짐도 즐겁다別れも愉し」(우노 지요, 「개조」) 6
	「굴牡蠣」(하야시 후미코, 「중앙공론」) 9
남성문학	「창맹蒼氓」(이시가와 다쓰조石川達三, 「성좌星座」) 4~39.7
	「마을 집村の家」(나카노 시게하루中野重治, 「경제왕래経済往来」) 5
	「가장인물仮装人物」(도쿠다 슈세이, 「경제왕래」) 7~38.8
사회동향	「적기」 정간, 공산당중앙부궤멸
	「일본낭만파」 창간
	제1회 아쿠다가와상. 나오키상발표 9
	일본펜클럽창립 11

<table><tr><td colspan="2" align="center">1936(쇼와11)</td></tr></table>

여성문학	「주홍색くれなゐ」(구보가와 이네코, 「부인공론」)1~5, 최종장 38.8 「중앙공론」
	「가쿠라자카神楽坂」(야다 쓰요코矢田津世子, 「인민문고人民文庫」) 3
	「학은 병들다鶴は病みき」(오카모토 가노코, 「문학계」) 6
	「남편의 정조良人の貞操」(요시야 노부코, 「도쿄니치니치, 오사카마이니치신문」) 10.6~37.4
남성문학	「고양이랑 쇼조와 두명의 여자猫と庄造と二人のをんな」(다니자키 준이치로, 「개조」) 1,7
	「보현普賢」(이시가와 준石川淳, 「작품作品」) 6~9
	「만년晩年」(다자이 오사무太宰治, 「스나고야서방砂子屋書房」) 6
	「고향을 잊지 마라故旧忘れ得べき」(다카미 준高見順, 「인민사人民社」) 10
사회동향	2.26사건 2
	메데 금지를 통달3(이후 지속되다)
	阿部定사건 5
	여성 최초의 약학박사(일본여자대교수)탄생 12

<table><tr><td colspan="2" align="center">1937(쇼와12)</td></tr></table>

여성문학	「모자서정母子敍情」(오카모토 가노코, 「문학계」) 3
	「서양관西洋館」(나카자토 쓰네코中里恒子, 「문학계」) 7
	「금어요란金魚撩乱」(오카모토 가노코, 「중앙공론」) 10
	「미로迷路」(노가미 야에코, 「중앙공론」) 11 후에, 제1부로 되어 전6부 완결 56.10
남성문학	「여수旅愁」(요코미쓰 리이치, 「도쿄니치니치. 오사카아사히신문」) 4.13~7.11

	속, 잡지에 계속이어지지만 원고 미완성
	「묵동기담墨東綺譚」(나가이 가후, 「도쿄아사히. 오사카아사히신문」) 4.16~6.15
	「훤초에 맡기다萱草に寄す」(다치하라 미쓰조立原道造, 「후신시쇼보칸코조風信子叢書刊行所」) 5
	「상어鮫」(가네코 미쓰하루, 「인민사人民社」) 8
	「화산회지火山灰地」(구보타 사카에久保栄 , 「신조」) 12
사회동향	로코쿄蘆溝橋 사건, 일중전쟁개시 7
	일·독·이 방공협정조인 11
	대본영설치 11
	일본군남경점령, 대학살사건 12
	인민전선운동 관계자의 대량검거 12

<table>
<tr><td colspan="2" align="center">1938(쇼와13)</td></tr>
</table>

여성문학	「남부철병공南部鉄瓶工」(나카모토 다카코中本たか子, 「신조」) 2
	「나무들의 신록樹々新綠」(구보가와 이네코, 「문예」) 5
	「승합마차乗合馬車」(나카자토 쓰네코, 「문학계」) 9
	「일광실日光室」(나카자토 쓰네코, 「신조」) 11
	「노기초老妓抄」(오카모토 가노코, 「중앙공론」) 11
남성문학	「마루스의 노래マルスの歌」(이시가와 준, 「문학계」) 1
	「살아 있는 병사生きてゐる兵士」(이시가와 다쓰조, 「중앙공론」) 3(발금)
	「지난날의 노래在りし日の歌」(나카하라 추야中原中也, 「창원사倉元社」) 4
	「보리와 병대麦と兵隊」(히노 아시헤이火野葦平, 「개조」) 9
사회동향	오카다 요시코岡田嘉子, 스기모토 료키치杉元良吉雄 등 소련에 월경 1
	인민전선 제2차 검거 2
	애국부인회, 총후가정강화운동을 전개 3
	국가총동원법 공포 4
	하세가와 테루長谷川テル 한문투로 항일방송.

<table>
<tr><td colspan="2" align="center">1939(쇼와14)</td></tr>
</table>

여성문학	「가령·다랑어家霊·鮨」(오카모토 가노코, 「신조」) 1
	「꽃그늘花蔭」(야다 쓰세코矢田津世子, 「지쓰교노일본사實業之日本社」) 3
	「생생유전生々流転」(오카모토 가노코, 「문학계」) 4~12
	「삼목 울타리杉垣」(미야모토 유리코, 「중앙공론」) 11
남성문학	「어떤 별 아래에如何なる星の下に」(다카미, 「문예」) 1~12
	「부옥백경富獄百景」(다자이 오사무, 「문체文体」) 2, 3
	「노래의 이별歌のわかれ」(나카노 시게하루, 「혁신革新」) 4~8
	「고토바인後鳥羽院」(야스다 요주로保田与重郎, 「사조사思潮社」) 10
사회동향	신바시新橋. 시부야渋谷 간 지하철전개 1
	여성최초의 아쿠다가와芥川상 수상(나카자토 쓰네코) 2

	미곡배급 통제법 공포 4
	제2차 세계대전 시작되다 9
1940(쇼와15)	
여성문학	「여체개현女体開顯」(오카모토 가노코,「일본평론日本評論」) 2~12
	「맨발의 딸素足の娘」(구보카와 이네코,「신초사」) 3
	「삼월의 제4요일三月の第四日曜」(미야모토 유리코,「일본평론」) 4
	「오일·슐オイル·シュール」(오야마 이토코,「일본평론」) 3
남성문학	「착란의 논리錯乱の論理」(하나다 기요테루花田清輝,「문화조직文化組織」) 3
	「부부선재夫婦善哉」(오다 사쿠노스케織田作之助,「해풍海風」) 4
	「달려라 메로스走れメロス」(다자이 오사무,「신조」) 5
	「올림프스의 과일オリンポスの果実」(다나카 히데미쓰田中英光,「문학계」) 9
사회동향	쌀.된장외 생활필수품의 티켓제 채용결정 4
	일.독.이 삼국동맹 조인 9
	기원 2600년 기념식전 거행 11
	여류문학자회의 발족 11
1941(쇼와16)	
여성문학	「차죽기茶粥の記」(야다 쓰요코矢田津世子,「개조」) 2
	「청과 시장青果の市」(시바키 요시코芝木好子,「문예수도文芸首都」) 10
	「고노스 여보鴻ノ巣女房」(야다 쓰세코矢田津世子,「문예」) 10
남성문학	「나오코菜穂子」(호리 다쓰오,「중앙공론」) 3
	「지에코초知恵子抄」(다카무라 고타로高村光太郎,「용·성각龍星閣」) 8
	「꽃다운 시절花ざかり」(미시마 유키오三島由紀夫,「문예문화文芸文化」) 9
사회동향	개정 치안유지법 공포,예방구금 제시 작되다 3
	독·소전 개시 6
	미·영에서 선전포고, 태평양전쟁 발발 12
1942(쇼와17)	
여성문학	「백앵집白桜集」(요사노 아키코,「개조사」) 9
	「인형사 텐구집의 히사키치人形師天狗屋久吉」(우노 지요,「중앙공론中央公論」) 11, 12
	「비」(하야시 후미코,「지쓰교노일본사」) 12
남성문학	「고담古譚」(나카지마 아쓰시中島敦,「문학계」) 2
	「일본문화사관日本文化私観」(사카구치 안고坂口安吾,「현대문학現代文学」) 3
	「무상이라는 것無常といふ事」(고바야시 히데오,「문학계」) 6
	「해군海軍」(시시 분로쿠獅子文六,「아사히신문」) 7~12
사회동향	일본문학보국회 창립 5
	대일본언론보국회설립 12
	표어「탐내지 않는다 이길때 까지는欲しがりません勝つまでは」

<table>
<tr><td colspan="2" align="center">1943(쇼와18)</td></tr>
<tr><td rowspan="4">여성문학</td><td>「병원선 종군기病院船従君記」(오카다 데이코岡田禎子,「주부의 벗사主婦之友社」) 2</td></tr>
<tr><td>「처들妻たち」(아미노 기쿠,「도코사東晃社」) 3</td></tr>
<tr><td>「러일전문서日露の戦聞書」(우노 지요,「문체사文体社」) 11</td></tr>
<tr><td>「끝없는 미限りなき美」(다카노 쓰기,「입성사立誠社」) 11</td></tr>
<tr><td rowspan="4">남성문학</td><td>「세설細雪」(다니자키 준이치로,「중앙공론사」) 1~3</td></tr>
<tr><td>「사마천司馬遷」(다케다 다이준武田泰淳,「일본평론사日本評論社」) 4</td></tr>
<tr><td>「이육李陸」(나카지마 아쓰시中島敦,「문학계」) 7</td></tr>
<tr><td>「빛을 실은 사람들光をかゝぐる人々」(도미나가 스나오德永直,「가와데서방河出書房」) 11</td></tr>
<tr><td rowspan="4">사회동향</td><td>잡지 표지에「이길 때까지 싸운다撃ちてし巳まむ」 1</td></tr>
<tr><td>이탈리아 무조건 항복 9</td></tr>
<tr><td>여자근로동원촉진 결정 9</td></tr>
<tr><td>병역 45세까지 11, 징병19세로 12</td></tr>
<tr><td colspan="2" align="center">1944(쇼와19)</td></tr>
<tr><td rowspan="2">여성문학</td><td>「두 번째 벼二番稲」(오하라 도미에大原富枝,「문예」) 4</td></tr>
<tr><td>「바다의 혼海のたましい」(스보이 사카에壺井栄,「고단사講談社」) 6 후에「감나무가 있는집柿の木のある家」이라고 개제</td></tr>
<tr><td rowspan="2">남성문학</td><td>「스가루津軽」(다자이 오사무,「오야마서점小山書店」) 11</td></tr>
<tr><td>「노신魯迅」(다케우치 요시미竹内好,「일본평론사」) 12</td></tr>
<tr><td rowspan="3">사회동향</td><td>학도동노령, 여자정신근로령 8</td></tr>
<tr><td>병역법개정,17세 위를 편입 10</td></tr>
<tr><td>가미가제神風특공대, 레이테해 공격 10</td></tr>
<tr><td colspan="2" align="center">1945(쇼와20)</td></tr>
<tr><td rowspan="2">여성문학</td><td>「산장기山荘記」(노가미 야에코,「생활사生活社」) 11, 계속 46.2</td></tr>
<tr><td>「가성이여 분노하라歌声よおこれ」(미야모토 유리코,「신일본문학창간新日本文学創刊」) 12</td></tr>
<tr><td rowspan="2">남성문학</td><td>「판도라의 상자パンドラの匣」(다자이 오사무,「가와키타신문河北新聞」) 10~46.1</td></tr>
<tr><td>「오토기조시お伽草子」(다자이 오사무,「치쿠마서방筑摩書房」) 10</td></tr>
<tr><td rowspan="3">사회동향</td><td>태평양전쟁종결 8.15</td></tr>
<tr><td>내무성, 점령군위해 성적위안시설 설치 8</td></tr>
<tr><td>부인참정권실현 12</td></tr>
<tr><td colspan="2" align="center">1946(쇼와21)</td></tr>
<tr><td rowspan="4">여성문학</td><td>「홀로 가다一人行く」(히라바야시 다이코,「별책別冊 문예춘추」) 2</td></tr>
<tr><td>「마리안느 이야기まりあんぬ物語」(나카자토 쓰네코,「인간人間」) 2</td></tr>
<tr><td>「맹중국병盲中国兵」(히라바야시 다이코,「세계문화世界文化」) 3</td></tr>
<tr><td>「반슈 평야播州平野」(미야모토 유리코,「신일본문학新日本文学」, 조류潮流 3, 47.1</td></tr>
</table>

	「판화版画」(나의 동경 지도私の東京地図)(사타 이네코,「인간 외人間他」) 3~48.5
	「신들림憑きもの」(아미노 기쿠,「세계世界」) 4
	「암크령風知草」(미야모토 유리코,「문예춘추」) 9~11
	「이런 여자かういふ女」(히라바야시 다이코,「전망展望」) 10
남성문학	「회색달灰色の月」(시가 나오야,「세계」) 1
	「사령死霊」(하니야 유타카埴谷雄高,「근대문학近代文学」,「군상群像」) 1
	「타락론堕落論」(사카구치 안고坂口安吾,「신조」) 4
	「어두운 그림暗い絵」(노마 히로시野間宏,「기바치黄蜂」) 4~10
	「백치白痴」(사카구치 안고坂口安吾,「신조」) 6
	「세설 상권細雪 上巻」(다니자키 준이치로,「중앙공론사」)6, 중권47.2, 하권48.12
	「사쿠라 섬桜島」(우메자키 하루오梅崎春生,「스나오素直」) 9
	「불탄 자리의 예수焼跡のイエス」(이시가와 준,「신조」) 10
사회동향	천황, 신격화 부정의 년두조서 1
	신선거법에 의한 총선거, 첫 부인참정권으로 여성의원 39인 당선 4
	극동국제군사재판소 개정 5
	미, 비키니에서 원폭실험 7
	부인공민권실현 9
	일본국헌법공포 11,47.5시행
	인플레급진, 식량난으로 기아상태 심각. 잡지의 복간. 창간 다수.
1947(쇼와22)	
여성문학	「하사어河沙魚」(하야시 후미코,「인간」) 1
	「두 개의 마당二つの庭」(미야모토 유리코,「중앙공론」) 1~9
	「논짱 구름을 타다ノンちゃん雲に乗る」(이시이 모모코石井桃子,「대지서방大地書房」) 2
	「금관金の棺」(아미노 기쿠,「세계」) 5
	「아내의 자리妻の座」(스보이 사카에,「신일본문학」) 8~49.7
	「도표道標」(미야모토 유리코,「전망」) 10~50.12
	「나는 살아간다私は生きる」(히라바시 다이코,「일본소설日本小説」) 11
	「오한おはん」(우노 지요,「문체文体」,「중앙공론」) 12~57.5
남성문학	「육체의 문肉体の門」(다무라 다이지로田村泰次郎,「군상」) 3
	「미얀마의 하프ビルマの竪琴」(다케야마 미치오竹山通雄,「아카톤보赤とんぼ」) 3~48.3
	「화려한 채색華やかな色どり」(노마 히로시,「근대문학」) 6~9 (「청년의 환 青年の環」)
	「푸른 산맥青い山脈」(이시자카 요지로,「아사히신문」) 6,9~10.4
	「사양斜陽」(다자이 오사무,「신조」) 7~10

	「살무사의 후예蝮のすゑ」(다케다 다이준, 「진로進路」) 8~10
사회동향	전후 최초의 국제부인의 날 3 6.3제 발족, 신제중학교발족 4 노동성발족, 부인소년국 신설(국장 야마가와 기쿠에) 9 개정형법공시10,시행 11, 불경죄, 간통제 폐지. 이 해, 〈사양족〉이 유행어. 용지사정악화로 잡지 휴간 이어짐.
1948(쇼와23)	
여성문학	「나의 나가사키 지도私の長崎地図」(사타 이네코, 「월간나가사키月刊長崎」) 2~8 「인생실험人生実験」(히라바야시 다이코, 「세계」) 6 「포말의 기록泡沫の記録」(사타 이네코,「히카리 光」) 9 「미로迷路」(노가미 야에코, 「이와나미서점」) 10, 56.11 「시체의 거리屍の町」(오타 요코大田洋子, 「중앙공론사」)11, GHQ의 검열에 의한 삭제본
남성문학	「섬 끝島の果て」(시마오 도시오島尾敏雄, 「VIKING」) 1 「붕회감각崩懷感覚」(노마 히로시, 「세계평론世界評論」) 1~3 「포로기捕虜記」(오오카 쇼헤이大岡昇平, 「문학계」) 2 「지하실에서地下室から」(다나카 히데미쓰, 「예술芸術」) 5 「인간실격人間失格) (다자이 오사무, 「전망」) 6~8 「영원한 서장永遠なる序章」(시이나 린조椎名麟三, 「가와데서방」) 6
사회동향	도교조都教祖, 남여 동일 임금 획득 1 신제고등학교발족 4 중참양원, 교육칙어, 군인칙유 등 실 확인, 배제의 결의안 가결 6 주부연합회결성 9 국연총회 세계인권선언 채택 12
1949(쇼와24)	
여성문학	「미소카스みそっかす」(고다 아야幸田文, 「중앙공론」) 2~5 「책 이야기本の話」(유키 시게코由起しげ子, 「작품」) 3 「뜬구름浮雲」(하야시 후미코, 「풍설風雪」, 「문학계」) 11~51.4 「온나자카女坂」(엔치 후미코円地文子, 「소설산맥小説山脈」,) 11~57.1
남성문학	「저녁 학夕鶴」(기노시타 준지木下順二, 「부인공론」) 1 「가면의 고백仮面の告白」(미시마 유키오, 「가와데서방」) 7 「소장 시게모토의 어머니少将慈幹の母」(다니자키 준이치로, 「마이니치신문」) 11~50.2
사회동향	제1회 국가공무원(상급)채용시험 실시(여성 30명합격) 1 연령 부르는법 (만연령)에 관한 법률 공포 5 시모야마下山.미타카三鷹사건 7, 마쓰가와松川사건 8 보봐르 「제2의 성」(파리) 11

1950(쇼와25)	
여성문학	「밤 원숭이夜猿」(하야시 후미코,「개조」) 1
	「집행유예執行猶予」(고야마 이토코小山いと子,「중앙공론」) 2
	「도미노의 고함ドミノのお告げ」(구사카 요코久坂葉子,「작품」) 6
	「사람 목숨人の命」(히라바야시 다이코,「풍설」) 7
	「구더기蛆」(마쓰다 가이코,「신일본문학」) 9
남성문학	「키티태풍キティ台風」(후쿠다 쓰네아리福田恆存,「인간」) 1
	「무사시노 부인武蔵野夫人」(오오카 쇼헤이,「군상」) 1~9
	「명해 선길鳴海仙吉」(이토 세이伊藤整,「호소가와서점細川書店」) 3
	「리쓰코. 그 사랑 리쓰코. 그 죽음リツ子.その愛 リツ子.その死」(단 가즈오 壇一雄,「작품사作品社」) 4
사회동향	세계평화옹호대화상임위총회 "스톡홀롬. 어필" 발표 3
	조선전쟁 시작되다 6
	「기미가요君が代」 부활 11
1951(쇼와26)	
여성문학	「도깨비불鬼火」(요시야 노부코,「부인공론」) 2
	「밥めし」(하야시 후미코,「아사히신문」) 4~7
	「미소카스みそっかす」(고다 아야,「이와나미서점」) 4
	「안택가의 사람들安宅家の人々」(요시야 노부코,「마이니치신문」) 8~52.2
	「인간남루人間襤褸」(오타 요코大田洋子, 「가와데서방」) 8
남성문학	「야화野火」(오오카 쇼헤이,「전망」) 1~8
	「금색禁色」(미시마 유키오,「군상」) 1~10
	「벽-S가르마씨의 범죄壁−S.カルマ氏の犯罪」(아베 고보安部公房,「근대문학」) 2
	「하라 다미키시집原民喜詩集」(하라 다미키原民喜,「호소가와서점」) 7
	「광장의 고독広場の孤独」(홋타 요시에堀田善衛,「중앙공론」) 9
사회동향	일교조日教組,「제자들을 다시 전쟁에 보내지마라」운동 결정(부인부장의 제안) 1
	단독강화반대평화국민대회 9
	대일평화조약. 일미안전보장조약조인 9
	재군비반대부인위원회결성 12
1952(쇼와27)	
여성문학	「24개의 눈동자二十四の瞳」(쓰보이 사카에,「뉴에이지ニューエイジ」) 2~11
	「반신半身」(나카자토 쓰네코,「군상」) 10
	「두레박 소리釣瓶の音」(오타니 후지코大谷藤子,「개조」) 12
남성문학	「풍매화風媒花」(다케다 다이준,「군상」) 1~11
	「현해탄玄海灘」(김 달수金達寿,「신일본문학」) 1~53.11
	「진공지대真空地帯」(노마 히로시,「가와데서방」) 2
사회동향	요시다吉田 수상, 자위전력의 합법답변 3

	일미안보조약발효 4
	피의 메데 5
1953(쇼와28)	
여성문학	「벼랑에 치는 물결岸うつ波」(스보이 사카에,「부인공론」) 4~12
	「여자女」(구사카 요코,「인문서원人文書院」) 6
	「자매姉妹」(구로야나기 후미畔柳二美,「근대문학」) 7~54.2
	「매춘부들オンリー達」(히로이케 아키코広池秋子,「문학자文学者」) 11
	「굶주린 세월ひもじい月日」(엔치 후미코,「중앙공론」) 12
남성문학	「이 신의 구역질この神のへど」(다카미 준,「군상」) 1~11
	「자유의 저편에自由の彼方へ」(시이나 린조,「신조」) 5~54.2
	「나쁜 무리悪い仲間」(야스오카 쇼타로安岡章太郎,「군상」) 6
	「인공정원人工公園」(아베 도모지阿部智二,「군상」) 8
사회동향	일본부인단체연합회결성 4
	세계부인대회(코펜하겐),「부인의 권리선언」 채택 6
	마쓰가와 사건으로 문학자 활동 왕성.
1954(쇼와29)	
여성문학	「반인간半人間」(오다 요코,「세계」) 3
	「먼 곳에서 온 손님들遠来の客たち」(소노 아야코曾野綾子,「미타문학三田文学」) 4
	「검은 톱黒い椐」(고다 아야,「신조」) 7
	「유방상실乳房喪失」(나카조 후미코中城ふみ子,「작품사」) 7
	「댐사이트ダム.サイト」(고야마 이토코小山いと子,「중앙공론」) 10
	「스자키 파라다이스洲崎パラダイス」(시바키 요시코,「중앙공론」) 10
남성문학	「무라기모むらぎも」(나카노 시게하루,「군상」) 1~7
	「취우驟雨」(요시노 준노스케吉行淳之介,「문학계」) 2
	「반짝이는 이끼ひかりごけ」(다케다 다이준,「신조」) 3
	「풀꽃草の花」(후쿠나가 다케히코福永武彦,「신초사」) 4
	「조소潮騒」(미시마 유키오,「신초사」) 6
	「아메리카 스쿨アメリカン.スクール」(고지마 노부오小島信夫,「문학자」) 9
사회동향	이중교사건 1
	자위대법 공표 6, 7.1시행
	오우미近江 견사노조의 "인권투쟁스토" 6~9
	이 해, 〈제삼의 신인〉 활약, 비키니〈죽음의 재〉사건 문제화.
1955(쇼와30)	
여성문학	「흐르다流れる」(고다 아야,「신조」) 1~12
	「정수레의 노래荷の車歌」(야마시로 도모에山代巴,「평화부인신문」) 1~56.4
	「밤의 기억夜の記憶」(사타 이네코,「세계」) 6
	「예복補褶」(쓰보이 사카에,「군상」) 8~12

	「주홍을 빼앗는 자朱を奪うもの」(엔치 후미코,「문예」) 8~56.5
남성문학	「백인白い人」(엔도 슈사쿠遠藤周作,「근대문학」) 3~7
	「기념비記念碑」(홋타 요시에堀田善衛,「중앙공론」) 5~8
	「아름다운 여자美しい女」(시이나 린조,「중앙공론」) 5~9
	「태양의 계절太陽の季節」(이시하라 신타로石原慎太郎,「문학계」) 7
	「젊은 시인의 초상若い詩人の肖像」(이토 세이,「중앙공론」) 9~12
사회동향	세계 평화평의회, 핵전쟁 준비에 반대(원 어필)를 발표 1
	제1회 일본어머니대회 개최 6
	모리나가 분유에 비소 함유 문제화 8
	세키 아키코 국제 스탈린 평화상 수상 결정 12

1956(쇼와31)	
여성문학	「남동생おとうと」(고다 아야,「부인공론」) 1~57.9
	「역광선逆光線」(이와하시 구니에岩橋邦枝,「신여원新女苑」) 6
	「귀머거리 스토마이ストマイつんぼ」(오하라 토미에大原富枝,「문예」) 9
	「요妖」(엔치 후미코,「중앙공론」) 9
	「만가挽歌」(하라다 야스코原田康子,「동도서방東都書房」)
남성문학	「금각사金閣寺」(미시마 유키오,「신조」) 1~10
	「열쇠鍵」(다니자키 준이치로,「중앙공론」) 1,5~12
	「준산절고樽山節考」(후카사와 시치로深沢七郎,「중앙공론」) 11
	「빙벽氷壁」(이노우에 야스시井上靖,「아사히신문」) 11.24~57.8.22
	「범람氾濫」(이토 세이,「신조」) 11~58.7
사회동향	부인 참정 10주년 기념 전일본 부인 의원 대회 2
	미, 비키니에서 최초의 수폭 투하 실험 5
	매춘 방지법 공포 5
	이 해, 미나마타병 다발 문제화.

1957(쇼와32)	
여성문학	「부부의 연 습유二世の縁 拾遺」(엔치 후미코,「문예계」) 1
	「노렌暖簾」(야마자키 도요코山崎豊子,「도쿄창원사東京創元社」) 4
	「비정의 정원非情の庭」(히구치 시게코樋口茂子,「삼일서방三一書房」)
남성문학	「점과 선点と線」(마쓰모토 세이초松本清張,「타비旅」) 2~58.1
	「바다와 독약海と毒薬」(엔도 슈사쿠,「문학계」) 6~10
	「벌거벗은 임금님裸の王様」(가이코 타케시開高健,「문학계」) 12
사회동향	고다 아야 여성 작가 처음의 예술원상 수상 3
	유엔 부인의 지위 위원회 위원국에 일본 최초 당선(단노 세스丹野せつ) 5

1958(쇼와33)
「꽃 주렴花のれん」(야마자키 도요코,「중앙공론」) 1~6
「여자 가면女面」(엔치 후미코,「군상」) 4~6

「톱니바퀴歯車」(사타 이네코,「아카하타 アカハタ」) 10.1~59.4.1
「마부치가와 馬淵川」(와타나베 기에코 渡辺喜恵子,「광풍사 光風社」) 11
「사육飼育」(오에 겐자부로大江健三郎,「문학계」) 1
「피리 부는 강笛吹川」(후카사와 시치로,「중앙공론사」) 4
「싹을 뽑고 아이를 공격하다芽むしり仔撃ち」(오에 겐자부로,「군상」) 6
「마스가와 재판松川裁判」(히로쓰 가즈오広津和郎,「중앙공론사」) 11
매춘 방지법 시행 4
경찰직법개정 반대 투쟁 격화 10
1만엔권 발행 12
황태자의 약혼 발표로 밋치ミッチー붐.

1959(쇼와34)

「기노가와紀ノ川」(아리요시 사와코有吉佐和子,「부인화보」) 1~5
「나마미코 이야기なまみこ物語」(엔치 후미코,「고에声」) 1~61.1
「회색의 오후灰色の午後」(사타 이네코,「군상」) 10~60.2
「돈황敦煌」(이노우에 야스시,「군상」) 1~5
「일본 서푼 오페라日本三文オペラ」(가이코 다케시開高健,「문학계」) 1~7
「바닷가 풍경浜辺の光景」(야스오카 쇼타로,「군상」) 11, 12
황태자 성혼, 텔레비전 각사 총력 중계, 텔레비전 보급, 여성 주간지 호황 4
이 해, 안보 개정 저지 행동 전국적으로 활발. 탄광 불황으로 주부의 매춘. 「이와토岩戸 경기」, 주간지 붐. 전향 문제, 전쟁 책임 문제 등 「정치와 문학」론 활발.

1960(쇼와35)

「공산당パルタイ」(구라하시 유미코倉橋由美子,「메이지대학신문明治大学新聞」) 1.14
「다무라 토시코」(세토우치 하루미,「문학자」) 1~12
「엔이라고 하는 여자婉という女」(오하라 도미에,「군상」) 2
「상처입은 날개傷ある翼」(엔치 후미코,「중앙공론」) 1~7
「유바湯葉」(시바키 요시코,「군상」) 9
「싫은 느낌いやな感じ」(다카미 준,「문학계」) 1~63.5
「정물静物」(쇼노 준조庄野潤三,「군상」) 6
「영표澪標」(도노무라 시게루外村繁,「군상」) 8
「죽음의 가시나무死の棘」(시마오 도시오,「군상」) 9
「신성 희극神聖喜劇」(오니시 교진大西巨人,「신일본문학」) 10~68.7, 계속 써서 전8부
「풍류몽담風流夢譚」(후카사와 시치로,「중앙공론」) 12
안보 개정 저지 국민 회의 등 반대 운동 국민적 규모로 격화(10월까지의 집회 데모 6800건) 4
안보 저지 행동으로 전학련 주류파 국회 돌입, 동대東大생 가바 미치코樺美智子 사망 6

1961(쇼와36)

「연인들의 숲恋人たちの森」(모리 마리森茉莉,「신조」) 8
「다리 없는 강橋のない川」(스미이 스에住井すゑ,「신초사」) 9~62.11, 전6부
「어두운 여행暗い旅」(구라하시 유미코,「동도서방」) 11

「우국憂国」(미시마 유키오, 「소설중앙공론小説中央公論」) 1

「세븐틴セヴンティーン」(오에 겐자부로, 「문학계」) 1,2

「기러기 절雁の寺」(미즈가미 쓰토무水上勉, 「별책 문예춘추」) 3

진쓰神通강 공해 이타이이타이병 발생 6

센다이 고등 법원, 마쓰카와 사건 환송심으로 전원 무죄결정(검찰측재상고) 8

1962(쇼와37)

「히데요시와 리큐秀吉と利休」(노가미 야에코, 「중앙공론」) 1~63.9

「미소녀美少女」(고노 다에코河野多恵子, 「신조」) 8

「마루노우치 8호관丸の内八号館」(시바키 요시코, 「군상」) 10

「여자 숙소女の宿」(사타 이네코, 「군상」) 10

「여름의 끝夏の終り」(세토우치 하루미, 「신조」) 10

「유가의 사람들 제1부楡家の人々 第一部」(기타 모리오北杜夫, 「신조」) 1~12

「고도古都」(가와바타 야스나리, 「신초사」) 6

「모래 여자砂の女」(아베 고보, 「신초사」) 6

「슬픈 그릇悲の器」(다카하시 가즈미高橋和巳, 「가와데서방신사河出書房新社」) 11

일본 부인회 결성 4

유엔 경제사회이사회, 남녀평등 임금 지불 권고안 가결 7

이 해, 대학의 문학부 여학생 비율 전국 37%, 가쿠슈인学習院 89%, 아오야마가쿠인青山学院 86%, 세이조成城 78%. 전후문학논쟁 활발. 도쿄의 주택난 심각화, 공단 주택 신청 경쟁률 52.5배.

1963(쇼와38)

「게蟹」(고노 다에코, 「문학계」) 6

「소크라테스의 아내ソクラテスの妻」(사토 아이코佐藤愛子, 「문학계」) 6

「계류渓流」(사타 이네코, 「군상」) 7~12

「감상여행感傷旅行」(다나베 세이코 田辺聖子, 「항로 航路」) 8

「하얀 거탑白い巨塔」(야마자키 도요코, 「선데이마이니치サンデ—每日」) 9.15~65.6.13

「의식儀式」(다케니시 히로코竹西寛子, 「문예」) 12

「모래 위의 식물군砂の上の植物群」(요시유키 준노스케, 「문학계」) 1~12

「화택火宅」(단 가즈오, 「신조」) 2

「상어鮫」(마쓰기 노부히코真継伸彦, 「문예」) 3

「성적 인간性的人間」(오에 겐자부로, 「신조」) 5

「땅의 무리地の群れ」(이노우에 미쓰하루井上光晴, 「문예」) 7

소련에서 최초 여성 우주비행사 탄생 6

처음으로 사리드마이드 민사 소송 6

최고재판 마쓰카와 사건재상고 기각 판결, 무죄 확정 9

이 해,남녀동일 임금법안 미 국회.

1964(쇼와39)
「목마관木馬館」(오기하라 요코荻原葉子, 「남북사 南北社」) 10
「염환炎環」(나가이 미치코永井路子, 「광풍사光風社」) 10
「히타치보카이손常陸坊海尊」(아키모토 마쓰요秋元松代, 「목양사牧羊社」) 10
「빙점氷点」(미우라 아야코三浦綾子, 「아사히신문」) 12.9~65.11
「비단과 명제絹と明祭」(미시마 유키오, 「군상」) 1~10
「그렇지만 우리들의 나날されどわれらが日々ー」(시바타 쇼柴田翔, 「문학계」) 4
「개인적인 체험個人的な体験」(오에 겐자부로, 「신초사」) 8
모자복지법 공포, 당일 시행 7 미국 원자력잠수함 일본 기항에 여성 단체의 반대 운동 높아지다 8~ 제18회 올림픽 도쿄 대회 10
1965(쇼와40)
「사탕 과자가 망가질 때砂糖菓子が壊れるとき」(소노 아야코曾野綾子, 「시오潮」) 1~12
「무지개와 수라虹と修羅」(엔치 후미코, 「문학계」) 3~67.3
「완구玩具」(쓰무라 세쓰코津村節子, 「문학계」) 5
「찌르다刺す」(우노 지요, 「신조」) 5
「성소녀聖少女」(구라하시 유미코, 「신초사」) 9
「질녀의 결혼姪の結婚」(이부세 마스지井伏鱒二, 「신조」) 1~66.9, 도중에 「검은 비黒い雨」라고 제목을 고침
「갑을병정甲乙丙丁」(나카노 시게하루, 「군상」) 1~69.9
「포옹 가족抱擁家族」(고지마 노부오小島信夫, 「군상」) 7
「풍요의 바다豊饒の海」(미시마 유키오, 「신조」)「봄 눈春の雪」9~71.1 「천인오쇠天人五衰」로 완결
중교심中教審「기대되는 인간상」 발표 1 이에나가 사부로우家永三朗, 교과서 검정 위헌 소송 일으키다 6 이 해,문학가의 베트남 반전 활동 활발.
1966(쇼와41)
「소상塑像」(사타 이네코, 「군상」) 1~7
「도쿠가와의 부인들德川の夫人たち」(요시야 노부코, 「아사히신문」) 1.4~10.24
「천상의 꽃ー미요시 다쓰지초ー天上の花ー三好達治抄ー」(오기와라 요코, 「신조」) 3
「하나오카세이슈의 아내華岡青洲の妻」(아리요시 사와코, 「신조」) 11
「젊은 날 시인들의 초상若き日の詩人達の肖像」(홋타 요시에堀田善衞, 「문예」) 1~68.5
「죽음의 섬死の島」(후쿠나가 다케히코福永武彦, 「문예」)1~71.8
「침묵沈黙」(엔도 슈사쿠, 「신초사」)3
「여름 요새夏の砦」(쓰지 구니오辻邦生, 「가와데서방신사」)7
총인구 1억 명 돌파 3 중교심「기대되는 인간상」에 여자의 특성 강조 11

이 해, 중국의 문화대혁명 격화, 홍위병 선풍. 〈히노에우마(병오년)〉로 출생률 금세기 최저.
일조권의 문제화. 자동차, 쿨러, 컬러텔레비전의 3C 붐.

1967(쇼와42)
「단 꿀 같은 기쁨甘い蜜の歓び」(모리 마리,「신조」) 2
「집짓기 놀이 상자積木の箱」(미우라 아야코,「아사히신문」) 4~68.5
「사랑의 생활愛の生活」(가나이 미에코金井美恵子,「전망」) 8
「살아라 풀草いきれ」(고노 다에코,「문학계」) 9~69.4
「만연원년의 풋볼万延元年のフットボール」(오에 겐자부로,「군상」) 1~7
「레이테 전기レイテ戦記」(오오카 쇼헤이,「중앙공론」) 1~69.7
「막이 내리고 나서幕が下りてから」(야스오카 쇼타로,「군상」) 3
「반딧불의 무덤火垂るの墓」(노사카 아키유키野坂昭如,「올요미모노オール読物」) 10
미원자력 잠수함 사세보·요코스카 입항 항의 대집회 2
동일노동 동일임금 국회에서 승인 7
「부인에 대한 차별 철폐 선언」유엔총회에서 채택 11
1968(쇼와43)
「불의의 소리不意の声」(고노 다에코,「군상」) 2
「게 세 마리三匹の蟹」(오바 미나코大庭みな子,「군상」) 6
「에온타エオンタ」(가나이 미에코,「전망」) 7
「버지니아ヴァージニア」(구라바시 유미코倉橋由実子,「시조사」) 12
「문패 등表札など」(이시가키 린石垣りん,「사상사思想社」) 12
「마을町」(고지마 노부오小島信夫,「군」) 1~81.3, 73.9부터「헤어지는 이유別れる理由」라고 제목을 고침
「해시海市」(도미나가 다케히코富永武彦,「신초사」) 1
「흔구정토欣求浄土」(후지에 시즈오藤枝静男,「군상」) 4
「빛나는 어둠輝ける闇」(가이코 다케시,「신초사」) 4
미원자력 항공 모함 사세보 입항 1
니혼日本대. 도쿄東京대 분쟁 격화, 도쿄대학 야스다 강당에 기동대 투입 6
미나마타병. 아가노강 수은 중독 사건을 공해로 인정 9
가와바타 야스나리, 노벨 문학상 수상 10
미 아폴로 8호 인류 최초로 달 주회비행 성공 12
1969(쇼와44)
「고해 정토-나의 미나마타병苦海浄土ーわが水俣病」(이시무레 미치코石牟礼道子,「고단사」) 1
「르네상스의 여자들ルネサンスの女たち」(시오노 나나오塩野七生,「중앙공론사」) 5
「난을 태우다蘭を焼く」(세토우치 하루미,「군상」) 6
「가사부타시키부고かさぶた式部考」(아키모토 마쓰요,「문예」) 6
「배좀 벌레조개ふなくい虫」(오바 미나코,「군상」) 10

「암실暗室」(요시유키 준노스케, 「군상」) 1~12
「우리들의 광기가 살아남는 길을 가르쳐 다오われらの狂気を生き延びる道を教えよ」(오에 겐자부로, 「신조」) 2
「무명無明」(마쓰기 노부히코, 「문예」) 3
「또다시 이 길またふたたびこの道」(이 회성李恢成, 「군상」) 6
「징역인의 고발懲役人の告発」(시이나 린조, 「신초샤」) 8
도메이東名 고속도로 전선 개통 5
최초의 원자력선 무쓰むつ 진수 6
「여자의 정년 30세는 무효」의 도쿄 지방 법원 첫 판결 7
미 아폴로 11호 달 표면 착륙에 성공 텔레비전 중계 7
1970(쇼와45)
「춘곡椿谷」(다나카 스미에田中澄江, 「군상」) 2
「행복幸福」(우노 지요, 「신조」) 4
「꿈의 부교夢の浮橋」(구라바시 유미코, 「무미」) 7~10
「나무 그늘樹影」(사타 이네코, 「군상」) 8~72.4
「회전문回転扉」(고노 다에코, 「신초샤」) 11
「상처받기 쉬운 인간壊れものとしての人間」(오에 겐자부로, 「고단샤」) 2
「하시가미 환상橋上幻像」(홋타 요시에堀田前衛, 「신초샤」 3
「달리는 가족走る家族」(구로이 센지黒井千次, 「문예」) 5
「시도의 기슭試みの岸」(오가와 구니오小川国夫, 「문예」) 10
일·미 안보 조약 자동 연장 6
미시마 유키오, 할복자살 11
이 해, 소비자 운동, 공해 반대 운동 목소리 높아지다. 어머니의 가출, 버려진 아기, 학대 사건 이상 증가.
1971(쇼와46)
「언덕을 향해 늘어서다丘に向かってひとは並ぶ」(도미오카 다에코富岡多恵子, 「중앙공론」) 6
「반비극反悲劇」(구라하시 유키코倉橋由実子, 「가와데서방신사」) 6
「애플 파이의 오후アップルパイの午後」(오자키 미도리, 「장미십자사薔薇十字社」) 11
「시간 죽이기刻を曳く」(고토 미나코後藤みな子, 「문예」) 12
「공생 공간共生空間」(다카하시 다카코高橋たか子, 「군상」) 12
「렌뇨連如」(단바 후미오丹羽文雄, 「중앙공론」) 1~72.12, 계속 써서 전8권 82.9~83.4 간행
「행방묘연行方隠れ」(후루이 요시키치古井由吉, 「문예」) 2~11
「광람기狂嵐記」(이시카와 준, 「스바루」) 2~80.4
「다듬이질하는 여자砧をうつ女」(이 회성, 「계간예술季刊芸術」) 7
「포수捕囚」(아베 도모지阿部知二, 「문예」) 8~73.5
「여름의 어둠夏の闇」(가이코 다케시, 「신조」) 10
나리타成田 공항 강제 집행 개시, 반대 투쟁 격화 2

이타이이타이병 소송, 환자 승소 6
여성 참정권 행사 50주년, 우먼리브 탄생 1주년 기념 여성 데모 6천 명(뉴욕), 린제이시장 이 날을 「부인 권리의 날」로 지정 8
1972(쇼와47)
「학鶴」(다케니시 히로코, 「신조」) 1
「여우를 잉태하다狐を孕む」(쓰시마 유코津島佑子, 「문예」) 4
「숲森」(노가미 야에코, 「신조」) 5~85.6, 단속적 간행(미완성)
「황홀한 사람恍惚の人」(아리요시 사와코, 「신초사」) 6
「토끼兎」(가나이 미에코, 「스바루」) 6
「베티씨의 정원ベティさんの庭」(야마모토 미치코山本道子, 「신조」) 11
「레퀴엠れくいえむ」(고 시즈코郷静子, 「문학계」) 12
「달려라 토마호크走れトマホーク」(야스오카 쇼타로, 「신조」) 1
「나는 것 같이翔ぶが如く」(시바 료타로司馬遼太郎, 「마이니치신문」) 1.1~76.9.4
「단 한사람의 반란たった一人の反乱」(마루야 사이치丸谷才一, 「고단사」) 4
「물水」(후루이 요시키치, 「계간예술」)4
「세월의 변천日の移ろい」(시마오 도시오, 「우미海」) 6~76.6
「꿈이 있던 장소夢のいた場所」(구로이 센지, 「문학계」) 11
전 일본병 요코이 쇼이치 괌섬에서 발견 구출 1
연합 적군 아사마 산장 사건 2
오키나와 일본에 복귀 5
다나카 통산장관 「일본열도개조론」 발표 6
북경에서 일중 공동성명, 국교 정상화 되다 9
1973(쇼와48)
「켄레몬인우쿄다이후建礼門院右京大夫」(오하라 도미에, 「부인의 벗婦人之友」) 1~74.12
「제비붓꽃 군락カキツバタ郡落」(다나카 스미에, 「군상」) 6
「노櫂」(미야오 도미코宮尾登美子, 「전망」) 7~12
「우타마쿠라歌枕」(나카자토 쓰네코, 「신조」) 8
「붕괴崩れ」(고다 아야, 「부인의 벗」) 11~77.12
「상자 남자箱男」(아베 고보, 「신초사」)3
「일본 침몰日本沈没」상.하(고마쓰 사쿄小松佐京, 「광문사光文社」)3
「약속의 토지約束の土地」(이 회성, 「군상」)4
「돌아 갈 수 없는 여름帰らざる夏」(가가 오토히코加賀乙彦, 「고단사」)7
「홍수는 우리 영혼에 미치다洪水はわが魂に及び」상.하 (오에 겐자부로, 「신초사」)9
베트남 평화 협정 조인 1
춘계투쟁 사상 최초 교통 총파업 4
제1회 국제 feminist 회의 6
이 해, 인플레, 오일 쇼크로 물가 폭등, 사회불안.

1974(쇼와49)
「저승 가족冥土の家族」(도미오카 다에코, 「군상」)2
「몰락풍경没落風景」(다카하시 다카코, 「가와데서방신사」)4
「토필야土筆野」(나카자토 쓰네코, 「신조」) 4
「덩굴풀 어머니葎の母」(쓰시마 유코, 「문예」)7
「복합오염複合汚染」(아리요시 사와코, 「아사히신문」)10~75.6
「콧물 흘리는 신洟をたらした神」(요시노 세이吉野せい, 「야요이서방弥生書房」)11
「전신유락田紳有楽」(후지에 시즈오, 「군상」) 1
「1945년 여름1945年夏」(김 석범金石範, 「치쿠마서방」)4
「잇큐一休」(미즈카미 쓰토무水上勉, 「우미」)4~11
「늦가을비横しぐれ」(마루야 사이치, 「군상」)7
「토끼 눈兎の眼」(하니야 겐지로灰谷健次郎, 「이론사理論社」)7
「생각의 강思い川」(고토 아키오後藤明生, 「군상」)8
「질그릇土の器」(사카타 히로오阪田寛夫, 「문학계」)10
혁마루파, 중혁파의 집회를 습격, 각지에서 내분 심각화 1
도쿄 지방 법원, 생리휴가 취득 이유로 개근 수당 커트는 합법이라고 판결 5
원자력선 「무쓰」 강행 출항 8, 방사능누출 발견 9
금맥 문제로 다나카 수상 사의 표명 11
스웨덴, 부친에게도 출산휴가인가.
1975(쇼와50)
「때로는 잠시 멈추다時に佇つ」(사타 이네코, 「문예」) 1~12
「플라톤적 연애プラトン的恋愛」(가나이 미에코, 「군상」) 2
「7인 곶七人みさき」(아키모토 마쓰요, 「문예」) 4
「황색 황제黄色い皇帝」(시바키 요시코, 「문학계」) 5~76.8
「축제의 장祭りの場」(하야시 교코林京子, 「군상」) 6
「선고宣告」(가가 오토히코, 「신조」) 1~78.7
「곶岬」(나카가미 겐지中上健次, 「문학계」) 10
「시가노섬志賀島」(오카마쓰 가즈오岡松和夫, 「문학계」) 11
「복수는 나에게 있어復讐するは我にあり」상・하 (사키 류조佐木隆三, 「고단사」) 11
대처(영), 최초의 여성 당수 2
국제부인의 해 일본인대회 11
유엔, 76~85년간을 「유엔부인의 10년」이라고 정하다 12
1976(쇼와51)
「관문関の戸」(나카자토 쓰네코, 「신조」) 1
「유혹자誘惑者」(다카하시 다카코, 「고단사」) 6
「쐐기풀 집蕁麻の家」(오기와라 요코, 「신조」) 7
「안개 여행 제1부霧の旅 第Ⅰ部」(오바 미나코, 「군상」) 10~77.9 제2부79.7~80.7

「유리담流離譚」(야스오카 쇼타로, 「신조」) 3~81.4
「한없이 투명한 블루限りなく透明なブルー」(무라카미 류村上龍, 「군상」) 6
「끝나지 않은 꿈見果てぬ夢」(이 회성, 「군상」) 7~79.4
「고목여울枯木灘」(나카가미 겐지, 「문예」) 10~77. 3
구마모토熊本 지검, 미나마타水俣병 책임 문제로 칫소チッソ사장, 공장장 기소 3
다나카 가쿠에이田中角栄 체포(록히드 사건) 7
정부, 방위비는 GNP의 1%이내로 결정 11
1977(쇼와52)
「풀 침대草の臥所」(쓰시마 유코, 「군상」) 2
「다이아몬드 벨벳ギヤマンビードロ」(하야시 교코, 「군상」) 3~78.2
「신가족新家族」(도미오카 다에코, 「문학계)」) 7
「가을 비의 기時雨の記」(나카자토 쓰네코, 「문예춘추신사文芸春秋新社」) 10
「에게해에 바친다エーゲ海に捧ぐ」(이케다 마스오池田満寿夫, 「야성시대野性時代」) 1
「5월 순력五月巡歴」(구로이 센지, 「가와데서방신사」) 5
「비자나무 축제榧の木祭り」(다키 슈조高城修三, 「우미」) 7
「형천螢川」(미야모토 데루宮本輝, 「문학전망文芸展望」) 10
우주 개발 사업단 최초 기상 위성 「하마와리」 발사 7
문부성, 초등학교 중학교의 학습 지도 요령 개정, 기미가요君が代를 국가国歌로서 문제화 7
일본 적군, 일본항공기 하이쟈크 9
1978(쇼와53)
「식탁이 없는 집食卓のない家」(엔치 후미코, 「일본경제신문日本経済新聞」) 2.11~12.6
「날개짓 하는 새羽搏く鳥」(시바키 요시코, 「우미」) 2~79.10
「더 이상 턱은 괴지 않아もう頬づえはつかない」(미노베 노리코見延典子, 「와세다문학」) 5
「바다를 느낄 때海を感じる時」(나카자와 게이中沢けい, 「군상」) 6
「빛의 영역光の領分」(쓰시마 유코, 「군상」) 7~79.6
「자오선의 축제子牛線の祀り」(기노시타 준지, 「문예」) 1
「잿불埋火」(다치하라 마사아키立原正秋, 「계간예술」) 2
「이혼離婚」(이로카와 다케오色川武大, 「별책 문예춘추」) 3
「구슬, 깨지다玉, 砕ける」(가이코 다케시, 「문예춘추」) 3
「여름夏」(나카무라 신이치로中村慎一郎, 「신초사」) 4
「대오리伸予」(타카하시 기이치로高橋葵一郎, 「문예」) 6
「황혼까지夕暮れまで)」(요시유키 준노스케, 「신초사」) 9
총리부, 처음으로 「부인백서」 발표(여자의 평균 임금은 남자의 58%) 1
이즈오시마伊豆大島 근해 지진 발생 1
처음으로 국제군축특별총회개막 5
일중평화우호조약조인 8
제2차 석유쇼크. 오헤이 내각 성립 12

1979(쇼와54)
「추구芻狗」(도미오카 게이코富岡惠子, 「군상」) 5
「목킹버드가 있는 마을モッキングバードのいる町」(모리 레이코森禮子, 「신조」) 8
「광대의 계절道化の季節」(마스노 미즈코增野みず子, 「스바루」) 11
「한여름날真夏日」(이와바시 구니에, 「군상」) 11
「단어집単語集」(가나이 미에코, 「치쿠마서방」) 11
「영혼 내리는 날魂ふる日」(오카마쓰 가즈오岡松和夫, 「문학계」) 1~12
「바람의 노래를 들어라風の歌を聴け」(무라카미 하루키村上春樹, 「군상」) 6
「미치노쿠 인형들みちのく人形たち」(후카사와 시치로, 「중앙공론」) 6
「동시대 게임同時代ゲーム」(오에 겐자부로, 「신초사」)11
처음으로 국공립대학 입시 공통 1차 학력 시험 실시 1
미, 스리마일 섬 원자력 발전소에서 대량의 방사능 누출 3
중의원 본회의, 원호 법안을 가결 4
1980(쇼와55)
「황야荒野」(다카하시 다카코, 「문예」)1,2
「없는거나 마찬가지다無きが如き」(하야시 교코, 「군상」) 1~12
「불타는 바람燃える風」(쓰시마 유코, 「우미」)2
「산을 달리는 여자山を走る女」(쓰시마 유코, 「마이니치신문」) 2.11~6.13
「군막사兵隊宿」(다케니시 히로코, 「우미」) 3
「1973년 핀볼1973年のピンボール」(무라카미 하루키, 「군상」) 3
「원뢰遠雷」(다치마쓰 와헤이立松和平, 「문예」) 3
「천년의 유락千年の愉楽」(나카가미 겐지, 「문예」) 7,9,11
「코인록커 베이비즈コインロンカーベイビーズ」상·하 (무라카미 류, 「고단사」)10
김 대중 사건 5
제36회 중의원, 제12회 참의원 동시 선거 6
이란. 이라크전쟁 시작되다 9
한국군법회의 김 대중에게 사형 판결, 히비야日比谷에서 항의 집회 9
1981(쇼와56)
「산포도를 따다野ぶどうを摘む」(나카자와 게이, 「군상」) 1
「작은 귀부인小さな貴婦人」(요시유키 리에吉行理恵, 「신조」) 2
「여자 친구女ともだち」(나카자와 게이, 「문예」) 6
「선잠浅い眠り」(이와하시 구니에, 「고단사」) 11
「1980 아이코 16살1980アイコ十六歳」(호리타 아케미堀田あけみ, 「문예」) 12
「포옹抱擁」(히노 게이조日野啓三, 「스바루」) 1~9
「히로시마HIROSHIMA」(오다 마코토小田実, 「고단사」) 6
「군서群棲」(구로이 센지, 「군상」) 8~84.2
「기리키리인吉里吉里人」(이노우에 히사시井上ひさし, 「신초사」) 8

「안녕, 갱들아さよなら,ギャングたち」(다카하시 겐이치로高橋源一郎,「군상」) 12
일본 원자력발전 쓰루가敦賀 발전소에서 고도의 방사능 누출 발견 4
미 전대사 라이샤워, 핵적재 미군함선 일본에 기항한다고 발언 5
1982(쇼와57)
「여름의 서표夏の栞」(사타 이네코,「신조」) 1~12
「지상을 여행하는 자地上を旅する者」(오하라 토미에,「해연海燕」) 3~83.3
「적혜요혜寂兮寥兮」(오바 미나코,「문예」) 5
「묵시적 거래黙市」(쓰시마 유코,「우미」) 8
「장식하라, 나의 영혼이여裝いせよ, わが魂よ」(다카하시 다카코,「신초사」) 10
「성가족聖家族」(히노 게이조,「문예」) 1~9
「헤엄치는 남자—물 속의『비나무』泳ぐ男—水のなかの『雨の木』」(오에 겐자부로,「신조」) 5
「시대가게의 아내時代屋の女房」(무라마쓰 도모미村松友視,「야성시대野生時代」) 6
「파옥破獄」(요시무라 아키라吉村昭,「세계」) 6~83.10
「양을 둘러싼 모험羊をめぐる冒險」(무라카미 하루키,「군상」) 8
나카노 고지中野孝次, 야스오카 쇼타로 등 문학자,「핵전쟁의 위기를 호소하는 문학자 성명」 발표 1
교과서의 문부성 검정 결과를 보도(「침략」→「진행」 등) 6
도호쿠(6), 조에쓰 신칸센 개업 11
1983(쇼와58)
「파도치는 토지波うつ土地」(도미오카 다에코,「군상」) 5
「하하하 탐험대ウホッホ探検隊」(호시가리 아가타,「해연」) 9
「밤마다 요람, 배, 혹은 전장夜ごとの搖り籠, 舟, あるいは戰場」(모리 요코森瑤子,「고단사」) 9
「불의 강가에서火の河のほとりで」(쓰시마 유코,「고단사」) 10
「땅 끝 지상의 시간地の果て至上の時」(나카가미 겐지,「신조」) 4
「습원湿原」(가가 오토히코,「아사히신문」) 5.7~85.2.5
「상냥한 좌익을 위한 희유곡優しいサヨクのための嬉遊曲」(시마다 마사히코島田雅彦,「해연」) 6
「새로운 사람아 눈떠라新しい人よ目ざめよ」(오에 겐자부로,「신조」) 6
도호쿠대 의학부, 일본 최초의 체외수정 착상에 성공 발표 3
폴란드의 바웬사 노벨 평화상 수상 10
이 해, 평균수명(남자 74.2, 여자 79.8세) 세계 제일이 되다.
1984(쇼와59)
「느릿한 도쿄 여자마라톤ゆっくり東京女子マラソン」(호시가리 아가타,「해연」) 5
「빛나는 물결 끝까지波光きらめく果て」(다카기 노부코高樹のぶ子,「문학계」) 10
「아줌마의 담화おばさんのディスクール」(가나이 미에코,「치쿠마서방」) 10
「자유시간自由時間」(마스다 미즈코增田みず子,「신초사」) 10
「이족異族」(나카가미 겐지,「군상」) 5~88.11
「허항선단虛航船団」(쓰쓰이 야스타카筒井康隆,「신초사」) 5

「몽유왕국을 위한 음악夢遊王国のための音楽」(시마다 마사히코, 「해연」) 6

「방주 사쿠라호方舟さくら丸」(아베 고보, 「신초사」) 11

「바람의 연대기風のクロニクル」(기리야마 가사네桐山襲, 「문예」) 11

제47회 국제펜도쿄대회 개최

(「핵상황하에 있어서의 문학-왜 우리는 쓰는 것인가」를 테마로) 5

센다이 지방 법원,마쓰카와 사건 재심으로 무죄 판결(확정) 7

이 해, 기업 도산 건수 과거 최고

1985(쇼와60)

「유월절越しの祭」(고메타니 후미코米谷ふみ子, 「신조」) 7

「분노의 아이怒りの子」(다카하시 다카코, 「고단사」) 9

「조용히 건네는 금가락지しずかにわたすこがねのゆびわ」(호시가리 아가타, 「해연」) 12

「하갈의 황야ハガルの荒野」(오하라 도미에, 「군상」) 12

「베드타임 아이즈ベットタイムアイズ」(야마다 에미山田詠美, 「문예」)12

「세계의 끝과 하드보일 원더랜드世界の終りとハードボイルド.ワンダーランド」(무라카미 하루키, 「신초사」) 6

「불축제火まつり」(나카가미 겐지中上建次, 「문학계」) 7~87.1

「어뢰정 학생魚雷艇学生」(시마오 도시오, 「신초사」) 8

「회전목마의 격투回転木馬のデットヒート」(무라카미 하루키, 「고단사」) 10

세이칸(아오모리 하코타 간) 터널 개통 3

소련, 고르바초프서기장 선출 3

에이즈 일본 상륙 공표 3

중혁파의 동시 다발 게릴라로 수도권 국철 마비 11

1986(쇼와61)

「손가락 유희指の戯れ」(야마다 에미, 「문예」) 2

「싱글 세일シングル.セル」(마스다 미즈코, 「해연」) 6

「그 날 여름その日の夏」(사에구사 가즈코, 「군상」) 8

「아마논국 왕래기アマノン国往還記」(쿠라하시 유미코, 「신초사」) 8

「다마야タマや」(가나이 미에코, 「군상」) 10

「인간의 경영人間のいとなみ」(아오노 사토시青野聰, 「해연」) 1~87.9

「스캔들スキャンダル」(엔도 슈사쿠, 「신초사」) 3

「돈나 안나ドンナ・アンナ」(시마다 마사히코, 「신조」) 4

「우리들이 좋아하는 전쟁僕たちの好きな戦争」(고바야시 노부히코小林信彦, 「신초사」) 5

남녀고용기회균등법 시행 4

소련의 체르노빌 원자력 발전소에서 대규모 사고, 방사능 오염 4

일본 사회당, 도이 다카코를 위원장에 선출 9

이즈 오오시마 미하라야마 대분화 11

1987(쇼와62)
「무릎 꿇어 발을 핥아라ひざまずいて足を舐め」(야마다 에미, 「고단사」) 2
「신의 슬픈미소神の哀しき頰笑み」(오하라 도미에, 「신조」45) 4
「샐러드 기념일サラダ記念日」(다와라 마치俵万智, 「가와데서방신사」) 6
「백광白光」(도미오카 다에코, 「신조」) 7
「포포이ポポイ」(구라하시 유미코, 「해연」) 8
「키친キッチン」(요시모토 바나나吉本ばなな, 「해연」) 11
「베크사시온ヴェクサシオン」(아라이 미쓰루新井満, 「문학계」) 3
「공자孔子」(이노우에 야스시, 「신조」) 6~89.5
「69sixty nine」(무라카미 류, 「집영사集英社」) 8
「노르웨이의 숲ノルウェイの森」상. 하(무라카미 하루키, 「고단사」) 9
「스틸 라이프スティル・ライフ」(이케자와 나쓰키池沢夏樹, 「중앙공론」) 10
「그리운 시간의 편지懐かしい年への手紙」(오에 겐자부로, 「고단사」) 10
국철 분할 민영화 4
NHK 위성 텔레비전 방송 개시 7
뉴욕 주식 시장, 시장 최악의 폭락 10
미소 정상 워싱턴에서 INF 전폐 조약에 조인 12
이 해, 「샐러드 기념일」「노르웨이의 숲」베스트셀러.
1988(쇼와63)
「역발逆髮」(도미오카 다에코, 「군상」) 1~89.9
「풍장 교실風葬の教室」(야마다 에미, 「문예」) 1
「TUGUMI」(요시모토 바나나, 「마리 끌레르マリ・クレール」) 4~89.3
「그 겨울의 죽음その冬の死」(사에구사 가즈코, 「군상」) 9
「유희由熙」(이 양지利良枝, 「군상」) 11
「반역反逆」(엔도 슈사쿠, 「요미우리신문」) 1.26~89.2.27
「그럴지도 모른다そうかもしれない」(고 하루토耕治人, 「군상」) 2
「위조지폐 사용偽金づかい」(오쓰지 가쓰히코尾辻克彦, 「신조」) 3
「뇌수雷獸」(다치마쓰 와헤이, 「가와데서방신사」) 3
「댄스 댄스 댄스ダンス・ダンス・ダンス」(무라카미 하루키, 「고단사」) 10
세계 최장 세이칸 터널 개업 3
나가야왕 저택에서 목간 발견 9
제24회 서울 올림픽 대회 9
천황 각혈로 중태, 긴장 분위기 유지 9
자민당 참의원세 특위로 소비세 법안 강행 채결 12
1989(쇼와64・헤이세이元)
「위대한 꿈이여, 빛이여大いなる夢よ, 光よ」(쓰시마 유코, 「군상」)1~90.12

「그도 또한 신의 애제자인가-스노우치 도오루의 생애彼もまた神の愛でし子か―洲之内徹の生涯」(오하라 도미에,「군상」) 3

「춘희椿姫」(쓰무라 세쓰코津村節子,「문예」) 8

「바다에 떠도는 실海にゆらぐ糸」(오바 미나코,「고단샤」) 10

「도시서경단장都市叙景断章」(기리야마 가사네,「문예」) 2

「한낮의 프리니우스真昼のプリニウス」(이케자와 나쓰키池澤夏樹,「중앙공론」) 5

「밤 개미夜の蟻」(다카이 유이치高井有一,「치쿠마서방」) 5

「낙토의 집楽土の家」(다치마쓰 와헤이,「문학계」) 8

「표층생활表層生活」(오오카 레이大岡玲,「문학계」) 12

우노 수상의 매춘 문제에 분노해 사임을 요구하는 여성 운동 확산되다 6

대학 진학률 여자가 남자를 초과(문부성 조사) 8

야마시타 관방장관 여자 문제로 사임. 후임에 최초의 여성 관방장관(모리야마 마유미) 8

60세 이상의 이혼 증가 12

1990(헤이세이2)

「평온하게 지금은 잠들라やすらかに今はねむり給え」(하야시 교코,「군상」)2

「만년의 아이晩年の子供」(야마다 에미,「신조」)4

「임신 캘린더妊娠カレンダー」(오가와 요코小川洋子,「문학계」)9

「미라 찾기 엽기담みいら採り猟奇譚」(고노 다에코,「신초샤」)11

「주옥珠玉」(가이코 다케시,「문학계」) 1

「헌신献身」(오가와 구니오,「군상」) 1

「어드 버드アド・バード」(시이나 마코토椎名誠,「집영사集英社」) 3

「유방乳房」(이쥬인 시즈카伊集院静,「고단샤」) 10

「청춘 덩더쿵 덩青春デンデケデケデケ」(아시하라 스나오芦原すなお,「문예」) 12

최초로 4년제 국립대학에 여성학장 탄생 2

일본 변호사 연합에 최초 여성 사무총장 탄생 4

성희롱. 샤밋 후쿠오카에서 개최 일하는 여성 6할이 피해 보고 8

「종군위안부」 문제에 여성들이 일어서다 12

1991(헤이세이3)

「모래에 부는 바람砂に風」(쓰시마 유코,「문학계」)1~11

「뒤꿈치를 잃고かかとを失くして」(다와다 요코多和田葉子,「군상」)6

「쑥아이스ヨモギ.アイス」(노나카 히이라기野中柊,「해연」)11

「엔드리스 왈츠エンドレス・ワルツ」(이나바 마유미稲葉真弓,「문예」)12

「자동기상장치自動起床装置」(헨미 요逸見庸,「문학계」)5

「예언자의 이름予言者の名前」(시마다 마사히코,「세계」)10~92.3

「일식日食」(오쓰지 가쓰히코,「군상」)12

통일 지방 선거로 여성 첫 시장 탄생 4

나가사키 운젠후겐타케 분화, 피해 극심 5

1992(헤이세이4)
「부교浮橋」(이와하시 구니에,「군상」)1
「앤더슨가의 며느리アンダーソン家のヨメ」(노나카 히이라기,「해연」) 3
「머물 곳도 없었다居場所もなかった」(쇼노 준코笙野頼子,「군상」) 7
「초콜렛 오르가즘チョコレット·オーガズム」(노나카 히이라기,「해연」) 9
「개데릴사위犬婿入り」(다와다 요코,「군상」) 12
「유성流城」(이 회성,「군상」)4
「어떤 놈도 아니다何者でもない」(하라다 무네노리原田宗典,「고단사」) 6
「쓰쿠다지마 후타리 서점佃島ふたり書房」(데구네 다쓰로出久根達郎,「고단사」) 9
「국경의 남쪽, 태양의 서쪽国境の南, 太陽の西」(무라카미 하루키,「고단사」) 10
남녀 나눠서 여아 출산 희망률 급증 2
일본 처음으로 성희롱 소송으로 여성 승소 4
도쿄 우에노 동물원에 여성 원장 취임 7
일본 최초의 현미경 수정 아기 탄생 7
국민의 중산층 의식 90% 9
1993(헤이세이5)
「도마뱀とかげ」(요시모토 바나나,「신초사」) 4
「ファザー.ファッカー」(우치다 하루키内田春菊,「문예춘추」) 9
「엄지손가락 P의 수행시대親指Pの修行時代」(마쓰우라 리에코松浦理英子,「가와데서방신사」) 11
「창고蔵」(미야오 도미코宮尾登美子,「매일신문사」) 9
「여자의 한창때女ざかり」(마루야 사이치,「문예춘추」) 1
「적요교야寂寥郊野」(요시메키 하루히코吉目木晴彦,「고단사」) 6
「깊은 강深い河」(엔도 슈샤쿠,「고단사」) 6
「태풍의 눈台風の眼」(히노 게이조,「신초사」) 7
「영혼의 날魂の日」(후루이 요시키치,「후쿠다케서점福武書店」) 8
뉴욕시, 동성커플 부부인가제도 시행 3
대학심의회조직운영부회, 여성교원의 등용을 총회에 제언 5
황태자 성혼 6
1994(헤이세이6)
「아무리타アムリタ」(요시모토 바나나,「후쿠다케서점」) 1
「照柿」(다카무라 카오루高村薫,「고단사」) 7
「반복에 반복くりかえしがえし」(사키야마 다미崎山多美,「스나고야서방砂子屋書房」) 4
「kombinatタイムスリップ.コンビナート」(쇼노 요리코笙野頼子,「문예춘추」) 9
「돌 유래石の来歴」(오쿠이즈미 히카루奥泉光,「문예춘추」) 3
「태엽감는 새ねじまき鳥クロニクル」(무라카미 하루키,「신초사」) 4
「おどるでく」(무로이 미쓰히로室井光広,「고단사」) 7
「백 년의 여행자들百年の旅人たち」(이 회성,「신초사」) 9

마쓰모토[사린]사건 7명 사망 6

우주비행사 무카이 치아키, 우주로 7

오에 겐자부로 노벨문학상 수상 10

1995(헤이세이7)

「바람이여 하늘을 나는 바람이여風よ, 空駆ける風よ」(쓰시마 유코, 「문예춘추」) 2

「수맥水脈」(다카기 노부코, 「문예춘추」) 5

「우소리야마고うそりやま考」(사에구사 가즈코, 「신초사」) 7

「망명자亡命者」(다카하시 타카코, 「고단사」) 12

「파라사이트 이브パラサイト.イヴ」(세나 히데아키瀨名秀明, 「가도카와서점角川書店」) 4

「この人の閾」(호사카 카즈시保坂和志, 「신초사」) 8

「테러리스트의 파라솔テロリストのパラソル」(후지와라 이오리藤原伊織, 「고단사」) 9

한신 아와지 대지진 발생, 사상자 6430명 1

지하철[사린]사건 11명 사망, 옴진리교적발 3~

제4회 세계여성회의(북경) 9

1996(헤이세이8)

「하라 아사오原阿佐緒」(오하라 도미에, 「고단사」) 2

「애니멀 로직アニマル.ロジック」(야마다 에미, 「신초사」) 4

「게 여인蟹女」(무라다 기요코, 「문예춘추」) 6

「풀하우스ルハウス」(유 미리 「문예춘추」) 6

「돼지의 응보豚の報い」(마타요시 에이키又吉栄喜, 「문예춘추」) 3

「휴가 바이러스ヒュウガ.ウイルス」五分後の世界2(무라카미 류, 「현동사幻冬舎」) 5

「나선 고양이 발견 법うずまき猫のみつけかた」(무라카미 하루키, 「신초사」) 5

최초의 여성 법무장관 탄생 1

[주선住專에 세금을 사용하지 마라! 화난 여성행동](부단련) 2

사이타마의과대학, 성전환수술은 하나의 치료를 위한 수단이라는 견해 발표 7

※주선문제:주선 7사의 도산에 따른 채권회수를 둘러싼 이해의 분쟁처리를 말한다.

1997(헤이세이9)

「가족 시네마家族シネマ」(유 미리柳美里, 「고단사」) 1

「빨간 입술 검은 머리赤い唇黒い髮」(고노 타에코, 「신초사」) 2

「히베루니아도 기행ひべるにあ島紀行」(도미오카 다에코, 「고단사」) 9

「죽음의 샘死の泉」(미나가와 히로코皆川博子, 「하야카와서방早川書房」) 10

「레이디 조카レディ.ジョーカー」(다카무라 가오루高村薫, 「매일신문사」) 12

「해협의 빛海峽の光」(쓰지 히토나리辻仁成, 「신초사」) 2

「くっすん大黒」(마치다 고町田康, 「문예춘추」) 3

「오사카 신포니大阪シンフォニー」(오다 마코토, 「중앙공론사」) 3

「물방울水滴」(메도루마 슌目取真俊, 「문예춘추」) 9

「아름다운 나날うるわしき日々」(고지마 노부오 小島信夫, 「요미우리신문사」) 10

영국 다이애나황태자비 사고사 8

노동성, 성추행 지침에 관한 보고서 발표 12
이 해, 성추행문제 제소 증가 현저
1998(헤이세이10)
「불 산火の山」(쓰시마 유코, 「고단사」) 6
「이유理由」(미야베 미유키宮部みゆき, 「아사히신문사」) 6
「불의 밤火夜」(마스다 미즈코, 「신초사」) 10
「골드럿슈ゴールドラッシュ」(유 미리, 「신초사」) 11
「망조望潮」(무라다 기요코, 「문예춘추」) 12
「헤이세이 톰소야平成トム.ソーヤ」(하라다 무네노리原田宗典, 「집영사 集英社」) 2
「霞町物語」(아사다 지로浅田次郎, 「고단사」) 8
「부에노스아이레스 오전 영시ブエノスアイレス午前零時」(후지사와 슈藤沢周, 「가와데서방신사」) 8
「일식日蝕」(히라노 케이이치로平野啓一郎, 「신초사」) 10
[일본DV방지. 정보센타] 고베에 설립 5
[개호자네트워크]설립 12
후생성의 98년판 [인구동태통계]에 의하면 이혼건수. 이혼율 둘 다 과거 최고 12
1999(헤이세이11)
「후일담後日の話」(고노 타에코, 「문예춘추」) 2
「반려伴侶」(구리하라 요코栗原葉子, 「헤이본사 平凡社」) 2
「콩 밭의 한 낮豆畑の昼」(나카자와 케이, 「고단사」) 4
「사랑의 휴일恋の休日」(후지노 치야藤野千夜, 「고단사」) 7
「왕비의 이혼王妃の離婚」(사토 겐이치佐藤賢一, 「집영사集英社」) 2
「공중 제비宙返り」(오에 겐자부로, 「고단사」) 6
「혼을 넣어라魂込め」(메도루마 슌目取真俊, 「아사히신문사」) 8
「다카야마 우콘高山右近」(가가 오토히코, 「고단사」) 9
남녀공동참가사회기본법각의 결정 2
국기, 국가國歌 법등 성립 8
도카이무라東海村에서 임계臨界 사고 발생 9

■ 후기

『문예연감文藝年鑑』 1999년판의 '개관', '문학', '일본문학(근대) 연구 98'에서는 "작년은 우선 페미니즘비평의 분야에서 평자評者와 같이 지금까지 그다지 관심이 없었던 사람들도 무의식중에 관심을 가지는 듯한 전개를 볼 수 있다"를 서두로, 나와 우리들의 일을 맨 먼저 열거하고 있다.

남성제도 사회에 둘러싸여 있는 것은 별도로 하고 의식적으로도 여성의 일은 무시·배제 혹은 과소평가·결점 찾기가 이와 같은 종류의 문장의 종래의 자세였다고 생각하면 '관심을 가지고 있다'는 것만으로도 감사를 해야 할 지도 모른다. 하지만 고개 숙여 감사의 표시를 할 이유는 없다. 미즈타 노리코가 말하는 젠더 구조는 "차별하는 성에 대한 차별받는 성의 차별화 구조이다"라는 것처럼 '이들 비평의 대부분은 의도적으로 여성의 시점을 강조'하고 있어 생활자로서 주관성이 강하고, 따라서 '남성대 여성이라는 틀을 고정화시켜버릴지도 모르는 위험성을 수반하고 있기 때문이다.

여기서는 페미니즘 비평이 문학 읽기에 보다 넓고 깊게 관여하여 새로운 지평을 연 것을 인정하면서도, 여전히 '성차에 대한 상상력과 이해력, 통찰력'에 있어 불충분한 남성사회제도를 살아가는 남성의 의식, 사고 , 감각이 베여 있는 것처럼 생각된다.

내가, 아니 우리가 정말로 바라고 있는 것은 차별화된 남성대 여성의 구조가 아닌 진정으로 평등한 사회이다. 정곡을 찌른 건전론建前論의 논리에 기죽지 않고 진정한 평등사회 실현을 위하여 지금은 의도적으로나마 여성의 시점을 강조하지 않으면 안 된다.

본서가 특히 많은 젊은 사람들에게 읽히어, 여성문학을 배우는 것이 남녀 평등한 인간으로서 보다 풍요롭게 살아가기 위한 것임을 주지시키고 싶다.

여러 집필자들이 바쁘신 중에도 흔쾌히 정성을 다한 논고를 실어주신 것에 감사드린다. 특히, 집필자의 수가 많은 만큼 여러 가지로 수고를 해 주신 세계사상사의 오미치 레이코, 그 외 여러 가지 도움을 주신 분들께 진심으로 감사드린다.

2000년 7월

와타나베 스미코渡辺澄子

여성문학을 배우는 사람을 위하여

초판 1쇄 발행일 • 2007년 9월 10일
초판 1쇄 인쇄일 • 2007년 9월 15일

인지는
저자와의
합의하에
생략함

지은이 • 와타나베 스미코(渡辺澄子)
역   자 • 이상복·감영희·김순희·이남희·이평춘·최정원
          (한일근대여성문학회)
펴낸이 • 박영희
표   지 • 정지영
편   집 • 정지영·허선주
펴낸곳 • 도서출판 어문학사
          132-891 서울특별시 도봉구 쌍문동 525-13
          전화: 02-998-0094 / 팩스: 02-998-2268
          홈페이지: www.amhbook.com
          e-mail: am@amhbook.com
          등록: 2004년 4월 6일 제7-276호

ISBN 978-89-91956-30-8 93830
정   가 • 18,000원

※ 잘못 만들어진 책은 교환해 드립니다.